LA SOUVERAINE

MANCHEE **M**in

IMPÉRATRICE ORCHIDÉE - 2
LA SOUVERAINE

ROMAN

Traduit de l'américain
par Jacques Guiod

Titre original :
The Last Empress
L'édition originale est parue aux États-Unis en 2007
chez Houghton Mifflin Company.

NOTE DE L'AUTEUR

Tous les personnages de ce livre s'inspirent d'hommes et de femmes bien réels. J'ai fait de mon mieux pour que les événements décrits soient fidèles à l'histoire. J'ai traduit les décrets, édits et poèmes à partir des documents originaux. Chaque fois qu'il existait des différences d'interprétation, j'ai fondé mon jugement sur mes recherches personnelles et la perspective globale.

REMERCIEMENTS

J'adresse mes remerciements à Anton Mueller pour son formidable travail d'édition et à Sandra Dijkstra, toujours présente à mes côtés.

Mes relations avec Tseu-hi débutèrent en 1902 et se poursuivirent jusqu'à sa mort. J'avais conservé le compte rendu exceptionnellement précis de mon association secrète avec l'impératrice ainsi que d'autres notes et messages d'intérêt que m'avait adressés Sa Majesté, mais j'eus l'infortune de perdre tous ces manuscrits et ces papiers.

Sir Edmund BACKHOUSE,
coauteur de *China under the Empress Dowager* (1910)
et de *Annals and Memoirs of the Court of Peking* (1914).

En 1974, à la grande confusion d'Oxford et à la consternation discrète des spécialistes de la Chine de tout pays, Backhouse se révéla être un faussaire... L'escroc était dénoncé, mais sa fiction constituait toujours un matériau de tout premier ordre.

Sterling SEAGRAVE,
*Dragon Lady : The Life and Legend
of the Last Empress of China* (1992).

Un des sages de la Chine ancienne a écrit : « La Chine sera détruite par une femme. » La prophétie approche de son accomplissement.

Dr George Ernest MORRISON,
correspondant en Chine
du *Times* de Londres, 1892-1912.

[Tseu-hi] s'est révélée bienveillante et économe. Son caractère privé fut irréprochable.

Charles DENBY,
délégué américain en Chine, 1898.

Elle fut l'incarnation du mal et de l'intrigue à l'état pur.

Manuel scolaire chinois
(utilisé de 1949 à 1991).

Prélude

En 1852, une vierge de dix-sept ans, issue d'une famille noble mais ruinée du clan Yehonala, arriva à Pékin pour devenir l'une des concubines du jeune empereur, Xianfeng. Comme des centaines de ses semblables, Tseu-hi, Orchidée de son véritable nom, avait en effet pour seule mission de donner un héritier mâle au Fils du Ciel.

Gardée par des milliers d'eunuques, la Cité interdite était un vaste complexe de palais, de demeures et de jardins qu'entouraient de hautes murailles. La dynastie Qing vivait ses dernières heures et la cour était marquée par les intrigues et la xénophobie. Quelques décennies auparavant, la Chine avait perdu la première guerre de l'Opium mais, depuis, elle n'avait pas fait grand-chose pour renforcer ses défenses ou améliorer ses relations diplomatiques avec les autres nations.

Au sein de la Cité interdite, le moindre faux pas pouvait être mortel. Chaque femme cherchait à attirer l'attention de l'empereur et Orchidée comprit qu'elle ne devait compter que sur elle-même. Après avoir appris l'art amoureux, elle risqua le tout pour le tout en achetant le droit de pénétrer dans la chambre impériale et en séduisant le monarque. Xianfeng était un esprit inquiet mais, pendant un certain temps, leur amour fut sincère et passionné, et elle eut bientôt la chance de lui donner son unique fils et héritier. Élevée au rang d'impératrice, Orchidée dut continuer à se battre pour préserver son statut quand l'empereur prit de nouvelles maîtresses. Le droit d'élever son enfant, par ailleurs confié à l'impératrice Nuharoo, était sans cesse remis en question.

En 1860, l'invasion de la Chine par la Grande-Bretagne, la France et la Russie, puis l'occupation de Pékin contraignirent la cour à se réfugier dans la lointaine réserve de chasse de Jehol, au-delà de la Grande Muraille. La paix ne revint qu'au prix de conditions humiliantes qui portèrent un coup fatal à l'empereur. La mort de Xianfeng fut suivie d'un coup d'État qu'Orchidée, parvint à écraser avec l'aide de son beau-frère, le prince Kung, et du général Yung Lu. Le beau Yung Lu ralluma des sentiments romantiques chez la jeune Orchidée, mais sa haute position l'empêcha d'avoir toute vie privée. Corégente avec l'impératrice Nuharoo jusqu'à la majorité de son fils, Tseu-hi entamait un règne long et tumultueux qui ne finirait qu'avec le XXe siècle.

Un

Ma mère avait les yeux fermés quand elle mourut mais, un instant après, ils se rouvrirent brusquement.

« Votre Majesté, veuillez poser vos doigts sur ses paupières et faites de votre mieux pour les maintenir », me pria le docteur Sun Pao-tien.

Je m'y efforçai, les mains tremblantes.

Rong, ma sœur, m'expliqua que notre mère souhaitait fermer les yeux à présent. Désireuse de ne pas interrompre mes audiences, elle m'avait trop longtemps attendue.

« Il ne faut pas déranger autrui », telle était sa philosophie. Elle aurait été déçue de savoir qu'il faudrait de l'aide pour lui baisser les paupières. J'aurais aimé ne pas tenir compte de l'ordre de Nuharoo et amener mon fils lui dire un ultime adieu. « Peu m'importe que Tongzhi soit empereur de Chine, aurais-je déclaré. C'est le premier petit-fils de ma mère. »

Je me tournai vers mon frère, Kuei Hsiang, pour lui demander si ses dernières paroles avaient été pour moi.

« Oui, dit-il en passant de l'autre côté du lit mortuaire. "Tout est bien." »

Les larmes me vinrent aux yeux.

« Quel genre de cérémonie envisages-tu pour mère ? m'interrogea Rong.

— Je suis incapable d'y réfléchir pour l'instant. Nous en discuterons ultérieurement.

— Non, Orchidée, protesta-t-elle. Dès que tu auras quitté cette maison, il sera impossible de t'approcher. J'aimerais connaître tes intentions. Mère mérite les mêmes honneurs que la Grande Impératrice, dame Jin.

— Ah, j'aimerais te dire oui, mais je ne le puis. Rong, des millions de gens nous observent. Nous devons donner l'exemple.

— Orchidée, éclata-t-elle, tu es la maîtresse de la Chine !

— S'il te plaît, Rong... Je crois que mère comprendrait.

— Non, elle ne le pourrait pas, et moi-même j'en suis incapable ! Tu es une mauvaise fille, tu es égoïste et sans cœur.

— Pardonnez-moi, nous interrompit le docteur Sun Pao-tien. Votre Majesté pourrait-elle se concentrer sur ses doigts ? Les yeux de votre mère seront ouverts à tout jamais si vous ne pressez pas ses paupières.

— Oui, docteur.

— Plus fort, oui, c'est cela. Et ne bougez plus. Voilà, vous y êtes presque. »

Ma sœur me maintenait les bras.

Dans le repos de la mort, le visage de mère était grave et lointain.

« C'est Orchidée, mère », murmurai-je en pleurant.

Je ne pouvais croire qu'elle fût partie. J'effleurai sa peau douce et encore tiède. La toucher m'avait tant manqué. Depuis mon entrée dans la Cité interdite, mère avait été contrainte de s'agenouiller devant moi lorsqu'elle me rendait visite. Elle tenait à se plier à l'étiquette. « C'est le respect qui t'est dû en tant qu'impératrice de Chine », disait-elle.

Nous nous voyions rarement en privé. Eunuques et dames de compagnie m'entouraient constamment. Je doute que mère m'eût entendue de son siège, à dix pas de moi, mais cela, manifestement, ne l'ennuyait pas.

Elle feignait de discerner mes paroles et répondait à des questions que je ne lui avais pas posées.

« À présent, relâchez doucement ses paupières », me conseilla Sun Pao-tien.

Mère ne rouvrit pas les yeux. Ses rides semblaient s'être effacées et son visage était empreint de sérénité. *Je suis la montagne.* Sa voix me revint à l'esprit :

Tel le ruisseau chantant
Tu t'en vas librement.
Emplie de félicité, je te regarde,
Souvenir de nous,
Dans la plénitude et la douceur.

Je devais être forte pour mon fils. Tongzhi avait sept ans et, bien qu'empereur depuis deux années – il avait en effet accédé au trône en 1861 –, son règne avait été marqué par le chaos. Les puissances étrangères maintenaient leur emprise en Chine, notamment sur les ports côtiers ; dans les campagnes, les Taiping s'emparaient des provinces, l'une après l'autre[1]. Oui, je m'étais efforcée d'élever convenablement Tongzhi, mais la mort prématurée de son père l'avait durement éprouvé. J'aurais aimé lui donner une éducation semblable à celle que j'avais reçue de mes parents.

« Je suis une femme heureuse », disait souvent mère, et je la croyais quand elle ajoutait n'avoir nul regret. Son rêve s'était réalisé : ses deux filles s'étaient alliées à des familles royales et son fils était ministre impérial de haut rang. « En 1852, nous étions à peine mieux que des mendiants, répétait-elle souvent à ses

---

1. De 1851 à 1864, des paysans cherchèrent à établir un royaume de justice et de paix (*taiping*, en chinois). Riches et mandarins abandonneraient leurs propriétés au peuple, qui mettrait tout en commun – prémices de la Révolution populaire de Mao. (Toutes les notes sont du traducteur.)

enfants, et je n'oublierai jamais cet après-midi près du Grand Canal, quand les valets de pied abandonnèrent le cercueil de votre père parce que nous ne pouvions plus les payer. »

Moi non plus, je n'oublierai jamais cette journée caniculaire et l'odeur de décomposition qui déjà s'élevait de la dépouille de mon père, et je ne vis jamais rien de plus triste que l'expression de ma mère quand elle se résolut à vendre l'épingle à cheveux de jade que mon père lui avait offerte à l'occasion de leur mariage.

En sa qualité de Première Épouse de l'empereur Xianfeng, l'impératrice Nuharoo assista aux funérailles de ma mère. Ma famille y vit un immense honneur car Nuharoo, fervente bouddhiste, rejetait la tradition en acceptant mon invitation.

Vêtue d'une robe de soie blanche, pareille à un grand arbre de glace, Nuharoo était l'image même de la grâce et je marchais derrière elle en prenant soin de ne pas poser le pied sur sa longue traîne. Bonzes taoïstes ou bouddhistes et lamas tibétains nous suivaient en psalmodiant des prières. Nous franchîmes chaque porte et traversâmes chaque palais de la Cité interdite en nous pliant à un rituel parfaitement défini.

Aux côtés de Nuharoo, je me réjouissais de constater qu'une certaine harmonie s'était enfin instaurée entre nous deux. Dès l'instant où, jeunes filles, nous étions entrées dans la Cité interdite, les différences qui nous caractérisaient s'étaient manifestées aux yeux de tous. Élégante, assurée, d'impériale lignée, elle avait été choisie comme Première Épouse de l'empereur alors que moi-même, de bonne famille rurale, sans plus, et peu sûre de moi, n'avais été nommée que concubine de troisième rang. Ces mêmes différences s'étaient faites conflictuelles quand j'avais accédé au cœur de Xianfeng et lui avais donné un fils, puis elles avaient empiré quand mon statut à la cour s'était amélioré, mais le chaos né de l'invasion étrangère, la mort de notre époux lors de l'exil à Jehol et le coup d'État qui s'était ensuivi nous avaient obligées à nous entendre enfin.

Des années après, je ne saurais mieux évoquer nos rapports qu'en citant un proverbe populaire : « L'eau du puits ne souille pas l'eau du fleuve. » Pour survivre, il nous avait été nécessaire de nous surveiller mutuellement bien que cela parût parfois impossible, surtout lorsqu'il s'agissait de Tongzhi. Je ne supportais pas que son statut de Première Épouse la rende responsable de son éducation. Nos divergences à ce propos cessèrent toutefois quand il eut accédé au trône, mais j'étais amère de constater qu'il avait été mal préparé à sa tâche et ce sentiment continua à empoisonner nos relations.

Nuharoo recherchait la sérénité dans le bouddhisme, si ma morosité me suivait telle une ombre. Mon esprit ne cessait d'échapper à ma volonté. Je lus le livre qu'elle m'avait fait porter, *De la conduite idoine d'une veuve impériale*, mais je n'y trouvai pas la quiétude. Après tout, j'étais originaire de Wuhu, « le lac aux roseaux luxuriants », et je ne pouvais être qui je n'étais pas, même si je redoublais d'effort pour y parvenir.

« Apprends à ressembler à du bois tendre, Orchidée, m'enseignait mère lorsque j'étais jeune fille, car c'est en lui que sont sculptées les statues du Bouddha et des déesses. Le bois dur, lui, ne sert qu'aux planches du cercueil. »

J'avais dans mes appartements une table à dessin, de l'encre, de la peinture fraîchement préparée, des pinceaux et du papier de riz, et je me mettais au travail une fois les audiences quotidiennes terminées.

Je peignais pour mon fils ou plutôt mes œuvres étaient des présents offerts en son nom : elles étaient ses ambassadrices et parlaient pour lui chaque fois qu'une situation devenait trop humiliante. La Chine était en effet contrainte à quémander des délais pour régler les « indemnités de guerre » imposées par les puissances étrangères.

Ces peintures contribuaient aussi à apaiser le ressentiment que suscitaient les taxes locales. Les gouverneurs de plusieurs provinces avaient adressé à Tongzhi des messages où ils évoquaient la situation des paysans, trop misérables pour payer leurs impôts.

« Le trésor impérial est vide depuis longtemps, me lamentais-je dans le cadre de décrets rédigés au nom de mon fils. Les sommes que nous avons collectées sont allées aux puissances étrangères pour que leurs flottes ne mouillent pas dans nos ports. »

Mon beau-frère, le prince Kung, se lamentait que son ministère des Relations extérieures[1] manquât de place où remiser les lettres insistantes des agents chargés du recouvrement des dettes. « Les navires étrangers menacent sans cesse de pénétrer à nouveau dans nos eaux », prévenait-il.

C'était mon eunuque, An-te-hai, qui avait eu l'idée de faire distribuer mes peintures pour acheter du temps, de l'argent et de la compréhension.

Il me servait depuis le jour de mon arrivée à la Cité interdite, quand, à peine âgé de treize ans, il m'avait discrètement proposé une coupe d'eau alors que j'avais très soif. C'était un acte de grande bravoure et, dès lors, je lui avais accordé ma loyauté et ma confiance.

Son idée était un trait de génie, mais je ne pouvais peindre aussi vite que je l'aurais voulu.

J'adressai une peinture au général Tseng Kuo-fan à l'occasion de son anniversaire. C'était le plus grand

---

1. Institution nouvelle dans l'histoire de la Chine impériale.

seigneur de la guerre de Chine et il commandait l'armée du pays. Je voulais lui faire savoir que je l'appréciais, même si je l'avais récemment rétrogradé au nom de mon fils sous la pression des conservateurs promandchous de la cour : ceux qui se faisaient appeler les Têtes de Fer[1] n'admettaient pas la montée en puissance des Chinois d'origine Han[2]. Je tenais à ce qu'il sache que je ne lui voulais aucun mal et que j'étais consciente de l'avoir injustement traité. « Mon fils, Tongzhi, ne pourrait régner sans vous », tel était le message de ma peinture.

Je me suis souvent demandé ce qui empêchait le général Tseng Kuo-fan de se rebeller. Fomenter un coup d'État ne lui aurait pas été difficile puisqu'il avait pour lui et l'argent, et l'armée. Sans doute n'était-ce qu'une question de temps, finis-je par penser. « Trop, c'est trop ! » l'imaginais-je déclarer un jour. Mon fils verrait alors sa chance tourner.

Je signai mon nom de la plus belle calligraphie. Au-dessus, j'apposai mon sceau à l'encre rouge. J'avais des sceaux de formes et de tailles différentes. En plus de celui que m'avait offert mon mari, les autres décrivaient mes titres – « Impératrice de Chine », « Impératrice de la Sainte Sollicitude », « Impératrice du palais de l'Ouest » –, mais « Impératrice Tseu-hi » était celui que j'utilisais le plus fréquemment. Les collectionneurs prisaient mes tableaux et, pour que ces œuvres d'art se vendent mieux ultérieurement, je ne traçais pas le nom de leur dédicataire à moins que cela ne fût strictement nécessaire.

Hier, An-te-hai m'a rapporté que la valeur de mes peintures avait augmenté. La nouvelle ne m'a guère

---

1. Référence aux casques portés par les nobles mandchous.
2. Les Han constituent le véritable peuple chinois, au sens ethnique du mot.

comblée de joie : j'aurais préféré passer plus de temps avec Tongzhi.

Quiconque examinait mes œuvres pouvait en déceler les défauts. Mes coups de pinceau révélaient mon manque de pratique, sinon de talent. Ma façon d'utiliser l'encre indiquait que je n'étais qu'une débutante. Le travail sur papier de riz n'autorise pas la moindre hésitation, ce qui signifie que je pouvais consacrer des heures à une pièce, veiller tard la nuit et tout compromettre à cause d'un geste malencontreux. Après des mois de travail solitaire, j'engageai une artiste chargée de pallier mes carences.

Les paysages et les fleurs étaient mes sujets de prédilection. Je peignais également des oiseaux, en couple la plupart du temps. Je les plaçais au centre de ma composition, perchés sur la même branche ou sur deux branches comme s'ils conversaient. Pour les rouleaux de format vertical, le premier, sur la branche du haut, penchait la tête vers l'autre qui, posé sur la branche du bas, levait les yeux vers son compagnon.

Les plumes me demandaient beaucoup d'attention. Pour elles, le rose, l'orange et le vert citron étaient mes couleurs préférées et les nuances en étaient toujours chaudes et joyeuses. An-te-hai me suggéra un jour de représenter des paons, des fleurs de lotus et des chrysanthèmes sous prétexte que j'y excellais, mais en vérité il voulait dire que ces œuvres se vendaient mieux que les autres.

Mon professeur m'apprit que les sceaux permettaient de masquer les défauts et, comme il y en avait partout, j'apposais de nombreuses fois mon cachet sur chaque peinture. Quand j'étais mécontente de moi-même et voulais recommencer, An-te-hai me rappelait que la quantité devait être mon seul objectif. Lorsqu'il n'y avait plus rien à faire pour sauver mon travail, le professeur prenait le relais.

Elle s'occupait principalement du décor, ajoutant des feuilles et des branches ou encore des fleurs et des oiseaux là où j'avais péché. On pourrait croire que son art m'aurait embarrassée, mais il ne lui servait qu'à « harmoniser la musique ». Son talent sauvait mes pires peintures. Je m'amusais de la voir s'appliquer à faire oublier mes maladresses d'amateur.

Je pensais souvent à mon fils quand je peignais et, la nuit, il m'était difficile de me concentrer. J'imaginais le petit visage de Tongzhi couché dans son lit et je me demandais quels étaient ses rêves. Lorsque mon désir d'être avec lui était trop fort, j'abandonnais mes pinceaux et courais vers son palais, à quatre cours de la mienne. Trop impatiente pour attendre qu'An-te-hai apporte une lanterne, je m'élançais dans l'obscurité et me cognais à chaque mur, chaque arche, avant de parvenir au chevet de mon enfant endormi. Là, de mes doigts tachés d'encre, je caressais son front, je guettais sa respiration. Quand le serviteur allumait les bougies, j'en prenais une et l'approchais du visage de mon fils. Mes yeux suivaient le modelé ravissant de son front, de ses paupières, de son nez et de ses lèvres. Je me penchais sur lui pour l'embrasser et mon regard s'embrumait quand je pensais à son père, à cette époque bénie où l'empereur Xianfeng et moi étions amoureux. Je n'abandonnais Tongzhi qu'à l'arrivée d'An-te-hai, suivi d'une longue procession d'eunuques porteurs de grandes lanternes rouges.

« Mon professeur peut peindre pour moi, lui disais-je souvent, et personne ne saura que je n'ai pas personnellement apposé les sceaux.

— Mais vous, vous le saurez, ma dame », me répondait-il avec douceur, puis il me ramenait à mon palais.

Deux

Au lieu de lire un livre à Tongzhi à l'ombre fraîche de ma cour, je signai l'arrêt de mort de deux hauts personnages. C'était le 31 août 1863 et je redoutais cet instant parce que je ne pouvais m'empêcher d'envisager avec horreur ce qu'un tel édit signifiait pour leur famille.

Le premier était Ho Kui-ching, gouverneur de la province du Zhejiang. C'était un ami de longue date de mon défunt époux et je l'avais rencontré à l'époque où il avait brillamment remporté le concours national de la fonction publique. J'avais assisté à la cérémonie en compagnie de mon mari, qui lui avait accordé le titre honorifique de *Jin-shih*, Homme de la Réussite suprême.

Dans mon souvenir, Ho, les yeux très enfoncés et les dents qui avançaient, était un homme modeste. Impressionné par sa vaste connaissance de l'histoire et de la philosophie, Xianfeng l'avait d'abord nommé maire d'une grande ville du Sud, Hangzhou, puis, quelques années plus tard, gouverneur du Zhejiang. À cinquante ans, devenu gouverneur principal de toutes les provinces du centre du pays, il s'était vu également octroyer des pouvoirs militaires et avait reçu le titre de généralissime des forces impériales pour la Chine du Sud.

Son dossier l'accusait d'avoir négligé ses devoirs, entraînant ainsi la perte de plusieurs provinces au profit des rebelles Taiping. Il avait ordonné à ses hommes d'ouvrir le feu sur les paysans alors qu'il organisait sa propre fuite. Je résistais à sa demande de révision car il ne paraissait éprouver ni remords ni culpabilité, lui qui avait provoqué la mort ou la misère des milliers de familles qu'il avait abandonnées.

Ho et ses amis de la cour niaient que mon mari ait pu décréter qu'il fût décapité. La forte opposition que j'allais rencontrer me fit toucher du doigt ma vulnérabilité. Pour moi, la requête de Ho était un défi lancé à mon fils, le maître de la Chine. Le prince Kung fut l'un des rares à se ranger à mon côté tout en me rappelant que la majorité des courtisans ne me soutenaient pas.

Je ne m'attendais pas que mon désaccord avec la cour se transforme en une véritable crise à propos de la survie de mon fils et de la mienne propre. J'avais conscience que le comportement de Ho reflétait celui des gouverneurs de nombreuses autres provinces et surseoir à son exécution ne ferait qu'ouvrir la porte à des troubles incessants.

Au cours des semaines suivantes, je reçus une pétition me priant de reconsidérer l'affaire. Signée par dix-sept ministres de haut rang, gouverneurs et généraux, elle proclamait l'innocence de Ho et demandait à Sa Jeune Majesté Tongzhi de prononcer un non-lieu.

Je chargeai le prince Kung de m'aider à enquêter sur le passé de chaque pétitionnaire et il m'apprit bientôt que chacun d'eux devait, d'une manière ou d'une autre, son poste au gouverneur Ho.

Les audiences furent interminables. Fatigué, mon fils ne cessait de se trémousser. Assise derrière lui, légèrement sur sa gauche, je devais sans cesse lui rappeler de se tenir droit. Pour que Tongzhi voie la centaine de ministres prosternés devant lui, son trône avait été placé sur une plate-forme surélevée ; inversement, chacun avait l'honneur de le contempler. Je m'efforçais d'écourter les audiences pour que mon fils puisse sortir jouer : c'était une torture pour un enfant de sept ans, tout Fils du Ciel qu'il fût.

De l'avis général, le manquement au devoir de Ho n'était pas ce que l'on croyait : en un mot, le gouverneur n'était pas responsable. Le ministre des Revenus de la province du Jiangsu témoigna : « J'ai demandé au gouverneur Ho de venir m'aider à protéger ma région. C'est un héros que nous avons là, pas un déserteur ! »

Tongzhi s'ennuyait et voulait s'en aller. J'excusai mon fils et pris les choses en main. Je demeurai ferme, surtout après avoir appris que Ho avait tenté de détruire des preuves et d'intimider des témoins.

Le prince Kung se retira après des jours de discussions stériles. Il préférait me laisser faire et je continuai à me battre contre la cour, qui exigeait à présent « un enquêteur plus crédible ».

J'avais l'impression de jouer à un jeu dont j'ignorais les règles ; de plus, je n'avais pas le temps de les apprendre. Au nom de mon fils, je convoquai le général Tseng Kuo-fan, qui remplaçait provisoirement le gouverneur Ho. Après lui avoir déclaré que je cherchais désespérément des gens à même de ne dire que la vérité, je le priai de se charger de la contre-enquête.

J'expliquai à Tongzhi que son père et moi avions toujours eu grande confiance en l'intégrité de Tseng. Pour aiguillonner sa curiosité, je lui relatai l'histoire de la première entrevue entre Tseng et Xianfeng : le général avait été pris de panique quand l'empereur avait voulu savoir d'où lui venait son sobriquet, « le Coupeur de têtes ».

Le récit des exploits de Tseng passionnait Tongzhi, qui me demanda un jour si le général était mandchou. « Non, lui dis-je, c'est un Han », et je profitai de l'occasion pour ajouter : « Tu verras la discrimination que la cour exerce à l'égard des Han.

— Tant qu'il se battra pour moi et sera victorieux, peu m'importe sa race.

— C'est pour cela que tu es l'empereur », répliquai-je fière de lui.

La cour accepta la nomination de Tseng Kuo-fan et je la soupçonnai de croire que lui aussi était corrompu. Je posai comme condition que les découvertes de Tseng soient consignées dans les Annales.

Moins d'un mois plus tard, il exposa devant la cour assemblée le résultat de son enquête. Son discours me ravit : « La résidence du gouverneur ayant été incendiée par les Taiping, il ne demeure aucun document écrit pour éclairer mes enquêteurs. Toutefois, le fait est que le gouverneur Ho Kui-ching a failli à son devoir de protéger ses provinces. La décapitation ne serait pas un châtiment inapproprié puisque telle est la loi du gouvernement impérial. De plus, selon moi, que ses subordonnés l'aient ou non persuadé de déserter est sans rapport avec la question. »

Le silence pesant de la cour me fit comprendre que j'avais gagné.

Cependant, je supportais mal de devoir prononcer moi-même la sentence. Je n'étais peut-être pas aussi dévote que Nuharoo, mais je croyais à l'enseignement du Bouddha pour qui « celui qui tue affaiblit sa propre vertu ». Un acte aussi terrible perturbe l'équilibre intérieur et diminue la longévité. Hélas, je ne pouvais me dérober.

Le second accusé était le général Sheng Pao, qui était non seulement mon ami mais avait aussi beaucoup contribué à la grandeur de la dynastie. Si j'en perdis le sommeil, je ne doutai pourtant jamais de mes actes.

Devant mes fenêtres, les arbres s'agitaient violemment sous la tempête soudaine et leurs branches ressemblaient à des bras nus implorant du secours.

Détrempées, battues par le vent, elles se cassaient et s'abattaient sur les tuiles jaunes du toit de mon palais[1]. Le grand magnolia de la cour avait bourgeonné tôt cette année et l'orage gâterait certainement sa floraison.

Il était minuit et Sheng Pao hantait mes pensées tandis que j'observais les gouttes de pluie ruisseler le long des vitres. Je ne pouvais me résoudre à cette décision et une petite voix me répétait sans répit : *Orchidée, sans Sheng Pao, tu n'aurais pas survécu.*

Sheng Pao était un redoutable homme de Bannière[2] mandchou, un soldat téméraire issu d'une famille pauvre qui s'était fait tout seul. Pendant des années, il avait été commandant en chef des forces impériales du Nord et s'était montré très influent au sein de la cour. Il était craint de ses ennemis au point que son seul nom faisait frissonner les Taiping. Ce général aimait ses soldats et détestait la guerre car il en savait le coût. En choisissant de négocier avec les chefs rebelles, il était parvenu à récupérer plusieurs provinces sans recourir à la force.

En 1861, Sheng Pao m'avait soutenue contre l'ancien maître du Grand Conseil, Su Shun. J'avais été très éprouvée par le coup d'État survenu après la mort de mon mari et Sheng Pao avait été le seul militaire à me venir en aide.

Les problèmes commencèrent dès notre retour de la réserve de chasse impériale de Jehol, alors que nous ramenions à Pékin le corps de mon défunt époux. Pour le récompenser, j'avais promu le général en lui accordant des pouvoirs et une richesse inégalés. Il ne

---

1. En Chine et dans le reste de l'Orient, le jaune est la couleur de l'empereur.
2. Chacune des huit Bannières consistait en unités appelées *niulu*, regroupant trois cents personnes et servant d'organisation politique, militaire et de production de base.

fallut toutefois pas attendre longtemps pour que des plaintes affluent des quatre coins du pays. Les lettres dénonçant ses abus furent d'abord portées au Conseil de Guerre, car nul n'osait défier Sheng Pao.

Le prince Kung ignora ces doléances tout en espérant que Sheng Pao se reprenne. C'était un vœu pieux et l'on me suggéra même de fermer les yeux eu égard à l'importance du personnage.

Les enquêteurs du prince Kung découvrirent que le général avait gonflé les chiffres des pertes pour recevoir des compensations supplémentaires. Il revendiquait aussi des victoires imaginaires pour assurer la promotion de ses officiers et exigeait que la cour réponde favorablement à toutes ses demandes. Il avait pris l'habitude d'augmenter les impôts pour son compte personnel et chacun savait qu'il abusait de la boisson et de la compagnie des prostituées.

D'autres gouverneurs s'étaient mis à suivre son néfaste exemple et certains avaient même cessé d'acquitter les taxes impériales. On apprenait aux soldats à leur jurer loyauté plutôt qu'à l'empereur Tongzhi. Les rues de Pékin bruissaient d'un slogan moqueur : « L'empereur de Chine, ce n'est pas Tongzhi mais Sheng Pao ! »

L'extravagance de son mariage défraya la chronique, d'autant que sa fiancée avait été l'épouse d'un meneur Taiping.

Peu après s'être levé, le soleil perça le rideau de nuages, mais la pluie persista. Une brume se forma dans la cour, partant à l'assaut des arbres telle une fumée blanche.

J'étais installée sur mon siège, déjà tout habillée, lorsque mon eunuque An-te-hai arriva précipitamment.

« Ma dame, Yung Lu est là ! »

J'en eus le souffle coupé en le voyant entrer, superbe dans son uniforme d'homme de Bannière. Je voulus me lever afin de lui souhaiter la bienvenue mais mes jambes ne m'obéirent pas, de sorte que je demeurai assise.

An-te-hai prit tout son temps pour disposer entre nous un tapis de velours jaune : il devait se trouver à quelques pas de moi, ainsi que l'exigeait l'étiquette dans le cadre d'une rencontre avec une veuve impériale au cours de la seconde année suivant la période de deuil. Je trouvais cela absurde car Yung Lu et moi nous étions souvent vus à l'occasion des audiences, même si lui et moi devions nous comporter comme des étrangers. Ce rituel avait pour but de nous rappeler la distance qui sépare les hommes et les femmes de la cour impériale.

Mes eunuques, servantes et dames de compagnie se tenaient le long du mur, mains croisées, et admiraient la précision des gestes d'An-te-hai. Au fil des ans, il était passé maître en la matière et se montrait sans égal quand j'accordais une entrevue à Yung Lu.

Yung Lu se jeta sur le tapis et se frappa doucement le front contre le sol avant de me souhaiter une santé prospère. À voix basse, je le priai de se relever, ce qu'il fit. An-te-hai put alors enlever le tapis avec lenteur et concentrer sur lui l'attention de l'assistance tandis que le général et moi nous adressions des regards.

Le thé fut servi alors que nous nous tenions immobiles comme deux potiches. Nous nous mîmes à parler des conséquences de la condamnation du gouverneur Ho et échangeâmes nos points de vue sur le cas de Sheng Pao. Yung Lu m'assura du bien-fondé de mes décisions.

Le cœur battant, j'étais assise non loin de mon amoureux. Comment aurais-je pu oublier ce qui s'était passé quatre ans plus tôt, quand nous avions partagé notre unique instant d'intimité à l'intérieur de la sépulture de Xianfeng ? Je brûlais de savoir si Yung Lu se rappelait comme moi cet événement, mais rien dans son attitude ne m'apportait de réponse. Quelques jours plus tôt, alors qu'il prenait place en face de moi à l'occasion d'une audience, je m'étais même demandé si je n'avais pas rêvé cette passion partagée. Moi, la veuve de l'empereur Xianfeng, je n'avais aucun avenir avec un homme, quel qu'il fût, pourtant mon cœur se refusait à demeurer muré dans son tombeau.

Le poste de commandant des hommes de Bannière éloignait souvent Yung Lu de la capitale. Accompagné ou non de ses soldats, il se rendait partout où sa présence était nécessaire pour s'assurer que les armées chinoises remplissaient leur devoir envers l'empire. C'était un homme d'action et ce genre de vie lui convenait parfaitement : soldat, il préférait la compagnie de ses semblables à celle des ministres de la cour.

Ses fréquentes absences apaisaient mon désir, mais ses retours me dévoilaient la profondeur de mes sentiments. Sans crier gare, il se trouvait en ma présence pour me tenir au courant d'une affaire importante ou me conseiller à un moment critique. Il pouvait passer plusieurs semaines, voire plusieurs mois dans la capitale et assister avec assiduité aux audiences. Il va sans dire que c'est uniquement dans de telles circonstances que mes devoirs ne me pesaient plus.

Il m'évitait cependant le reste du temps car telle était sa façon de me protéger des rumeurs et des bavardages. Chaque fois que j'exprimais le désir de le recevoir en privé, il déclinait mon offre. Je lui envoyais An-te-hai à tout instant pour lui faire comprendre que la porte percée entre la salle d'audience et mes appartements lui était toujours ouverte.

Même si Yung Lu m'avait démontré la justesse de ma décision en ce qui concernait Sheng Pao, l'inquiétude ne me quittait pas. Certes, les preuves à charge étaient accablantes, mais le général avait beaucoup d'alliés à la cour dont le prince Kung qui, je le voyais bien, prenait ses distances. Quand Sheng Pao fut enfin ramené sous escorte à Pékin, mon beau-frère se manifesta à nouveau pour exiger qu'il fût envoyé en exil et non pas exécuté. Une fois de plus, je lui rappelai que l'ordre original d'exécution émanait de l'empereur Xianfeng, mais il s'obstina et considéra mon insistance comme une sorte de déclaration de guerre.

Je me sentais vulnérable et effrayée quand des pétitions en faveur de la libération de Sheng Pao m'arrivaient des quatre coins du pays mais, comme à son habitude, Yung Lu me redonnait courage. Rares étaient ceux qui connaissaient ses raisons de vouloir la mort du général : il avait été scandalisé quand celui-ci avait fait tuer sauvagement des soldats blessés. Pour lui, c'était manquer à un devoir sacré.

Ma stratégie était simple : j'assurai aux subalternes de Sheng Pao que je ne le ferais pas décapiter si la majorité d'entre eux croyaient qu'il méritait de vivre. J'ajoutai que les hommes de son clan ne seraient pas châtiés avec leur chef. Rassurés, ils pouvaient désormais voter avec leur cœur, et ils se prononcèrent pour la mort.

Sheng Pao fut conduit au bourreau et il connut une fin rapide. Un sentiment d'échec et de tristesse me submergea. Depuis plusieurs nuits je faisais le même rêve : grimpé sur un tabouret au fond d'une salle obscure et vêtu d'un pyjama de coton gris, mon père essayait d'enfoncer un clou dans le mur. Sa maigreur était effrayante et la peau lui collait aux os. Le tabouret était branlant et il lui manquait un pied. J'appelais mon père et il se retournait, très guindé. Son bras gauche se tendait vers moi et, dans la paume de sa main, j'apercevais une poignée de clous rouillés.

Je n'osais pas faire interpréter ce songe car, pour la symbolique chinoise, les clous rouillés représentent les remords et les regrets.

Je n'aurais pu agir sans le soutien de Yung Lu. Mes sentiments pour lui se renforçaient avec le temps mais notre amour physique appartenait au domaine des chimères. Chaque jour l'absence d'un homme dans ma vie se faisait plus cruelle mais je m'inquiétais surtout pour Tongzhi. Près de dix ans plus tôt, j'avais perdu un époux mais mon fils avait perdu un père, et cela m'apparaissait doublement tragique. Il lui fallait assumer pleinement les responsabilités de sa position et être ainsi privé de son enfance. Il ne connaîtrait pas les joies de l'insouciance. Il avait dix ans à présent et je décelais en lui une instabilité de caractère qui se traduisait parfois en accès de mauvaise humeur.

Tongzhi avait besoin d'une main virile pour le guider et là résidait la seconde composante de la tragédie que je viens d'évoquer. Il lui fallait tenir un rôle difficile bien avant l'âge sans avoir quelqu'un sur qui modeler son caractère et son comportement. Dans cette cour déchirée par les passions politiques, rares étaient les figures paternelles ne dissimulant pas quelque noir dessein.

Yung Lu et le prince Kung étaient les deux hommes qui, je l'avais espéré, rempliraient cette fonction mais le conflit afférent à Sheng Pao avait brouillé les cartes. Yung Lu avait joui d'une grande popularité avant de se ranger à mes côtés, de sorte que son influence était aujourd'hui mise en doute et je n'allais pas tarder à deviner la profondeur du ressentiment du prince Kung à mon égard.

Trois

Si je m'étais attendue à affronter le gouverneur Ho Kui-ching et le général Sheng Pao, je n'aurais jamais imaginé devoir m'opposer à mon beau-frère, le prince Kung. Nos histoires étaient liées depuis si longtemps que je n'étais nullement préparée à la fin de notre relation. Depuis la crise survenue peu après la mort de mon mari, à Jehol, nous étions des alliés sincères, pour ne pas dire essentiels. Kung était resté à Pékin alors que la cour s'enfuyait devant les armées étrangères et il avait eu la tâche humiliante de devoir négocier avec l'envahisseur, mais quand le Grand Conseiller Su Shun avait tenté de prendre le pouvoir pendant que la cour était en exil par-delà la Grande Muraille, Kung avait eu les mains libres pour contrer le coup d'État. Plus que quiconque, il nous avait sauvés, Nuharoo, moi-même et le petit Tongzhi.

Nous étions amis, ou du moins j'éprouvais de l'affection pour lui et croyais comprendre ses motivations. Il jouissait d'un talent véritable et avait toujours été plus capable que son frère, qui avait pourtant accédé au trône. Plus réservé, plus discipliné que Xianfeng, le prince Kung pouvait passer pour froid mais, au moins, il ne laissait pas l'amertume le submerger. C'est pour cela qu'il méritait mon respect ainsi que celui d'une grande partie de la cour. J'avais toujours senti qu'il agissait pour le bien de la Chine et non pas pour de sordides intérêts personnels.

C'était une époque troublée. Tout était sujet à conflit et les tensions entre factions empoisonnaient l'atmosphère.

Il s'avéra peu à peu que Kung nous évitait lorsqu'il menait les affaires de cour. La même chose s'était produite à Jehol quand Su Shun le manipulateur avait insisté pour que Nuharoo et moi-même laissions des hommes plus capables que nous prendre les décisions officielles. De diverses façons, il nous faisait comprendre que nous n'étions pour lui que des belles-sœurs, pas des alliées politiques.

« Il est vrai qu'en tant que femmes nous avons une moins bonne connaissance des puissances étrangères, plaidai-je, mais cela ne signifie pas que nos droits doivent être bafoués. »

Cela ne servit à rien : il ne prit pas la peine de discuter avec nous et continua tout simplement à nous contourner.

J'incitai Nuharoo à protester avec moi mais elle ne partageait pas mes inquiétudes. Elle me suggéra de pardonner au prince Kung et de passer à autre chose. « Préserver l'harmonie, tel est notre devoir familial », m'expliqua-t-elle en souriant.

Privée des rapports quotidiens, je n'avais pas la moindre idée de ce qui se tramait. Je me sentais aveugle et sourde quand, au cours d'une audience, on me demandait de prendre une décision. Le prince Kung faisait croire aux étrangers que Nuharoo et moi n'étions là que pour la représentation et c'est à lui qu'ils adressaient leurs propositions et non à Tongzhi.

Mon fils avait près de douze ans quand la situation devint intolérable. Dans quelques années, il assumerait pleinement son rôle d'empereur – à condition qu'on lui en laisse la possibilité. Lors des audiences, il n'avait pas conscience des conflits latents mais ressentait la gêne qui était mienne. Les tensions entre nous ne faisaient que renforcer son désir d'échapper à sa charge. Quand Tongzhi tapait du pied ou contemplait le plafond jusqu'à la fin d'une audience, je ne pouvais que scruter l'assemblée des ministres, nobles et sujets et songer que je manquais à mes engagements envers mon fils.

Je compris que Nuharoo ne me soutiendrait pas si je ne parvenais à la convaincre qu'elle aussi avait beaucoup à perdre. Mon fils ne serait empereur que de nom alors que son oncle détiendrait le véritable pouvoir. L'exécution du gouverneur Ho et du général Sheng Pao avait suscité de la réprobation parce que ces hommes étaient des amis du prince Kung. J'avais insisté et ils avaient été mis à mort, mais je mesurais désormais toute la portée de ma « dette de sang ».

Mal préparées et muettes bien souvent, Nuharoo et moi laissions le prince Kung mener les audiences comme si nous n'existions pas. Ce manque de respect était tel que la cour se sentit bientôt libre de nous ignorer ouvertement. Yung Lu craignait de voir l'armée l'imiter.

Je savais que je devais réagir au plus vite, pour Tongzhi et pour moi-même, et je reconnus l'instant propice quand un officier d'une ville du Nord m'adressa une lettre où il se plaignait du prince Kung.

En moins de deux heures, je rédigeai un édit où j'exposais les récriminations contre le prince. Je choisis avec soin chaque mot et m'en tins aux faits, évitant soigneusement toute allusion au caractère de mon beau-frère, puis je convoquai mon fils pour tenter de lui expliquer la situation. Tongzhi blêmit et écarquilla les yeux. Il me paraissait si jeune, si vulnérable, même vêtu de ses robes de soie jaune frappées du symbole impérial. Je n'avais pas eu l'intention de l'effrayer et mon cœur s'emplit de chagrin, mais il fallait bien qu'il comprenne.

Ensuite, au nom de mon fils, j'envoyai chercher le prince Kung. Un silence pesant s'abattit sur la salle d'audience quand Tongzhi lut l'édit que j'avais rédigé et déposé entre ses mains. Comme pris par surprise, aucun personnage de la cour n'en contesta le contenu. La nuit précédente, j'avais persuadé Nuharoo de se trouver à mes côtés, mais elle était absente lors de l'annonce officielle. Dans cet édit, je répertoriais les nombreuses lois que Kung avait violées. Mes arguments étaient fondés, mes preuves irréfutables. Mon beau-frère n'avait pas le choix : il lui fallait reconnaître avoir mal agi.

J'humiliai le prince en le privant de ses titres et en le dégradant.

Le même soir, je priai Yung Lu de lui parler en privé et il lui fit comprendre que l'unique solution passait par une union avec ma personne. « Dès que vous aurez fait des excuses publiques, lui promit Yung Lu en mon nom, Sa Majesté vous rendra tous vos honneurs. »

Pour les ennemis du prince Kung, ce que j'avais fait consistait à « libérer une bête sauvage » et ils me supplièrent de ne pas le réintégrer. Ces hommes n'avaient aucune idée de ce que j'attendais de lui : ils ne pouvaient imaginer que le châtier était le seul moyen de nous réunir à nouveau. Je ne désirais qu'une chose, être traitée en égale.

Pour mettre un terme aux rumeurs racontant que le prince Kung et moi étions ennemis, j'écrivis un autre édit par lequel je lui accordais la permission de faire ce dont il rêvait depuis longtemps : ouvrir une académie d'élite, l'École impériale de Sciences et de Mathématiques.

Tongzhi se plaignit de maux d'estomac et ne put assister à l'audience matinale mais, l'après-midi, j'envoyai An-te-hai le chercher. Mon fils allait avoir treize ans et il était empereur depuis sept années. Je comprenais pourquoi il haïssait ses devoirs et s'esquivait chaque fois qu'il le pouvait, mais cela ne m'empêchait pas d'être déçue.

Je ne cessai de penser à lui alors que, assise sur le trône, j'écoutais Yung Lu lire une lettre de Tseng Kuo-fan évoquant le remplacement du gouverneur Ho et de Sheng Pao. Aucune décision n'avait encore été prise et j'avais du mal à me concentrer. Les yeux rivés sur la porte, j'espérais entendre l'annonce de l'entrée de mon fils. Enfin il arriva et les cinquante hommes présents dans la salle tombèrent à genoux pour se frapper le front sur le sol. Tongzhi prit place sur le trône sans même leur accorder un regard.

Mon beau garçon s'était rasé pour la première fois. Il avait beaucoup grandi dernièrement. Ses yeux et sa voix douce me rappelaient son père. Devant la cour, il semblait sûr de lui mais je savais que l'instabilité de son caractère ne faisait qu'augmenter.

Je laissais Tongzhi seul la plupart du temps parce que l'ordre m'en avait été donné. Nuharoo m'avait fait comprendre qu'il était de son devoir d'exprimer les besoins de l'empereur. « Tongzhi doit pouvoir mûrir selon ses propres critères », avait-elle précisé.

La cour avait du mal à maîtriser le caractère sauvage de Tongzhi. Un jour, Tsai-chen, fils du prince Kung, arriva pour devenir le compagnon d'études de mon fils. Bien que n'ayant pas pris part à cette décision, j'étais impressionnée par ses bonnes manières et je fus soulagée de constater que les deux garçons se lièrent aussitôt d'amitié.

Tsai-chen avait deux ans de plus que Tongzhi et son expérience du monde extérieur fascinait le jeune empereur qui n'avait pas le droit de franchir les portes de la Cité interdite. Les deux garçons partageaient en outre le même intérêt pour l'opéra chinois.

Contrairement à Tongzhi, Tsai-chen était robuste et solidement bâti. Il adorait monter à cheval et j'espérais que, sous l'influence de son ami, mon fils suivrait la tradition des hommes de Bannière, celle des guerriers mandchous qui avaient vaincu la Chine des Han deux siècles auparavant. Les peintures de famille montraient les empereurs mandchous participant à des événements tout au long de l'année, qu'il s'agisse d'arts martiaux, d'équitation ou de chasse automnale. Depuis six générations, la tradition était respectée et je verrais mon rêve se réaliser si, un jour, Tongzhi montait enfin à cheval.

« Je pars pour Wuchang ce soir même. » Yung Lu se tenait devant moi. La brutalité de la nouvelle me bouleversa.

« Pourquoi ? demandai-je.

— Les seigneurs de la guerre de la province du Jiangxi ont réclamé le droit de commander des armées privées.

— N'est-ce pas déjà le cas ?

— Si, mais ils veulent l'aval officiel de la cour. Bien entendu, ils ne cherchent pas seulement à échapper à l'impôt, ils s'attendent aussi à voir revaloriser leurs subventions.

— Il n'y a rien à discuter. » Je détournai la tête. « L'empereur Xianfeng avait toujours rejeté leur proposition.

— Mais ils veulent défier l'empereur Tongzhi, Votre Majesté.

— Qu'entendez-vous par là ?

— Une rébellion se prépare. »

Je regardai Yung Lu dans les yeux et je compris tout.

« Ne pouvez-vous confier ce problème à Tseng Kuo-fan ? » L'idée d'envoyer Yung Lu vers la frontière me mettait mal à l'aise.

« Les seigneurs de la guerre pèseront davantage les conséquences de leurs actes s'ils savent qu'ils traitent directement avec vous.

— Est-ce là l'idée de Tseng Kuo-fan ?

— Oui. Le général a suggéré que vous mettiez à profit vos récentes victoires à la cour.

— Il veut que je fasse couler davantage de sang. Yung Lu, le général Tseng me transmettrait son surnom de "Coupeur de têtes" si c'est ce que vous entendez par "mes récentes victoires". Cela ne me plaît pas, avouai-je la gorge serrée par l'émotion. Je veux inspirer l'amour, pas la terreur.

— Je suis du même avis que Tseng, vous êtes la seule personne que les seigneurs de la guerre craignent aujourd'hui.

— Vous savez ce que je ressens…

— Oui, Votre Majesté, mais songez à Tongzhi. »

Je le dévisageai puis hochai la tête.

« Permettez-moi de partir et de régler cette affaire au nom de l'empereur, déclara-t-il.

— Votre départ est très risqué et moi, j'ai besoin de votre protection. » Nerveuse, j'avais parlé à toute allure.

Yung Lu m'expliqua qu'il avait déjà pris des dispositions et que je n'avais rien à redouter.

Je ne pouvais me résoudre à lui dire au revoir mais, sans un regard, il me demanda pardon et s'en alla.

Quatre

Cétait le printemps de l'année 1868 et la pluie détrempait la terre. Dans mon jardin, les tulipes d'hiver bleues commençaient à pourrir. J'avais trente-quatre ans. Mes nuits s'emplissaient de la stridulation des criquets. L'odeur de l'encens me parvenait du temple du palais où vivaient les anciennes concubines. Je ne les connaissais pas toutes car l'étiquette de la Cité interdite n'autorisait que les visites officielles. Ces dames passaient leurs journées à sculpter des calebasses, à élever des vers à soie et à broder. Sous leurs aiguilles naissaient des silhouettes d'enfants et je recevais toujours les habits qu'elles confectionnaient pour mon fils.

Dame Mei et dame Hui, les plus jeunes épouses de mon mari, étaient, à ce que l'on racontait, frappées par une malédiction secrète. Elles parlaient comme les morts et déclaraient que la pluie avait transpercé leur tête tout au long de la saison. Afin de prouver leurs dires, elles ôtaient leur coiffure devant leurs eunuques pour leur montrer comment l'eau avait pénétré jusqu'à la racine de leurs cheveux. Dame Mei, paraît-il, était fascinée par les images morbides. Elle avait commandé des draps de soie blanche[1] et passait des journées entières à les laver de ses mains. « Je veux

---

1. En Orient, le blanc est traditionnellement la couleur du deuil.

qu'on m'y enroule quand je mourrai », disait-elle d'une voix mélodramatique, et elle inculquait à ses eunuques l'art de l'envelopper correctement.

Je dînais seule une fois les audiences terminées. Je dédaignais désormais le défilé de mets somptueux et ne consommais que le contenu des quatre bols qu'An-te-hai plaçait devant moi. Il s'agissait le plus souvent de légumes verts, de pousses de soja, de poulet et de poisson à la vapeur. Après dîner, je faisais quelques pas dans le jardin mais, ce soir-là, j'allai directement au lit et demandai à mon eunuque de me réveiller une heure plus tard car un travail important m'attendait.

La lune brillait de tout son éclat et je voyais sur le mur la calligraphie d'un poème datant du XIe siècle :

Combien de rafales et de bourrasques endurera
le ruisseau avant que de revenir à sa source ?
Je crains que les fleurs printanières se fanent trop tôt.
Elles ont perdu leurs pétales, si nombreux
qu'on ne peut les compter.
L'herbe odorante s'étire jusqu'à l'horizon.
Les feuilles du printemps volettent en silence.
La toile de l'araignée ne pourra empêcher
le printemps de s'en aller.

L'image de Yung Lu s'imposa à moi et je me demandai où il se trouvait et s'il était en sécurité.

« Ma dame, chuchota An-te-hai, le théâtre est bondé avant même que la pièce commence. » Il alluma une bougie et s'approcha de moi. « Dans les maisons de thé de Pékin, on ne parle que de la vie privée de Votre Majesté. »

Je ne tenais pas à ce que cela me perturbe. « Laisse-moi, An-te-hai.

— La rumeur cite le nom du prince Yung Lu, ma dame. »

Mon cœur tressaillit mais il serait malhonnête de prétendre que je ne m'y attendais pas.

« Mes espions affirment que votre fils a lancé cette rumeur, reprit-il.

— C'est absurde.

— Bonne nuit, ma dame, fit-il en reculant vers la porte.

— Attends. Tu cherches à me dire que mon fils en est à la source ?

— Ce ne sont que des bavardages, ma dame. Bonne nuit.

— Le prince Kung y a-t-il contribué ?

— Je ne le pense pas, mais il n'a rien fait pour les empêcher. »

Je me sentis soudain très faible. « An-te-hai, reste avec moi.

— Oui, ma dame. Je veillerai sur vous jusqu'à ce que vous soyez endormie.

— Mon fils me déteste, An-te-hai.

— Ce n'est pas vous qu'il déteste mais moi. Plus d'une fois Sa Jeune Majesté a juré qu'il me ferait mettre à mort.

— Ce ne sont que des mots, An-te-hai. Tongzhi est encore un enfant.

— C'est également ce que je me suis dit, ma dame, mais quand je le regarde, je sais qu'il ne plaisante pas et j'ai peur.

— Moi aussi, pourtant je suis sa mère.

— Tongzhi n'est plus un garçon, ma dame, il a déjà fait comme les hommes.

— Comme les hommes ? Qu'entends-tu par là ?

— Je ne puis rien dire de plus, ma dame.

— An-te-hai, continue, je t'en prie.

— Je ne connais pas le détail de la chose.

— Raconte-moi ce que tu sais. »

L'eunuque insista pour que je l'autorise à garder le silence tant que ses informations ne seraient pas plus précises puis il se retira en grande hâte.

Toute la nuit je songeai à mon fils. Le prince Kung le manipulait-il pour mieux m'atteindre ? On racontait partout qu'après s'être excusé de son comportement, Kung avait mis un terme à son amitié avec Yung Lu. L'affaire du général Sheng Pao les avait divisés.

Je savais que Tongzhi me reprochait amèrement la façon dont j'avais traité son oncle. Le prince Kung était, à ses yeux, ce qui ressemblait le plus à un père et il supportait mal d'avoir dû lire l'édit de condamnation devant son oncle et l'ensemble de la cour. Peut-être n'avait-il pas saisi toute l'importance des mots, mais il avait perçu le regard d'humiliation de Kung. Pour cela, et pour d'autres choses encore, il m'en voulait.

Tongzhi passait toujours plus de temps avec le fils de Kung, Tsai-chen. Je me réjouissais qu'ils puissent échapper ainsi, ne fût-ce que brièvement, aux pressions de la cour. Par l'imagination, je me joignais à eux quand ils chevauchaient dans les jardins du palais et les parcs impériaux situés au-delà. Je retrouvais le moral quand ils revenaient le visage rubicond. Je sentais que mon fils se montrait plus indépendant, mais je me demandais aussi s'il s'agissait d'une véritable liberté ou s'il se contentait de m'éviter, moi, sa mère, qu'il associait à l'étiquette pesante des audiences et qui le contraignait à faire des choses qui lui étaient désagréables.

Je ne savais comment apaiser sa colère hormis en le laissant seul dans l'espoir qu'elle s'éteigne d'elle-même. De plus en plus, nous ne nous voyions qu'aux audiences, ce qui ne faisait que renforcer mon sentiment de solitude et mon insomnie. Je ne cessais de penser aux vieilles concubines du temple et me demandais si leur sort n'était pas préférable au mien.

Dans le but de me protéger, Yung Lu s'était retiré dans une région lointaine de l'empire. Depuis que j'avais donné le jour à Tongzhi, j'étais un objet de mépris et d'incompréhension, et je m'y étais habituée. Je ne m'attendais pas à voir cesser rumeurs et cauchemars tant que Tongzhi ne serait pas officiellement monté sur le trône.

Mon unique souhait était de pouvoir construire ma vie comme je l'entendais, mais je sentais cette possibilité glisser entre mes doigts. Pour assurer l'avenir de mon fils, je ne pouvais échapper à mon devoir de régente. L'exercer, cependant, c'était me laisser entraîner dans des conflits que j'étais incapable de résoudre. Je m'interrogeais. Quelle était la vie de Yung Lu sur la frontière ? J'avais essayé de ne plus nous imaginer amants mais mes sens continuaient à me trahir. Son absence me rendait les audiences intolérables.

Sachant que je ne me blottirais jamais dans les bras de Yung Lu, j'étais envieuse de celles dont les lèvres prononçaient son nom. C'était le célibataire le plus convoité de l'empire et aucun de ses faits et gestes ne passait inaperçu. J'imaginais les marieuses se presser à sa porte. Pour éviter la frustration, je m'occupais sans relâche et cultivais l'amitié. J'apportais mon soutien au général Tseng Kuo-fan dans son combat contre les Taiping et, au nom de mon fils, je le couvrais d'éloges à chacune de ses victoires.

La veille, j'avais accordé une audience à un homme de grand talent, Li Hung-chang, disciple et compagnon de Tseng Kuo-fan. Li était un Chinois de belle prestance. Je n'avais jamais entendu Tseng louer quelqu'un comme il le faisait de Li Hung-chang, qu'il surnommait « Li l'invincible ». Son accent me fit demander s'il n'était pas originaire de l'Anhui, ma propre province, et je me réjouis d'apprendre que c'était le cas. Dans le dialecte local, il me dit être né à Hefei, non loin de la ville de mon enfance, Wuhu. Lors de notre conversation, je découvris qu'il s'était fait tout seul comme son mentor, Tseng.

J'invitai Li Hung-chang à assister à une représentation d'opéra dans mon théâtre mais mon véritable but était d'en savoir davantage sur sa personne. Li était un lettré puis un soldat devenu général. Homme d'affaires avisé, il comptait parmi les personnes les plus riches du pays. Il me confia que son nouveau domaine d'action était la diplomatie.

Avant de venir à la Cité interdite, il s'occupait de la construction d'une ligne ferroviaire qui, un jour prochain, traverserait toute la Chine. Je lui promis d'assister à l'inauguration de son projet ; en échange, je lui demandai s'il pouvait étendre cette ligne jusqu'à la Cité interdite. Soudain enflammé, il me jura qu'il me construirait une gare.

Le prince Kung n'appréciait pas que je me fasse des amis en dehors du cercle impérial et le fossé qui nous séparait se creusa à nouveau. Nous savions tous deux que notre controverse n'avait pas pour objet le recrutement de nouveaux alliés – cela, il le souhaitait autant que moi –, mais l'exercice même du pouvoir. Je ne voulais être la rivale de qui que ce soit, notamment du prince Kung. Troublée, frustrée, je me rendais compte que nos différences étaient fondamentales et impossibles à résoudre. Je comprenais ses inquiétudes mais ne pouvais le laisser gouverner le pays à sa guise.

Le prince Kung n'était plus cet homme à l'esprit ouvert et au grand cœur que j'avais jadis connu. Dans le passé, il avait nommé des hommes à des postes élevés en s'appuyant sur leur seul mérite et il avait été l'un des plus ardents avocats de l'union des différents peuples composant la Chine. Il avait accordé des promotions à des Han mais aussi à des employés étrangers, tel l'Anglais Robert Hart qui, depuis des années, dirigeait le Bureau des douanes maritimes[1]. Cependant, quand les Han occupèrent la majorité des sièges à la cour, le prince Kung changea d'attitude et mes rapports avec des hommes tels que Tseng Kuo-fan et Li Hung-chang ne firent qu'empirer les choses.

Kung et moi étions également en désaccord à propos de Tongzhi. J'ignorais comment il élevait ses enfants mais je ne me rendais que trop compte de l'immaturité de mon fils. Il est vrai que j'aurais aimé que le prince se montrât si ferme que Tongzhi pût bénéficier de cette image du père, en revanche je voulais qu'il cesse de ridiculiser mon fils devant la cour. « Tongzhi est peut-être faible de caractère, déclarai-je à mon beau-frère, mais il est né pour être empereur de Chine. »

Le prince Kung proposa officiellement que la cour limite mon pouvoir. « Avoir franchi la frontière des sexes », telle était l'appellation de mon crime. Je parvins à déjouer sa manœuvre mais il me fut de plus en plus difficile d'offrir des postes à des hommes qui ne fussent pas mandchous. L'attitude hostile du prince à l'encontre des Han commençait à avoir un impact négatif.

Les ministres Han compatissaient à mes épreuves et faisaient de leur mieux pour m'aider, allant jusqu'à avaler des couleuvres en ne répliquant pas aux remarques désobligeantes des Mandchous. Le manque de respect dont j'étais chaque jour le témoin impuissant m'anéantissait. Quand le prince Kung me demanda lors d'une audience de rappeler les officiers mandchous qui avaient failli à leur devoir, je sortis de mes gonds. « Les Mandchous sont pareils à des pétards

---

1. En 1896, il mettra sur pied le premier service postal moderne de la Chine.

défectueux qui n'éclatent pas ! » Ce fut tout ce que l'on retint de mes paroles et la remarque fut ensuite utilisée contre mon fils.

J'en supportai toutes les conséquences : je perdis son affection. « Vous avez fait de mon oncle le prince Kung une victime ! » me lança-t-il un jour. J'implorais le Ciel de m'accorder la force car je croyais sincèrement à ce que je faisais. Kung s'affligerait de ne pouvoir me contrecarrer, mais je me disais que je n'avais rien à craindre. J'avais dirigé la nation sans lui et je continuerais à le faire sans faiblir.

Cinq

« La Glorieuse Renaissance de Tongzhi », c'est ainsi que l'on appela le règne de mon fils qui n'avait pourtant pas fait grand-chose pour mériter de telles louanges. Tout le mérite revenait au général Tseng Kuo-fan, en lutte contre les Taiping depuis 1864. En 1868, il avait réussi à écraser la plupart des rebelles. Comme j'avais moi-même choisi Tseng, la cour intérieure loua ma sagesse en me surnommant « le Vieux Bouddha ».

Reconnaissante envers le général, je le gratifiai d'une promotion qu'à mon grand étonnement il refusa. « Ce n'est pas que je méprise les honneurs, expliqua-t-il dans une lettre qu'il m'adressa, et j'en ai déjà eu beaucoup, mais je ne veux pas que mes pairs y voient un symbole de puissance. Je crains que cette distinction n'attise la soif de pouvoir au sein du gouvernement. J'aimerais que tous les généraux de mon entourage se sentent mes égaux. Je veux que mes soldats sachent que je suis l'un d'eux et que je me bats pour une cause, pas pour le pouvoir ou le prestige. »

Je lui répondis en ces termes : « En tant que corégentes, Nuharoo et moi-même ne désirons que voir régner l'ordre et la paix et un tel objectif ne saurait être atteint sans vous. Tant que vous n'accepterez pas cette promotion, notre conscience ne connaîtra pas de repos. »

Tseng Kuo-fan se soumit de mauvais gré.

Gouverneur principal en charge des provinces du Jiangsu, du Jiangxi et de l'Anhui, Tseng Kuo-fan devint le premier Chinois d'origine Han à égaler de par son rang Yung Lu et le prince Kung.

Tseng s'activait comme une fourmi mais passait toujours pour excessivement prudent aux yeux d'autrui. Il gardait ses distances par rapport au trône. Sa méfiance n'avait rien d'étonnant : à d'innombrables reprises au cours de la longue histoire de notre pays, le meurtre de puissants généraux avait été planifié alors même qu'on leur rendait les honneurs. C'était particulièrement vrai lorsque l'empereur craignait que son général le surpasse.

Tongzhi s'irritait de l'attitude négative de son oncle le prince Kung à l'égard des Han. Je les suppliai tous deux de voir les choses sous une autre perspective et de m'aider à retrouver la confiance de Tseng Kuo-fan. Mon fils ne pourrait que bénéficier de la stabilité que le général apporterait. Au nom du jeune empereur, je lui affirmai que je le protégerais. Tseng fit part de ses doutes, mais je le rassurai et lui promis de ne pas me retirer tant que mon fils n'aurait pas fait preuve d'une maturité suffisante pour accéder au trône.

Je convainquis Tseng d'agir à sa guise. Fort de mes encouragements, le général planifia des batailles de grande envergure et plus ambitieuses. Rassemblant ses forces au Nord, il marcha régulièrement vers le Sud jusqu'à établir son quartier général près d'Ankin, ville d'importance stratégique de l'Anhui, puis ordonna alors à son frère, Tseng Guo-quan, de cantonner ses troupes à proximité de Nankin, la capitale Taiping.

An-te-hai dressa une carte pour me permettre de visualiser les mouvements de Tseng. On eût dit une belle peinture et mon eunuque y planta de petits drapeaux de couleur. Je vis ainsi Tseng envoyer le général mandchou Zhou Zongtang vers le Sud avec pour mission d'encercler la ville de Hangzhou, dans la province du Zhejiang. Le général Peng Yu-lin reçut l'ordre de bloquer la rive du Yangzi tandis que Li Hung-chang, le fidèle bras droit de Tseng Kuo-fan, celui de couper toute retraite à l'ennemi près de Suzhou.

Chaque jour, les drapeaux changeaient de place. Avant le Nouvel An de 1869, Tseng lança une grande attaque qui enveloppa les Taiping comme un rouleau de printemps. Pour assurer sa position, il fit appel aux forces en place au Nord du Yangzi puis ce fut le coup de grâce quand il œuvra de concert avec Yung Lu dont les soldats paralysèrent le ravitaillement des rebelles.

« L'encerclement est aussi parfait qu'un sac bien scellé, dit An-te-hai, torse bombé, posant pour la galerie à la manière de Tseng. Nankin va tomber ! »

Je déplaçais les drapeaux comme les pièces d'un échiquier. Cela devint un plaisir. Ses mouvements me faisaient comprendre comment son esprit fonctionnait et pareille intelligence me transportait. Pendant des jours, je demeurai auprès de la carte, y prenant même mes repas, dans l'attente de nouvelles des combats. Un rapport récent m'avait appris que les Taiping avaient fait sortir leurs dernières forces de Hangzhou. Du point de vue stratégique, ce fut une erreur fatale. Li Hung-chang ne tarda pas à circonscrire le reste de l'armée à Suzhou alors que Zhou Zongtang prenait Hangzhou. Les rebelles perdirent leur base. Quand toutes les forces impériales furent en place, Tseng Kuo-fan donna l'assaut final.

Tongzhi laissa éclater sa joie et Nuharoo et moi versâmes des larmes de bonheur quand la nouvelle de la victoire parvint à la Cité interdite. Nous montâmes dans nos palanquins et nous rendîmes au Temple du Ciel afin de réconforter l'esprit de Xianfeng.

Une fois de plus, au nom de Tongzhi, je rédigeai un décret pour honorer Tseng Kuo-fan et ses généraux.

Quelques jours plus tard, m'arriva le récit détaillé de sa victoire puis Yung Lu revint dans la capitale et, discrètement comme à notre habitude, nous partageâmes notre vive émotion. En présence d'An-te-hai et de mes dames de compagnie, Yung Lu m'exposa son rôle dans la bataille et rendit hommage aux qualités de chef du général Tseng. Très affecté, il poursuivit en disant que ce dernier avait pratiquement perdu la vue à la suite d'une infection qu'on avait négligée.

J'invitai Tseng Kuo-fan à une audience privée dès son retour à Pékin. Vêtu d'une ample robe de soie et coiffé d'un bonnet orné d'une plume de paon, le général se jeta à mes pieds. Il demeura longtemps le front au sol pour m'exprimer sa gratitude. Il attendait que je lui dise de se relever, mais ce fut moi qui me levai et m'inclinai dans sa direction. Je me moquais de l'étiquette car mon geste me semblait approprié.

« Laissez-moi vous regarder, Tseng Kuo-fan, dis-je, les larmes aux yeux. Je suis si heureuse de vous voir sain et sauf. »

Alors seulement il daigna s'asseoir sur le siège que lui avait apporté An-te-hai.

Je notai avec étonnement que ce n'était plus l'homme plein de vitalité que j'avais connu quelques années plus tôt. Sa robe magnifique ne pouvait dissimuler sa fragilité. Sa peau était parcheminée et ses sourcils broussailleux ressemblaient à des boules de neige. Il avait une soixantaine d'années mais son dos courbé lui en donnait dix de plus.

Lorsque le thé fut servi, je lui proposai de me suivre dans la salle de dessin où il serait mieux installé. Il ne bougea pas tant que je ne lui eus pas dit que le dossier de mon propre siège me blessait le dos. J'ajoutai plaisamment que le mobilier de la salle d'audience n'était là que pour la décoration.

« Voyez-vous, Tseng Kuo-fan, je vous entends à peine, précisai-je en indiquant la distance qui nous séparait. Ce n'est facile ni pour vous ni pour moi. Chacun trouverait grossier que vous éleviez la voix, en revanche je ne supporte pas l'idée de ne pas vous entendre. »

Tseng hocha la tête et s'installa près de moi, sur ma gauche et en contrebas. Il ignorait que je m'étais battue pour organiser une telle entrevue. Les hommes de clan mandchous et le prince Kung avaient ignoré ma requête d'honorer le vieux général en lui accordant une audience privée mais je leur avais expliqué que, sans lui, c'en aurait été fini de la dynastie mandchoue.

Nuharoo m'avait refusé son soutien. Comme les autres, elle considérait que Tseng faisait partie du décor, rien de plus. Je réussis tout de même à lui faire appuyer cette invitation mais, quelques heures avant l'entrevue, elle se ravisa encore. J'étais folle de rage.

Elle céda en soupirant. « Si seulement vous aviez ne serait-ce qu'une goutte de sang royal dans vos veines », dit-elle.

C'était exact, je n'en avais pas la moindre goutte, mais c'était précisément ce qui me poussait vers Tseng Kuo-fan : en le traitant avec respect, je me respectais moi-même.

Mes négociations avec le clan impérial aboutirent à un compromis : je ne verrais Tseng qu'un quart d'heure.

« J'ai entendu dire que vous aviez perdu la vue, est-ce vrai ? lui demandai-je sans quitter l'horloge du regard. Puis-je savoir quel œil est atteint ?

— Les deux, Votre Majesté. Le droit est presque complètement aveugle, mais le gauche perçoit encore la lumière. Par temps clair, je distingue des silhouettes floues.

— Avez-vous guéri de vos autres maladies ?

— Oui, je peux l'affirmer.

— Vous semblez vous agenouiller et vous relever sans difficulté. Votre ossature est-elle solide ?

— Plus autant qu'avant.

— Tseng Kuo-fan, dis-je d'une voix brisée à l'idée que l'entrevue touchait à son terme, vous avez beaucoup œuvré pour le trône.

— J'ai eu grand plaisir à servir Votre Majesté. »

J'aurais aimé l'inviter à nouveau mais je craignais qu'on ne m'en empêche. Nous restâmes assis en silence. Comme l'exigeait l'étiquette, Tseng se tenait tête baissée, le regard rivé sur un point invisible au sol. La boucle métallique de sa cape cliquetait chaque fois qu'il changeait de position. Il paraissait chercher l'endroit où je me trouvais vraiment. J'étais certaine qu'il ne me voyait pas, même les yeux grands ouverts. Ses doigts se refermaient sur l'air quand il voulait prendre sa tasse de thé et son coude faillit renverser le plateau de petits gâteaux au sésame que nous apporta An-te-hai.

« Tseng Kuo-fan, vous rappelez-vous notre première rencontre ? fis-je d'un ton qui se voulait enjoué.

— Oui, bien sûr, répondit le vieil homme. C'était il y a quatorze ans... au cours d'une audience avec Sa Majesté Xianfeng. »

J'élevai légèrement la voix pour être sûre qu'il m'entende. « Vous étiez fort, avec une poitrine solide. À voir vos sourcils froncés, j'ai cru que vous étiez en colère.

— Vraiment ? fit-il avec un sourire. J'étais impatient alors, je voulais répondre aux attentes de Sa Majesté.

— Et vous l'avez fait. Oui, vous avez remporté plus de victoires que quiconque. Mon époux serait fier de vous. Je suis déjà allée au temple lui rendre compte de vos hauts faits. »

Tseng inclina la tête et se mit à pleurer. Au bout d'un moment, il se tourna vers moi dans l'espoir de me voir, hélas, la lumière de la pièce était trop faible et il baissa de nouveau le regard. C'est alors qu'An-te-hai vint nous prévenir que le quart d'heure était passé.

Tseng se reprit pour me dire au revoir.

« Terminez votre thé », lui dis-je avec douceur. Il but et j'en profitai pour admirer les montagnes et les vagues d'argent brodées sur sa cape. « Souhaitez-vous que je demande à mon médecin personnel de vous rendre visite ?

— Ce serait très aimable de la part de Votre Majesté.

— Promettez-moi de prendre soin de vous, Tseng Kuo-fan, car je compte vous revoir. Très bientôt, je l'espère.

— Oui, Votre Majesté, Tseng Kuo-fan fera de son mieux. »

Nous ne devions plus jamais nous rencontrer. Le vieux général mourut moins de quatre ans plus tard, en 1873.

Quand je repense à cette entrevue, je me sens fière de l'avoir honoré personnellement. Tseng m'avait dessillé les yeux en me présentant le monde par-delà les murailles de la Cité interdite. Non seulement il m'avait fait comprendre comment les nations occidentales tiraient profit et prospérité de leur révolution industrielle, mais il m'avait aussi démontré que la Chine avait les capacités d'accomplir de grandes choses. Son dernier conseil fut de doter le pays d'une marine. L'exploit historique de son triomphe sur les rebelles Taiping me donna la confiance nécessaire à la réalisation d'un tel rêve.

Six

Depuis sa plus tendre enfance, on avait inculqué à Tongzhi que j'étais son sujet plutôt que sa mère et, maintenant qu'il avait treize ans, je devais peser chaque mot que je lui adressais. Le fil est mince pour qui fait voler un cerf-volant par un vent capricieux, et j'appris à me taire chaque fois que soufflait la brise de la dissension.

Un matin, peu après mon ultime rencontre avec le général Tseng, An-te-hai demanda à s'entretenir un instant avec moi. Mon eunuque avait quelque chose d'important à me révéler et il me supplia de lui pardonner avant même qu'il ouvre la bouche.

À plusieurs reprises, je lui ordonnai de se relever mais il préféra rester agenouillé, et quand je lui suggérai de s'approcher de moi, il se traîna, toujours à genoux jusqu'à un endroit où je saisis enfin son murmure.

« Sa Jeune Majesté a été infectée par une terrible maladie, dit gravement l'eunuque.

— De quoi parles-tu ? fis-je en me levant brusquement.

— Ma dame, il faut être forte... » Il tira sur ma manche pour que je m'asseye.

« De quoi s'agit-il ? le pressai-je.

— Eh bien... il l'a attrapée dans les... bordels de la ville. » Comme le sens de ses paroles m'échappait, il poursuivit. « J'ai été mis au courant des absences nocturnes de Tongzhi et j'ai décidé de le suivre. Je suis désolé de n'avoir pu plus tôt vous rapporter cette information.

— Tongzhi est le maître de milliers de concubines, lui lançai-je. Il n'avait pas besoin de... » Je tentai de me ressaisir. « Depuis combien de temps fréquente-t-il les bordels ?

— Quelques mois.

— Lesquels ? demandai-je toute tremblante.

— Plusieurs. Sa Jeune Majesté craignait d'être reconnue, elle a donc évité les lieux de prédilection des membres de la cour.

— Tu veux dire que Tongzhi s'est mêlé aux gens du commun ?

— Oui. »

Je ne pouvais brider mon imagination.

« Ne vous laissez pas submerger par le désespoir, ma dame ! s'écria An-te-hai.

— Fais venir Tongzhi sur-le-champ !

— Ma dame, dit-il en se prosternant, il est nécessaire d'élaborer une stratégie.

— Il n'y a rien à discuter. » Je levai la main et lui montrai la porte. « Je mettrai mon fils face à la vérité. J'en ai le devoir.

— Ma dame » ! An-te-hai se cogna le front à terre. « Le forgeron ne peut battre le fer quand il est froid. Je vous en conjure, ma dame, réfléchissez.

— An-te-hai, si tu crains mon fils, ne me crains-tu pas moi aussi ? »

J'aurais dû écouter mon eunuque et attendre. Si j'avais maîtrisé mes émotions ainsi que j'avais coutume de le faire à la cour, An-te-hai n'aurait pas payé le prix fort et je ne les aurais pas perdus, lui et mon fils.

Devant moi, Tongzhi semblait sorti d'un bassin. Le front luisant de sueur, un mouchoir à la main, il ne cessait de s'essuyer les joues et le cou. Son visage était couvert de marbrures et sa mâchoire, marquée de boutons. J'avais cru que l'état de sa peau devait tout à son âge, en un mot que ses éléments corporels souffraient d'un déséquilibre. Je lui parlai des bordels et il nia en bloc. Il fallut que j'appelle An-te-hai pour que Tongzhi admette les faits.

Je lui demandai s'il avait fait venir le médecin. Il me répondit que c'était inutile puisqu'il ne se sentait pas malade.

« Fais venir Sun Pao-tien », ordonnai-je à An-te-hai. Mon fils observa mon eunuque en plissant les yeux.

La situation empira après l'arrivée du médecin. Plus Tongzhi mentait, plus le praticien le soupçonnait. Des jours allaient s'écouler avant que Sun Pao-tien ne me fasse part de ses découvertes et je savais que je serais anéantie.

J'envoyai An-te-hai passer au peigne fin le palais de Tongzhi puis j'annulai les audiences du jour et examinai rapidement les affaires de mon fils. Outre de l'opium, je trouvai des ouvrages licencieux.

Je fis appeler Tsai-chen, le fils du prince Kung qui, avec ses quinze ans, était le meilleur ami de Tongzhi. Alternant menaces et cajoleries, je le pressai de questions jusqu'à ce qu'il avoue avoir prêté ces livres à mon fils et l'avoir initié au bordel. Il n'éprouvait aucune culpabilité et donnait à ce type d'établissement le nom de « théâtre » et aux putains celui d'«actrices ».

« Je veux voir le prince Kung ! » m'écriai-je.

Le prince fut aussi scandalisé que moi et je compris que la situation était pire que je l'avais imaginée.

J'interdis à Tsai-chen de revoir Tongzhi et la colère de ce dernier décupla.

« Je te retrouverai à l'extérieur, dit-il à son ami.

— Tsai-chen s'en ira avec son père ! » Sur ce j'ordonnai à An-te-hai de bloquer la porte pour qu'il ne sorte pas.

« Cadavres que vous êtes ! hurla Tongzhi en frappant An-te-hai et les autres eunuques. Moisissures ! Serpents venimeux ! »

Dans l'attente des résultats du docteur Sun Pao-tien, je rendis visite à Nuharoo pour l'informer de ce qui s'était passé. Sans évoquer le comportement scandaleux de Tongzhi, elle s'inquiéta de la possibilité d'une maladie vénérienne mais plus encore de la réputation de l'empereur... et de la sienne car, en tant que première mère, elle était responsable des décisions importantes marquant la vie de mon enfant. Elle me suggéra d'entamer sans plus tarder le processus de sélection d'une épouse impériale « afin que Tongzhi entame sa vie d'homme adulte ».

An-te-hai ne prononça pas un mot sur le chemin du retour. Il avait un regard de chien battu.

Dans un premier temps, Tongzhi se désintéressa de la sélection, mais Nuharoo était décidée à persévérer. Quand j'appelai mon fils pour organiser l'inspection des jeunes filles, il préféra discuter de la conduite « insolente » d'An-te-hai et du juste châtiment qui s'imposait.

Je l'ignorai superbement. « Ce qui se passe entre nous ne devrait pas influer sur ton devoir, déclarai-je en lui lançant un rapport de la cour. C'est arrivé ce matin. Tu devrais en prendre connaissance.

— Les missionnaires étrangers ont fait des convertis, dit-il après avoir parcouru le document. Oui, j'en suis conscient. Ils ont attiré des gueux et des bandits en leur offrant le gîte et le couvert, ainsi ils ont aidé des criminels. Le problème n'est pas d'ordre religieux ainsi qu'ils le prétendent.

— Tu n'as pas réagi.

— Non.

— Et pourquoi ? dis-je en m'efforçant de garder mon calme. Se vautrer avec toutes les putains de la ville était donc plus important ?

— Mère, chaque traité protège les chrétiens. Que puis-je faire ? C'est père qui les a signés ! Vous voulez me faire croire que je conduis la dynastie à sa déchéance, mais c'est faux. Les missionnaires agissaient ainsi avant même ma naissance. Regardez ceci : " Les missionnaires exigent un arriéré de loyer de trois siècles pour l'occupation de temples chinois qu'ils déclarent être d'anciennes propriétés de l'Église. " Comprenez-vous quelque chose à cette exigence ? »

J'étais sans voix.

« J'aimerais croire que ces missionnaires sont des êtres bons, poursuivit-il, et que seul leur code moral présente des failles. Je me range à l'avis de mon oncle le prince Kung pour qui le christianisme accorde plus d'importance à la charité qu'à la justice, mais ce n'est pas mon problème et vous ne devriez pas essayer de le faire mien.

— Les étrangers n'ont pas le droit d'imposer leurs lois en Chine. Ça, c'est un problème que tu dois régler, mon fils.

— Gouverner la nation me rend malade, point final. Je suis désolé, mère, mais je dois m'en aller.

— Je n'ai pas fini. Tongzhi, tu n'es pas encore assez formé pour savoir quoi faire.

— Comment pourrais-je l'être ? Les documents de la cour sont mes seuls manuels d'éducation. On m'a toujours considéré comme un être faible. C'est vous qui incarnez la sagesse, vous êtes le Vieux Bouddha omniscient. Je n'envoie pas d'espions vider mes armoires et fouiller dans mes affaires, mais cela ne signifie pas que je suis stupide et que je ne sais rien.

Je vous aime, mère, mais je… » Incapable de terminer sa phrase, il éclata en sanglots.

Aux plus sombres moments de ma vie, j'avais coutume d'aller chercher du soulagement auprès d'An-te-hai. Cela dépassait toute honte. Aucune femme ne pourrait imaginer le corps d'un eunuque, un homme incomplet, se frotter au sien, mais je me sentais aussi vile que lui.

Cette nuit-là, la voix d'An-te-hai m'apaisa. Elle m'aida à échapper à la réalité en m'entraînant vers des continents lointains où je faisais l'expérience d'expéditions exotiques. Le regard enfiévré, il souffla les bougies et s'allongea à côté de moi.

« J'ai trouvé mon héros, me murmura-t-il. Comme moi, il était infortuné. Né en 1371, il fut castré à l'âge de dix ans. Heureusement, le maître qu'il servait était un prince juste et bon. En échange, mon confrère lui rendit de grands services et l'aida à devenir empereur de la dynastie Ming… »

Une chouette hulula. Par-delà mes fenêtres, les nuages qu'éclairait la lune paraissaient immobiles.

« Il s'appelait Cheng Ho et ce fut le plus grand explorateur qui ait jamais existé. On cite son nom dans chaque ouvrage de navigation, mais on ne mentionne jamais son état d'eunuque. Nul ne savait que son caractère extraordinaire était le fruit de cette profonde souffrance. Seul un confrère eunuque comme moi peut comprendre sa capacité à supporter les épreuves.

— Comment sais-tu que Cheng Ho était semblable à toi ?

— Je l'ai découvert par hasard dans les Annales impériales des eunuques, un recueil que personne ne songerait à consulter. » En Cheng Ho, An-te-hai avait trouvé un rêve réalisable. « Amiral de la "flotte des trésors", capitaine d'un vaisseau de quatre cents pieds de long, il dirigea sept expéditions en Asie du Sud-Est et dans l'océan Indien. » Sa voix vibrait de passion. « Mon héros est parvenu jusqu'à la mer Rouge et au littoral africain et il a exploré plus de trente nations en sept voyages. La castration a fait de lui un homme brisé mais elle n'a jamais fait taire son ambition. »

Dans la pénombre, An-te-hai se dirigea vers la fenêtre, vêtu de sa robe de soie blanche. Face à la lune, il déclara : « Désormais j'aurai une date de naissance.

— N'en as-tu pas déjà une ?

— Elle m'a été imposée parce que personne, pas même moi, ne sait exactement quand je suis né. Ma nouvelle date de naissance sera le 11 juillet, en l'honneur de la première grande expédition de Cheng Ho, le 11 juillet 1405. »

Dans le rêve que je fis cette nuit-là, An-te-hai devenait Cheng Ho. Il portait une magnifique robe de cour Ming et se tenait à la proue de son navire, mettant le cap sur l'horizon lointain.

« ... Il a montré au monde la puissance de deux générations d'empereurs de Chine... » La voix d'An-te-hai me réveilla mais lui-même était plongé dans un profond sommeil.

Je m'assis et allumai une bougie. J'observai l'eunuque endormi et me sentis soudain anéantie quand mes pensées revinrent vers Tongzhi. J'éprouvais le besoin pressant de voir mon fils et de le serrer contre moi.

« Ma dame, dit An-te-hai, les yeux toujours clos, saviez-vous que la flotte de Cheng Ho comprenait soixante énormes jonques et que plus de vingt-cinq mille hommes composaient son équipage ? Il y avait un navire pour le transport des chevaux, un autre pour celui de l'eau potable... »

Sept

Nuharoo me fit venir à l'occasion du huitième anniversaire de la mort de notre mari. Après l'échange de salutations d'usage, elle m'annonça sa décision de changer le nom de tous les palais de la Cité interdite. Elle commença par le sien : le palais de la Paix et de la Tranquillité s'appellerait désormais palais de la Méditation et de la Mutation. Son maître de feng shui[1] lui avait conseillé de modifier toutes les décennies la dénomination des palais occupés par des femmes pour fourvoyer les fantômes venus hanter leurs demeures.

Cette initiative me déplaisait mais Nuharoo n'était pas du genre à accepter des compromis. Il y avait toutefois un problème : si l'on changeait le nom des palais, il fallait aussi changer celui de tous les éléments y afférents, portes, jardins, allées ou encore quartiers des servantes. Cela ne l'arrêta en rien. La porte de la Réflexion remplaça celle du Vent paisible. Son jardin s'appelait maintenant Éveil du Printemps et non plus Somptueuse Exubérance ; l'allée principale, passage de la Clarté lunaire, était aujourd'hui celui de l'Esprit avisé.

Pour moi, ces nouvelles désignations n'étaient pas aussi élégantes que les anciennes. En ce qui concerne

---

1. Art permettant de valoriser l'énergie humaine par une meilleure disposition de l'environnement (habitat, jardins, etc.).

l'étang de Nuharoo, je préférais bassin des Ondulations printanières à Gouttes de Zen. De même pour le palais de l'Essence absolue devenu palais du Vide suprême.

Nuharoo consacra des mois à ce travail et il fallut changer plus de cent plaques et frontons. Les charpentiers œuvraient jour et nuit et la sciure flottait dans l'air qui sentait aussi la peinture et l'encre : en effet, elle avait ordonné aux calligraphes de reprendre leur travail dont le style lui paraissait médiocre.

Je demandai à Nuharoo si la cour approuvait ces nouveaux noms et elle secoua la tête. « Expliquer leur importance prendrait trop de temps, d'ailleurs la cour ne les aimerait pas parce que cela coûte trop cher. Il vaut mieux que je ne l'ennuie pas. »

La confusion fut extrême quand elle n'appela plus les lieux que par leur nouvelle dénomination. Les divers services impériaux ne recevaient d'ordres que de la cour et restèrent donc dans l'ignorance. Les jardiniers ne savaient où travailler, les porteurs de palanquins se trompaient d'adresse pour prendre ou déposer leurs passagers et le département des fournitures envoyait des objets chez des concubines qui n'en avaient pas besoin.

Nuharoo était fière de ce qu'elle avait trouvé pour mon propre palais, celui des Longs Printemps. « Que pensez-vous de " palais de l'Absence de Confusion " ?

— Que puis-je vous répondre ?

— Oh, dites que vous l'aimez, dame Yehonala, s'écria-t-elle en me donnant mon titre officiel. C'est ma plus belle réalisation. Il faut que vous l'aimiez ! Je voudrais qu'il vous inspire pour vous retirer du monde et rechercher une plus grande félicité.

— Je serais plus qu'heureuse de me retirer demain si je pouvais oublier la menace d'un renversement.

— Je ne vous demande pas d'abandonner les audiences, fit-elle en tapotant délicatement ses joues avec un mouchoir de soie. Les hommes peuvent se montrer mauvais et il convient de dompter leur comportement. »

Je constatai avec étonnement que ses paroles avaient dépassé sa pensée le jour où elle m'avait xcconseillé de laisser les hommes gouverner à ma place. Ce qui me frappait, c'était sa façon d'accéder au pouvoir en feignant de s'en désintéresser.

Je me réjouissais que la plupart des palais concernés soient ceux des quartiers intérieurs occupés par les concubines. Les modifications n'ayant pas été officialisées, tout le monde à l'exception de Nuharoo continuait d'employer les noms originaux mais, pour éviter de l'offenser, le terme « ancien » y était chaque fois accolé. Ainsi j'occupais désormais l'ancien palais des Longs Printemps.

Mais Nuharoo finit par se lasser et elle admit que la confusion la plus extrême régnait. Ses eunuques étaient complètement perdus et, quand elle voulait me faire porter un gâteau aux graines de lotus, c'était sur la table du tourier qu'il se retrouvait !

« Les eunuques sont des ânes », conclut-elle. Et ainsi tout redevenait tel qu'il avait été et les noms nouveaux furent bientôt oubliés.

An-te-hai demanda à Li Lianying[1], désormais son plus fidèle disciple, de me masser la tête. Sous ses doigts, je sentais la tension de mon corps se dissoudre comme de l'argile plongée dans de l'eau. Je me regardai dans le miroir et constatai que de petites rides s'étaient creusées sur mon front tandis que mes yeux présentaient des cernes. Mes traits conservaient leur beauté mais c'en était fini de l'éclat de la jeunesse.

Je ne parlai pas à An-te-hai de ma conversation avec Tongzhi mais il en devina la teneur. Il envoya Li

---

1. « Belle fleur de lotus » en chinois.

Lianying me garder la nuit et déménagea sa couche de ma chambre. Je devais apprendre des années plus tard que mon fils avait menacé mon eunuque : An-te-hai devait soit s'éloigner soit « être éloigné », c'est-à-dire assassiné. Comme pour s'assurer qu'aucun autre eunuque ne nouerait de relation intime avec moi, An-te-hai fit régulièrement permuter ceux qui occupaient ma chambre. Il me fallut un certain temps pour comprendre ses intentions véritables.

J'adorais Li Lianying qui me servait depuis qu'il était enfant. Très doux, il était aussi capable qu'An-te-hai, mais je ne pouvais bavarder avec lui comme avec son mentor. En un mot, Li Lianying était un artisan et An-te-hai, un artiste. Ce dernier, par exemple, avait imaginé un stratagème permettant à Yung Lu de s'attarder quelques instants dans mon jardin intérieur. Il avait fait réparer les toits et le pont de mon palais par des ouvriers venus de l'extérieur, lesquels étaient surveillés par des gardes impériaux : cela, pensait-il, donnerait l'occasion à Yung Lu de superviser les travaux. Hélas, son plan n'avait pas abouti, mais cela ne l'avait pas empêché de poursuivre ses efforts.

Li Lianying était beaucoup plus populaire qu'An-te-hai car il avait le don de se faire des amis. Les servantes ne savaient jamais à quel moment An-te-hai viendrait inspecter leur travail et, quand il était mécontent, il criait beaucoup et s'employait à les « éduquer ».

Une rumeur circula selon laquelle Li Lianying deviendrait bientôt le chef des eunuques à la place d'An-te-hai. Celui-ci fut pris d'une jalousie folle et soupçonna Li de lui avoir volé mon affection. Quand Li protesta, An-te-hai l'accusa d'irrespect et le fit fouetter.

Par souci d'équité, je condamnai moi-même An-te-hai au fouet, le privai de nourriture pendant trois jours et le confinai dans les quartiers des eunuques.

Une semaine plus tard, je lui rendis visite. Assis dans sa petite cour, il examinait les bleus qui marquaient son corps. Quand je lui demandai à quoi il avait occupé son temps, il me montra un objet fabriqué à l'aide de bouts de bois et de chiffons.

« Un bateau-dragon ! » m'écriai-je, émerveillée. C'était en effet un vaisseau miniature reproduisant l'un de ceux de la flotte de Cheng Ho. Il n'était pas plus long que le bras de l'eunuque mais les détails abondaient : voilure, gréement ou encore pavillons et caisses destinées à recevoir les marchandises.

« Un jour, j'aimerais aller au Sud me recueillir sur la tombe de Cheng Ho, à Nankin, dit-il. Je ferais des offrandes et demanderais à son esprit de m'accepter comme lointain disciple. »

La fin de l'été 1869 fut chaude et humide à tel point que je devais changer de chemise de corps deux fois par jour, sinon la sueur faisait se déteindre ma robe de cour. Échapper à la chaleur était impossible car il n'y avait pas beaucoup d'arbres dans la Cité interdite. Le soleil cuisait les dalles des allées et, chaque fois que les eunuques les arrosaient, un sifflement se faisait entendre et de la vapeur s'en élevait.

La cour voulut raccourcir la durée des audiences. Les serviteurs charriaient des blocs de glace et les menuisiers concevaient des sièges destinés à les recevoir. C'est là que prenaient place les personnes convoquées, suffoquant dans leur ample robe de cour. Vers midi, des flaques d'eau s'écoulaient sur le dallage comme si les ministres n'avaient pu se retenir d'uriner.

Nuharoo portait une robe couleur mousse quand elle pénétra dans le palais de la Nourriture de l'esprit pendant une interruption des audiences. Aussitôt les eunuques mirent en marche les grands éventails de bois destinés à la rafraîchir mais si bruyants qu'elle fronçait les sourcils d'agacement : on aurait en effet cru entendre des portes et des fenêtres claquer.

Avec élégance, elle prit place en face de moi. Tout en échangeant des compliments, nous admirâmes mutuellement nos robes, notre maquillage et nos coiffures. Je détestais porter du fard en été et n'en usais qu'avec parcimonie. Je bus du thé et pris l'air intéressé : je connaissais assez bien Nuharoo pour savoir que ses propos n'auraient rien à voir avec la tenue du pays. Dans le passé, j'avais souvent tenté de l'informer des affaires de la cour mais soit elle changeait de sujet, soit elle m'ignorait tout bonnement.

« Puisqu'il vous faut reprendre vos audiences, je serai brève. » Elle me sourit et porta la tasse à ses lèvres. « J'ai songé à la façon dont les défunts aiment entendre les cris de la vie quand leur esprit retrouve son foyer. Comment savons-nous que notre époux ne désire pas la même chose ? »

Ne comprenant pas où elle voulait en venir, je me contentai de marmonner quelque chose à propos de la pile de documents qui ne cessait de grandir sur ma table.

« Pourquoi ne créerions-nous pas une image du Ciel afin d'accueillir les esprits ? reprit-elle. Nous vêtirions les servantes comme la déesse de la Lune et les ferions embarquer sur des barques décorées flottant sur le lac Kunming, au jardin de la Clarté parfaite[1]. Les eunuques joueraient de la flûte et des instruments à cordes, cachés dans les collines ou aux alentours des pavillons. Cette idée réjouirait Xianfeng, ne croyez-vous pas ?

---

1. Bâti à partir de 1709 par l'empereur Kangxi, le Yuan Ming Yuan est situé à moins de trente kilomètres de Pékin, au nord-ouest de la Cité interdite. Il fut en partie mis à sac par les Européens en 1860 et ne doit pas être confondu avec le palais d'Été, Yi He Yuan, construit après 1888.

— Je crains que cela ne coûte très cher, répondis-je avec platitude.

— Je me doutais de votre réaction ! » Elle fit la moue. « Le prince Kung est certainement le responsable de votre méchante humeur. De toute façon, j'ai déjà donné les ordres. Peu importe que la cour n'ait pas assez de taëls[1], le ministre des Revenus se doit de payer pour le mémorial de l'empereur. »

Entre deux audiences, je prenais le temps de me pencher sur des faits que le prince Kung tenait pour négligeables. Un article, par exemple, suscita mon attention. Publié dans *Les Dernières Nouvelles de la cour*, journal lu par de nombreux hauts fonctionnaires, il reprenait la dissertation du vainqueur du concours d'entrée dans la fonction publique de cette année, « Le souverain qui surpasse le premier empereur de Chine ».

Son auteur flattait mon fils au-delà de l'imaginable. Le choix du titre était alarmant et je compris qu'une chose malsaine se développait au cœur de notre gouvernement. Je demandai aux juges la liste des lauréats et entourai le nom du vainqueur d'un trait de peinture rouge. L'ayant rétrogradé, je la renvoyai.

La flatterie ne me déplaisait pas, loin de là, mais je savais faire la différence entre flagornerie et louanges méritées. Les gens, quant à eux, prenaient les articles de presse pour argent comptant. Je devais mettre un terme à cette tendance à l'adulation, sinon je craignais que le régime de mon fils ne finisse par perdre les critiques constructives qui lui étaient adressées.

« Je n'entends plus roucouler les pigeons, demandai-je à An-te-hai. Que sont-ils devenus ?

---

1. Un taël équivalait à 36 grammes d'argent.

— Ils sont partis. » Ses mouvements étaient encore distingués, son style élégant, mais il semblait nerveux et ses grands yeux avaient perdu leur flamme. « Ils ont dû décider de trouver une demeure mieux adaptée.

— Tu les as négligés ? »

Il demeura silencieux puis s'inclina. « Je les ai laissés partir.

— Pourquoi ?

— Parce que leurs cages ne leur conviennent plus.

— Mais elles sont immenses ! Le pigeonnier impérial est vaste comme un temple ! S'il leur fallait plus d'espace, pourquoi n'as-tu pas demandé aux charpentiers de les modifier ? Tu pouvais y rajouter un étage, faire fabriquer vingt, quarante, cent cages !

— Ce n'est ni la taille, ma dame, ni le nombre de cages.

— Qu'est-ce que c'est, alors ?

— La cage elle-même.

— Cela ne t'avait jamais préoccupé.

— Eh bien, c'est le cas aujourd'hui.

— Quelle absurdité ! »

An-te-hai baissa la tête. « L'enfermement est douloureux...

— Les pigeons sont des animaux, An-te-hai ! Ton imagination te joue des tours.

— Peut-être, cependant cette même imagination me dit que vous ne connaissez ni le bonheur ni la gloire, ma dame. Heureusement pour eux, les pigeons ne ressemblent pas aux perroquets. Les uns peuvent s'envoler tandis que les autres restent enchaînés pour amuser les humains en imitant leurs paroles. Ma dame, nous avons perdu notre dernier perroquet.

— Lequel ?

— Confucius.

— Comment ?

— L'oiseau refusait de répéter ce qu'on lui enseignait et, comme il ne voulait parler que sa propre langue, il a été puni. L'eunuque chargé de lui l'a privé de nourriture. Ce stratagème avait déjà fonctionné dans le passé mais là l'oiseau s'est obstiné. Confucius est mort hier.

— Pauvre Confucius... » Je me rappelais cet oiseau beau et intelligent que m'avait offert mon mari. « Que puis-je dire ? Confucius avait raison quand il répétait que l'homme naît mauvais.

— Les pigeons ont de la chance. Ils ont volé vers le ciel et disparu dans les nuages. Je ne regrette pas de les avoir aidés à s'échapper, ma dame, je suis même heureux de ce que j'ai fait.

— Mais les sifflets de roseaux que tu leur attachais autour des pattes ? Tu les leur as laissés pour qu'ils continuent à faire de la musique et soient partout bien accueillis ?

— Je les leur ai ôtés, madame.

— Tous ?

— Oui, tous.

— Je ne comprends pas ton geste.

— Ma dame, ce sont des pigeons impériaux, ils ont droit de jouir de la liberté, n'est-ce pas ? »

Tongzhi me préoccupait beaucoup. À chaque instant je désirais savoir où il se trouvait, ce qu'il y faisait et si le traitement de Sun Pao-tien lui convenait. J'ordonnais que l'on m'envoie son menu parce que je doutais qu'il fût convenablement nourri. Je demandais aussi à des eunuques de suivre son ami Tsai-chen pour être certaine que les deux garçons ne se revoyaient pas.

J'étais au comble de l'agitation. Une force mystérieuse me répétait que mon fils était en danger. Tongzhi et le praticien m'évitaient ; mon fils alla jusqu'à s'occuper des Annales impériales pour que je le laisse tranquille. Mon inquiétude se changea bientôt en terreur : je faisais des cauchemars où Tongzhi m'appelait sans que je puisse le secourir.

Pour me distraire, je fis venir une troupe d'opéra et invitai ma cour intérieure à se joindre à moi. Chacun s'offusqua car c'était un opéra du genre *gaoqiang*, joué dans les campagnes et juste bon pour les pauvres. Fillette, j'avais souvent assisté à des représentations villageoises de *gaoqiang*. Quand mon père avait été démis de ses fonctions, mère avait invité une troupe pour le divertir et j'y avais pris un plaisir extrême. En arrivant à Pékin, j'avais espéré assister à nouveau à ce genre d'opéra, mais les gens de la ville le méprisaient.

La troupe était des plus réduites – deux femmes et deux hommes avec des costumes élimés et des accessoires pitoyables. Ils eurent du mal à franchir les portes parce que les gardes ne croyaient pas que je les avais moi-même invités. L'intervention de Li Lianying ne servit à rien et seule l'arrivée d'An-te-hai dénoua la situation.

Avant la représentation, je reçus en privé le maître de musique, un vieillard amaigri aux yeux chassieux. Sa tenue était rapiécée de partout, pourtant ce devait être la plus belle de sa garde-robe. Je le remerciai de sa venue et fis dire aux cuisines qu'on donne à manger aux comédiens.

Le décor était on ne peut plus sobre. Un rideau rouge servait de toile de fond. Le maître était assis sur un tabouret. Il accorda son *ehru*, une sorte de violon à deux cordes, et se mit à jouer. Les sons qu'il en tirait rappelaient le bruit d'une étoffe qu'on déchire mais, curieusement, ce cri de douleur m'apaisait.

Dès que l'opéra eut commencé, je regardai autour de moi et constatai qu'il n'y avait plus dans la salle qu'An-te-hai, Li et moi. Tout le monde était parti discrètement. La mélodie ne correspondait pas à mes souvenirs. J'avais l'impression que le vent soufflait haut dans la nue et que c'est ainsi que crieraient des esprits qu'on pourchasse, j'imaginais des champs de pierres et des forêts de sapins peu à peu recouverts par le sable.

La musique se tut finalement et le maître inclina la tête sur sa poitrine comme s'il était endormi. La scène était silencieuse mais moi, je voyais la porte du Ciel s'ouvrir et se refermer dans les ténèbres.

Deux femmes et un homme firent leur entrée, vêtus de grands sarraus bleus. Chacun tenait une baguette de bambou et un carillon de cuivre. Ils entourèrent le maître de musique et frappèrent les disques métalliques au rythme de son *ehru*.

Comme s'il se réveillait brusquement, l'homme se mit à chanter. Il tendait le cou comme un dindon et sa voix criarde faisait mal aux tympans : on eût dit le crissement des cigales par une chaude journée d'été.

Je sais un vieux homard
Tapi dans le trou d'une roche géante.
Parfois il sort contempler le monde
Puis il rentre chez lui.
Je soulève la pierre pour le saluer.
Depuis que je l'ai vu
Le homard reste dans son trou.

Jour après jour,
Année après année,
Paisible, ceint de ténèbres et d'eau,
Qu'il est confiant,
Ce homard !
Il entend le chant de la terre et témoigne de ses variations.
Sur son dos la mousse verdoie dans sa beauté.

Les autres se joignirent alors à lui :

Ô, homard,
De toi je ne sais rien.
D'où viens-tu ?
Où est ta famille ?
Pourquoi t'en es-tu allé te terrer dans ce trou ?

J'aurais aimé que mon fils assiste jusqu'au bout à la représentation.

Huit

J'avais commencé à lire *Le Roman des Trois Royaumes*, ou plutôt à le relire car c'était un ouvrage en six gros volumes que j'avais emprunté à mon père, il y a si longtemps. Il parlait des empereurs chinois du IIIe siècle à l'époque Sanguo qui avait suivi la chute de la dynastie Han. Ce n'était qu'une succession de récits de victoires, inlassablement. Les exploits militaires ne m'intéressaient pas : je voulais connaître le caractère des hommes, comprendre pourquoi chacun se battait, quelle avait été son éducation, quel rôle y avait tenu sa mère.

À la fin du premier tome, j'en vins à la conclusion que cette chronique ne m'apporterait pas ce que je recherchais. Je pouvais dresser la liste des personnages mais je ne comprenais toujours pas les hommes ; les poèmes consacrés aux batailles étaient exquis mais j'ignorais toujours pourquoi elles s'étaient déroulées. Se battre pour le plaisir de se battre me paraissait dénué de sens ! Je finis par me dire que je serais en sécurité et que j'accomplirais de grandes choses tant que je saurais distinguer les bons des méchants. En vérité, les cinquante années que je devais passer dans l'ombre du trône m'enseigneraient que la réalité n'est pas aussi simple : souvent les pires plans me seraient projetés par les meilleurs de mes hommes, dans les meilleures intentions du monde.

J'appris à faire davantage confiance à mon instinct qu'à mon jugement. Mon manque de recul et d'expérience avait fait de moi une femme prudente, toujours sur le qui-vive. Parfois mes inquiétudes me faisaient douter de mon intuition et prendre des décisions que je devais regretter par la suite. Par exemple, j'émis des réserves quand le prince Kung proposa qu'un professeur anglais enseigne les affaires du monde à Tongzhi. La cour était également hostile à ce projet. Comme le Grand Conseil, je pensais que Tongzhi était encore influençable et qu'on pourrait facilement le manipuler.

« Sa Jeune Majesté doit d'abord comprendre ce que la Chine a souffert, déclara un conseiller. L'idée que l'Angleterre porte la responsabilité du déclin de la dynastie n'est pas suffisamment implantée dans son esprit. » Chacun l'approuvait : « Permettre que Tongzhi soit éduqué à l'anglaise serait trahir nos ancêtres. »

Le souvenir de la mort de mon mari était encore vivace. Je me rappelais comment les barbares étrangers avaient incendié et mis à sac notre résidence et je n'imaginais pas mon fils parler anglais ou se lier d'amitié avec les ennemis de son père.

Après plusieurs nuits d'insomnie, le verdict tomba. Je rejetai ainsi la suggestion du prince Kung : « Sa Jeune Majesté l'empereur Tongzhi doit comprendre qui il est avant tout autre chose. »

Je passerais le restant de mes jours à regretter cette décision.

Si Tongzhi avait appris à communiquer avec les Britanniques, voyagé ou étudié à l'étranger, son règne aurait été entièrement différent. Il se serait inspiré de leur exemple en observant leur gouvernement, il aurait pu ouvrir la Chine sur l'avenir ou du moins tenter d'y parvenir.

C'est par un après-midi sans nuages que Nuharoo m'annonça que tout était organisé pour l'ultime sélection de l'épouse de Tongzhi. La raison me souffla que je devais l'accompagner afin de préserver l'harmonie entre nous pour qu'elle continue de me soutenir devant la cour. En revanche, je n'étais pas prête à voir mon fils prendre femme car je ne me faisais pas à l'idée qu'il fût devenu adulte. Hier encore, c'était un bébé qui reposait au creux de mon bras. Jamais je n'avais senti avec autant d'acuité que le temps me volait mon enfant.

Les restrictions imposées par Nuharoo et mes fonctions à la cour m'avaient tenue à l'écart de Tongzhi. Même si j'avais conservé sur le chambranle de ma porte les traits correspondant à sa taille au fil des ans, je ne savais pratiquement rien de ses pensées sauf qu'il n'approuvait pas mes décisions à son égard. Il ne supportait pas que je le questionne et même mon salut du matin le faisait se rembrunir. Il disait à tout le monde que Nuharoo était d'un caractère plus facile. La concurrence affective qu'elle et moi nous livrions n'arrangeait pas les choses : plus je le suppliais de m'aimer, plus il me rejetait.

Mais voici qu'il était adulte et le temps était venu de me rapprocher de lui.

Souriant, vêtu d'or, Tongzhi pénétra dans la grande salle du palais. Contrairement à son père, il participerait à la sélection. Plusieurs milliers de jeunes filles venues de tous les coins de Chine franchirent les portes de la Cité interdite pour défiler devant l'empereur.

« Tongzhi n'a jamais aimé se lever tôt, me confia Nuharoo, mais ce matin, il était debout à l'aube, avant les eunuques. »

Je ne savais s'il fallait prendre cela pour une bonne nouvelle. Ses visites aux bordels m'inquiétaient. Grâce au docteur Sun Pao-tien, il semblait avoir jugulé la maladie mais nul n'était certain de sa guérison.

Tongzhi aurait le droit de mener à sa guise sa vie privée maintenant qu'il montait officiellement sur le trône. Pour lui, mariage et liberté n'étaient qu'une seule et même chose.

« Tongzhi fait des sottises parce qu'il s'ennuie, me déclara Nuharoo. Son intelligence est intacte, voyez ses réussites académiques. »

Je me demandai si ses professeurs disaient la vérité sur ses résultats. Nuharoo aurait renvoyé sur-le-champ celui qui aurait osé lui signaler la moindre défaillance. Je les avais mis à l'épreuve en leur suggérant de présenter Tongzhi au concours national de la fonction publique. Quand, nerveux, ils avaient cherché à changer de sujet, j'avais compris.

« Tongzhi doit assumer des responsabilités s'il veut mûrir », conseilla le prince Kung.

Pour moi, c'était la seule solution, mais autre chose me préoccupait : le jour où mon fils monterait sur le trône, je perdrais tous mes pouvoirs. Depuis longtemps je cherchais à me retirer, cependant j'avais le sentiment que ce ne serait pas Tongzhi mais la cour et le prince Kung qui me voleraient les rênes.

Nuharoo avait également hâte de me voir m'effacer et expliquait qu'elle se languissait de ma compagnie : « Nous aurons tant de choses à partager, surtout lorsque les petits-enfants arriveront. » Se sentirait-elle plus en sécurité après mon départ ou avait-elle d'autres intentions ? Une fois que Tongzhi m'aurait échappé, elle exercerait une influence accrue sur ses décisions. N'avais-je pas appris qu'elle n'était pas ce qu'elle semblait être ?

Je résolus d'accéder à la proposition de la cour non pas que je croyais Tongzhi prêt, mais parce qu'il était temps pour lui de prendre sa vie en main. Comme l'écrit Sun Tsu dans son *Art de la guerre*[1] : « Un homme ne saura jamais comment mener une guerre tant qu'il ne l'aura pas menée. »

La sélection des épouses impériales s'acheva le 25 août 1872. Tongzhi avait à peine dix-sept ans. Nuharoo et moi célébrâmes notre « entrée harmonieuse dans la retraite ». Nous serions désormais appelées Grandes Impératrices Douairières, même si elle n'avait que trente-sept ans et moi, bientôt trente-huit.

La nouvelle future impératrice, une beauté de dix-huit ans aux yeux de chat, s'appelait Alute et était la fille d'un fonctionnaire mongol de haut statut qui comptait dans sa famille un prince cousin de mon défunt époux.

Tongzhi avait de la chance de prendre une aussi belle fille. Cependant, la cour n'avait pas approuvé son choix uniquement à cause de sa beauté ; en réalité, cette union mettrait un terme à la discorde entre le trône mandchou et le puissant clan mongol.

« Alute est certes mongole, mais on ne lui a jamais permis de jouer au soleil ou de monter à cheval, s'enorgueillissait Nuharoo. Voilà pourquoi sa peau est si blanche et ses traits si délicats. »

Alute ne m'impressionnait pas outre mesure. La timidité la rendait muette. Quand nous bavardâmes, la conversation fut des plus insipides : elle acquiesçait à toutes mes paroles de sorte que je ne pus me faire une idée de sa personnalité. Nuharoo me trouvait difficile : « Tant que notre belle-fille nous obéit, que nous importe de connaître ses pensées ? »

Ma préférence allait à une jeune fille de dix-sept ans aux yeux clairs nommée Foo-cha. D'allure moins exotique qu'Alute, elle était aussi très qualifiée. Elle avait

---

1. Premier traité de stratégie militaire de l'histoire (V^e ou VIe siècle av. J.-C.).

un visage ovale, des yeux en croissant de lune et une peau hâlée. Fille d'un gouverneur de province, un précepteur lui avait enseigné la littérature et la poésie, ce qui était plutôt rare. Foo-cha était douce mais vive. Quand Nuharoo et moi lui demandâmes ce qu'elle ferait si son mari passait trop de temps à s'amuser avec elle au risque d'ignorer les affaires de l'empire, elle répondit simplement qu'elle ne savait pas.

« Elle aurait dû dire qu'elle le persuaderait de se consacrer à son devoir, non aux plaisirs. » Nuharoo prit un pinceau et raya le nom de Foo-cha.

« N'est-ce pas l'honnêteté que nous recherchons ? » dis-je tout en sachant que Nuharoo ne changerait pas d'avis.

Tongzhi semblait s'intéresser à Foo-cha mais il tomba éperdument amoureux d'Alute. Je n'insistai pas et Foo-cha ne fut que sa seconde épouse.

Le mariage impérial était prévu pour le 16 octobre. Nuharoo supervisa les préparatifs, principalement l'achat des objets et de la nourriture utiles à la cérémonie. Pour me faire plaisir, elle me confia le choix du thème du mariage et suggéra qu'An-te-hai se charge des emplettes.

Mon eunuque fut tout excité quand je lui fis part de la proposition de Nuharoo, mais je le mis en garde. « Le voyage sera épuisant, tu devras parcourir de grandes distances en peu de temps.

— Ne vous inquiétez pas pour moi, ma dame, j'irai sur le Grand Canal. »

Cette idée me surprit. Le Grand Canal était une merveille d'ingénierie vieille de plusieurs siècles qui, sur des centaines de kilomètres, reliait Tongzhou, dans les environs de Pékin, à Hangzhou, au sud du pays.

« Jusqu'où te conduira ton expédition ? lui demandai-je.

— Jusqu'au bout ! Mon rêve sera exaucé ! Il faudra une flotte entière pour acheminer tout ce que l'on me conseille d'acheter, aussi impressionnante que celle de Cheng Ho peut-être ! Le premier eunuque de la dynastie Qing en deviendra le Grand Navigateur ! Oh, je ne cesse d'y penser. Je ferai escale à Nankin pour m'y procurer la plus belle soie et je rendrai hommage à Cheng Ho en me prosternant devant son tombeau. Ma dame, vous avez fait de moi l'homme le plus heureux de cette terre ! »

Pas une seconde je n'imaginai que mon favori ne reviendrait jamais.

Si les événements qui entourèrent la mort d'An-te-hai demeurèrent un mystère, j'y vis toutefois, indubitablement, la main de mes ennemis. Mon seul réconfort est qu'il connut un instant de bonheur absolu. Il fallut qu'il s'en aille pour que je me rende compte à quel point je l'aimais et avais besoin de lui. Peut-être bénéficiait-il de ma protection et jouissait-il d'une richesse considérable, mais il était las de vivre dans le corps d'un eunuque.

Neuf

Le matin, je me prenais à guetter le bruit des pas d'An-te-hai dans la cour et le reflet de son délicieux visage dans mon miroir. Le soir, j'attendais que son ombre se dessine sur ma moustiquaire et qu'il fredonne les airs de mes opéras préférés.

Nul ne m'apprit les circonstances de la mort de mon favori. Le rapport de Ting, gouverneur du Shandong, mit quinze jours à me parvenir : An-te-hai avait été arrêté et condamné pour avoir violé les lois de cette province. Il me demandait la permission de châtier l'eunuque sans préciser toutefois les mesures qu'il comptait prendre.

Je lui répondis de renvoyer immédiatement An-te-hai à Pékin car je veillerais moi-même à ce qu'il soit puni, mais le gouverneur Ting prétendit ne pas avoir reçu ma lettre à temps. Pour moi cela ne faisait pas de doute, il connaissait le passé d'An-te-hai ; de plus, sans appui sûr, il n'aurait pas eu le courage de me défier.

Il apparut que tous les indices accusaient trois personnes : le prince Kung, Nuharoo et Tongzhi. Le jour où An-te-hai mourut, je fixai mon choix sur mon fils pour avoir compris à quel point il me rejetait.

Chacun s'attendait que j'oublie An-te-hai. « Après tout, ce n'était qu'un eunuque », me répétait-on. Si j'avais été un chien, j'aurais aboyé contre le prince Kung qui m'invitait aux banquets donnés par les ambassades étrangères, contre Nuharoo qui me suppliait de l'accompagner à l'opéra, contre mon fils qui m'adressait des corbeilles de fruits cueillis de ses mains dans les vergers impériaux.

J'avais le cœur brisé. Sur ma couche, je ne parvenais pas à percer les ténèbres et j'imaginais les pigeons blancs voleter en cercle au-dessus des toits, la voix d'An-te-hai m'appeler doucement.

Je menai ma propre enquête en m'efforçant de découvrir des preuves qui innocenteraient Tongzhi. Quand je ne pus nier l'évidence, j'espérai de tout mon cœur qu'il avait été manipulé et n'était pas pleinement coupable.

« Je veux savoir avec certitude où, quand et comment mon favori est mort, dis-je à Li Lianying, le successeur d'An-te-hai. Et je veux aussi savoir quelles furent ses dernières paroles. »

Mais personne n'était décidé à parler. « Aucun membre de la cour ne veut être son témoin », m'expliqua Li.

Je fis venir Yung Lu qui arriva à marche forcée des provinces du Nord et, dès qu'il entra dans mon palais, je courus vers lui et tombai à ses genoux. Il dut m'aider à regagner mon siège et attendit que je cesse de pleurer. D'une voix douce, il me demanda si j'étais certaine de l'honnêteté d'An-te-hai. Comme je m'étonnais de sa question, il m'expliqua que, pendant son périple vers le Sud, son comportement avait été sinon criminel, du moins surprenant.

« Pourquoi vous rangez-vous aux côtés de mes ennemis ?

— Je ne m'appuie que sur les faits, Votre Majesté, répondit-il d'un ton assuré. Si vous souhaitez que je découvre la vérité, il faut vous préparer à l'accepter.

— Je vous écoute.

— Pardonnez-moi, Votre Majesté, mais le vrai Ante-hai n'était peut-être pas celui que vous connaissiez.

— Vous n'avez pas le droit de…, m'écriai-je en éclatant à nouveau en sanglots. Vous ne savez rien d'Ante-hai, Yung Lu. C'était peut-être un eunuque, mais un homme véritable au fond de son cœur. Je n'ai jamais rencontré quelqu'un qui aime la vie plus que lui. Si vous aviez connu ses histoires, ses rêves, ses poèmes, son amour de l'opéra, vous auriez compris cet homme. »

Yung Lu avait l'air sceptique.

« C'était un expert de l'étiquette et des lois de la cour, poursuivis-je, et il ne les aurait jamais violées car il en savait les conséquences. Essayez-vous de me dire qu'il a voulu mourir ?

— Considérez les faits, je vous en conjure, et demandez-vous s'ils parlent autrement. An-te-hai a fait une chose qu'il n'aurait pas dû faire. Vous avez raison, il en mesurait pleinement les conséquences. Il a réfléchi aux suites de son geste avant de passer à l'acte. Cela ne simplifie pas l'affaire et vous ne pouvez nier qu'il a offert à ses ennemis une chance de l'éliminer. » Yung Lu me regarda intensément. « Mais pourquoi ? »

Je me sentais perdue et je secouai la tête d'impuissance. Yung Lu sollicita alors la permission de réunir des enquêteurs professionnels. Moins d'un mois plus tard, je recevais son rapport. En plus du gouverneur Ting, on comptait parmi les témoins des confrères d'An-te-hai et des bateliers, des boutiquiers et des tailleurs, des artistes et des prostituées.

An-te-hai avait navigué sur le Grand Canal par un temps favorable. Il accomplit sa mission dans les fabriques de Nankin, où la soie et le brocart étaient tissés en vue du mariage impérial. Il vérifia aussi où en étaient les robes que Nuharoo et moi avions commandées, ainsi que celles destinées à Tongzhi, à ses nouvelles épouses et à ses concubines. Il se rendit ensuite sur la tombe de son héros, le navigateur Cheng Ho. Comme il devait exulter !

Mon souvenir était intact de l'instant où il était venu me faire ses adieux. Vêtu d'une splendide robe de satin vert brodée de vagues, il était empreint de beauté et d'énergie. De tout mon cœur, j'espérais le voir prendre un nouveau départ dans la vie.

Quelques mois plus tôt, An-te-hai s'était marié et cela avait fait grand bruit dans Pékin[1]. Pour les autres eunuques, cette union était symbole d'espoir : eux aussi pourraient se racheter de leur condition. Du point de vue mental, le mariage leur restituerait en quelque sorte leur virilité et leur apporterait la paix. Hélas, il n'en fut pas ainsi.

An-te-hai quitta les quartiers des eunuques pour vivre avec ses quatre épouses et ses concubines. Nous espérions tous deux que ses nouvelles compagnes lui apporteraient du réconfort : il aurait pu trouver des jeunes filles issues de bonnes familles puisqu'il apportait une dot considérable, mais non, il acheta des femmes dans des bordels. Il pensait certainement qu'elles comprendraient ses souffrances et accepteraient plus facilement, ou du moins compatiraient au fait qu'il ne pût se comporter en mari. Il fit tout pour ne pas choisir les plus jolies et s'intéressa surtout à celles qui avaient survécu à l'ignominie des hommes. Sa première épouse était ainsi une femme de vingt-six ans très malade qu'on avait laissée sans soins dans son bordel.

J'avais beaucoup de mal à adresser des compliments aux dames d'An-te-hai quand il me les amenait. Avec

---

1. Sous les Qing, les grands eunuques purent avoir des femmes qu'ils entretenaient dans de belles résidences hors de la Cité interdite. Les autres se contentaient de servantes du palais. Auparavant, les « relations » avec des femmes étaient durement châtiées.

leur visage triste, elles se ressemblaient toutes. Elles se jetaient sur les plateaux chargés de petits gâteaux et buvaient leur thé avec bruit.

Environ un mois après son union, An-te-hai revint à la Cité interdite sans évoquer sa vie d'homme marié. Moi mise à part, tout le monde semblait au courant de ce qui s'était passé. J'appris de la bouche de Li Lianying que ses épouses ne correspondaient pas à ce qu'il attendait d'elles. C'étaient des femmes grossières, bruyantes et surtout très exigeantes. Elles prenaient plaisir à se moquer de son infirmité. L'une d'elles s'enfuit avec l'un de ses anciens clients : An-te-hai la rattrapa et la battit presque à mort.

Il semblait ne plus songer à ses déboires le jour où il s'embarqua, mais je m'inquiétais toujours pour lui. Le voyage était long et l'entreprise, considérable.

« Soyez heureuse pour moi, ma dame, me rassura-t-il. Je suis comme le poisson qui regagne sa source natale.

— Cette mission va durer plusieurs semaines, peut-être pourrais-tu te retrouver une femme, plaisantai-je.

— Une qui soit convenable cette fois-ci. Je vais suivre votre conseil et ramener une fille de bonne famille. »

Nous nous quittâmes au bord du Grand Canal où attendait une procession de jonques. An-te-hai monta à bord d'un des deux grands bateaux-dragons que décoraient un dragon volant et un phénix. J'étais certaine que cette vision impressionnerait les autorités locales : elles feraient l'impossible pour le satisfaire et lui offriraient leur protection.

Je lui adressai un signe de la main et il me retourna un sourire radieux. Son dernier.

Mes ennemis me firent une description de son expédition, qu'ils jugeaient « extravagante ». Mon eunuque n'aurait cessé de s'enivrer. « Il a engagé des musiciens et revêtu des robes semblables à celles de l'empereur, était-il écrit dans le rapport du gouverneur Ting. Dansant au son des flûtes et des cymbales, il recevait l'hommage de ses sujets. Son comportement était illicite et marqué par la folie. »

La cour abondait dans son sens. « La loi stipule que le châtiment de tout eunuque qui navigue hors de Pékin soit la mort. » Ils avaient oublié que ce n'était pas son premier voyage. Une dizaine d'années plus tôt, en mission secrète, il s'était rendu seul de Jehol à Pékin pour entrer en contact avec le prince Kung. On ne l'avait pas puni alors, mais fêté en héros.

Personne ne m'écoutait. Je voulais bien admettre qu'An-te-hai s'était mal comporté, qu'il avait même transgressé la loi, mais le châtiment n'était pas proportionnel au crime, d'autant plus qu'il avait été prononcé en dépit de mon désaccord. Il était évident que la cour désirait justifier le crime du gouverneur Ting. La minutie du projet me rendait folle de rage et mes informations ne me permettaient que d'en déceler les grandes lignes.

An-te-hai fut décapité le 25 septembre 1872. Il avait trente ans. Il m'avait été impossible d'empêcher ce meurtre qui, pour mes ennemis, était le prélude à ma propre mort. J'aurais pu faire punir le gouverneur Ting en le destituant ou en le remettant au bourreau mais je savais que ce serait une erreur : je me jetterais ainsi dans le piège tendu par mes ennemis. An-te-hai aurait su me conseiller : « Ma dame, ce à quoi vous vous opposez, ce n'est pas seulement le gouvernorat et la cour, mais aussi la nation et sa culture. »

Je voulais une confrontation avec le prince Kung : je ne pouvais prouver son implication mais je savais qu'il soutenait cet assassinat. Mes relations avec lui étaient au plus bas. En se débarrassant d'An-te-hai, il me faisait comprendre qu'il était capable d'une totale domination.

Nuharoo ne voulait pas discuter de la mort de mon eunuque. Quand je me rendais à son palais, ses suivantes faisaient semblant de ne pas m'entendre. Cela confirmait sa culpabilité. Je pouvais accepter qu'elle n'aime pas An-te-hai mais je ne lui pardonnerais jamais d'avoir participé à son meurtre.

Pour sa part, Tongzhi ne prenait même pas la peine de cacher sa joie. Devant ma tristesse, il conclut qu'An-te-hai était bien celui qu'il pensait, en un mot mon amant secret. Feignant la maladresse, il renversa l'autel que j'avais dressé dans une pièce pour y pleurer mon eunuque.

La confession écrite d'un musicien engagé par An-te-hai me révéla les sombres mobiles qui avaient entraîné sa mort.

« Une nuit An-te-hai nous a demandé de jouer plus fort. Il était plus de minuit et je craignais d'attirer l'attention des autorités locales, je l'ai donc supplié de nous laisser nous arrêter mais il a insisté et nous lui avons obéi. Des lanternes éclairaient les jonques. On se serait cru un jour de fête. Nous naviguions souvent après la tombée de la nuit et les villageois nous accompagnaient sur le chemin de halage. Ils étaient parfois invités à monter à bord pour festoyer avec nous. Nous buvions jusqu'à l'aube. Comme je le redoutais, les autorités s'en mêlèrent. Dans un premier temps, An-te-hai réussit à les faire battre en retraite. Il désigna le pavillon jaune qui flottait sur notre barge et demanda à l'officier de compter les pattes du merle qui y figurait. Il en avait trois. "Vous n'offenserez pas cet oiseau parce qu'il représente l'empereur[1] ", lui lança An-te-hai.

_____

1. L'oiseau à trois pattes (*feng huang*) est un symbole mythologique qu'on retrouve dans toute l'Asie ainsi qu'en Afrique du Nord. En Chine, il est associé au soleil et au dragon, donc à l'empereur. Le trois est le chiffre de la totalité, celui du Ciel.

« An-te-hai aimait ma musique et nous devînmes amis. Il me raconta à quel point il était malheureux et je fus choqué de l'entendre dire qu'il voulait mettre un terme à sa vie. Je le crus ivre et ne pris pas ses propos au sérieux. Comment imaginer que le plus grand eunuque de notre époque pût souffrir ? Cependant je ne tardai pas à le croire car je remarquai qu'il cherchait délibérément à s'attirer des ennuis. J'avais très peur et je suis heureux d'être parti la veille de l'arrivée du gouverneur Ting. Je ne comprends toujours pas pourquoi An-te-hai a ainsi gaspillé son existence. »

Peut-être avait-il décidé que c'en était trop. J'aurais dû me rendre compte qu'il était plus brave que quiconque. Sa vie était un opéra sublime et il était la réincarnation de Cheng Ho.

Il était minuit passé et le silence régnait dans la Cité interdite. J'allumai les bougies aux senteurs de jasmin que préférait An-te-hai et lui lus un poème de ma composition.

Oh, la beauté des lacs et des collines du Sud,
Ces plaines alanguies comme une grève d'or !
Combien de fois, une coupe de vin à la main,
Nous sommes-nous attardés ici comme grisés.

Près de l'étang aux lis, des lampes s'allument,
La nuit tu joues la mélodie de l'eau.
Je reviens et le vent retombe, la lune d'argent
Pave d'herbes émeraude les ondulations de la rivière.

Dix

Après le mariage de Tongzhi, Nuharoo et moi ordonnâmes aux astrologues de la cour de calculer la date la plus favorable à son accession au trône. Les astres indiquèrent le 23 février 1873. Mon fils s'occupait déjà des affaires mais son début de règne ne pouvait être officialisé qu'après de longues et complexes cérémonies. Cela pouvait prendre des mois : tous les chefs de clan devaient être présents, honorer de leur venue les autels des ancêtres et accomplir les rites appropriés. Tongzhi dut demander aux esprits bénédiction et protection.

Peu après son investiture, le Tsungli Yamen, c'est-à-dire le ministère des Relations extérieures, reçut une demande d'audience de la part des ambassadeurs de plusieurs nations étrangères. Le ministère avait déjà eu de telles requêtes par le passé mais il avait toujours prétexté la jeunesse de Tongzhi pour les rejeter. Dans le cas présent, mon fils accepta et révisa l'étiquette avec l'aide du prince Kung.

Le 29 juin 1873, il reçut les ambassadeurs du Japon, de Grande-Bretagne, de France, de Russie, des États-Unis et des Pays-Bas. Arrivés à neuf heures du matin, ils furent conduits au pavillon de la Lueur violette, grand bâtiment où était installé le trône impérial.

J'étais nerveuse parce que mon fils se montrait au monde pour la première fois. J'ignorais ce qui l'attendait et espérais seulement qu'il fasse forte impression. Je lui expliquai que la Chine ne pouvait se permettre un nouveau malentendu.

Je n'assistai pas à l'événement mais me comportai comme une mère se doit de le faire en m'assurant qu'il prenne un solide petit déjeuner et en vérifiant les détails de sa tenue – boutons de sa robe aux dragons, bijoux de sa coiffure, dentelles de ses ornements. Après ce qu'il avait fait à An-te-hai, je m'étais bien juré de ne plus avoir d'affection pour lui mais tenir ma parole m'était impossible. Comment aurais-je pu ne pas aimer mon fils ?

Quelques jours plus tard, le prince Kung m'envoya un exemplaire d'une publication en langue étrangère, *La Gazette de Pékin*. Je sus ainsi que Tongzhi s'était bien comporté : « Les ministres ont reconnu qu'il émanait de l'empereur une vertu divine, ce qui explique la stupeur et les tremblements qu'ils éprouvaient même lorsqu'ils ne le regardaient pas. »

Je peux enfin me retirer, voilà ce que je pensai aussitôt. Je laisserais à autrui les affaires de la cour pour me consacrer à des plaisirs dont je n'avais pu que rêver. Le jardinage et l'opéra me tenaient à cœur. La culture des légumes, notamment, m'intriguait. Mon désir de faire pousser des choux et des tomates avait suscité la réprobation du ministre des Jardins impériaux, mais je reviendrais à la charge. L'opéra m'avait toujours enchantée et peut-être prendrais-je des leçons afin de pouvoir chanter mes airs préférés. Bien entendu, je rêvais d'avoir mes petits-enfants : je rendis tout spécialement visite à Alute et à Foo-cha pour leur promettre une belle promotion en cas de maternité. J'avais raté l'éducation de Tongzhi : je voulais une nouvelle chance.

Quand je peignais pour mon fils, des sujets nouveaux naissaient sous mon pinceau. En plus des oiseaux et des fleurs, il y avait des poissons dans un étang, des écureuils jouant dans un arbre ou encore des daims au milieu d'une vaste prairie. Je résolus de faire broder mes plus belles réalisations. « Ce sera pour mes petits-enfants », expliquai-je aux tailleurs impériaux.

Mon fils émit le désir de restaurer le Yuan Ming Yuan que les étrangers avaient mis à sac près de dix ans plus tôt. N'eût été son coût, un tel projet aurait suscité mon enthousiasme. « Le Yuan Ming Yuan était le symbole de la fierté et de la puissance de la Chine, insista-t-il. Mère, ce sera mon cadeau pour votre quarantième anniversaire. »

Je lui dis que je ne pouvais accepter un tel présent mais il répliqua qu'il faisait son affaire du financement des travaux.

« Et où trouveras-tu les fonds ?

— Mon oncle le prince Kung a déjà offert vingt mille taëls. Des amis, des parents, des ministres et de hauts fonctionnaires feront de même. Mère, pour une fois, essayez de profiter de la vie. »

Je ne m'étais pas rendue au Yuan Ming Yuan depuis neuf ans. Déjà mis à mal, les jardins avaient depuis été dévastés par le vent, la pluie, les rôdeurs et les voleurs. Des herbes de la taille d'un homme recouvraient complètement les lieux. Immobile près des colonnes brisées, j'entendais le grincement des charrettes et le pas des eunuques et je me remémorais le jour où nous échappâmes de justesse aux puissances étrangères.

Je n'avais jamais dit à Tongzhi qu'il avait été conçu dans cet endroit. Je possédais tout alors et l'unique désir de l'empereur Xianfeng était de me satisfaire. Si bref fût-il, cet instant avait été bien réel, et il était survenu au plus profond de mon désespoir. J'avais donné tout ce que je possédais au grand eunuque Shim pour passer une seule nuit avec Sa Majesté. J'avais risqué ma vie en parlant à l'empereur avec franchise et ma hardiesse m'avait valu son respect puis son adoration. « Mon Orchidée », me murmurait-il à l'oreille. Notre désir mutuel nous faisait nous unir en tout lieu. Nous étions heureux. Ses eunuques étaient terrorisés à l'idée que Sa Majesté disparaisse pendant la nuit et les miens attendaient devant la porte pour l'accueillir. « Dame de la nuit », j'étais censée lui être offerte comme un mets succulent, mais c'était en fait Sa Majesté qui s'offrait à moi. Lui-même s'étonnait de l'amour qu'il me portait.

Plus tard, quand Xianfeng choisit d'honorer d'autres épouses, je me retrouvai dans un état proche de la mort. Il m'était impossible de continuer à vivre mais je ne pouvais attenter à ma propre vie car celle de Tongzhi s'éveillait en moi.

Le premier endroit qu'il désirait restaurer était le palais où j'avais vécu le plus longtemps avec son père. Je le remerciai et lui demandai comment il savait que l'édifice avait pour moi un intérêt particulier. « Mère, me répondit-il en souriant, quand vous ne dites rien à propos d'une chose, je sais que c'est celle qui vous touche le plus. »

Je n'ai jamais mis en doute les mobiles de Tongzhi. J'ignorais que la véritable raison de son impatience à rebâtir le Yuan Ming Yuan était de m'éloigner de lui afin qu'il continue à mener sa vie secrète, une vie qui allait finir par le détruire.

Les conseillers impériaux l'encourageaient parce que eux aussi brûlaient d'envie de me voir me retirer. Ils rechignaient à obéir à mes ordres et avaient hâte de gouverner sans moi. Avec leur aval, Tongzhi ordonna que les travaux commencent avant même que les fonds soient versés. Les problèmes ne tardè-rent pas : quand le chef charpentier fut pris à détourner de l'argent, les subventions se tarirent. Ce fut le début d'un interminable cauchemar.

Un fonctionnaire local écrivit à la cour une lettre où il s'indignait que Tongzhi cède devant ma cupidité. Pour lui, c'était mal employer les fonds de l'État que restaurer le Yuan Ming Yuan. « La dynastie précédente, celle des Ming, fut la plus longue de l'histoire avec dix-sept empereurs, mais les derniers d'entre eux consacrèrent aux plaisirs toutes leurs forces vives. Vers la fin du XVIe siècle, la dynastie Ming sombra dans la torpeur en attendant d'être renversée. Le trésor était vide, lever des impôts était devenu impensable et partout se manifestaient les signes habituels du désordre – sécheresse, inondations et famine. Le peuple accorda sa loyauté à un nouveau souverain parce que la dynastie Ming avait trahi sa mission céleste. »

La cour n'avait pas besoin qu'un petit fonctionnaire de province lui rappelle que le pays souffrait encore de la récente révolte des Taiping et que les soulèvements musulmans à l'ouest du pays n'étaient pas encore matés[1]. Toutefois, la requête fut rejetée pour « obstruction au devoir filial de l'empereur ». Tongzhi était résolu à voir son rêve se réaliser mais, après une année de travaux et des dépenses colossales, le prince Kung fit pression sur lui pour qu'il abandonne le projet.

Pendant des années, on allait me reprocher ce qui s'était passé au Yuan Ming Yuan, mais je n'étais plus en position de conseiller Tongzhi : je m'étais officiellement retirée. En revanche le changement d'attitude du prince Kung me surprenait : lui qui avait été le premier à soutenir la restauration en offrant une grosse

---

1. Les provinces du Shanxi et du Guansu sont peuplées de musulmans, les Hui, depuis le XIVe siècle. En 1862, un héritier de la secte soufie Xinjiao (« nouvel enseignement ») s'en prit directement à la dynastie Qing.

somme d'argent, rejoignait aujourd'hui les rangs de ceux qui imploraient Tongzhi de renoncer.

Le jeune empereur s'emporta, accusa son oncle de lui manquer de respect et le dégrada. Quelques semaines plus tard, Nuharoo réussit à le persuader de réintégrer le prince Kung dans ses fonctions.

Pour ma part, je me tenais à l'écart de tout cela parce que je pensais que Tongzhi avait besoin d'apprendre son rôle d'empereur. Il n'avait que trop longtemps commandé aux autres sans jamais éprouver la moindre souffrance.

Onze

Par une chaude journée de l'été 1874, je regardais mon eunuque Li Lianying bouturer les gardénias de mon jardin. Il ôtait et jetait les bourgeons et les rejets puis il coupait les tiges à une hauteur de huit centimètres en prenant bien soin de les sectionner sous un nœud. « C'est là que se formeront de nouvelles racines, m'expliqua-t-il en mettant les tiges en pot. Au printemps prochain, on pourra les transplanter dans le jardin. » Un mois plus tard, aucune feuille ne fit son apparition.

Pour voir si les racines grandissaient, Li tira doucement sur une tige : il ne sentit aucune résistance, ce qui signifiait qu'elles ne se formaient pas. Il me demanda de patienter encore quelques jours. « Je fais ainsi depuis des années, précisa-t-il, c'est comme ça que j'ai redonné vie aux vieux gardénias. » Mais les boutures se flétrirent et moururent, et Li y vit un signe du Ciel : quelque chose de terrible allait se passer.

« Non, il ne va rien arriver, lui dit le maître jardinier. Tu as dû mal t'y prendre. L'eau a peut-être été contaminée par l'urine d'un animal à moins que des insectes se cachent dans la mousse. En tout cas, les plantes sont mortes parce qu'elles ont trop souffert. »

Je ne pouvais m'empêcher de penser à mon fils, lui qui avait été semblable à une plante de serre, protégé jusqu'à aujourd'hui des rigueurs et des aléas du jardin.

Tongzhi attrapa un rhume qui dura des mois. Il avait de la fièvre et, à l'automne, son corps était très affaibli.

« Tongzhi doit sortir faire de l'exercice », insistait le prince Kung.

Les autres oncles de mon fils, les princes Tseng et Chun, étaient certains que ses frasques nocturnes commençaient à prélever leur tribut sur sa santé. Le docteur Sun Pao-tien sollicita un entretien pour discuter de son état mais il essuya une rebuffade.

Je ne supportais pas de voir Tongzhi dans un lit de malade car cela me rappelait l'agonie de son père. Je fis venir Alute, Foo-cha et les autres épouses. Quand elles furent agenouillées devant moi, je leur demandai si elles savaient ce dont souffrait leur époux.

Leurs révélations me choquèrent : Tongzhi continuait à fréquenter les bordels ! « Sa Majesté préfère les fleurs sauvages », se plaignit Foo-cha.

Alute n'appréciait pas mes questions. Je lui expliquai que je n'avais nullement l'intention de l'offenser ou m'immiscer dans sa vie privée mais, les sourcils courbés comme deux sabres volants, elle me rétorqua qu'en tant qu'impératrice de Chine, elle avait le droit de ne pas me répondre. « C'est entre Tongzhi et moi », insista-t-elle. Son teint de porcelaine rosit.

Je m'efforçai de dissimuler mon irritation et lui répétai que je désirais simplement l'aider.

« Je ne doute pas de vos motifs, m'assura-t-elle. C'est juste que... je ne me sens pas d'un statut inférieur.

— Mais de quoi parlez-vous ? Qui vous considère de "statut inférieur" ? dis-je, perplexe.

— Chacune de nous craint de s'exprimer devant vous, affirma-t-elle en montrant les autres épouses, mais moi je le ferai. Impératrice douairière, Tongzhi est placé sous votre responsabilité, pas sous la nôtre.

— Alute, vous n'avez pas le droit de parler au nom des autres ! m'écriai-je offensée.

— Alors je parlerai pour moi seule. Vous qui êtes la mère de Sa Majesté, lui avez-vous jamais demandé ce qu'elle avait ?

— Si ç'avait été le cas, je ne vous aurais pas fait venir.

— Il doit y avoir une raison s'il a abandonné la Cité interdite pour un lupanar.

— Vous êtes en colère, Alute. Pensez-vous vraiment que tout est ma faute ?

— Oui.

— Des faits, Alute, la pressai-je, et elle se mordit les lèvres.

— L'empereur Tongzhi s'accordait bien avec moi avant que vous lui disiez d'aller voir Foo-cha. Vous ne pouviez supporter l'idée qu'il ait un enfant avec moi et pas avec elle, voilà pourquoi Tongzhi en a eu assez de nous toutes : c'est de vous qu'il en avait assez ! »

Alute avait peut-être raison mais sa brutalité me déplaisait. « Alute, comment osez-vous ? Vous n'avez pas le droit de me manquer de respect !

— Ce n'est pas le cas de l'enfant que je porte ! »

Abasourdie, je lui demandai de répéter.

« Oui, je suis enceinte, annonça-t-elle fièrement.

— Oh, Alute, pourquoi ne m'avoir rien dit ? me récriai-je, enchantée. Félicitations ! Relevez-vous, je vous en prie. Je dois sur-le-champ faire part de cette merveilleuse nouvelle à Nuharoo. Nous allons avoir un petit-enfant ! »

Alute me coupa dans mon élan. « Pas encore, Votre Majesté. Tant que Tongzhi ne me reviendra pas, je ne suis pas certaine d'avoir la force de mener ma grossesse à terme. »

Je cherchai des mots susceptibles de la réconforter. « Tongzhi est... Cela vous fait mal de le savoir avec d'autres femmes. Croyez-moi, Alute, je connais ce sentiment.

— Je déteste vos paroles. »

Elle fondit en larmes et je me sentis coupable. « Soyez tout de même heureuse de porter l'enfant de Tongzhi.

— Ce n'est ni à vous ni à moi de décider s'il viendra au monde. Mon corps et mon âme souffrent tant que je le sens désireux de se venger et je crains de voir se produire un événement inattendu.

— C'est la volonté du Ciel si vous avez cet enfant, Alute. Quoi qu'il arrive, la semence du dragon survivra. »

Sans m'en demander la permission, elle se dirigea vers la fenêtre et me tourna le dos. Dans les jardins, les chênes géants étaient dénudés.

« Les glands tombent partout, constata Alute en secouant la tête. Il est difficile de ne pas marcher dessus. C'est un mauvais présage. Que vais-je faire ? Je ne suis pas née pour la souffrance.

— Alute, dis-je d'une voix douce, je suis certaine que tout ira bien. Vous êtes fatiguée, rien de plus. »

Elle m'ignora et continua de faire face à la fenêtre. Sa voix était déjà lointaine. « C'est de plus en plus fort. Jour et nuit, j'entends le bruit des glands qui s'écrasent à terre. »

Je regardai ma belle-fille. Ses cheveux noirs et soyeux formaient des tresses élaborées reposant sur un plateau. Des épingles roses figurant des fleurs et incrustées de diamants scintillaient dans la lumière. Soudain, je compris pourquoi Tongzhi l'avait privilégiée : comme lui, elle était d'un caractère indépendant.

Un matin, au début de l'hiver, le docteur Sun Pao-tien vint m'annoncer que mon fils ne vivrait pas. Devant lui, je me mis à trembler comme un jeune arbre au vent. J'imaginai des lanternes rouges accrochées au plafond.

Je m'efforçais de comprendre le praticien mais je n'y parvenais pas, comme s'il me parlait dans une langue étrangère. J'ai dû alors m'évanouir. Quand je revins à moi, Li Lianying était là. Il suivait les instructions du médecin et pressait son pouce entre mon nez et ma lèvre supérieure. Je tentai de le repousser mais la force me manquait.

« Tongzhi a reçu la visite des fleurs célestes, déclarat-il.

— Tu feras savoir au docteur Sun Pao-tien, dis-je à Li, le souffle court, que s'il commet la moindre erreur, je n'hésiterai pas à le châtier ! »

Sun revint me voir après déjeuner. Il tomba à genoux et me mit au courant de l'évolution de la santé de mon fils. « L'état de Sa Majesté connaît des complications. Je ne puis dire avec certitude ce qui est d'abord entré dans son corps, de la petite vérole ou de la maladie vénérienne. Quoi qu'il en soit, c'est une maladie fatale et il est au-delà de mes capacités de la guérir ou même d'en enrayer la progression. »

Il avoua avoir dû lutter avec lui-même pour venir m'annoncer ces nouvelles. Son équipe médicale avait été accusée de porter malheur à Sa Majesté et chacun avait tenté de garder secrète sa maladie.

Je demandai au médecin de me pardonner et lui promis de rester maîtresse de mes émotions.

Ses efforts parvinrent à stabiliser l'état de Tongzhi. En décembre 1874, les taches de son corps séchèrent et la fièvre retomba. Les palais fêtèrent les signes avant-coureurs de la guérison mais ce fut prématuré : quelques jours plus tard, la fièvre revint et persista.

Je ne sais plus comment je passai tout ce temps. Je n'avais qu'une seule pensée en tête : sauver mon fils. Je refusais de croire que Tongzhi pût mourir. Sun Pao-tien me suggéra de m'adresser à des confrères occidentaux pour avoir un second avis. « Ils disposent d'instruments permettant de prélever du sang et des fluides à Sa Majesté, murmura-t-il, conscient de ne pas être censé parler ainsi. Je doute cependant que leur diagnostic diffère du mien. »

La cour rejeta ma demande de faire venir des médecins étrangers : elle craignait qu'ils profitent de la condition de Tongzhi pour nous envahir à nouveau.

Allongée auprès de mon fils j'écoutais sa respiration caverneuse. Il avait les joues brûlantes. Quand il ne dormait pas, il geignait et gémissait doucement.

Il demanda que Nuharoo et moi reprenions la régence. Je refusai dans un premier temps, certaine de ne pouvoir me concentrer sur les affaires de cour, mais il insista. C'est en lisant son décret à la nation que je me rendis compte à quel point mon aide lui importait. Ces mots tracés à l'encre sur du papier de riz furent la dernière calligraphie de mon fils. L'idée que mon petit-fils ne voie jamais son père tenir le pinceau m'attristait plus que tout.

« J'implore les deux impératrices d'avoir pitié de mon état et de m'autoriser à prendre soin de moi-même, était-il écrit. En veillant quelque temps aux affaires de l'empire, les impératrices sublimeront leur bonté à mon égard et je leur en témoignerai une gratitude éternelle. »

Chaque jour, une fois les audiences terminées, j'allais m'asseoir aux côtés de Tongzhi. Je parlais avec ses eunuques et le docteur Sun Pao-tien. J'examinais les pustules qui grossissaient sur le corps de mon fils en priant le Ciel pour qu'elles se portent sur le mien. J'implorais les dieux : « Ayez miséricorde, ne soyez pas cruels envers une mère ! »

J'ordonnai que personne ne trouble son repos, mais le praticien me conseilla de le laisser voir qui bon il lui semblait. « Sa Majesté n'en aura peut-être plus jamais l'occasion. »

Je cédai à son avis mais m'assurai que personne ne le fatigue. Alute refusa de venir quand Tongzhi l'envoya chercher : elle ne pénétrerait pas dans cette pièce tant que je m'y trouverais. Sur ce point aussi je cédai.

Il était deux heures du matin quand mon fils ouvrit les yeux. Ses joues étaient encore chaudes mais il semblait de meilleure humeur. Il me demanda de m'asseoir sur son lit. Je l'aidai à se caler contre les coussins et le suppliai de manger un peu de bouillie, mais il fit non de la tête.

« Amusons-nous avant que je meure. » Il réussit à m'adresser un sourire radieux.

J'éclatai en sanglots et lui dis que j'ignorais de quel amusement il voulait parler. Pour ma part, sa mort marquerait à tout jamais la fin de mon bonheur.

Il me pressa la main. « La lune me manque. M'emmènerez-vous dans la cour ? »

Je jetai une couverture sur ses épaules et l'aidai à descendre du lit. Le seul fait de se vêtir l'épuisa, mais il quitta tout de même la chambre.

« Quelle belle nuit, soupira-t-il.

— Il fait trop froid, Tongzhi, rentrons.

— Non, restons encore un moment, mère. Je me sens bien. »

Sur l'arrière-plan baigné de clarté, les arbres et buissons découpaient leurs silhouettes de marionnettes. Je regardai mon fils et pleurai. Le clair de lune blanchissait son visage et l'on eût dit une statue de pierre.

« Vous vous rappelez l'époque où vous essayiez de m'apprendre la poésie, mère ? J'en étais incapable.

— Oui, mais c'était trop pour toi. Ce serait trop pour n'importe quel enfant.

— La vérité est que je n'étais pas inspiré. Mes professeurs me disaient que je devais d'abord la sentir avant de la décrire. » Il eut un pauvre rire. « J'écrivais mais je ne sentais rien. Croyez-moi ou non, depuis que mes jours sont comptés, je sens l'inspiration m'envahir.

— Arrête, je t'en prie.

— Mère, j'ai un poème pour vous, là, fit-il en posant un doigt sur son front. Puis-je vous le dire ?

— Je ne veux pas l'entendre.

— Il vous plaira, mère. Je l'ai intitulé "À un amour".

— Je ne veux pas t'écouter. »

Pourtant, Tongzhi se mit à réciter d'une voix douce :

Partir, mais revenir en songe, sans cesse,
Dans le couloir tortueux de filigrane,
Le long des courbes du balustre.
Dans la cour, seule la lune de printemps nous donne
son amitié,
À nous, qui nous en sommes allés, et brille encore sur
les fleurs tombées.

Douze

Mon fils mourut au matin du 12 janvier 1875.

Le palais de la Nourriture de l'esprit était empli de fleurs de prunier d'hiver[1] fraîchement coupées dont les petits pétales cireux et les tiges nues marquaient les vases de leur élégance. C'étaient les fleurs préférées de Tongzhi. Une nuit, il avait rêvé qu'il en cueillait dans la neige, une chose qu'on ne l'avait autorisé à faire. J'avais veillé jusqu'à l'aube pour coudre ma robe de deuil brodée des mêmes fleurs de prunier d'hiver. Son visage était tourné vers le sud et on l'avait revêtu d'une robe frappée des symboles de la longévité[2]. Il avait dix-neuf ans et, s'il était empereur depuis 1861, il n'avait réellement régné qu'à peine deux ans.

J'étais assise auprès du cercueil tandis que les artisans achevaient leur travail de ferronnerie. Les peintres appliquaient les touches finales. Des dragons d'or sculptés décoraient le couvercle. Du bout des doigts, je caressai les joues de mon fils. L'étiquette ne m'autorisait ni à l'embrasser ni à le serrer contre ma poitrine. Tongzhi était mort avec plein de boutons de fièvre autour de la bouche. Au cours des deux dernières semaines, des pustules étaient apparues partout,

---

1. Le prunier d'hiver symbolise le renouveau et la pureté. C'est la nourriture des Immortels et Lao-Tseu serait né sous un tel arbre.
2. La grue et la tortue.

pourrissant son corps de l'intérieur. Des plaies marquaient sa langue et ses gencives, si nombreuses qu'il ne pouvait plus s'alimenter. Chaque centimètre de peau était infecté. Du pus suintait des furoncles entre ses doigts et ses orteils. La pâte médicinale noire appliquée par Sun lui donnait un air grotesque.

Chaque jour de ces dernières semaines, j'avais fait la toilette de mon fils, chaque jour, je découvrais un abcès nouveau empiétant sur un plus ancien. Ses mains et ses pieds ressemblaient à des racines de gingembre.

Quand cela devenait trop pénible, je m'enfuyais hors de la chambre et tombais sur les genoux. Je ne pouvais me relever et Li Lianying me rappelait que je n'avais pas mangé. L'après-midi, il me pourchassait, tenant un bol de potage au poulet à deux mains au-dessus de sa tête parce qu'à plusieurs reprises je l'avais bousculé pour le lui faire renverser.

Des ampoules déformaient mes doigts. J'avais passé tant de temps à trancher des poules et des canards, des poissons et des serpents afin de les déposer en offrandes sur les autels. Je me tournais vers le Ciel et je criais : « Les démons affamés sont rassasiés, ils vont enfin pouvoir laisser mon enfant tranquille ! »

La fumée d'encens était si épaisse que la Cité interdite semblait en proie à un incendie. Mes larmes coulaient comme une fontaine. Le docteur Sun Pao-tien me dit un jour que mieux valait que je ne consulte plus. Un lama me conseilla de me concentrer sur la prochaine vie de mon fils et laissa entendre que je n'avais pas offert aux dieux ma totale soumission. « La robe d'éternité et le cercueil pourraient lui apporter secours. » Au lieu d'aider mon enfant, je ne faisais qu'approfondir son trouble.

Je songeai à attenter à ma vie pour accompagner mon fils. Je cherchais un moyen d'en finir quand je me rendis compte que j'étais suivie en tout lieu. Eunuques et servantes traînaient autour de moi. Leur expression d'ordinaire placide était anxieuse. Ils murmuraient derrière mon dos et, si je me levais en pleine nuit, un concert de toux éclatait parmi mes eunuques.

Mon cuisinier dissimula les couteaux, mes dames de compagnie ôtèrent toutes les cordes. Lorsque j'ordonnai à Li Lianying de m'apporter de l'opium, il revint accompagné du médecin. Les gardes impériaux me barrèrent le passage le jour où je tentai de franchir les portes de la Cité interdite. Comme je menaçais de les punir, ils dirent avoir reçu de Yung Lu l'ordre de me protéger à tout prix.

Mon fils était mort dans mes bras au soleil levant. Dans la cour, les gardénias avaient succombé à une gelée soudaine. Les écureuils avaient cessé de sauter d'arbre en arbre : assis sur les branches, ils se contentaient de grignoter des glands en bavardant bruyamment. Des plumes tombaient du ciel au passage des oies sauvages.

Je tenais Tongzhi contre moi et je sentais son cœur battre de plus en plus faiblement. Épuisée, je m'assoupis, et je ne sus pas exactement à quel instant il s'était arrêté.

Le grand eunuque de Nuharoo m'apporta un message : sa maîtresse était trop accablée de chagrin pour quitter son palais.

La cour entamait les préparatifs de la cérémonie funèbre. Des messagers étaient envoyés dans chaque province pour que les gouverneurs assistent à la mise au tombeau.

Le médecin et ses assistants se retirèrent, puis la Cité interdite redevint tranquille. Le bruit de leurs pas disparut ainsi que l'odeur des herbes médicinales. Les eunuques et les servantes ceignirent de soie blanche toutes les pièces d'habitation. Les robes mortuaires jadis portées par mon mari furent ressorties des armoires, nettoyées, empesées et apprêtées pour son fils.

Tongzhi quitta son lit pour la dernière fois et j'aidai à le changer. Sa robe d'éternité était tissée de fils d'or. Mon enfant ressemblait à une poupée endormie aux membres gourds. Je lavai son visage à l'aide de boulettes de coton car le travail du maquilleur impérial me déplaisait : il avait appliqué des couches de peinture, qu'il avait fixées avec une pellicule de cire. Je ne reconnaissais plus mon fils : sa peau avait le poli du cuir.

Quand je fus enfin seule avec Tongzhi, j'ôtai le maquillage et retrouvai son visage, bien que la vérole en grêlât la peau. Je me penchai et lui embrassai le front, les yeux, le nez, les joues et les lèvres. J'étalai de l'huile de graine de coton en commençant par le front. Je tâchai de mettre un terme aux tremblements de ma main en en pressant le bras contre l'accoudoir de mon siège. J'appliquai ensuite sur ses lèvres et ses joues un soupçon de rouge pour le faire ressembler à l'image que je conservais de lui et je ne fis rien de plus.

Tongzhi avait un très beau front. Ses sourcils venaient tout juste d'acquérir leur forme définitive, celle d'un délicat trait de pinceau. Quand il était enfant, ils étaient si pâles qu'on les eût dits absents. Nuharoo n'était jamais satisfaite du maquillage qu'il portait pour se rendre aux audiences : bien souvent, il arrivait en retard parce qu'elle l'obligeait à le refaire.

Ses yeux vifs avaient été la joie de mon existence. Comme les miens, ils étaient en amande, avec une paupière délicate, mais ce qu'il avait de plus beau, selon ma mère, c'était son nez droit et ses pommettes hautes, caractéristiques des Mandchous. Ses lèvres étaient pleines et sensuelles. Dans la mort, il était encore beau.

Je suivis le conseil du lama et m'efforçai de voir dans la mort de mon fils un événement naturel de la vie. Cependant, le remords avait déjà fait son chemin et mon cœur se noyait dans son propre poison.

Le cercueil de Tongzhi était aussi grand que celui de son père. Cent soixante hommes le porteraient sur leurs épaules. Quand Li Lianying me prévint que l'heure des adieux était venue, je ne me relevai que pour tomber sur les genoux. Il me tint les bras et je me redressai telle une frêle centenaire. Nous marchâmes vers le cercueil pour que je donne un ultime regard à mon fils.

Li me demanda si Tongzhi aimerait emporter avec lui son vieux jouet préféré, une réplique en papier de Pékin. La partie intérieure de la ville demeurerait dans le cercueil et la partie extérieure serait brûlée lors de la cérémonie rituelle afin d'aider son esprit à trouver sa route. J'exprimai mon accord.

Près du cercueil, l'eunuque s'excusa auprès de mon fils de devoir démanteler la partie intérieure. « Regardez, Votre Majesté, voici la rue de l'Échelle, si escarpée qu'on dirait cet instrument posé à flanc de colline. Là, ce sont les rues du Sac et du Mastic où l'on peut pénétrer mais que l'on ne peut pas traverser. À côté, les rues de Suzhou. Votre Majesté m'a jadis demandé si elles avaient été tracées par des hommes du Sud : ils n'étaient peut-être pas de Suzhou mais de Hangzhou[1]. Votre Majesté n'avait pas le temps de se préoccuper de pareilles broutilles mais aujourd'hui, le temps est votre allié. »

L'espace d'un instant, mon esprit battit la campagne et Li Lianying devint An-te-hai. Que penserait-il aujourd'hui ? Il n'avait bénéficié d'aucun service funè-

---

1. Un dicton datant des Song du Sud (XIIᵉ et XIIIᵉ siècles) est toujours en usage aujourd'hui : « Au Ciel, il y a le Paradis, sur Terre, il y a Suzhou et Hangzhou. » Ces deux villes sont peu éloignées de Shanghai.

bre et on avait rarement parlé de lui après son exécution. Ses épouses et ses concubines s'étaient partagé ses biens et n'avaient pas tardé à l'oublier. Nul ne l'avait jamais pleuré. En secret, j'avais engagé un tailleur de pierre pour qu'il sculpte une tablette destinée à sa tombe. Ma haute position m'empêcherait de jamais la voir et je ne saurais même pas à quoi ressemblait son lit d'éternité. Tongzhi n'avait jamais connu le bonheur d'être l'ami d'An-te-hai.

Li Lianying achevait de remplir le cercueil sans cesser de parler à mon fils. « Je n'ai jamais eu l'occasion de vous dire ce que signifiait "la rue et le temple du Dieu-Cheval". Vos ancêtres vous poseront peut-être ce genre de question et il convient que vous y soyez préparé. Les premiers Mandchous passaient leur vie à cheval. Sans leurs montures, ils n'auraient pu conquérir la Chine. Les Mandchous adorent, admirent et respectent les chevaux. Des temples de Pékin honorent des chevaux morts au cours de grandes batailles. Dans votre prochaine vie, Votre Majesté aura peut-être l'occasion de voir les rues et les temples dédiés aux chevaux. »

Ce serait donc dans la mort que Tongzhi apprendrait la ville où il avait vécu. Aidée de mon eunuque, j'embrasai le reste de la ville, la ville extérieure, pour que parte avec elle l'esprit de mon fils. Les noms étaient copiés sur le modèle original : rues du-Puits-d'Eau-Douce, du Puits-d'Eau-Saumâtre, du Puits-des-Trois-Yeux, du Puits-des-Quatre-Yeux, du Marché-aux-Moutons, du Marché-aux-Cochons, du Marché-aux-Ânes. Le Marché aux Légumes était voisin de la manufacture de flèches et le terrain d'entraînement militaire, place de la Grande-Clôture, grouillait de chevaux et de soldats en papier.

Le bûcher sacrificiel accueillit aussi le quartier commerçant avec sa rue du Puits-Impérial, la plus longue de Pékin puisqu'elle s'étendait sur des kilomètres. Li

Lianying n'oublia pas l'endroit où se déroulaient les exécutions capitales, le Marché au Bétail. Tout cela, croyait-il, serait nécessaire pour que Tongzhi soit un grand chef dans sa vie future. J'ordonnai qu'y soit adjoint le célèbre Four à Porcelaine, cette vaste librairie installée dans un ancien four. Puisque mon fils aurait tout le temps d'apprécier les détails, nous ajoutâmes les rues de la Queue-du-Chien, du Bûcheron et du Rideau-Ouvert.

Il faisait froid et sombre quand je regagnai mon palais. Li Lianying voulut fermer les fenêtres mais je l'en empêchai. « Laisse-les ouvertes, l'esprit de Tongzhi pourrait nous rendre visite. »

La lune géante et pâle qui planait au-dessus des arbres nus me rappela des souvenirs. Je me souvins de ce jour, à Jehol, où Tongzhi m'avait supplié de le laisser se baigner dans une source chaude[1]. Je le lui avais refusé parce qu'il était enrhumé. L'air était si pur que j'aurais aimé y élever mon fils. Ce soir-là nous nous tenions parmi les bambous géants dont les feuilles dansaient dans la brise. D'épais rideaux de lierre, tels des voiles célestes, tombaient de la cime de chênes centenaires et les fleurs de jasmin bordaient les chemins comme des vagues figées. Le clair de lune blanchissait le sol dallé, comme aujourd'hui.

J'allai chercher dans la bibliothèque des textes susceptibles de m'aider à écrire la nécrologie de Tongzhi. Mon regard se posa sur un opuscule, *La Maison de convalescence des fleurs de prunier d'hiver*. L'auteur, Tchong-jen, était un moine de l'époque Song ; je fus incapable de le reposer dès que j'en eus commencé la lecture.

---

1. Il en existait plusieurs dans les environs. C'est ainsi que Jehol reçut son nom, *je-hol*, « la rivière chaude ».

Dans la Chine du Sud, à Suzhou et Hangzhou principalement, le prunier d'hiver en fleur était très prisé et de nombreux peintres l'avaient pris pour thème. La beauté de cet arbre résidait toutefois dans ses défauts et l'on préférait les formes anormales, les branches tordues aux nœuds monstrueux, les racines exposées. Les arbres droits et sains passaient pour insipides. Le feuillage était coupé et l'arbre réduit à un tronc nu.

Les horticulteurs façonnèrent leurs arbres dès qu'ils eurent compris ce que désiraient leurs clients. Pour empêcher une croissance normale, l'arbre était emmailloté comme les pieds d'une femme. Les branches étaient pliées pour donner les formes désirées. Les arbres poussaient à l'oblique, vers le sol. Une fois libérés, chacun les trouvait « fabuleux » et « élégants ».

Désormais, dans toute la Chine, les fleurs de prunier d'hiver sont malades parce que les horticulteurs ont invité les vers à créer les nœuds. Atrocement tordues, les branches faisaient périr les arbres de mort lente tandis que les marchands s'enrichissaient.

Un homme réunit sa fortune familiale et s'en alla à la pépinière du coin. Il y acheta trois cents pots de pruniers d'hiver malades et transforma sa demeure en une maison de convalescence où il prit grand soin des arbres. Il coupa les tuteurs, brisa les pots et planta les arbres en pleine terre. Il les laissa grandir à leur guise et recouvrit le sol de compost. Les pruniers d'hiver les plus malades ne survécurent pas, mais ce ne fut pas le cas de la majeure partie de ses arbres.

Tongzhi était pareil à ces pruniers d'hiver, me dis-je en refermant le livre. Depuis la naissance il avait été tordu en tous sens. J'avais rêvé de le voir nager dans le lac de Wuhu, ma ville natale, je l'avais même imaginé chevauchant un buffle de rivière comme les garçons que je connaissais, mais Tongzhi était un prunier d'hiver déformé, martyrisé. On lui avait tout appris hormis le bon sens. On lui avait enseigné la fierté mais pas la compréhension d'autrui, la revanche mais pas la compassion, la sagesse universelle mais pas la vérité. Les audiences et les cérémonies interminables l'avaient poussé au désespoir. Tongzhi était parvenu à la forme désirée mais au prix de sa vie. On l'avait empêché de comprendre le monde et soi-même, on lui avait volé le droit de choisir. Comment n'aurait-il pas pu pousser de guingois ?

En fréquentant les filles des bordels, Tongzhi avait peut-être tenté de savoir qui se cachait derrière son masque d'empereur. Peut-être avait-il la nature d'un chasseur, un besoin de chercher la liberté et l'aventure. Trois mille concubines avides de la semence du dragon avaient tué le chasseur qui sommeillait en lui. J'aurais peut-être compris ses souffrances si j'avais vu les choses comme lui. Après ses funérailles, je découvris d'autres obscénités dans sa chambre. Les objets et les livres du plus mauvais goût étaient dissimulés à l'intérieur de ses coussins, entre ses draps, sous son lit. C'était donc ça, l'univers intime de mon fils, l'empereur de Chine.

Je me souvins de ce que m'avait dit un jour mon mari : « Vous forcez mon lit comme une armée d'occupation. » Il y avait du dégoût dans sa voix. J'avais participé à susciter le même mécontentement chez mon fils et cela faisait de sa mort une vengeance authentique.

J'envoyai Li Lianying inviter ma belle-fille, Alute, à prendre le thé. Elle me répondit par un message où elle menaçait de se suicider. Désorientée, je lui demandai une explication.

« J'accéderai à la régence quand j'aurai mis au monde un fils, m'écrivit-elle, et je m'attends que vous me transmettiez le pouvoir. Cependant on m'a prévenue que vous ne vous retirerez jamais parce que vous ne vivez que pour ce pouvoir. Je ne vois pas d'autre solution que me séparer de ce monde indécent. J'ai décidé que mon enfant à naître partirait avec moi. »

Je n'avais jamais pris au sérieux le comportement d'Alute et je fermais les yeux quand elle omettait de faire preuve d'humilité en ma présence. Elle n'aimait pas mon cadeau de noces, une robe d'été vert pâle brodée de soie. Ouvertement, elle critiquait mes goûts et insistait pour redécorer elle-même son palais. Le jour où je l'invitai à assister à mon opéra préféré, *Le Pavillon aux pivoines*[1], elle garda la tête tournée pendant toute la représentation. Elle croyait que la veuve impériale que j'étais devait avoir honte de prendre plaisir à de telles mièvreries.

J'étais mécontente mais je la laissais faire. Si elle se comportait ainsi avec moi, ce devait être la même chose avec ses eunuques, ses servantes et les autres concubines qui, pour se venger, ne manquaient certainement pas de lui nuire. La Cité interdite était un lieu où les femmes ne cessaient de se coaliser les unes contre les autres. Apparemment, Alute prenait mon silence pour une invitation à redoubler d'insultes.

Serait-elle capable de gouverner le pays, en supposant bien sûr que son enfant soit un garçon et qu'elle accède à la régence ? Bien que sans la moindre expérience en ce domaine, elle se croyait manifestement à

---

1. D'après la célèbre pièce de Tang Xianzu (1550-1616). L'histoire se déroule à la fin de la dynastie Song (960-1279). La douce Du Liniang contemple la beauté de la nature et s'endort dans son jardin. Un beau jeune homme lui apparaît soudain en rêve, l'entraîne dans le pavillon aux pivoines et lui fait passionnément l'amour. Le reste de l'action est très compliqué, faisant intervenir fantômes, nonnes, bandits et Mongols.

même de dénouer une crise internationale. Elle ne que l'aspect clinquant et glorieux de ma position alors que moi, j'y voyais le reflet d'un sabre à double tranchant. Si au moins elle faisait preuve d'aptitude et de mérite, je serais heureuse de l'assister.

Tout ce que faisait Alute m'indiquait que c'était une enfant gâtée et qu'elle n'avait aucune idée des conséquences de ses actes. Au lieu de prendre part au deuil de son mari, elle passait son temps avec mes adversaires à la cour. J'aurais pu la guider si elle m'en avait laissé le choix, mais elle ne concevait pas qu'un transfert de pouvoir puisse raviver les tensions au sein de la cour et de l'empire. Elle n'envisageait pas même un éventuel conflit : non, elle me faisait savoir qu'elle ne désirait pas mon aide et que sa méfiance à mon égard était ferme et définitive.

Comment une jeune fille innocente qui ignorait tout de moi pouvait-elle manifester autant de haine ? Son attitude me causait plus d'étonnement que de tristesse. Alute était le choix de Nuharoo mais je ne crois pas qu'elle percevait l'étendue de la haine de sa belle-fille.

Je craignais cette fille, Alute, et je m'inquiétais pour l'enfant à naître. Qu'elle eût songé à le priver de venir au monde m'épouvantait : que ferait-elle de la Chine si, par malheur, on lui octroyait le pouvoir absolu ?

J'écrivis à Alute après qu'elle eut refusé ma proposition de régler à l'amiable nos différends : « Les ministres, gouverneurs et commandants en chef de la Chine n'accepteront de servir que si leur chef se révèle digne de leur dévouement et de leur vie. La tâche ne sera pas aussi facile que participer à un dîner, faire de la broderie ou assister à un opéra. »

Alute me répondit par son suicide.

Elle adressa à la cour une lettre ouverte qu'elle n'avait peut-être pas écrite seule. Le langage était vague et la métaphore, obscure. « Quand un oiseau se meurt, disait-elle, son chant est triste, mais quand une dame se meurt, ses paroles sont aimables. Telle est la condition où je me trouve aujourd'hui. Un jour, une fille allait à la mort et se montrait incapable de marcher droit. Un passant l'aborda : "Tu as peur ? — Oui. — Dans ce cas, pourquoi ne fais-tu pas demi-tour ? — Ma peur est une faiblesse privée alors que ma mort est un devoir public." »

Alute croyait-elle qu'il était de son devoir de mourir ? Je ne voyais là qu'une protestation et un châtiment à mon endroit. J'avais non seulement perdu Tongzhi mais aussi son enfant à naître. Aucun ennemi n'aurait pu me faire plus de mal.

La suivante d'Alute déclara que sa maîtresse était heureuse de sa décision de mettre un terme à sa vie. Pour elle, le suicide était un événement qu'il convenait de célébrer. Elle distribua de l'argent et des souvenirs aux serviteurs pour les remercier, puis ils furent conviés à assister à sa fin : quiconque s'opposerait à elle serait fouetté à mort. Au matin du jour fixé, Alute prit de l'opium et endossa sa robe d'éternité avant de congédier ses serviteurs et de s'enfermer dans sa chambre. L'après-midi, elle était morte.

L'opium avait été discrètement introduit dans la Cité interdite par son père qu'elle-même avait mis au courant de son dessein. Partisan loyaliste que le mariage de sa fille avait doté d'un titre élevé, il était hostile à ce projet mais avait fini par céder. Il redoutait que le comportement néfaste de sa fille ne lui coûte la vie. Quand il eut fourni à Alute suffisamment d'opium pour la tuer, il écrivit à la cour qu'il n'avait rien à voir dans cette histoire. Je le fis venir et lui demandai s'il avait tenu des propos susceptibles de l'irriter. « Je lui ai dit de cesser de jouer avec les nerfs de Votre Majesté », me répondit-il.

J'étais triste pour Alute que sa famille n'avait pas soutenue mais, plus encore, je lui en voulais d'avoir tué mon petit-enfant. C'est alors que je me rendis compte qu'aucun médecin ne m'avait confirmé sa grossesse et que je n'avais pas vu son ventre s'arrondir.

Le docteur Sun Pao-tien m'annonça qu'aucun examen n'avait eu lieu parce qu'Alute ne lui avait jamais donné la permission de pénétrer dans ses appartements. Ne s'agissait-il donc que d'une mise en scène ?

Le suicide d'Alute s'expliquait parfaitement si sa grossesse était feinte. Elle aurait terminé parmi les dizaines d'épouses délaissées de Tongzhi. Sans enfant, elle n'aurait jamais accédé à la régence. En accompagnant son mari dans la tombe, elle acquérait vertu et honneurs et sa lettre m'imputait toute la responsabilité de son acte. Sous ses manières timides, Alute était une femme forte, volontaire, un caractère inquiet à l'ambition monstrueuse.

Mes adversaires tirèrent profit de l'événement. Cela me dégoûtait de regarder ce père d'apparence pourtant inoffensive. Je ne pouvais pardonner à un homme qui avait encouragé sa fille à se tuer. Avec une telle éducation, c'était peut-être une bénédiction qu'elle n'ait pas eu d'enfant !

Alute avait imaginé que je la menaçais. Elle avait rêvé de sa vie de régente et j'étais le seul obstacle à renverser. Les termes de sa lettre étaient empreints de confiance, mais sa certitude de porter un enfant mâle était la preuve d'un trouble mental.

Était-elle enceinte ou pas ? Cette question ne cesserait de me hanter. Ce qui m'attristait toutefois, c'est que la mort de son mari ne lui avait causé nul chagrin : si elle l'avait vraiment aimé, elle n'aurait jamais assassiné son descendant.

J'avais mal à l'idée que mon fils avait peut-être été trahi par son unique passion. Cela m'amena à envisager une autre hypothèse : était-ce par manque d'affection qu'il s'était adressé à des putains ? Tongzhi n'était pas un ange, je l'admets, mais c'était aussi un enfant qui avait toujours été avide d'amour.

Je chassai tout sentiment de culpabilité et me consolai en pensant que Tongzhi et Alute avaient été de vrais amants : seul cela comptait, seul cela devait continuer à compter.

Avant le printemps, un haut fonctionnaire m'accusa d'avoir « précipité la rechute de l'empereur ». L'idée était tellement ridicule que je n'y prêtai aucune attention. En revanche je ne m'attendais pas qu'une telle ineptie circule pour se trouver finalement publiée par un respectable journal anglais. Il me plaçait au cœur d'un scandale international : j'étais le « suspect numéro un » du « meurtre » de l'empereur Tongzhi.

« La charmante Alute était venue voir Tongzhi sur son lit de souffrance, pouvait-on lire. Elle se plaignit du caractère envahissant et dominateur de sa belle-mère et souhaita sincèrement voir son époux recouvrer la santé. C'est à cet instant que l'impératrice douairière, dame Yehonala, entra sans prévenir dans la chambre. Elle se jeta sur Alute à qui elle tira les cheveux et la frappa tandis que Tongzhi était pris d'une terrible crise nerveuse qui allait provoquer une rechute et finalement l'emporter. »

Treize

Je rêvai de plaques de glace flottant sur un lac au moment de la fonte. Minces et fragiles, elles n'avaient pas vraiment l'aspect de la glace, plutôt celui de fragments de papier de riz. Tongzhi n'avait aucune idée de ce à quoi ressemblait l'hiver en Chine du Sud. Il ne connaissait que la glace solide des hivers pékinois. On ne l'autorisait jamais à patiner sur le lac gelé du palais alors que ses cousins s'amusaient toute la journée : on lui permettait seulement d'y marcher avec ses chaussures enveloppées de paille et aidé par ses eunuques.

Dans mes souvenirs d'enfance, l'hiver était toujours froid et humide. Quand le vent de noroît soufflait sur les fenêtres et que les panneaux tremblaient comme si l'on frappait à coups de poing redoublés, mère annonçait que le moment le plus rude de l'hiver était arrivé. Peu de maisons disposaient de moyens de chauffage parce que la température tombait rarement au-dessous de zéro.

Mère retirait nos vêtements chauds de coffres en bois de santal. Nous mettions d'épaisses vestes de coton, des bonnets et des écharpes, et tout le monde sentait le santal. Quand il faisait froid dans la maison, les gens sortaient dans la rue se réchauffer au soleil qui, hélas, ne brillait pas souvent. Le ciel restait gris jusqu'à la fin de la saison.

Ce matin-là, je me réveillai dans une chambre bien chauffée. Li Lianying fut si heureux de ne pas me voir repousser mon petit déjeuner qu'il faillit éclater en sanglots. Il me servit un repas à la mode du Sud : de la bouillie chaude avec du tofu, des racines de certains légumes et des cacahuètes accompagnées d'algues rôties et de graines de sésame. Il me dit que j'avais été malade et que j'avais fait le tour du cadran.

Je relevai la tête malgré la raideur de mon cou et constatai que les lanternes rouges de la chambre avaient été remplacées par d'autres, blanches celles-ci. Je songeai à Tongzhi et mon cœur se serra. Je m'obligeai à me lever : une pile de documents m'attendait sur mon bureau.

« Que dois-je savoir ? » lui demandai-je.

Muet, il ne me comprit pas de toute évidence et je me rendis compte que j'agissais toujours comme avec An-te-hai. Li Lianying n'avait pas encore appris son rôle de secrétaire, mais c'était un bon élève.

« Mets-moi au courant de tout en commençant par le temps qu'il fait.

— Eh bien, les vents glacés ont apporté du sable du désert de Gobi, déclara-t-il en m'aidant à m'habiller. La nuit dernière, des braseros ont été allumés dans la cour.

— Continue.

— Li Hung-chang, selon vos ordres, a enlevé son armée du Chihli et protège désormais la Cité interdite. Les gouverneurs des dix-huit provinces sont arrivés en grande hâte, certains en charrette, d'autres à cheval, et franchissent les portes en ce moment même. Yung Lu a été mis au courant de la situation et devrait être ici dans quelques jours.

— Je n'ai ni donné d'ordre ni lancé d'invitation, m'étonnai-je.

— L'impératrice Nuharoo s'en est chargée.

— Pourquoi ne m'en a-t-elle pas informée ?

— L'impératrice Nuharoo est venue plusieurs fois tandis que vous dormiez, expliqua Li. Ses mots exacts ont été : "Tongzhi n'a pas laissé d'héritier, il faut choisir un empereur !"

— Au palais de la Nourriture de l'esprit ! Palanquin ! »

Nuharoo fut soulagée de me voir entrer dans la grande salle. « Trois candidats ont été proposés, dit-elle en me tendant le compte rendu de la discussion du jour. Tous les membres du clan impérial sont présents. »

Le premier nom était celui d'un bébé de deux mois, Pu Lun, petit-fils du fils aîné de l'empereur Daoguang – le prince Tseng, frère de mon mari. Puisque la génération Tsai de Tongzhi était suivie de celle des Pu, le nourrisson était le seul à répondre aux critères de sélection : la loi impériale stipulait qu'un successeur au trône ne pouvait être de la même génération que son prédécesseur.

Je rejetai Pu Lun. Mon mari m'avait expliqué que le grand-père de cet enfant, le prince Tseng, était issu par adoption d'une branche cadette de la famille impériale. « Nous ne connaissons aucun précédent susceptible de justifier que le petit-fils d'un fils adoptif monte sur le trône », dis-je.

Mais ce n'était pas là ma véritable raison. Le prince Tseng s'adonnait aux plaisirs et affichait des opinions politiques radicales. Il ne m'avait respectée qu'après avoir appris la mort de Tongzhi car il me savait le pouvoir de choisir un héritier.

Un fonctionnaire de la cour parla au nom du prince Tseng et présenta un document datant des Ming afin de prouver la légitimité de son maître. Je rappelai à la cour le point suivant : « Le règne de ce prince Ming s'est achevé de manière désastreuse puisqu'il a été fait prisonnier et exécuté par les Mongols. »

Le deuxième enfant mâle était le fils aîné du prince Kung, Tsai-chen, ancien compagnon de jeux de Tongzhi. Il m'était impossible d'oublier qu'il lui avait fait découvrir les bordels de la ville et je le rejetai. « La loi exige que le père vivant d'un empereur se retire du service actif et je ne pense pas que la cour puisse fonctionner sans le prince Kung. »

J'aurais voulu crier à la cour et à Nuharoo : « Comment pourrait-on confier la nation à un godelureau débauché ? S'il n'avait été le fils de Kung, je l'aurais fait décapiter ! »

Le dernier candidat était Tsai-tien, mon neveu de trois ans, fils du prince Chun, frère cadet de mon mari et mari de ma sœur Rong. Ce serait contraire à la règle exigeant un changement de génération, mais il n'y avait pas d'autre choix.

En fin de compte, Nuharoo et moi votâmes pour Tsai-tien. Nous fîmes savoir que nous adopterions cet enfant si la cour acceptait notre proposition. En réalité, j'y avais déjà songé le jour où j'avais appris que trois des enfants de ma sœur étaient morts « accidentellement » en bas âge. Chacun y voyait la main du destin, mais j'accusais plutôt la santé mentale de Rong. Le prince Chun se plaignait de la détérioration de son état mais rien n'était entrepris et Rong ne recevait aucun traitement. Je m'étais inquiétée pour Tsai-tien dès l'instant même de sa naissance et avais proposé de l'adopter mais Rong avait insisté pour en prendre soin.

Tsai-tien était trop petit pour son âge et ses mouvements manquaient de souplesse ; ses nourrices disaient qu'il pleurait toute la nuit alors que sa mère continuait de croire que lui donner un vrai repas le tuerait.

En revanche son père encourageait cette adoption. « Je ferai tout pour que mon fils échappe à sa mère, me confia-t-il. Son incurie a déjà tué trois de mes fils, cela ne suffit-il pas ? » Quand je m'inquiétai de le voir se séparer de Tsai-tien, il me rassura : ses autres femmes et ses concubines lui avaient elles aussi donné des enfants.

La cour écouta alors un rapport consacré à l'histoire et à la personnalité du père de mon candidat. Je ne m'étonnai pas d'entendre le prince Chun qualifié de « caractère double ». J'avais appris de mon mari, l'empereur Xianfeng, que « frère Chun tremblait de tous ses membres et s'évanouissait devant les colères de son père ». C'était malgré tout le « fanfaron » de la famille. Le prince Chun représentait les membres les plus durs du clan mandchou. Il prétendait ne pas s'intéresser à la politique mais c'était en vérité un rival de longue date de son frère, le prince Kung.

« Ses mensonges sont si stupides que mon mari ne peut être qu'un homme honnête », aimait à répéter ma sœur. Le prince Chun était intarissable quand il s'agissait d'expliquer sa philosophie de la vie et il exprimait constamment son dégoût du pouvoir et de la richesse. Dans son salon était affiché un poème calligraphié de son cru où il montrait à ses enfants comment la richesse corrompait et détruisait les hommes. « Absence de pouvoir signifie absence de danger, pouvait-on lire, et absence de richesse signifie absence de malheur. »

Chun était prince mais il n'avait ni titre important ni fonction à la cour. Il n'était cependant pas timide quand il s'agissait de demander une augmentation de sa rente et il se plaignait des indemnités allouées à son frère le prince Kung pour accueillir des diplomates étrangers.

Malgré tout, et grâce à l'appui de Yung Lu qui travaillait en coulisses à persuader les hommes de clan, la cour approuva le rapport consacré au prince Chun et le choix final se porta sur Tsai-tien. Il y avait cependant un dernier obstacle : Tsai-tien était le cousin germain de Tongzhi et, légalement, il ne pouvait officier à son tombeau. En d'autres termes, Tongzhi ne pouvait faire de son cousin son fils et héritier.

Après des jours de débat, la cour décida de voter. Dehors le vent soufflait et les lanternes accrochées dans les couloirs vacillaient. Pu Lun, le petit-fils du prince Tseng, eut sept voix ; Tsai-chen, le fils du prince Kung, trois ; et mon neveu Tsai-tien, fils du prince Chun, quinze.

Le prince Chun déclara à la cour que l'approbation de son épouse n'était pas nécessaire à l'adoption officielle de Tsai-tien, mais je précisai que cette décision ne serait validée que par l'assentiment de Rong.

De hautes herbes envahissaient les pelouses et le lierre courait sur le dallage des allées. La belle demeure de ma sœur était jonchée de couches, d'aliments, d'assiettes et de biberons, de jouets et de coussins souillés. Les cafards couraient sur le sol et les mouches bourdonnaient contre les fenêtres. Les eunuques et les servantes de Rong murmurèrent à Li Lianying que leur maîtresse leur interdisait formellement de faire le ménage.

« Orchidée ! » Rong vint m'accueillir. On aurait dit qu'elle sortait du lit. Elle portait un pyjama à fleurs rose pâle ainsi qu'un bonnet de laine propre à protéger des tempêtes de neige. Son haleine était fétide. Je lui demandai comment elle allait et pourquoi ce bonnet.

« D'étranges créatures ont envahi mon esprit. » Elle m'entraîna dans le couloir encombré. « J'ai des maux de tête. » Dans la salle de séjour, elle s'écroula dans un grand fauteuil. « Ces créatures se nourrissent de moi. » Elle tira à elle un plateau d'argent chargé de petits gâteaux et se mit à grignoter. « Elles adorent les douceurs, vois-tu, et me laissent tranquille chaque fois que je mange des gâteaux. Ce sont vraiment de vilaines créatures. »

Ma sœur avait perdu sa minceur et sa beauté. Un dicton populaire de Wuhu résumait bien les choses : « Quand une femme se marie et devient mère, la fleur se change en arbre. » Rong avait pratiquement doublé en poids. Je voulus savoir ce qu'elle pensait du choix de son fils comme empereur de Chine.

« Je n'en sais rien. » Elle mâchait bruyamment. « Son père est un escroc. »

Quand je lui demandai ce qu'elle entendait par là, elle s'essuya la bouche et retomba dans son fauteuil. Son ventre était plus gonflé qu'un coussin. « Je rends grâce au Ciel de ne pas être enceinte. » Elle sourit. Des miettes de gâteau collaient à ses lèvres. « Mais j'ai dit le contraire à mon mari. Il m'a répondu que c'était impossible, chuchota-t-elle, parce qu'on n'a pas fait tu-sais-quoi depuis des années. Je lui ai alors expliqué que cette grossesse était le fait de démons. Ça l'a terrorisé ! », et elle éclata de rire.

Je ne savais que dire. Ma sœur n'avait plus sa tête.

« Orchidée, tu es si mince. Quelle horreur ! Combien pèses-tu ?

— Un peu moins de cinquante kilos.

— Tu m'as manqué depuis l'enterrement de mère. » Elle éclata en sanglots. « Tu ne me vois que pour affaires.

— Tu sais bien que c'est faux, Rong », balbutiai-je d'un air coupable.

Un eunuque apporta du thé. « Je ne t'ai jamais dit que cette maison ne sert pas de thé, peut-être ? lui lança-t-elle.

— J'ai pensé que votre…

— Va-t'en ! »

L'eunuque prit les tasses et adressa un regard plein de ressentiment à Li Lianying.

« Quel rustre ! »

Je regardai ma sœur et lui dis avec douceur : « Je suis venue voir Tsai-tien.

— Ce petit voleur est en train de dormir. »

Nous nous rendîmes dans la chambre de l'enfant. Tsai-tien était pelotonné sous ses couvertures, pareil à un chaton. Il ressemblait beaucoup à Tongzhi et je tendis la main pour le toucher.

« Je ne veux pas de cet enfant, déclara Rong avec gravité. Il ne m'a apporté que des ennuis et j'en ai assez de le voir. Je t'assure, Orchidée, il ira mieux sans moi.

— Rong, je t'en prie, arrête.

— Tu ne comprends pas. De moi aussi, j'ai peur.

— Que se passe-t-il ?

— Je n'éprouve aucune affection pour cet enfant. Il vient des mondes souterrains. Il a tué ses trois frères pour avoir le droit de se glisser dans mon corps et de vivre. Quand j'étais enceinte, je voulais absolument l'avoir mais après sa naissance, j'ai compris que j'avais commis une terrible erreur, gémit-elle. Leurs fantômes sont venus se plaindre de leur cadet.

— Rong, tu vas te remettre.

— Orchidée, je n'y arrive plus. Emmène mon fils, veux-tu ? Tu me rendras un fier service, mais tu devras te méfier de cet esprit démoniaque. Il te privera de ta sérénité. Sa méthode ? Hurler à toute heure pour que personne ne ferme l'œil. Orchidée, porte mon fardeau et étrangle ce fils de démon s'il le faut !

— Rong, je ne le prends pas parce que tu veux l'abandonner. Tsai-tien est ton fils et il mérite ton amour. Je vais te faire un aveu, Rong, mon seul regret est de ne pas avoir assez aimé Tongzhi.

— Quelle héroïne ! » cria-t-elle.

Cela réveilla le bébé qui aussitôt se mit à gémir. Comme en proie au dégoût, Rong regagna son fauteuil. Je serrai l'enfant dans mes bras et lui tapotai le dos. Il sentait l'urine. C'est alors que Rong revint me l'arracher des mains et le replaça dans son lit. « Tu vois, on lui offre un doigt et il demande le bras !

— Rong, il n'a que trois ans.

— Non, il en a trois cents ! C'est un maître de la torture. Il fait semblant de pleurer alors qu'il exulte ! »

Une colère et une tristesse démesurées s'emparèrent de moi. Je ne pouvais plus rester dans cette chambre et j'en franchis la porte. Rong me suivit. « Orchidée, attends un instant. »

Je me retournai pour regarder. Elle pinçait le nez de l'enfant qui suffoquait et se débattait.

« Allez, pleure, pleure ! Qu'est-ce que tu veux ? lui criait-elle. Que je te tue, c'est ça ? Mais tais-toi donc ! Tu veux mourir, hein ? »

Elle referma ses mains sur son cou jusqu'à ce qu'il hoquette et partit d'un rire hystérique.

« Rong ! » Je me jetai sur elle et lui enfonçai mes ongles dans la chair. Ma sœur hurla. « Lâche Tsai-tien ! » Elle se débattit mais ne céda pas.

« Écoute, Rong, c'est l'impératrice Tseu-hi qui te parle ! Je vais appeler mes gardes et te faire accuser d'avoir voulu assassiner l'empereur de Chine !

— C'est ça, appelle ! dit-elle en crachant par terre.

— Pour la dernière fois, ma sœur, lâche Tsai-tien ou je te fais arrêter et décapiter ! »

Je plaquai Rong contre le mur. « Dès cet instant, que tu acceptes ou non cette adoption, Tsai-tien est mon fils ! »

Quatorze

Sous le couvert de la nuit, un détachement de gardes menés par Yung Lu se rendit à la résidence du prince Chun et de Rong avant de prendre Tsai-tien endormi et de le ramener à la Cité interdite où il passerait le restant de sa vie. Les pieds des soldats et les sabots des chevaux étaient entourés de paille pour que la nouvelle de la désignation d'un nouvel empereur ne circule pas tout de suite en ville : on avait souvent vu l'annonce d'un changement de maître du pays entraîner émeutes et révoltes.

L'aube pointait quand l'enfant arriva dans mon palais. Je l'attendais, vêtue d'une robe d'apparat, et Tsai-tien me fut présenté officiellement. Dans la salle du Culte des Ancêtres, en présence du ministre de l'Étiquette et des autres ministres en poste, je procédai à la cérémonie d'adoption. Je pris Tsai-tien dans mes bras et m'agenouillai puis nous nous inclinâmes devant les portraits accrochés au mur. Mon fils adoptif fut revêtu d'une robe de soie frappée d'un dragon et je le conduisis vers le cercueil de Tongzhi pour qu'il s'adonne au rituel du *kowtow*[1].

Je tenais toujours Tsai-tien serré contre ma poitrine quand la cour vint lui rendre hommage à la lueur des

---

1. La personne se met à genoux et se frappe le front à terre en signe de respect.

bougies et des lanternes, et le souvenir de Tongzhi me submergea.

Le 25 février 1875, mon neveu, désormais mon fils, monta sur le trône du Dragon et fut proclamé empereur Guangxu, c'est-à-dire empereur de la Glorieuse Succession. Dès lors, les paysans compteraient le temps qui passe à partir de « la première année de l'empereur Guangxu ».

Comme nous l'avions déjà fait, Nuharoo et moi jurâmes à la cour et à l'empire de « renoncer aux affaires du gouvernement quand l'empereur aurait achevé son éducation ». Par le même décret, nous expliquions aussi les raisons qui nous avaient poussées à choisir Tsai-tien et pourquoi il devait devenir le neveu adoptif de son oncle Xianfeng plutôt que de son cousin Tongzhi. Et nous conclûmes ainsi : « Dès que Guangxu engendrera un enfant mâle, celui-ci sera proposé à l'adoption par son oncle Tongzhi afin d'officier à son tombeau. »

Mes adversaires étaient scandalisés. « Nous sommes profondément choqués de cette négligence blasphématoire à l'égard des rites ancestraux dont doit bénéficier l'empereur Tongzhi », déclarèrent-ils. En ville, dans les lieux publics et les maisons de thé, les rumeurs allèrent bon train. Selon certaines, Guangxu était le fils que j'avais eu de Yung Lu mais, pour d'autres, An-te-hai était le père ! Un juge du nom de Wu Ko-tu attira sur lui l'attention de l'empire tout entier en se suicidant par le poison pour protester contre cette succession « illégitime et immorale ».

Au milieu de ce chaos, mon frère m'adressa un message me suppliant de bien vouloir le recevoir. Kuei Hsiang arriva vêtu d'une robe de satin brodée de symboles bénéfiques ; sa fille l'accompagnait.

« Votre nièce a quatre ans, commença-t-il, et elle n'a reçu aucun nom impérial. »

Je lui répondis que j'en avais choisi un mais qu'accablée de chagrin et de problèmes, j'avais oublié de le lui attribuer. « Elle s'appellera Lan-yu ou plus simplement Lan. » Ce nom signifiait « honorable abondance ». Mon frère en frissonna de plaisir.

J'observai ma nièce. Elle avait le front bombé et un petit menton pointu. Son visage étroit faisait ressortir ses dents supérieures proéminentes. Elle paraissait manquer de confiance en soi, ce qui n'avait rien de surprenant vu l'éducation que lui prodiguait son père. Mon frère était ce que les Chinois appelleraient « un dragon dans sa maison mais un ver dans la rue ». En bon Mandchou, il ne respectait pas les femmes : épouses et concubines étaient ses propriétés. Il n'était pas méchant mais aimait à tourner les autres en ridicule. J'ignorais comment il traitait sa fille mais le comportement de celle-ci suffisait à me renseigner.

« Ma femme trouve que notre fille est une beauté mais je lui ai répondu que Lan est si quelconque qu'il faudra faire une ristourne à son prétendant », dit-il en riant de sa propre plaisanterie.

Je proposai un petit gâteau à Lan et elle me remercia d'une voix presque inaudible. Elle grignotait comme une souris et s'essuyait les lèvres après chaque bouchée. Elle ne quittait pas le sol des yeux et je lui demandai ce qu'il y avait là de si intéressant. « Des miettes », me répondit-elle.

Je suggérai à mon frère d'emmener Lan voir la princesse Jung, la fille de mon mari. Sa mère, dame Yun, s'était suicidée alors qu'elle était encore petite fille, mais c'était aujourd'hui une belle jeune femme.

« Que voulez-vous que cette fille nous apprenne ? demanda Kuei Hsiang.

— Prie Jung de vous raconter comment elle a survécu, ce sera une excellente leçon pour Lan. Et je t'en prie, frère, ne rabaisse pas ta fille. Je trouve Lan très belle. »

Elle leva les yeux à ces mots et gloussa en entendant son père prononcer : « Oui, Votre Majesté. »

Elle parla d'une petite voix. « Je connais la princesse Jung, elle a étudié en Europe, n'est-ce pas ?

— En effet, mais la cour l'a contrainte à rentrer, soupirai-je. Malgré tout, j'admire son courage. C'est un esprit positif qui mène une vie productive. Tu la rencontreras quand elle viendra m'aider à mon ouvrage.

— Mais, Orchidée, protesta mon frère, je préférerais votre influence à celle de la fille d'une concubine tombée en disgrâce.

— Son influence est la mienne, Kuei Hsiang. Jung a vécu à mes côtés, elle a vu combien de mes rêves ne se sont jamais réalisés. Le courage de préserver ses rêves est la seule chose qui importe. »

Mon frère paraissait troublé.

Guangxu pleurait pendant des heures et je ne savais plus quoi faire. Je lui chantais des mélodies enfantines jusqu'à l'écœurement et comparais la situation de l'enfant à la façon de faire pousser le riz des paysans. « Il faut briser les racines pour encourager les germes », disaient les paysans. Je me souvins d'avoir travaillé dans les rizières et sursauté au bruit de déchirure. Je ne croyais pas le riz capable de survivre et j'avais délibérément laissé un lopin intact pour voir ce qu'il adviendrait : les racines cassées ont repoussé plus saines et plus drues que celles que j'avais épargnées.

Les femmes qui s'occupaient de Guangxu vinrent me trouver. « Sa Jeune Majesté continue à mouiller son lit chaque nuit et le noir l'effraie tout autant que les gens. » Mon fils adoptif avait également des difficultés à parler, un air triste en permanence et le port de tête d'un prisonnier. Il perdit du poids au bout de quelques mois.

Ses anciennes nourrices m'expliquèrent qu'il était né heureux mais que sa mère, ma sœur, avait cherché à « lutter contre ses mauvaises manières » en le frappant chaque fois qu'il voulait rire ou manger.

Nuharoo et moi ne savions que faire pour rendre la joie de vivre au petit garçon. Guangxu tremblait et hurlait quand les ouvriers plantaient des clous ou sciaient des planches. Le roulement du tonnerre posait également problème. Quand l'orage menaçait, nous nous empressions de fermer portes et fenêtres pour assurer sa tranquillité. Guangxu ne serait jamais sorti seul. Les cuisiniers n'avaient plus le droit de se servir de couteaux quand ils tranchaient des légumes, il leur fallait maintenant se servir de ciseaux. Les servantes avaient reçu l'instruction de ne faire aucun bruit quand elles lavaient la vaisselle et Li Lianying chassait les piverts à coups de fronde.

Pour aider le jeune empereur à mieux vivre cette période de transition, je demandai à l'une de ses premières nourrices de venir vivre dans la Cité interdite : auprès d'elle, Guangxu se calmerait peut-être. Nuharoo la congédia sur-le-champ. « Guangxu doit oublier son passé, insista-t-elle. Il sera traité comme s'il était né au palais. »

Une fois de plus, nos relations furent tendues, comme lorsque nous éduquions Tongzhi, et je craignais de devoir une fois encore me battre en vain. À l'issue d'une discussion si violente que nous faillîmes en venir aux mains, Nuharoo m'ordonna de partir et je claquai la porte de son palais. Elle prit soin du petit Guangxu, c'est-à-dire qu'elle le confia à ses eunuques. Elle n'était pas du genre à consacrer son temps et son énergie à un enfant. Évidemment, ce que Guangxu craignait le plus arriva : ils l'enfermèrent dans un placard et le terrorisèrent en tambourinant à la porte.

Li Lianying apprit ce qui s'était passé et protesta violemment, mais le grand eunuque de Nuharoo lui répondit : « Sa Jeune Majesté a le feu dans la poitrine, donnons-lui l'occasion de chanter, ça l'éteindra. »

Pour la première fois et sans la permission de Nuharoo, je fis fouetter son eunuque ; les autres serviteurs furent privés de nourriture pendant deux jours, même si ce n'était pas leur faute et s'ils se contentaient d'obéir aux ordres, mais Nuharoo comprendrait ainsi que j'étais à bout de patience.

Elle dit à Li Lianying qu'en quinze années passées l'une près de l'autre elle ne m'avait jamais vue agir avec tant de fureur puis elle me traita de mégère et se retira. Au plus profond d'elle-même, elle devait savoir que je la tenais, au même titre que moi-même, pour responsable de la mort de Tongzhi. Sa sagesse lui dictait de ne pas jeter de sel sur mes blessures.

Je voulais passer le plus de temps possible avec Guangxu mais, pendant les deux années qui suivirent, je me sentis comme une acrobate qui fait tourner des assiettes au bout de joncs : quoi que je fasse pour en manipuler une douzaine, quelques-unes tomberaient immanquablement à terre. L'économie de la Chine s'effondrait sous le poids des dommages de guerre. Les puissances étrangères nous menaçaient d'invasion parce que nous mettions trop de temps à régler nos dettes, du moins l'affirmaient-elles. Au cours des audiences, nous ne parlions que d'une chose : comment dresser ces pays les uns contre les autres pour gagner le maximum de temps ? Chaque jour, des fonctionnaires de province nous mettaient au courant de nouvelles révoltes paysannes.

Je n'avais même pas le temps de prendre de bains dignes de ce nom. Mes cheveux étaient si sales que leurs racines me faisaient mal. Je ne pouvais attendre qu'on me prépare de vrais repas et mangeais la plupart du temps froid sur un coin de mon bureau. J'ai toujours tenu ma promesse de lire un conte à mon fils pour qu'il s'endorme mais parfois c'était moi qui tombais de sommeil avant lui. Il me réveillait pour que je termine et je m'exécutais avant de l'embrasser et de retourner au travail.

Guangxu avait sept ans quand je fus prise d'une insomnie chronique bientôt suivie d'une douleur persistante à l'abdomen. Le docteur Sun Pao-tien m'expliqua que j'avais le foie malade. « Votre pouls m'indique que vos fluides ne sont pas bien équilibrés. Votre organisme court de gros risques. »

Un jour je m'écroulai à la tâche, épuisée, et Nuharoo me fit savoir qu'elle se chargerait des audiences jusqu'à mon rétablissement. Je m'en réjouis parce que cela me permettrait de me consacrer à ce que je désirais le plus : élever Guangxu. À plusieurs reprises ma langue fourcha et je l'appelai Tongzhi ; chaque fois, il sortit son petit mouchoir et essuya mes larmes. Sa tendresse innée me touchait : contrairement à mon fils défunt, c'était un enfant doux et affectueux. Peut-être la faiblesse qu'il éprouvait dans son corps lui permettait-elle de mieux comprendre la douleur d'autrui.

Au fil des jours, Guangxu manifestait une étonnante curiosité. Il prenait de l'assurance, même si ses anciennes frayeurs resurgissaient parfois. Avec ses manières exquises, il enchantait les visiteurs qu'il interrogeait longuement sur le monde extérieur. Il aimait aussi lire, écrire et écouter des histoires.

Depuis des années, le ministre de l'Étiquette impériale me reprochait de laisser l'enfant dormir dans ma chambre, mais je voulais lui laisser le temps de vaincre sa peur avant de se retrouver seul dans son immense palais. J'étais accusée de le gâter, et je m'en moquais bien.

Il eut bientôt ses propres centres d'intérêt. Il se passionna pour l'horlogerie et passa ainsi des heures entières dans la Grande Salle des Horloges où étaient exposées toutes sortes de pièces offertes par les rois, les reines et les ambassadeurs étrangers. Son enthousiasme me ravissait car j'avais moi-même été attirée par ces mécanismes étranges. Il ne se lassait jamais de les entendre et essayait de deviner ce qui les faisait « chanter ».

Un après-midi, Li Lianying vint me trouver, l'air terrifié. « Sa Jeune Majesté a détruit les grandes horloges !

— Lesquelles ?

— Celle de l'empereur Xianfeng et celle de l'empereur Tongzhi ! »

Je me rendis sur place et constatai que les deux horloges avaient été éventrées. Leurs rouages minuscules étaient éparpillés sur la table comme des os de poulet.

« Je suis certaine que tu sauras arranger cela, dis-je à Guangxu.

— Et si je n'y arrive pas ? répondit-il, un tournevis miniature à la main.

— Je t'encourage à réussir.

— Seriez-vous très en colère si votre oiseau préféré ne chantait plus ?

— Je ne peux dire que je serais très contente, mais un expert en horloges doit apprendre à les remettre en marche, n'est-ce pas ? »

Quinze

Yung Lu se tenait devant moi dans sa robe de satin pourpre et la glace de mon cœur fondait au soleil du printemps. Tels des spectres amoureux, nous nous retrouvions en songe et, à l'aube, nous reprenions nos formes humaines mais cela n'empêchait pas le rêve de perdurer. Sous mon fard et mes lourdes tenues de cour, je m'imaginais blottie contre sa poitrine, ma main posée sur la chaleur de sa peau. Le cœur de l'impératrice battait aussi fort que celui d'une petite villageoise.

Après la mort d'An-te-hai, je n'avais plus personne avec qui partager mes pensées. À quarante ans, j'acceptai le fait que Yung Lu et moi ne consommerions jamais notre passion. L'empire nous scrutait et les commérages à notre égard faisaient vivre journaux et magazines. Il n'y avait nul endroit où nous retrouver sans nous exposer aux regards de tous. Les sommes d'argent proposées contre toute information relative à ma vie privée poussaient les eunuques, les dames de cour et jusqu'aux plus humbles servantes à m'épier et à raconter n'importe quoi.

Pourtant, des instants comme celui-ci me rappelaient l'impossibilité de nier mon amour et mes émotions se matérialisaient en présence de Yung Lu. Son regard m'empêchait d'avoir peur et de sombrer dans le désespoir. En toutes circonstances, il m'assurait de son soutien et, lors des audiences, je me fiais à son jugement : ses critiques impitoyables mais justes me faisaient toujours percevoir la vérité et lorsque j'avais pris ma décision, il veillait à ce que l'on m'obéisse.

« Qu'y a-t-il ? lui demandai-je.

— Eh bien... » L'expression de son visage évoquait celle d'un bourreau exécutant son office à contrecœur. Il gonfla la poitrine et rassembla tout son courage. « Je... je vais me marier. »

Je résistai aux sentiments qui m'assaillaient et, par un effort prodigieux, je refoulai mes larmes. « Vous n'avez pas besoin de ma permission, parvins-je à dire.

— Ce n'est pas pour ça que je suis ici.

— Pourquoi alors ?

— Je vous demande l'autorisation de m'éloigner.

— Quel rapport cela a-t-il avec... » Je m'arrêtai. J'avais compris.

« Ma famille m'accompagne.

— Et où partez-vous ?

— Au Xinjiang. » Située au nord-ouest de l'empire, cette province désertique peuplée en majorité de musulmans était la plus éloignée de toutes de la capitale.

Je ne voulais pas m'effondrer devant lui mais je perdais peu à peu la maîtrise de moi-même. « Croyez-vous vraiment que je survivrai sans vous ? » Il ne répondit pas. « Vous savez qui je suis. Vous savez de quoi je suis faite et vous connaissez la raison pour laquelle je me rends chaque matin aux audiences.

— Votre Majesté, de grâce...

— Je veux... savoir que vous êtes en sécurité pour tenter de vivre en paix.

— Rien n'a changé.

— Mais vous partez !

— Je vous écrirai, je vous le promets...

— Comment ? Le Xinjiang est au bout du monde !

132

— Ce ne sera pas aisé, Votre Majesté, mais... ce sera bien pour vous si je m'éloigne, insista-t-il.

— Convainquez-moi. »

Il regarda autour de lui. Eunuques et servantes avaient disparu mais ils n'étaient pas loin et je pouvais les entendre aller et venir dans la cour.

« Les musulmans se soulèvent, Votre Majesté. La province est en proie à l'agitation. Nos troupes en assurent encore le contrôle mais j'ignore si cela durera. Lors des crises les plus récentes, des hordes rebelles se sont amassées le long de la frontière avec le Gansu.

— Pourquoi vous rendre là-bas ? La capitale n'est-elle pas plus importante ? » Une fois encore il ne répondit pas. « Nuharoo et moi avons besoin de vous.

— Mes hommes sont déjà prêts, Votre Majesté.

— Vous vous exilez de votre plein gré, voilà ce que vous faites ! Vous vous moquez bien que j'aie perdu mon fils. » Je fermai les yeux pour réprimer mes larmes mais mon esprit savait qu'il avait fait le juste choix.

« Cela vaut mieux, murmura-t-il.

— Je ne vous le permettrai pas », dis-je en me détournant. J'entendis ses genoux heurter le sol mais il m'était impossible de le regarder.

« Je demanderai à la cour de me soutenir, dit-il.

— Et si je rejette sa décision ? »

Il se releva et se dirigea vers la porte. Mes joues étaient baignées de larmes.

« Yung Lu ! Je... je vous accorde ma permission.

— Merci, Votre Majesté. »

Je m'assis. Le maquillage avait taché mon mouchoir. « Mais pourquoi le Xinjiang ? demandai-je. C'est une contrée hostile où règnent la maladie et la mort, en proie au fanatisme religieux. Où trouverez-vous un médecin si vous êtes souffrant ? Où irez-vous chercher de l'aide si vous perdez une bataille contre

les musulmans ? Dans quelle ville de garnison canton-
nerez-vous vos troupes de réserve ? Qui se chargera
de l'approvisionnement ? Comment me tiendrez-vous
au courant ? »

C'était une Mandchoue mais elle portait un nom
Han, Saule. Elle traitait ses femmes et ses eunuques
comme des membres de sa propre famille et cela suffisait pour m'indiquer qu'elle n'était pas de sang noble.
C'était la jeune épouse de Yung Lu : « madame » Yung
Lu, comme auraient dit les Occidentaux, avait une
bonne vingtaine d'années. Leur différence d'âge faisait
jaser car il était assez vieux pour être son père. Saule
s'interdisait de sourire et ses lèvres demeuraient scel-
lées. À l'occasion de son mariage, elle portait une robe
de soie bleu ciel brodée d'hibiscus. Elle avait la minceur de l'arbre dont elle portait le nom et, comme lui,
elle se mouvait avec grâce.

J'étais heureuse que Nuharoo ait trouvé une excuse
pour ne pas assister au mariage. Sa domination
m'aurait empêchée de pleinement observer la célébration et les jeunes mariés.

Saule n'aurait pu se montrer plus aimable quand
Yung Lu me la présenta mais elle m'adressa un regard
hardi qui me surprit, comme si elle attendait cet instant depuis toujours.

Bien des années après, alors que nous étions deve-
nues amies et que son mari avait disparu, Saule
m'avoua qu'elle avait toujours su la vérité : Yung Lu
ne lui avait rien caché et cela faisait d'elle un personnage hors du commun à mes yeux. Son père, chef
d'une tribu mongole, était un seigneur de la guerre
ami de Yung Lu. Durant toute son enfance, elle n'avait
cessé d'entendre louer ses exploits à la table familiale.
Chaque fois que les deux hommes se rencontraient,
elle trouvait des raisons pour s'attarder dans la pièce.

En fait, elle était tombée amoureuse de lui avant même de le voir.

Elle finit par me dire que mon personnage l'avait toujours intriguée et, quand Yung Lu venait lui rendre visite, elle le pressait de questions à mon égard. Leur intérêt commun pour moi les avait poussés à s'écrire, à devenir amis puis à se rendre compte que des sentiments plus profonds les unissaient. Elle était la seule personne à qui il eût jamais confié son secret.

C'est seulement après que Saule eut refusé de nombreux prétendants que Yung Lu l'éveilla à l'amour. Son dévouement et son ouverture d'esprit le touchèrent. Il lui proposa de l'épouser et elle accepta, mais lui-même savait qu'il ne pourrait entretenir de saines relations avec sa femme s'il continuait à me voir lors des audiences.

L'innocence feinte de Saule ne m'abusa pas. À la seconde même de notre rencontre, j'eus l'impression qu'elle regardait à travers une fenêtre ouverte sur mon âme. Bien des années plus tard, Saule se remémora l'accueil que je lui avais réservé le jour de son mariage. Je m'étais montrée chaleureuse et sincère et elle m'avait demandé comment je parvenais à garder mon aplomb. J'avouai avoir beaucoup joué sur la scène du théâtre de la vie, « comme vous », ajoutai-je.

Je bus beaucoup de vin au cours des noces, pour oublier, je suppose. J'étais vêtue d'une robe de soie ornée de phénix brodés au fil d'or et Li Lianying avait disposé mes cheveux en nuage en les fixant à une planchette avec des épingles en jade bleu nuit. Mes boucles d'oreilles bleu ciel figuraient des phénix. Je voulais plaire à Yung Lu mais j'étais incapable d'afficher de la gaieté car je savais qu'il me repoussait. Je pleurai et fus prise de nausée, si violemment que je dus quitter précipitamment la salle pour vomir dans les buissons.

C'est en cette circonstance pitoyable que Saule s'assit à côté de moi et m'offrit simplement sa sympathie. Elle ne me révéla jamais ce que je lui avais dit cette nuit-là mais je suis certaine de m'être montrée grossière et arrogante. Li Lianying me raconta un jour que Saule me tenait la main et ne permettait à personne de m'approcher.

Voilà comment débuta mon amitié avec Saule. Elle ne révéla jamais à personne le secret de son mari et la compassion prit le pas sur la jalousie. Jusqu'à la mort de son époux, elle me répéta qu'il pensait toujours à moi.

« Il est impossible de ne pas vous aimer, Orchidée... si vous me permettez de vous appeler ainsi », me dit-elle, et je compris pourquoi Yung Lu l'aimait.

Je ne voulais pas être en reste. Quand elle revint à Pékin donner le jour à son enfant, un an plus tard, je la reçus. La rude vie du désert avait bruni sa peau et des rides marquaient son front. Elle se montrait toujours enjouée mais parvenait mal à dissimuler ses angoisses : le climat désertique de la province faisait souffrir Yung Lu d'une bronchite chronique.

J'envoyai des sacs de plantes médicinales au Xinjiang ainsi que du thé, de la viande séchée et du soja et j'assurai Saule qu'elle pourrait toujours compter sur moi.

Seize

L'éducation de Guangxu fut confiée à un éminent historien, critique, poète et calligraphe nommé Weng Tonghur. Nuharoo et moi avions participé à la sélection des candidats et suivi à tous les entretiens. Le choix des précepteurs de Tongzhi m'avait incitée à la prudence et je regrettais de ne jamais avoir assisté à ses leçons. Je punissais mon fils quand il se plaignait que les professeurs étaient ennuyeux et l'idée ne m'avait jamais effleurée que ce pût être vrai : peut-être maîtrisaient-ils parfaitement leur discipline mais manquaient-ils totalement de pédagogie.

Après la mort de Tongzhi, j'avais parlé avec plusieurs eunuques présents aux leçons des précepteurs impériaux. On m'expliqua que mon fils devait apprendre par cœur des textes auxquels il ne comprenait rien. Âgés bien souvent de près de soixante-dix ans, les maîtres pensaient plus à laisser derrière eux un héritage qu'à former le jeune empereur. S'ils arrivaient alertes le matin, c'était pour s'endormir en plein cours sitôt le déjeuner passé.

Quand l'un d'eux dormait et ronflait, Tongzhi s'amusait avec les ornements de ses vêtements et de sa coiffe. Il venait ensuite se vanter devant ses eunuques d'avoir arraché la plume de paon de leur bonnet.

« Un jour, la plume retombait sur près de deux pieds dans le dos du maître, me raconta un eunuque. Sa

Jeune Majesté adorait le petit œil dessiné à son extrémité et s'amusait de le voir se balancer quand le professeur hochait la tête. Il lui posait souvent la même question pour que le vieux sage réponde sans cesse oui. »

« Cette fois-ci, annonçai-je à la cour, je m'assurerai de ne pas répéter avec l'empereur Guangxu les mêmes erreurs qu'avec l'empereur Tongzhi. »

Maître Weng ne nous était pas étranger, à Nuharoo et à moi-même, puisqu'il nous avait enseigné l'histoire et la littérature en 1861 quand, après la mort de notre mari, nous avions assuré la corégence. À l'époque, aucun homme ne pouvait s'attarder auprès de nous à l'exception de maître Weng. Sa mission était d'importance : deux jeunes femmes sans éducation ni formation politique allaient gouverner la Chine.

Maître Weng était arrivé sur les recommandations du prince Kung. Il avait alors une quarantaine d'années et ses connaissances nous éblouissaient au même titre que sa capacité à développer la réflexion de ses disciples. Au bout de dix-huit ans, il était devenu un conseiller respecté.

À la mort de Tongzhi, maître Weng dirigeait la première école littéraire de Chine, l'académie de Hanlin. Il avait également été premier juge au concours d'entrée dans la fonction publique. Sa minceur d'antan avait disparu et il était aujourd'hui large comme une barrique. Ses cheveux étaient blancs et sa barbe grise mais son énergie n'était pas tarie et sa voix sonnait toujours comme la cloche d'un temple.

La moralité sans faille de maître Weng avait également orienté notre choix car cet homme d'une honnêteté à toute épreuve ne nous avait jamais flattées alors que les ministres ne cessaient de rivaliser de compliments. Cependant mon désir d'être aimée des gens que j'admirais me rendait vulnérable à la manipulation et mes relations avec maître Weng en sont l'exemple parfait.

« Votre confiance m'honore au plus haut point, dit le lettré en s'inclinant devant nous, et je suis conscient de ma responsabilité.

— Sa Jeune Majesté Guangxu est le dernier prince de sang de la dynastie Qing, déclara Nuharoo. Dame Yehonala et moi croyons qu'en vous chargeant de son éducation, nous pouvons espérer en l'avenir de la Chine. »

Les chênes, les noyers et les mûriers perdaient leurs feuilles et les écureuils faisaient des provisions pour l'hiver. Les jours d'automne avaient été chauds et les glands jonchaient le sol. Du matin au soir, les eunuques balayaient les cours : en effet, Nuharoo et moi insistions pour que les jardins du palais ne ressemblent pas à une forêt jonchée de feuilles mortes. Elle craignait de recevoir des glands sur la tête et se promenait toujours protégée par une ombrelle.

J'aimais mes promenades matinales et j'adorais donner des coups de pied dans les feuilles. Cela me rappelait mon enfance à la campagne et me mettait un peu de baume au cœur.

Maître Weng débuta une leçon en demandant à Guangxu s'il avait lu *Le Roman des Trois Royaumes* et mon fils adoptif lui répondit que c'était son livre de prédilection, puis le professeur voulut savoir s'il aimait les personnages et pouvait citer leur nom.

« Le Premier ministre des Trois Royaumes s'appelait Chu-ko Liang et il a vécu il y a seize cents ans[1] ! s'écria Guangxu enthousiaste. C'était un puissant

---

1. Chu-ko Liang a vécu de 181 à 234. C'était le plus grand stratège des Trois Royaumes mais aussi un lettré et un inventeur hors pair (mine terrestre, brouette, arbalète semi-automatique). En chinois, son nom est devenu synonyme de sagesse.

commandant, un vrai magicien qui prédisait à coup sûr les mouvements de ses adversaires ! »

Dans sa robe ornée de hautes herbes, maître Weng charmait ses disciples en louant ses connaissances. « Ce n'est toutefois pas la magie qui le rendait si habile mais un dur labeur, précisa-t-il.

— Expliquez-moi, je vous en prie !

— Votre Majesté, avez-vous déjà lu une véritable lettre de la main de Chu-ko Liang ? Non ? J'aimerais vous en montrer une, cela vous intéresse-t-il ? dit-il en approchant son visage de celui de son élève.

— J'en serais enchanté ! »

Elle s'intitulait « Sur le départ » et l'ancien Premier ministre du royaume de Shu y adressait des conseils à l'empereur. Très malade, il s'apprêtait à mener bataille contre les envahisseurs, au nord du pays, et ce départ était son ultime effort pour sauver le royaume moribond.

« " Votre père, mon ami l'empereur Liu, est mort alors qu'il touchait au but, commença maître Weng. L'unité des Trois Royaumes est réalisée mais chacun sait que le nôtre est le plus faible de tous. Votre Majesté doit se rendre compte que vous avez été fidèlement servi parce que les ministres et les généraux vous ont rendu la bonté et la confiance que leur accordait votre père. " En d'autres termes, Guangxu, il est capital que vous gouverniez avec justice et équité et sachiez quels sont vos véritables amis. »

Mon fils écouta attentivement les mots du vénérable ministre quand il recommanda les hommes en qui il avait confiance, tous ces personnages que Guangxu connaissait si bien pour avoir lu le livre. Habilement, le maître démontra que cette situation du passé se retrouvait dans le moment présent et, moi aussi, je compris que les éléments lui servant d'exemple étaient au cœur de la moralité chinoise.

Maître Weng était au bord des larmes quand il lut le dernier paragraphe. « " Le défunt empereur savait que j'étais un homme de prudence, c'est pourquoi il me confia une telle responsabilité. Je ne pouvais dormir la nuit et je songeais à ce que j'aurais pu faire et n'avais pas fait." » Il reposa son livre et se redressa de toute sa hauteur pour réciter par cœur la fin du texte. « "Je demande à être puni de mort si j'échoue à battre les ennemis du Nord. Je vous laisse les officiers les plus intelligents et les plus expérimentés de cette dynastie." » Il regarda Guangxu. « Joignez-vous à moi, Votre Majesté. »

Le maître et l'élève lurent d'une même voix. « "J'espère que vous aurez la bonté de faire appel à eux. Quant à moi, Votre Majesté, qui ai bénéficié de la confiance et de l'amitié de votre père, ce serait mon bonheur suprême de consacrer ma vie à son fils, et ce, jusqu'au jour de ma mort." »

Tout a commencé alors que je dormais. J'entendais craquer mon crâne où se pressaient des myriades de pensées. Je le sentais quand je me vêtais ou m'asseyais pour prendre mes repas. J'avais « des pensées morbides » ou encore j'étais « lasse de toujours ressasser les mêmes choses », voilà comment j'exprimai la chose aux médecins : ils me répondirent que c'était l'approche de la vieillesse.

Plus jeune, j'étais habituée aux idées noires qu'il m'arrivait de ruminer. Elles allaient et venaient comme des camarades de jeu et ne me faisaient pas peur. Je me laissais souvent couler au fond de l'océan de mon esprit et j'en explorais le terrain boueux. Nuharoo m'avait confié vivre le même type d'expérience et c'était pour s'interdire de sombrer qu'elle s'était tournée vers la foi bouddhiste.

Moi-même me qualifiais de bouddhiste et je déclarais voir le Bouddha par-delà ses représentations mais en vérité, je n'y parvenais pas. « Cela ne coûte pas grand-chose de déposer des offrandes sur tous les autels du palais, me disait souvent An-te-hai. Ma dame, l'adoration de plusieurs dieux ne peut que renforcer la bonne fortune. »

Nuharoo était d'un autre avis : « Le manque de sincérité causera votre malheur, dame Yehonala, et vous ne connaîtrez jamais la paix de l'esprit. »

Je ne doutais pas qu'elle ait raison et je faisais des efforts pour m'en sortir mais souvent c'était la voix d'An-te-hai et non celle du Bouddha que j'entendais. « Ce sont les rouages du cycle de la vie intérieure, ma dame. C'est la mort et la naissance. Il vit, celui qui est conscient de ses propres rouages, mais c'est le début de la fin pour quiconque croit s'être résigné. »

J'avais toujours redouté la mort de l'esprit et je me mis à chercher un sens dans l'existence quotidienne. Tongzhi, An-te-hai et Yung Lu étaient mes points d'ancrage, mes éléments. Un long combat contre le désespoir, telle avait été mon existence, mais j'avais toujours retrouvé l'équilibre et l'harmonie ; en revanche, je ne m'étais jamais demandé comment j'y étais parvenue ou même si je ne m'étais pas abusée.

Je n'avais ouvert aucune porte depuis le jour où j'étais devenue impératrice, pourtant c'est ce qui m'arriva en rêve. Je m'étonnai de constater que des fleurs roses et rouges jonchaient ma cour. Une pluie violente les avait malmenées mais elles semblaient encore pleines de vitalité. Courbées, leurs têtes humides buvaient l'eau des flaques. L'une après l'autre, elles se redressèrent comme des membres de la cour. Leur parfum entêtant rappelait le gardénia et le légume pourri.

Li Lianying fit venir un oniromancien qui me demanda ce que j'avais remarqué d'autre et je lui répondis avoir vu des fenêtres.

« Qu'y a-t-il dans ces fenêtres ? s'enquit le devin.

— Des femmes au visage rouge ou rose. Elles se pressaient contre les fenêtres comme des bouquets de pavots vénéneux en quête de soleil. Chacune d'elles avait un cou d'une longueur et d'une minceur inhabituelles. »

La main de l'homme traça dans l'air des signes mystérieux puis il ferma les yeux. « De quelle fenêtre s'agit-il ?

— Je ne m'en souviens pas.

— C'est capital, Votre Majesté. Je suis sur le point de dénouer le sens de votre rêve mais vous devez me confier cet ultime détail. Je vous pose à nouveau la question : de quelle fenêtre s'agit-il ?

— Celle de mon époux, je pense.

— Où est-elle située ?

— Au palais de la Nourriture de l'esprit.

— C'est cela ! Et ensuite vous avez fait venir un cueilleur. »

J'étais stupéfaite. Il avait raison.

« Avec ce cueilleur, vous avez ramassé l'une après l'autre les têtes des pavots.

— Oui.

— Vous les avez placées dans un panier avant de les broyer et d'en faire de la soupe. » Je dus admettre que cela s'était bien passé ainsi. « C'est là le nœud du problème, vous n'auriez jamais dû la consommer.

— Mais... ce n'était qu'un rêve.

— Il interprète la vérité.

— Quelle vérité ? »

L'homme ne répondit pas et Li Lianying déposa dans sa main une bourse emplie de taëls, alors il demanda si ce n'était pas risqué de poursuivre. Quand mon eunuque l'eut rassuré, l'homme prit son souffle. « Ma dame, votre propre maladie vous a empoisonnée. »

Je lui ordonnai de préciser le nom de cette maladie. Une fois encore, il hésita à parler mais dit tout de même qu'elle comportait certains éléments comme la jalousie, le ressentiment et le désir d'intimité. C'est moi qui le priai d'arrêter.

« Que conseillez-vous ? » dit Li en attrapant le devin par la manche. Mais l'homme répondit qu'il ne connaissait aucun traitement efficace.

« Nous essaierons tout.

— Attendez que l'automne soit bien installé et laissez la porte de Sa Majesté ouverte du crépuscule jusqu'à l'aube. Vous inviterez ainsi les criquets à entrer et c'est eux qui souffriront à sa place et chanteront à en mourir.

— Combien de criquets dois-je inviter ? demanda Li Lianying.

— Autant que vous le pourrez. Pour les attirer, vous placerez dans la pièce de l'herbe fraîche et des cosses de soja. Déposez également des briques humides dans les coins. Les criquets viendront manger puis ils chercheront des partenaires pour s'accoupler. Ils chanteront toute la nuit et vous saurez que le traitement a réussi si, au matin, vous découvrez des criquets morts sous le lit. »

À la longue, je m'habituai à la stridulation des criquets et à leurs cadavres que je retrouvais dans mes chaussures, et mes rêves commencèrent à se transformer : moins effrayants, ils évoquaient plus ma lassitude et mon désir de m'enfuir.

Je me remis à apprécier le changement des saisons. Je n'avais jamais accordé autant d'importance au seul fait de déambuler dans les allées des jardins. J'observais une plante dévorée par les vers se balancer au vent et m'émerveillais de sa capacité de survie. Le seul spectacle d'insectes suçant le nectar d'une fleur me faisait comprendre la force de la vie. Je respirais plus librement, je sentais la présence de Tongzhi et d'An-te-hai.

Yung Lu me manquait cruellement mais j'étais assez forte pour supporter son absence.

Dix-sept

Assise devant mon miroir depuis trois heures du matin, j'ouvris les yeux et constatai que la planchette sur laquelle reposaient mes cheveux me faisait ressembler à un champignon monstrueux.

« Cela vous plaît-il, ma dame ? me demanda Li Lianying.

— Parfait. Finissons-en le plus vite possible. » Je me relevai pour qu'il m'aide à endosser une lourde robe de cour.

À cette période de mon existence, je ne me préoccupais pas beaucoup de mon apparence car d'autres problèmes, plus graves, accaparaient mon esprit : la Russie au nord du pays, les Indes britanniques à l'ouest, l'Indochine française au sud et le Japon à l'est.

Sous le règne de Tongzhi, un certain nombre de pays et de territoires dont la Corée, l'archipel des Ryûkyû, l'Annam et la Birmanie nous avaient envoyé des représentants et rendu hommage, mais cette pratique s'était perdue au fil des ans pour disparaître complètement aujourd'hui. Le fait que la Chine ne parvenait plus à revendiquer ses privilèges témoignait du déclin de son statut international. À chaque défection, nos défenses extérieures s'affaiblissaient davantage.

Je souhaitais à présent que maître Weng oublie ses démonstrations de sincérité pour préparer Guangxu à son métier de souverain. Nuharoo et moi ne connaissions ni la ruse ni la souplesse et nous étions incapables d'adopter une ligne de conduite quand les problèmes menaçaient de nous balayer. Nul ne semblait comprendre que notre pays s'étiolait depuis plusieurs siècles : la Chine ressemblait à un malade qui se mourait lentement mais la pourriture de son corps n'était tangible que depuis peu.

Tel un tigre affamé tapi dans les buissons, le Japon attendait le moment de passer à l'attaque. Jadis nous avions sous-estimé son appétit et nous nous étions montrés trop aimables à l'égard de ce petit pays voisin pauvre en ressources. Si j'avais su que l'empereur Meiji avait poussé sa nation à s'abattre sur nous et nous dépouiller, j'aurais encouragé la cour à ne songer qu'à la défense.

Dix ans plus tôt, en 1868, alors que je concentrais mon énergie sur la création d'écoles élémentaires dans les campagnes, le nouvel empereur japonais avait instauré de grandes réformes destinées à transformer le système féodal de son pays en une société capitaliste puissante et moderne. La Chine n'avait pas compris ce qui se passait quand le Japon entreprit d'agrandir son secteur d'influence des îles principales, au nord, vers Formose, au sud. Cet État insulaire que les mandarins appelaient Taiwan payait depuis des siècles un tribut au trône chinois mais, en 1874, des pêcheurs des îles Ryükyü furent assassinés par des bandits locaux et le Japon mit à profit cet incident pour envahir Formose.

La bureaucratie impériale et notre propre naïveté firent de nous les victimes de la conspiration japonaise. Dans un premier temps nous tentâmes de prouver notre innocence. Notre ministère des Relations extérieures répondit de manière irréfléchie aux demandes de réparations japonaises : « Nous ne pouvons être tenus pour responsables d'actes de sauvageries que la civilisation réprouve. » Les Japonais y virent une invitation à s'emparer de l'île.

Sans prévenir, l'armée japonaise débarqua pour « venger » les populations de l'archipel des Ryūkyū. Notre gouverneur de province comprit trop tard que nous avions laissé les Japonais non seulement nous supplanter dans ces îles, mais aussi nier notre autorité sur l'île de Taiwan qui, avec ses quatre cents kilomètres de long, avait pour nous une importance vitale.

Après des journées de discussion et d'atermoiement, notre cour conclut que nous ne pouvions lutter contre la suprématie militaire japonaise. Nous finîmes par verser 500 000 taëls au Japon en guise d'indemnités mais ce ne fut pas tout : d'autres nouvelles n'allaient pas tarder à nous parvenir, à savoir que le Japon « acceptait » la « reddition » officielle des îles Ryūkyū.

Les Britanniques étaient également décidés à tirer profit du moindre incident. En 1875, un interprète du nom de Margary fut assassiné dans notre province méridionale du Yunnan. Il accompagnait une expédition ayant pour but de reconnaître des routes commerciales reliant la Birmanie aux montagnes du Yunnan, du Guizhou et du Sichuan, des provinces riches en gisements minéraux. Les étrangers ne prêtèrent pas attention aux menaces des rebelles musulmans et l'interprète fut tué lors d'une embuscade.

Le représentant britannique, Sir Thomas Wade[1], força la Chine à signer un nouveau traité et je choisis pour négociateur Li Hung-chang, alors gouverneur de la province du Chihli. Par la convention de Che-fu[2],

---

1. Par ailleurs créateur d'un des systèmes de romanisation des langues chinoises (mandarin, cantonais, etc.). La communauté internationale utilise aujourd'hui le système *pinyin* (« épellation »), bien plus précis.
2. La même convention accordait aux Britanniques un droit de passage au Tibet : pour la première fois, une puissance occidentale reconnaissait de manière implicite l'autorité chinoise sur cette région.

de nouveaux ports furent ouverts au commerce avec les Occidentaux, dont Wuhu, ma ville natale.

Li Hung-chang vint implorer mon pardon. Cet homme de cinquante-cinq ans à la longue natte soignée portait une robe de cour noire brodée des symboles bruns et rouges de la bravoure et de la loyauté. Mince, l'air solennel, il avait la peau claire des Chinois du Sud et de petits yeux brillant d'intelligence. Son visage buriné faisait paraître plus long son nez et ses lèvres se dissimulaient derrière une barbe entretenue avec soin.

« Les Britanniques cherchent à envoyer des Indes une autre expédition qui traverserait la Birmanie et permettrait ainsi de délimiter la frontière sino-birmane, m'annonça-t-il une fois agenouillé devant moi.

— Essayez-vous à me dire que la Grande-Bretagne a annexé la Birmanie ?

— Précisément, Votre Majesté. »

Je croyais que le dévouement du gouverneur donnerait de la stabilité à la Chine. Contre l'avis de la cour, je continuai à faire de Li Hung-chang le fonctionnaire de province le plus important de tout l'empire : pendant vingt-trois ans, il occuperait le même poste au Chihli.

J'ignorais délibérément le fait que Li aurait dû être muté dans une autre partie du pays. Il entrait dans mes intentions de l'autoriser à accroître ses richesses, ses relations et sa puissance. J'étais derrière la réorganisation et la modernisation par Li des forces militaires du Nord, cette « Nouvelle Armée » que l'esprit populaire appelait parfois « armée de la famille Li ». J'avais pleinement conscience que ses chefs étaient redevables à Li Hung-chang plus qu'au trône.

Si j'accordais un tel crédit à Li Hung-chang, c'est parce qu'il était à mes yeux un homme de valeurs confucéennes. Lui-même me faisait confiance car je lui avais prouvé que je ne considérerais jamais sa loyauté comme allant de soi. Je pensais qu'un rebelle serait moins à même de fomenter une révolte si une province lui était confiée. En donnant carte blanche à Li, je suscitais en lui l'envie de me servir.

Cela nous fut profitable à tous deux. Les bénéfices de Li représentaient une grande partie de nos revenus et, vers 1875, le gouvernement chinois dépendit entièrement de lui. Par exemple, quand les soldats de Li supervisaient la livraison de sel à Pékin – ce qui lui permettait de s'assurer le monopole de cette denrée –, les revenus qu'il me versait me permettaient de faire vivre la Chine.

Li Hung-chang ne demanda jamais au trône de régler la solde de son armée mais cela ne signifiait pas qu'il puisait dans ses propres coffres. Homme d'affaires avisé, il recourait au trésor de sa province et j'étais certaine qu'il avait dépensé une fortune en achetant les princes mandchous qui, autrement, lui auraient barré la route. En outre, Li donnait tant de travail à la nation que, s'il devait faire faillite, l'économie du pays ne tarderait pas à s'effondrer à son tour. Convaincu que la Chine devait faire d'immenses progrès, il fit construire des usines, des chantiers navals, des mines et des chemins de fer. Avec mon approbation et mon soutien, il fonda aussi le premier service postal et télégraphique chinois, avant même celui de Robert Hart, les premières écoles de technologies et les premiers instituts de formation d'interprètes pour les langues étrangères.

Je dus rejeter sa proposition de créer la première marine de guerre chinoise parce que les membres de la cour ne trouvèrent pas qu'il y avait urgence. « Trop coûteux », telle fut l'excuse officielle. Li Hung-chang était accusé de saigner la nation à blanc pour que ses forces armées privées soient subventionnées par le gouvernement.

Je ne cessais de recevoir des lettres de doléances de la part des conservateurs, les Têtes de Fer mandchous principalement. Rien de ce que faisait Li Hung-chang n'avait grâce à leurs yeux. Ils prétendaient qu'il leur prenait leur part de bénéfices et menaçaient de se venger. Il aurait facilement pu se faire assassiner s'il n'avait signé ses accords dans le plus grand secret et installé ses fidèles à tous les postes. Malgré tout, on le faisait chanter en l'accusant de toucher des commissions sur les différents contrats et d'être soudoyé par les marchands étrangers. Les conservateurs m'avertirent : ce n'était qu'une question de temps avant qu'il fomente un coup d'État pour s'emparer du trône.

Li Hung-chang avait une manière bien à lui d'affronter la cour. Il vivait en dehors de Pékin et ne se rendait dans la capitale que pour demander la permission d'étendre ses activités. Quand il comprit qu'une voix politique à la cour lui serait utile, il créa des partenariats avec ses puissants amis, qu'ils fussent d'origine Han ou mandchoue. En plus du prince Kung, il avait l'appui de plusieurs gouverneurs de province. Le plus important était Chang Chih-tung qui, à Canton, avait fondé la plus grande fonderie d'acier moderne de Chine. Les deux hommes passèrent un accord : c'est à Canton et non plus à l'étranger qu'il commanderait le matériel nécessaire à la construction de ses voies ferrées. On les appela alors « Li du Nord et Chang du Sud ».

Je reçus les deux hommes en audience privée. L'un et l'autre méritaient cet honneur mais je comprenais aussi l'importance d'une implication personnelle dans leurs projets : il y avait eu trop d'incidents quand j'avais été la dernière mise au courant.

Chaque gouverneur avait conscience que ma voix avait du poids et acquérir mes faveurs était devenu une activité primordiale au sein de la cour. En conséquence de quoi, chacun voulait m'impressionner et, de la flatterie à la malhonnêteté, le pas était vite franchi. Les mensonges éhontés ne résistaient pas à mon bon sens de fille de la campagne mais je ne pouvais éviter d'être parfois bernée.

« Les gens changent, dis-je un jour à mon fils adoptif au cours d'une interruption d'audience. La décadence impériale mandchoue en est le parfait exemple. »

Guangxu apprenait vite. Il me demanda pourquoi Li Hung-chang m'offrait des cadeaux comme ces caisses de champagne récemment livrées.

« C'est pour assurer ses bonnes relations avec le trône, lui expliquai-je. Il a besoin de protection.

— Ces présents vous plaisent-ils ? Que pensez-vous de la pâte dentifrice et de la brosse à dents anglaises qu'il vous a envoyées ? N'auriez-vous pas préféré un vase ancien Han ou un autre bel objet ? C'est ce qu'aimeraient la plupart des femmes, n'est-ce pas ?

— Non, j'aime mieux cette brosse et cette pâte. Sans compter le mode d'emploi de la main même de Li. Je vais pouvoir protéger mes dents pour qu'elles ne tombent pas et songer aussi à la façon d'empêcher le pays de sombrer dans la décadence. »

J'insistais pour que Guangxu assiste aux audiences privées avec Li Hung-chang et Chang Chih-tung. Mon fils ne tarda pas à apprendre que j'avais nommé Chang gouverneur de Canton quand, tout jeune homme, il avait brillamment remporté le concours d'entrée dans la fonction publique.

« Avez-vous travaillé dur ? » questionna Guangxu.

Pris de panique, le gouverneur se tourna vers moi pour quêter mon aide. « Si tu veux savoir la vérité, Guangxu, dis-je en souriant, il a dû affronter des milliers d'étudiants alors que toi...

— Alors que moi j'ai gagné sans fournir d'effort, j'ai bien compris. Je peux demander à mon maître la note que je désire et il me l'accordera.

— C'est le privilège de Votre Majesté, fit le gouverneur en s'inclinant.

— Tu sais que tes notes sont fictives, ne puis-je m'empêcher d'ajouter.

— Ce n'est pas totalement vrai, mère, mes efforts sont d'un autre ordre. Les autres enfants peuvent se permettre de jouer parce qu'ils n'assument pas la responsabilité de la nation.

— C'est parfaitement exact, Votre Majesté. » Les deux gouverneurs hochèrent la tête, l'air réjoui.

Dès ses neuf ans, Guangxu montra qu'il prenait très au sérieux son rôle d'empereur. Il demanda même à ce qu'on lui serve moins d'eau le matin pour qu'il n'ait pas à aller au pot de chambre pendant une audience. Il ne voulait rien manquer.

Son éducation incluait les disciplines occidentales et, pour la première fois dans l'histoire du palais, on vit arriver deux jeunes professeurs d'une vingtaine d'années : membres de l'école des langues étrangères de Pékin, ils avaient pour mission d'enseigner l'anglais à mon fils. J'aimais l'entendre travailler avec eux. Les jeunes professeurs s'efforçaient de rester graves quand il prononçait mal un mot, mais leur caractère enjoué était le meilleur des encouragements. Je me rappelais comment les précepteurs de Tongzhi lui avaient ôté le goût d'apprendre en le punissant trop sévèrement. Le prince Kung avait bien tenté de l'initier à la culture occidentale, mais le précepteur le plus vieux avait démissionné tandis que l'autre menaçait de se suicider.

Ce que j'avais rêvé pour Tongzhi se réalisait avec Guangxu. Maître Weng lui faisait découvrir l'univers tandis que Li et Chang lui apportaient leur connaissance du monde, fruit d'une longue expérience.

Li Hung-chang envoya aussi à mon fils des traductions d'ouvrages occidentaux, ce qui lui plut beaucoup, et lui raconta comment il traitait avec les marchands, diplomates, missionnaires et marins étrangers de Canton. En revanche je n'étais pas d'accord avec maître Weng qui insistait trop sur la littérature classique chinoise : la fiction et le fatalisme y jouaient un trop grand rôle. « Guangxu doit apprendre la véritable essence de son peuple », insistais-je.

Je me réjouissais de ses progrès au point que je demandai à des jardiniers spécialistes des pivoines et des chrysanthèmes de venir au palais examiner le sol de mon jardin. Je ne songeais qu'au jour où je pourrais dédier tout mon temps à mes fleurs sans me soucier de rien d'autre.

Je me sentais mal à l'aise chaque fois que Guangxu exprimait son désir de nous consacrer sa vie, à Nuharoo et à moi-même. Elle estimait que cela n'avait rien à voir avec le traumatisme subi pendant sa petite enfance. « Ses maîtres lui ont enseigné la piété, rien de plus », disait-elle.

Mon instinct me faisait comprendre que ma sœur avait brisé quelque chose en lui, mais je ne savais quoi exactement. Je pensais aussi avoir ma part de culpabilité. À quel point Guangxu avait-il été affecté quand je l'avais arraché du nid familial, si terrible fût-il ? Le palais lui offrait une existence somptueuse, mais à quel prix ? Je ne cessais de m'interroger. Laissé à lui-même, serait-il tombé dans la dissipation morale comme le reste du clan mandchou ? De quel droit pouvais-je déterminer la vie de cet enfant ?

J'avais quarante-cinq ans et je m'interrogeais sur la vie que je m'étais choisie. Lors de mon entrée dans la Cité interdite, je ne doutais pas de mon désir d'y vivre pour toujours mais aujourd'hui je songeais surtout à ce que j'avais manqué, à ce dont on m'avait privée : la liberté d'aller et venir à ma guise, le droit d'aimer et, surtout, le droit d'être moi.

Jamais je n'oublierais les fêtes du Nouvel An chinois à Wuhu. Les jeunes filles retrouvaient leurs galants et assistaient à des représentations d'opéra. Ma famille et mes amis me manquaient. Je vivais dans le luxe et mes devoirs étaient souvent gratifiants, mais la gloire impériale était aussi synonyme de solitude et de crainte permanente de la rébellion et de l'assassinat.

La mort de Tongzhi avait altéré le regard que je portais sur la vie. Je ne regrettais pas l'enfant empereur mais ses petits pieds dans ma main au jour de sa naissance, le premier sourire de sa bouche édentée, ses promenades dans le jardin, ses courses folles, les branches de saule qu'il tordait pour en faire des fouets...

Je voulais que Guangxu devienne empereur dans le respect de ses propres critères, pas des miens, et qu'il soit un homme avant d'être un chef. Je savais que l'éducation chinoise ne l'y aiderait guère, mais j'espérais que la culture occidentale lui en donnerait la possibilité.

Les audiences m'accaparaient et Nuharoo consacrait tout son temps à des cérémonies religieuses, de sorte que Guangxu était à la merci de ses eunuques une fois les cours terminés. Je devais apprendre ultérieurement que plusieurs de ses serviteurs s'étaient montrés d'une méchanceté sans égale. Je m'étais attendue à ce que la mort d'An-te-hai perturbe la communauté des eunuques, suscitant chez eux insécurité et colère, mais jamais à une telle forme de vengeance.

Derrière mon dos, les eunuques enveloppaient le petit Guangxu, alors âgé de neuf ans, dans une couverture avant de le rouler dans la neige. La couverture le faisait suer abondamment mais ses membres non protégés étaient exposés au froid. Sa toux chronique me fit me poser des questions ; les eunuques ne me fournirent aucune explication mais je ne tardai pas à découvrir la vérité.

Sa santé demeurait délicate et les eunuques continuaient à le tourmenter en lui reprochant le meurtre d'An-te-hai. Certes, ils n'avaient pas tous l'intention de le torturer, mais leurs traditions et leurs superstitions affectaient les soins qu'ils lui prodiguaient : par exemple, ils croyaient sincèrement qu'une privation de nourriture et d'eau constituait un traitement médical tout à fait acceptable.

En revanche, je ne pus pardonner à ceux qui ne lui apportaient pas le pot de chambre à temps pour se moquer de lui et l'humilier quand il faisait sur lui. Pour ceux-là, mon châtiment fut terrible, mais c'est moi que l'on qualifia d'abusive et de cruelle.

Même après qu'ils furent punis, je ne pus me pardonner, et les souffrances de Guangxu étaient mon tourment. Je me demandais même s'il fallait réellement qu'il devienne empereur. Quelle ironie, alors que les princes mandchous ne souhaitaient qu'une chose, chausser leurs fils des souliers de Guangxu !

Les critiques, les historiens et les universitaires ont souligné que Guangxu avait mené une existence des plus normales jusqu'à ce que moi, sa tante, ne le détruise. Sa vie dans la Cité interdite fut qualifiée de « malheureuse » : constamment « tourmenté par une meurtrière diabolique », il fut « jusqu'à sa mort pareil à un prisonnier ».

Je le reconnais, ce n'était pas par amour que j'avais adopté Guangxu, mais j'avais appris à l'aimer. Il m'est impossible d'expliquer comment cela est arrivé ni même si j'en éprouvais le besoin. Le salut, voilà ce que j'ai trouvé chez ce petit garçon. Toute femme qui a été mère ou qui a eu le malheur de perdre un enfant comprendra ce qui s'est passé entre Guangxu et moi.

Mon fils adoptif était trop jeune pour déceler mes intentions quand je lui apprenais par l'exemple que gouverner notre vaste pays était un travail d'équilibriste. Je lui laissais entendre que placer sa confiance dans des ministres ne suffisait pas à assurer sa position de maître unique de la Chine. C'étaient des hommes comme Li Hung-chang ou Chang Chih-tung qui pouvaient faire flotter ou couler son « navire ». Je lui montrais comment je les opposais l'un à l'autre et transformais la cour en une scène de théâtre.

Lors d'une audience donnée en octobre, Li Hung-chang vit rejeter sa proposition d'abandonner le vieux système scolaire chinois pour le remplacer par un modèle occidental. Chang Chih-tung me servit à contrebalancer son enthousiasme : produit de l'éducation ancestrale, il prêcha avec enthousiasme « l'éducation de l'âme avant celle du corps ».

Comme je l'avais annoncé à l'avance à Guangxu, Li se sentit attaqué. « C'est ma façon de lui montrer comment reconsidérer son projet, lui expliquai-je. En faisant appel à Chang, je lui ai indiqué qu'il n'est pas le seul dont dépend le trône. »

Je ne voulais pas enseigner à mon fils cette tactique de manipulation, mais elle lui serait nécessaire quand il deviendrait empereur de Chine. Guangxu avait hérité le vulnérable empire de Tongzhi et il était de mon devoir de le préparer au pire. Comme le dit le proverbe, « on ne connaît jamais le démon qui vous tourmente ». Les dégâts seraient encore plus grands si l'enfant devait être trahi par son parent ou son tuteur, une leçon que m'avait apprise la mort de Tongzhi.

Dix-huit

La température chuta soudain et la jarre géante posée dans la cour, à l'extérieur de la salle d'audience, se couvrit de glace. Les chauffages au bois rougeoyaient aux quatre coins de la pièce. Nuharoo et moi nous réjouissions d'avoir fait réparer les fenêtres pour ne plus entendre siffler le vent de noroît. Les eunuques avaient de plus remplacé les rideaux de soie par de lourdes tentures de velours.

Dès que Guangxu en fut capable et, avec l'accord de maître Weng, je fis des audiences sa salle de cours. Ce ne fut pas facile et son précepteur l'aidait à comprendre ce qu'il avait vu et entendu : il faut avouer que les problèmes étaient souvent trop complexes pour un enfant et je passais du temps à le préparer aux discussions.

« Était-ce le rôle de la Russie de protéger le Xinjiang ? » Guangxu évoquait les événements de 1871, quand les forces tsaristes avaient pénétré en Ili, la région la plus occidentale de cette province.

« La Russie l'a fait au nom de notre cour pour empêcher l'Ili de devenir un État musulman indépendant, répondis-je. Cependant nous ne les avons pas appelés.

— Vous voulez dire que les Russes se sont invités tout seuls ?

— Oui.

— Mais… les révoltes musulmanes n'ont-elles pas été écrasées ? fit-il en posant le doigt sur la carte.

Pourquoi les Russes sont-ils encore là ? Pourquoi ne sont-ils pas rentrés chez eux ?

— Nous l'ignorons.

— Yung Lu est au Xinjiang, n'est-ce pas ?

— Oui.

— A-t-il fait quelque chose pour chasser les Russes ?

— Oui, il a demandé à nos charitables voisins de nous rendre l'Ili.

— Et alors ?

— Ils ont refusé. »

Je dis à Guangxu que j'aurais aimé pouvoir lui donner de plus amples explications car, contrairement à Tongzhi, il comprenait que la Chine n'était pas la plus forte à la table des négociations. Il faisait de son mieux pour évaluer les décisions qu'il était amené à prendre mais cela lui était souvent impossible. L'enfant ne voyait pas pourquoi la Chine devait se plier à de longues négociations avec la Russie pour céder en fin de compte. Il n'aurait jamais compris pourquoi le traité qu'il venait de signer en février 1881 nous imposait de verser à l'occupant neuf millions de roubles pour des territoires qui nous appartenaient.

Je commençais à voir quelle était sa réaction aux audiences. Soumis à une pression constante, il souffrait beaucoup : la nervosité et la peur s'inscrivaient sur son visage dès qu'il apprenait de mauvaises nouvelles et je ne tardai pas à voir qu'il ne s'agissait plus de simples leçons. Son humeur et sa santé s'altéraient et il était de mon ressort de faire un choix, le tenir à l'abri de tout cela ou le laisser vivre la vérité. L'alternative était cruelle. Guangxu s'effondra le jour où il demanda au ministre de l'Agriculture de lui donner son avis sur les prochaines récoltes : il se sentit personnellement responsable de la disette à venir alors que la sécheresse et les inondations étaient les seules à blâmer.

Guangxu était devenu un adolescent déterminé et capable de se discipliner. J'étais soulagée de constater qu'il n'avait pas le désir de s'amuser avec ses eunuques ou de sortir nuitamment du palais pour faire la fête en ville. Il semblait privilégier la solitude, prenait ses repas seul et était mal à l'aise en société. Lorsqu'il dînait avec Nuharoo et moi, il demeurait silencieux et mangeait tout ce qu'on déposait dans son assiette. Il était si triste de me voir tant pleurer la mort de Tongzhi qu'il faisait le maximum pour que son comportement réponde à mes attentes.

J'aurais aimé savoir faire la différence entre son assiduité à l'étude et sa mélancolie toujours plus marquée. Même si je savais d'expérience que les audiences quotidiennes étaient épuisantes, je ne me rendais pas compte qu'elles avaient sur lui l'effet d'un poison.

Désireuse de le voir atteindre la maturité, je refusais de reconnaître que je le privais de son enfance. Je craignais de répéter les erreurs commises avec Tongzhi : je lui avais trop cédé et c'était en partie ce qui l'avait tué. Il se rebellait parce qu'il savait que mon affection ne lui ferait jamais défaut.

Guangxu se conformait strictement au protocole et maître Weng s'employait de son mieux à l'empêcher d'abuser de ses privilèges. Otage dans son propre palais, il faisait siens les problèmes que lui exposaient les ministres et avait honte de ne pouvoir guérir les maux de l'empire.

Ma santé déclina vers 1881. Je sortis du cycle féminin et connus à nouveau l'insomnie, mais j'ignorai la fatigue et ces bouffées de chaleur que j'espérais voir bien vite disparaître. J'étais très malade quand le pays fêta mon quarante-sixième anniversaire, le 29 novembre. Il me fallut beaucoup de temps pour me lever et me vêtir et je dus boire du thé au ginseng pour préserver mes forces. Cela ne m'empêcha pas de continuer d'assister aux audiences et de surveiller les études de Guangxu. J'encourageai même maître Weng à faire découvrir à l'empereur les peuples vivant loin de la capitale.

Mon fils accorda des audiences privées aux gouverneurs de chaque province. Les plus âgés, nommés par mon époux l'empereur Xianfeng, lui en furent très reconnaissants. J'assistai à chaque audience, heureuse de retrouver de vieux amis, et il nous fallut souvent interrompre nos entretiens pour sécher nos larmes.

L'hiver était là et j'étais complètement épuisée, la poitrine congestionnée, en proie à de cruels maux de ventre. Un matin, je m'évanouis au cours d'une audience.

Dans sa robe de cour brodée de fils d'or, Nuharoo me rendit visite le lendemain matin. Pour la première fois je voyais ses cheveux empilés sur une planchette noire en forme de V qu'ornaient de multiples joyaux. Je la complimentai et lui demandai une faveur, celle de mener les audiences. Elle accepta mais s'empressa d'ajouter : « Ne vous attendez pas toutefois que je me conduise en esclave. »

Je recouvrai peu à peu mon énergie quand l'hiver céda la place au printemps. Je passais la journée au soleil à travailler dans mon jardin. Souvent, je pensais à Yung Lu et me demandais ce qu'il faisait dans sa lointaine province musulmane. Je lui avais écrit mais aucune réponse ne m'était parvenue.

Un soir, après les audiences, Guangxu m'apporta mon dîner. Délicatement, il déposa un morceau de poulet rôti dans mon assiette et voulut savoir si j'étais heureuse de la floraison des camélias. Quant à moi, je l'interrogeai sur la vie en dehors de la Cité interdite et voulus savoir si ses parents lui manquaient.

« Mère et père sont autorisés me rendre visite à leur gré, répondit-il, mais ils ne sont jamais venus.

— Peut-être devrais-tu les inviter. »

Il me regarda un instant avant de secouer la tête. N'avait-il aucun désir de les rencontrer ou craignait-il de me blesser ? La façon dont j'avais parlé de ma sœur avait dû influencer son attitude : je ne l'avais jamais délibérément dénigrée mais il est vrai que je n'avais pas de quoi la complimenter.

Je lui demandai ensuite s'il se rappelait la mort de son cousin et ce qu'il pensait d'avoir été choisi comme successeur.

« Je ne me souviens plus beaucoup de Tongzhi », avoua-t-il. En revanche, il n'avait pas oublié la nuit où, dans les bras de Yung Lu, il avait quitté la demeure de ses parents.

« Je revois son visage grave et les boutons ornés de son uniforme, si froids contre ma peau. Il faisait très sombre. Il m'emmenait sur son cheval et c'était bien, ajouta-t-il en me regardant droit dans les yeux.

— Ça a dû tout de même être terrible d'être arraché à la chaleur de ton lit. Je te demande pardon de t'avoir fait subir cette épreuve.

— Il y a une finalité dans mes débuts chaotiques, prononça-t-il avec la gravité d'un vieillard, puis le sourire revint sur ses lèvres. Une bonne vie n'a besoin ni de raisonnement, ni d'arguments convaincants, ni d'explication alors qu'une vie mauvaise en exige à foison. Trois de mes frères sont morts de la main de mère et j'aurais été le suivant si vous ne m'aviez adopté. »

Il se leva et m'offrit son bras droit puis nous sortîmes dans le jardin. Il était presque aussi grand que moi et sa démarche me rappelait celle de son cousin.

« Je suis certaine que ma sœur n'avait pas réellement l'intention de nuire, affirmai-je.

— Mère est très malade et père dit qu'il s'est résigné.

— L'épouse du prince Kung a confié à Nuharoo que ton père est parti vivre avec sa cinquième concubine, est-ce exact ?

— Je le crains.

— Rong ne sera-t-elle pas affectée ?

— Mère est tombée de son lit le mois dernier et elle s'est brisé la hanche. Elle a mis la douleur sur le compte de ses médecins. Je n'aurais pas dû lui envoyer le docteur Sun Pao-tien.

— Pourquoi ? Que s'est-il passé ?

— Elle l'a frappé... D'ailleurs elle frappe quiconque essaie de l'aider. Parfois je préférerais qu'elle soit morte.

— Je suis désolée. »

Guangxu se tut et s'essuya les yeux.

« Je ne pensais pas à ton bien-être quand je t'ai adopté, lui avouai-je, car seul l'avenir de la dynastie m'importait. Tongzhi a connu une fin tragique et je m'en veux toujours. Je l'ai délaissé... et je crains d'en faire autant avec toi, Guangxu ! »

Le jeune homme tomba à genoux et se frappa le front à terre. « Mère, je vous en supplie, ne songez plus à Tongzhi. Je suis ici, bien vivant, et je vous aime. »

Dix-neuf

En avril, toute la Cité interdite fut mise au courant de la maladie de Nuharoo.

« Sa Majesté se sent mal depuis la semaine dernière. » Son grand eunuque était venu faire son rapport devant la cour : avec son cou maigre et long, il ressemblait à une courge trop mûre accrochée à une vigne. « Elle n'avait pas d'appétit et elle est allée se coucher avant même qu'on ait le temps de réchauffer ses draps. Le lendemain, elle a tenu à se lever mais elle n'y est pas arrivée. Je l'ai aidée à s'habiller et j'ai remarqué que ses habits étaient trempés de sueur froide puis elle s'est appuyée sur mes épaules quand nous nous sommes occupés de sa coiffure et de son maquillage. Elle s'est rendue en palanquin au palais de la Nourriture de l'esprit mais elle s'est évanouie avant même le début des audiences.

— Pourquoi n'en as-tu pas parlé plus tôt au docteur Sun Pao-tien ? demandai-je.

— Sa Majesté n'a pas voulu.

— Il était quatre heures de l'après-midi et j'ai donné un remède à Sa Majesté pour dissiper son indisposition, intervint le praticien.

— De quoi souffre-t-elle ?

— Nous ne sommes pas encore très sûrs, c'est peut-être le foie ou la grippe.

— Sa Majesté a insisté pour que son état demeure secret, dit l'eunuque. Au bout de cinq jours, elle a renvoyé les médecins mais elle a eu une attaque cette nuit. Elle s'est écroulée à terre, les yeux révulsés et l'écume aux lèvres, puis elle n'a plus contrôlé son corps. Je dois me plaindre de ce que le docteur Sun Pao-tien ne l'a en rien aidée.

— Les eunuques ne cessaient de la faire rouler à terre et de la renverser comme une acrobate ! protesta le médecin.

— C'était la seule façon de la garder sèche !

— Ma patiente a eu une attaque ! s'écria le doux Sun qui commençait à perdre patience.

— Nous aurions dû commencer par nous adresser au prêtre du temple, dit le grand eunuque en se frappant le crâne de ses poings. Ses prières redonnent vie aux mourants. »

Je le fis taire et priai Sun Pao-tien de poursuivre.

« Mon collègue et moi avons découvert que la respiration de Sa Majesté était encombrée de phlegme et nous avons cherché le moyen de l'extirper.

— Cela n'a rien donné ! » lancèrent les eunuques à l'unisson.

Je voulais savoir pourquoi l'on ne m'avait pas tenue informée.

« Ma dame ne voulait pas que la cour, vous principalement, soit mise au courant. Elle pensait se remettre en peu de temps.

— Tu peux me le prouver ?

— Oui, fit l'eunuque en sortant de sa poche un papier froissé, ce sont ses instructions et elle les a signées. » Des larmes et du mucus gouttaient au bout de son nez. « Elle s'en est tirée miraculeusement la dernière fois et nous avons pensé qu'elle se remettrait de cette attaque.

— *La dernière fois* ? Tu veux dire que cela s'est déjà produit ? Quand ?

— Eh bien, la première fois ma dame avait vingt-six ans et cela s'est reproduit quand elle en a eu trente-trois mais là, je crains qu'elle ne survive pas. »

Des pleurs retentissaient dans le palais de Nuharoo et la cour était pleine de monde mais chacun s'écarta à mon arrivée. Je me précipitai au chevet de la moribonde et la trouvai quasiment enfouie sous les gardénias. Le docteur Sun Pao-tien se tenait à ses côtés.

Je fus choquée de voir à quel point la maladie avait bouleversé son apparence. Ses sourcils avaient pris la forme d'un gros nœud et sa bouche s'affaissait d'un côté. Elle respirait difficilement et une sorte de gargouillis s'élevait de sa gorge.

« Emportez ces fleurs ! ordonnai-je, mais aucun serviteur ne bougea. Comment peut-elle respirer avec toutes ces fleurs qui pèsent sur sa poitrine ? »

Les eunuques se jetèrent à terre. « C'est ce que Sa Majesté a demandé.

— Nuharoo, murmurai-je.

— Elle ne vous entend pas, me prévint le médecin.

— Comment est-ce possible ? Depuis des années elle n'a pas été malade un seul jour !

— Ses devoirs à la cour l'ont épuisée. Elle ne passera peut-être pas la nuit. »

Mais Nuharoo ouvrit les yeux quelques minutes plus tard. « Vous êtes arrivée à temps, Yehonala. Je dois faire mes adieux.

— Allons, ne dites pas cela, Nuharoo. » J'effleurai son épaule mince et pâle et les larmes me vinrent aux yeux.

« Ensevelissez-moi avec mes gardénias. La cour voudra me faire des funérailles à sa façon mais assurez-vous que je ne sois pas flouée dans la mort.

— Comme vous voudrez, Nuharoo, mais vous n'allez pas mourir.

— Ma voie est la voie unique, Yehonala.

— Oh, ma chère Nuharoo, vous aviez promis de ne pas vous épuiser.

— Je ne me suis pas fatiguée. » Elle ferma les yeux et un eunuque vint lui éponger le front. « Je n'ai pas abandonné parce que je ne voulais pas avoir honte de moi.

— Honte ? Mais comment ?

— Je voulais montrer... que j'étais aussi bonne que vous.

— Mais vous l'êtes, Nuharoo.

— Vous mentez mal, Yehonala. Vous vous réjouissez parce que vous ne me trouverez plus jamais en travers de votre chemin.

— Nuharoo, je vous en prie...

— Vous pouvez ordonner aux eunuques de ranger leurs balais.

— De quoi parlez-vous ?

— Les feuilles mortes s'entasseront dans la cour, aussi haut qu'elles le veulent, et peu importe que le marbre soit taché. »

Je l'écoutais en pleurant.

« Le Bouddha m'attend sur l'autre bord.

— Nuharoo...

— Arrêtez, Yehonala, fit-elle, la main levée. La mort est laide. Il ne me reste plus rien. »

Je pressai ses doigts, froids et minces comme un faisceau de baguettes. « Il y a l'honneur, Nuharoo.

— Croyez-vous que je m'en soucie ?

— Vous avez accumulé les vertus, votre prochaine vie sera resplendissante.

— J'ai vécu à l'intérieur de ces murs..., commença-t-elle d'une voix affaiblie. Seuls les vents de poussière du désert y sont entrés... Des kilomètres de murailles, des dizaines d'hectares ont constitué mon unique univers, Yehonala, le vôtre aussi. Je ne vous appellerai pas Orchidée, je me le suis promis.

— Bien sûr, Nuharoo.

— C'est en est fini des protocoles... cette interminable comédie... » Elle se tourna vers le plafond pour tenter de reprendre son souffle. « Seule une oreille

attentive peut capter le vrai sens d'un mot ceint de filigrane... l'idée dissimulée au cœur de l'ambre...

— Oh oui, impératrice Nuharoo. »

Une demi-heure plus tard, elle ordonna qu'on nous
laisse seules. Quand la chambre fut vide, je plaçai deux
gros coussins derrière sa nuque. Son cou, ses cheveux et
sa robe d'intérieur étaient trempés de sueur.

« Me pardonnerez-vous ? dit-elle.

— De quoi ?

— D'avoir... arraché Xianfeng à votre lit. »

Je lui demandai si elle parlait des concubines qu'elle
avait introduites pour séduire l'empereur pendant ma
grossesse, et elle fit signe que oui. Je lui répondis de ne
pas s'inquiéter. « Xianfeng m'aurait quittée tôt ou tard.

— Je serai châtiée dans ma prochaine vie si vous ne
me pardonnez pas, dame Yehonala.

— Entendu, Nuharoo, je vous pardonne.

— Et puis... j'ai cherché à vous faire faire une
fausse couche, ajouta-t-elle, incapable de s'arrêter.

— Je le sais et vous n'y êtes pas parvenue.

— Vous êtes bonne..., soupira-t-elle, une larme au
coin de l'œil.

— Ne dites plus rien, je vous en supplie.

— Il y a pourtant d'autres choses que je veux
avouer.

— Je ne vous écouterai pas.

— Il le faut, cependant.

— Demain, Nuharoo.

— Je n'en aurai peut-être pas... l'occasion.

— Je vous promets de revenir demain matin.

— Je... j'ai donné mon accord pour faire assassiner
An-te-hai. » Sa voix, presque inaudible, me frappa
comme un coup de fouet. « Dites-moi que vous me
haïssez, Yehonala. »

Oh oui, je la haïssais, mais j'étais incapable de prononcer ces mots.

« Je veux partir la conscience pure. » Ses lèvres tremblaient et la tristesse se lisait sur sa figure. Sa bouche s'ouvrait et se refermait comme celle d'un poisson hors de l'eau. « Accordez-moi votre pitié… »

J'ignorais si j'avais le droit de la pardonner et je retirai ma main de la sienne. « Reposez-vous, Nuharoo, je reviendrai demain.

— Mon départ est irréversible ! » hurla-t-elle de toutes ses forces. Comme je me dirigeais vers la porte, elle ajouta : « Vous avez souhaité ma disparition, je le sais ! »

Je fis volte-face. « Oui, mais j'ai changé d'avis. Nous n'avons pas été les meilleures partenaires, mais je ne peux imaginer en avoir aucune. Je suis habituée à vous. Vous êtes le démon le plus immonde que je connaisse ! »

Un pauvre sourire se dessina sur ses lèvres. « Je vous hais, Yehonala. »

Nuharoo mourut le lendemain matin à l'âge de quarante-quatre ans. Les derniers mots qu'elle m'adressa furent : « Il ne m'a pas touchée. » Stupéfaite, je compris que l'empereur Xianfeng ne l'avait pas honorée pendant leur nuit de noces.

Je suivis les instructions funéraires de Nuharoo et la fis recouvrir de gardénias. Son cercueil fut porté vers le site du tombeau impérial et déposé à côté de celui de notre époux. C'était le mois d'avril et je n'eus aucun mal à trouver des tonnes de fleurs. La cérémonie se déroula dans une mer de gardénias au Grand Palais de Bouddha en présence de milliers d'invités. Des centaines de présents de toutes sortes arrivèrent des quatre coins du pays que les eunuques empilèrent dans la vaste salle.

La passion de Nuharoo m'était nouvelle : le gardénia n'était pas une fleur de Pékin mais du sud de l'empire. Ses eunuques m'apprirent qu'elle n'en avait jamais vu avant de tomber malade et qu'elle avait demandé qu'on en plante autour de sa tombe bien que le climat du Nord et la qualité de la terre ne leur fussent pas favorables.

Les sentiments de Nuharoo m'avaient toujours étonnée. Je me rappelai sa gaieté quand nous nous étions vues pour la première fois. À seize ans, elle croyait que le monde extérieur était une bien piètre chose à côté du « Grand Intérieur » et moi, j'imaginais son enthousiasme s'il lui avait été donné de découvrir les vastes étendues du Sud et leurs plaines fertiles fleuries de gardénias.

Deux mille bonzes participaient au rituel. Ils psalmodièrent des prières pendant des heures. Guangxu et moi restâmes assez tard pour assister à la « cérémonie de l'âme » au cours de laquelle l'esprit de Nuharoo était censé monter au Ciel. Des eunuques placèrent des bougies dans des bateaux en papier qu'ils poussèrent sur les eaux du lac Kunming.

Tandis que Guangxu courait sur la rive pour les suivre, je m'assis sur un rocher plat et lus un poème destiné à souhaiter bon voyage à Nuharoo.

Les gardénias emplissent la cour, immaculés,
Et s'accrochent aux plantes grimpantes qu'ils
embaument.
Doucement ils rehaussent le vert du printemps
Et font flotter leur parfum.
La brume légère dissimule le chemin,
Loin des allées couvertes et de la rosée verdoyante.
Oh, qui célébrera le lac de son chant ?
Perdu dans son rêve, serein, longtemps le poète dort.

La presse étrangère qualifia de « suspecte » et de « mystérieuse » la mort de Nuharoo, sous-entendant par là que j'étais sa meurtrière. « Chacun s'autorise à penser que Tseu-hi a provoqué la mort de sa corégente, put-on ainsi lire dans un respectable journal britannique. Sa décision de la tuer lui vint le jour où elle fut découverte au lit avec un chanteur d'opéra. »

Je ne réagis qu'au moment où les articles citèrent le nom de Tongzhi. « Elle a recommencé : Yehonala a sacrifié son propre enfant sur l'autel de son ambition ! » proclamait la première page des quotidiens britanniques, et l'histoire était reprise par les journaux chinois. Selon l'article, « quand le jeune empereur était gravement malade, sa mère, loin de lui fournir des soins médicaux appropriés, a laissé le mal ravager sa faible constitution. N'avons-nous pas quelque raison de penser qu'elle a agi de même avec la corégente ? » À en croire un autre, « Yehonala semblait désireuse d'orchestrer la mort prématurée de son fils et celle de Nuharoo. Chacun à la cour était informé que Tongzhi et Nuharoo n'atteindraient jamais la vieillesse ».

Je ne savais que faire : pour justifier les exactions occidentales en Chine, on me traitait de monstre.

« Il est inconcevable que Yehonala n'ait rien su des exploits honteux de son fils et de Nuharoo, disait une revue chinoise, et des conséquences fatales de telles aventures. Il était en son pouvoir d'interdire ces choses et elle n'a rien fait pour les empêcher. »

Jour après jour, les calomniateurs du monde entier déversaient leur venin. « Nous voyons toute la distance qui séparait l'impératrice douairière de son fils et l'étendue de sa soif de puissance. » « Pour la jeune fille venue de la province la plus misérable de Chine, aucun prix n'est assez élevé pour préserver sa mainmise despotique sur le Céleste Empire. »

Je rêvais que Yung Lu venait à ma défense. Je pleurais sur l'autel de Tongzhi et, tel un spectre, je déambulais la nuit dans le palais de la Nourriture de l'esprit. Pendant les audiences, j'éclatais en sanglots comme une petite écolière. Guangxu me tendait des mouchoirs, puis il se mettait à pleurer lui-même.

Vingt

Le puissant stratège et homme d'affaires Li Hung-chang m'expliqua que la guerre était inévitable et que la Chine était déjà très impliquée. Depuis une semaine, la cour ne discutait plus que d'une chose, les visées de la France sur les provinces du Sud situées sur la frontière : c'était le cas du Vietnam, si longtemps régi par notre pays avant que ses habitants n'accèdent à une quasi-indépendance au Xe siècle.

Peu après la mort de mon époux, en 1862, la France avait colonisé le sud du Vietnam, ou Cochinchine. Comme les Britanniques, les Français voulaient dominer le commerce dans les provinces du Sud-Ouest et contrôler la navigation sur le fleuve Rouge, au nord du pays. En 1874, l'empereur Tu Duc avait été contraint à signer un traité reconnaissant à la France une souveraineté dont la Chine avait traditionnellement joui, mais cela ne l'empêcha pas, à la grande fureur des Français, de continuer à payer un tribut à mon fils pour bénéficier de sa protection.

Pour conserver le territoire vietnamien, j'accordai la liberté à un ancien chef Taiping et l'envoyai repousser les Français. Né dans cette région qu'il considérait comme son véritable pays, il se battit vaillamment et réussit à contenir l'ennemi mais, à la mort de l'empereur, les Français négocièrent avec son successeur,

Ham Nghi, un autre traité indiquant que « le Vietnam reconnaît et accepte le protectorat de la France ».

En réponse à l'ultimatum de notre cour, les Français déclenchèrent une attaque militaire surprise. Nous ne nous attendions pas à entrer en guerre, de sorte que notre frontière du Sud-Ouest n'était ni renforcée ni préparée. En mars 1884, Li Hung-chang annonça que toutes les grandes villes du Vietnam étaient tombées aux mains des Français.

Cette crise divisait ma cour. Officiellement, il s'agissait de réagir au mieux à l'agression française mais, en réalité, le gouffre s'élargissait entre les deux factions politiques : les Têtes de Fer, Mandchous très conservateurs, et les progressistes entraînés par le prince Kung et Li Hung-chang.

Guangxu venait d'avoir quatorze ans et je lui demandai ce qu'il pensait de la situation. « Je ne me suis pas encore fait d'opinion », me répondit-il. Était-ce par humilité ? Les mois passés en audiences de cour l'avaient épuisé et il affichait un air de tristesse permanent. Un jour, il m'affirma en plaisantant à demi qu'il préférerait une bonne partie d'échecs à une audience officielle. Je lui rappelai qu'il devait remplir ses devoirs.

« Je m'efforce de rester assis sur le trône du Dragon, dit-il.

— Tu vas sauver la nation.

— Je ne suis parvenu à rien. Inlassablement, tous les jours, j'entends les mêmes arguments. »

Je découvris alors qu'il avait annulé les audiences pendant le temps consacré aux funérailles de Nuharoo. Cela me bouleversa plus que l'annonce de nouvelles redditions de villes au Vietnam. Je ne pouvais qu'insister sur l'urgence de la situation et, un jour que nous déjeunions ensemble, je dessinai sur la nappe un triangle représentant la cour divisée et l'empereur au milieu.

Je ne voulais pas trop le presser car je me rappelais comment Tongzhi me fuyait tout en simulant l'obéissance. Je me souvenais aussi de son ressentiment à mon égard et de la colère qui avait teinté ma voix. Je devais agir dans l'intérêt de Guangxu et non dans le mien.

En premier lieu, je l'exemptai d'officier lors des rites confucéens même si je pensais comme la cour que Tongzhi avait besoin de prières pour assurer le repos de son âme. Je ne voulais pas qu'il vive dans l'ombre de mon fils défunt et, maintenant que Nuharoo n'était plus là, j'entrepris d'assouplir les règles. Si quelques ministres discutèrent mes décisions, la plupart des membres de la cour se rangèrent à mon avis quand je leur déclarai : « L'esprit de Tongzhi ne connaîtra le vrai repos que lorsque Guangxu aura réussi. »

« Mon oncle le prince Tseng a menacé de se suicider quand j'ai décidé d'autoriser les étrangers à vivre et faire du commerce en Chine, m'annonça Guangxu. Il a demandé à mon père de se joindre à lui aux côtés des Boxers[1]. »

Je ne connaissais que trop bien ce mouvement paysan dont les racines plongeaient au cœur de la tradition culturelle chinoise – c'est du moins ce que prétendaient ses chefs – et le nombre d'adeptes ne cessait d'augmenter.

« Malheureusement, lui appris-je, l'objectif des Boxers est le massacre des étrangers.

---

1. Les membres des Yihetuan (« milices de justice et de concorde ») sont appelés Boxers ou Boxeurs. On trouve à la base de ce mouvement une société secrète qui a maintenu ses pratiques rituelles et magiques originelles (dont la boxe sacrée, ce qui expliquerait son nom).

— Vous êtes donc du côté du prince Kung ? » Je laissai échapper un soupir. « Mon père sombre dans le ridicule, on expose partout ses poèmes et ses calligraphies.

— Le prince Chun veut que la Chine reste unie. Qu'en penses-tu ?

— Je suis d'accord avec oncle Kung, répondit-il avant de me regarder droit dans les yeux. Je ne comprends pas pourquoi vous m'enjoignez de me tenir en retrait alors que je m'efforce de faire connaître mon opinion à la cour.

— Le rôle de l'empereur est d'unir la cour, lui rappelai-je.

— Oui, mère.

— J'ai appris votre désir d'inspecter la nouvelle marine.

— C'est vrai. Li Hung-chang est prêt mais la cour ne m'accorde pas l'autorisation de le recevoir. Mon père croit être le véritable empereur et que je n'en porte que les habits.

— Que penses-tu de la façon dont le prince I-kuang dirige le ministère des Relations extérieures ?

— Il semble plus capable que les autres mais je ne l'aime pas vraiment, c'est la même chose pour mes autres oncles. Si vous voulez la vérité, mère, j'ai établi des contacts avec des personnages extérieurs au cercle de la cour. Des penseurs et des réformateurs, des gens qui savent comment réellement m'aider.

— Ne dédaigne pas le côté pratique de ces réformes.

— Non, mère, j'ai d'ailleurs moi-même élaboré un projet.

— Quel serait ton premier édit ?

— Abolir les privilèges de ceux qui touchent un salaire du gouvernement sans lever le petit doigt.

— Es-tu conscient de l'importance d'un tel groupe ?

— Je sais que des centaines de parasites émargent pour des titres de princes et de gouverneurs. Mon père, mes oncles, mes frères et mes cousins les soutiennent.

— Ton frère cadet, le jeune prince Chun, est devenu la coqueluche des Têtes de Fer, le prévins-je, et sa bande s'est juré de détruire quiconque soutient le prince Kung et Li Hung-chang.

— C'est moi qui décide des décrets, pas le petit prince Chun.

— Soutiens le prince Kung et Li Hung-chang tout en gardant de bonnes relations avec les conservateurs, lui conseillai-je.

— Je suis prêt à les abandonner », déclara Guangxu d'une voix calme.

Sa détermination me plaisait mais je savais que je ne pouvais l'encourager à aller plus loin. « Tu ne devrais pas. Ils forment le cœur de la classe dirigeante mandchoue. Tu ne dois pas changer des parents de sang en ennemis.

— Pourquoi ?

— Ils peuvent arguer des lois de la famille pour te renverser. »

Guangxu paraissait peu sûr de lui. Il se leva et arpenta la pièce.

« La fondation du mouvement des Boxers est l'une des stratégies des Têtes de Fer, expliquai-je après avoir bu une gorgée de thé. Ils sont soutenus par notre ami le gouverneur de Canton, Chang Chih-tung.

— Je sais, je sais, ce sont des meneurs influents, hostiles envers les étrangers. » Il regagna sa chaise et s'assit en poussant un profond soupir. Je me levai pour ajouter de l'eau chaude dans sa tasse.

« Dois-je faire confiance à Li Hung-chang ? me demanda-t-il. Il semble le plus capable pour traiter avec les puissances étrangères.

— Oui, mais n'oublie jamais que ton frère Chun aime la dynastie mandchoue autant que lui. »

Dans l'air du printemps voletait le sable venu du désert lointain et il fallut attendre avril pour que les vents violents s'apaisent enfin. Sous le chaud soleil, les eunuques se débarrassaient de leurs robes d'hiver brunâtres qui les faisaient ressembler à des ours et les concubines impériales revinrent aux *chi pao*, ces fourreaux d'inspiration mandchoue particulièrement seyants.

J'aurais tant voulu me promener dans les rues de Pékin. Cela faisait plus d'un quart de siècle qu'un tel plaisir m'était refusé. Je ne voyais plus la ville qu'en rêve, moi qui aimais entrer dans les cours ornées de pins parasols et de néfliers en fleur. Je me souvenais encore des paniers des vendeurs de pivoines installés aux coins des rues, de l'arôme des fleurs fraîchement coupées et de l'odeur doucereuse des dattiers.

Les chatons des saules couraient sur les murs de la Cité interdite et franchissaient les fenêtres pour tomber mollement sur mon bureau alors que je lisais des rapports venus d'outre-mer.

Guangxu était assis à côté de moi. « Li Hung-chang annonce qu'il a envoyé des renforts mais d'autres prétendent le contraire. Il est difficile de savoir qui dit la vérité. »

J'aurais apprécié que des tierces personnes me fournissent des informations. Li était le seul dont la crédibilité était solidement ancrée et je l'aimais bien, lui, mais pas ses nouvelles. Mon estomac se nouait chaque fois que la voix de mon eunuque m'annonçait son arrivée.

Le 22 août 1885, les Français ouvrirent le feu sans le moindre avertissement mais refusèrent de parler de guerre. Le message de Li Hung-chang était le suivant : « Nos jonques et de nombreux vaisseaux ont été incendiés et ils ont coulé en quelques minutes. »

Guangxu tournait les pages d'une main légèrement tremblante. « Notre ravitaillement est coupé maintenant que la marine française fait le blocus du détroit qui sépare Formose de la province du Fujian. Où se trouve l'armée du Nord de Li Hung-chang ?

— Tu l'as envoyée régler avec les Japonais le litige sur la Corée, lui rappelai-je. De toute façon, elle doit rester dans le Nord.

— Nous ne pouvons pas nous permettre de ne pas traiter avec le Japon, fit-il, les poings appuyés sur les yeux.

— C'est vrai, pour le Japon, la Corée permet d'accéder au golfe de Pechili puis à Pékin. »

Guangxu se leva et continua à lire le rapport. « Que peut me conseiller la cour ? "Faites preuve de modération... Évitez tout conflit avec le Japon pendant la guerre contre les Français..."

— La cour avait espéré la reconnaissance du Japon après que nous leur avons donné Taiwan.

— Maître Weng prétend que notre bonté et notre retenue ne doivent pas passer pour une invitation à nous envahir.

— Il n'a pas tort mais...

— Mère, savez-vous que maître Weng a été pris de constipation la semaine où les Américains ont signé le traité avec la Corée ? Il a voulu se châtier en ne mangeant que des longuets.

— L'implication de l'Amérique ne fait que compliquer les choses, soupirai-je.

— Mère, les États-Unis veulent-ils dire par là que la Corée est désormais une nation à part entière, indépendante de la Chine ? » J'acquiesçai. « Je ne me sens pas bien, mère, mon corps veut me déserter. »

J'aurais voulu lui répondre que la honte et l'autopunition n'inspirent pas le courage, mais je m'en abstins et détournai la tête pour pleurer.

Devenus empereurs, mes deux fils n'avaient aucune échappatoire. Guangxu avait continué de vivre le cauchemar de Tongzhi. Je me sentais comme le spectre qui s'empare d'un enfant de substitution pour que l'âme du fils mort reçoive une nouvelle vie et j'avais l'impression que mes mains serreraient la corde autour du cou de Guangxu.

« Y a-t-il d'autres envahisseurs en vue ? s'inquiéta-t-il. J'en ai assez d'être prévenu une fois la bataille terminée et le traité signé.

— Ce n'est pas ta faute si nous avons perdu Taiwan, le Vietnam et la Corée. Depuis 1861, la Chine est un mûrier dévoré par les vers. Ta frustration n'est en rien différente de celle de mon mari. »

Mes paroles ne réconfortèrent pas Guangxu. Il commença à perdre sa gaieté et, au cours des mois suivants, la détresse prit le dessus. Contrairement à Tongzhi qui avait privilégié la fuite, Guangxu se contentait de se voir assener de mauvaises nouvelles.

Li Hung-chang négocia avec les Français et le prince Kung invita Robert Hart, du service des douanes, à mener les négociations en notre nom. L'occasion nous prouva que cet homme était un ami sincère de la Chine.

Avant la fin de l'été, nous avions piteusement cédé le Vietnam à la France et Li Hung-chang demanda à tomber en disgrâce dans le seul but de sauver le trône. Nous vécûmes un moment difficile quand Guangxu se rendit compte qu'après une prolongation de la guerre, d'interminables souffrances, des décisions difficiles à prendre et la mort tragique de milliers d'hommes, la Chine n'avait obtenu que l'abolition de l'indemnité originale à verser à la France.

Pendant ce temps, la Corée, financée par le Japon, se lançait dans des réformes à l'occidentale et proclamait son indépendance.

« La Corée est le pouce de la main de la Chine ! s'écria Guangxu au cours d'une audience.

— Oui, Votre Majesté, l'approuvèrent les courtisans.

— Nous sommes affaiblis mais pas à terre ! »

Il finit par consentir à la résolution de la guerre sino-française en concentrant nos défenses au nord, contre le Japon.

Quand les nouvelles parvenaient au trône, le moment où il aurait fallu agir était souvent passé depuis longtemps. Il était précisé dans les lois de la dynastie que l'autorité devait être pleinement respectée et l'étiquette suivie à la lettre, mais j'étais contrainte de les adapter aux situations que nous vivions. Une plus grande autonomie s'était traduite en maintes occasions en une efficacité accrue et Li Hung-chang fut souvent à l'origine d'initiatives qui permirent de contenir les Japonais.

Au sein des forces envoyées en Corée, un homme allait bientôt jouer un rôle important sur la scène politique chinoise. Il s'appelait Yuan Shikai et c'était un solide garçon de vingt-trois ans, ambitieux et courageux. Quand la faction projaponaise tenta un coup d'État en décembre 1884 lors d'un banquet officiel donné à Séoul, Yuan, responsable de la garnison, prit le roi de Corée en otage après de durs combats dans la cour du palais et réduisit au silence les Japonais et leurs émules coréens.

L'action militaire audacieuse et rapide de Yuan empêcha la Corée de tomber sous l'emprise du Japon. Guangxu le récompensa en lui accordant une promotion exceptionnelle et en le nommant Résident chinois à Séoul, c'est-à-dire ambassadeur.

Le traité que Li négocia avec le Japon en 1885 stipulait que les deux pays devaient retirer leurs troupes de Corée. De plus, une tierce puissance instituerait des réformes dans ce pays ; enfin, la Chine et le Japon ne pourraient apporter leur assistance militaire qu'après s'être mutuellement prévenus. Cinq ans plus tard, des délégués coréens allaient s'installer à Pékin et s'agenouiller devant Guangxu comme des vassaux. Mon fils en fut très soulagé, même si lui et moi savions que ce n'était qu'une question de temps avant que la situation nous échappe à nouveau.

Entre-temps, je conseillai à Guangxu d'accepter la proposition de Li Hung-chang, à savoir faire passer Taiwan du statut de préfecture du Fujian à celui de province à part entière. Il était inévitable que nous perdions cette île, au moins ce geste nous ferait-il honneur. En 1887, l'empereur déclara par édit que Taiwan serait « la vingtième province du pays, avec pour capitale Taipei ». La modernisation de Taiwan inclurait « la construction du premier chemin de fer et la mise en place d'un système postal ». Nous ne dupions personne hormis nous-mêmes.

Vingt et un

La neige était tombée cette nuit-là, peu abondante, mais jusqu'à l'aube, et la semaine avait été rude. Maître Weng nous avait pris à part, l'empereur et moi, pour nous présenter en détail la manière dont le Japon s'était transformé par le biais d'une réforme politique de profondeur. Il insista longuement sur l'importance de la liberté d'expression.

« On tient les lettrés pour des personnages subversifs mais il faut réviser cette opinion. » La barbe grise du professeur retombait sur sa poitrine tel un rideau et le faisait ressembler à un dieu du foyer. « Nous devons suivre le modèle japonais.

— En premier lieu j'interdirai la condamnation des hérétiques, s'enthousiasma Guangxu.

— Mais comment convaincras-tu la cour ? lui demandai-je. Nous ne devons pas oublier que la dynastie mandchoue est née de la puissance militaire. Nos ancêtres ont assuré leur position en se débarrassant d'une manière ou d'une autre de tout fauteur de troubles.

— Mère, vous êtes le membre le plus éminent du clan impérial et vous avez acquis une grande autorité. La cour me dira peut-être non, mais elle aura du mal à en faire autant avec vous. »

Je lui promis de l'aider. Devant la cour, je me prononçai en faveur de la suggestion de Weng, d'instaurer des réformes de type japonais mais, derrière les portes de la Cité interdite, j'exprimai mes inquiétudes au professeur. Je lui avouai ne pas faire confiance à l'intelligence de nos lettrés, en particulier à ce groupe qui s'était donné le nom de Ming-shih, « les hommes de sagesse », réputés s'adonner aux commérages et au laisser-aller. Je me rappelais avoir vu ce genre d'individus à Wuhu, quand j'étais petite fille. Ces amis de mon père passaient des journées entières à réciter de la poésie, à discuter philosophie, à chanter des opéras et à boire. Ils avaient de plus coutume de fréquenter les maisons de jeu et les « bateaux-fleurs », c'est-à-dire les bordels flottants.

Je m'inquiétais davantage des agressions répétées du Japon et encourageais l'empereur à collaborer avec Li Hung-chang à l'élaboration d'une amirauté chargée de superviser les affaires navales. Je demandai à Guangxu de s'occuper en personne de la subvention impériale destinée à doter le pays de vaisseaux de guerre et de munitions.

Je dus affronter une épreuve de taille quand les Mandchous de la cour protestèrent contre la réduction des sommes qui leur étaient versées chaque année en taëls. Pour les apaiser, je nommai le prince Chun contrôleur de ce nouveau service. Cet homme n'était en rien l'égal de son frère, le brillant prince Kung, avec qui j'aurais préféré travailler, mais une erreur fatale avait écarté ce dernier des grandes décisions. Le prince Chun était inefficace à tout point de vue mais c'était le père de l'empereur et, de plus, je n'avais personne d'autre à proposer. Consciente de ses carences, je lui donnai pour conseillers Li Hung-chang et Tseng Chi-tse, fils de Tseng Kuo-fan, car je savais qu'ils ne me décevraient pas.

Les historiens diraient plus tard que j'avais nommé le prince Chun dans le seul but de me venger du prince Kung et que c'était là un nouvel exemple de ma soif de pouvoir, mais la vérité était tout autre : Kung était victime de la politique de cour mandchoue. Ses vues libérales faisaient de lui la cible des Têtes de Fer mais aussi de ses frères jaloux, dont le prince Chun et le prince Tseng.

Pendant le conflit avec la France, les Têtes de Fer exigèrent que la Chine entre immédiatement en guerre. Le prince Chun était encouragé à revendiquer son autorité au sein du gouvernement de son fils. Quand je fus mise au courant, il était trop tard pour apporter une solution aux problèmes opposant la majorité de la cour et le prince Kung. Persuadé que l'empire devait tout faire pour éviter la guerre, le prince travailla de son côté avec des émissaires qu'il envoya négocier à Paris. Fort de l'analyse de la situation faite par Robert Hart, le prince Kung obtint de la France un compromis et Li Hung-chang fut choisi pour officialiser cet accord.

L'émotion fut vive quand, à la suite de l'accord de Li, l'Indochine devint un protectorat conjoint de la France et de la Chine. Le prince Kung et lui passèrent pour des traîtres et les lettres de dénonciation s'empilèrent sur mon bureau.

Je soutenais Kung mais je ne pouvais ignorer le désaccord toujours plus grand de la cour. L'empereur Guangxu était sans cesse défié par son frère cadet, le bouillant prince Chun, meneur des Têtes de Fer. Je compris que la seule façon de protéger le prince Kung était de le renvoyer sous des prétextes bénins : arrogance, népotisme et manque d'efficacité. Je convainquis mon beau-frère qu'un édit de révocation lui éviterait d'être accusé de haute trahison. Furieux et déçu, il me remit sa démission et le problème fut réglé.

En revanche, celui de Li Hung-chang ne l'était pas. Pour se protéger, il changea de bord, geste que je ne pouvais critiquer, puis Chun devint ministre principal à la place de Kung.

Le pays déplorait le départ du prince Kung, lui qui en avait assuré la sécurité depuis tant d'années, et j'étais moi-même inquiète : maintenant que Yung Lu et lui n'étaient plus là, le pays dépendait presque uniquement des Mandchous partisans de la ligne dure, quelques milliers d'individus avides, malhonnêtes et sans éducation.

Les ancêtres mandchous avaient instauré un système par lequel les hauts fonctionnaires changeaient de poste tous les deux ou trois ans, les empêchant ainsi de privilégier leurs intérêts privés. Une telle rotation faisait souvent qu'un gouverneur fraîchement nommé tombait sous l'emprise de ses secrétaires et de ses subalternes, mieux au courant des problèmes de la région, et j'étais très méfiante quand l'un de ces gouverneurs venait parler à l'empereur de « succès récents ».

Selon Li Hung-chang, l'extorsion, la fraude et la corruption privaient la nation de trente pour cent de ses revenus annuels. Notre gouvernement était affaibli par la carence en hommes honnêtes et compétents, mais surtout par le manque de fonds et de moyens d'en générer.

Guangxu avait parlé de réviser les taxes foncières mais je l'en dissuadai. Les derniers étés avaient été catastrophiques pour la moitié de la Chine. Dans les provinces les plus pauvres, les parents vendaient leurs enfants pour ne pas les voir mourir de faim et être obligés ensuite de les manger. Entre-temps, notre balance commerciale connaissait un cruel déficit. Même le commerce du thé dont nous avions le quasi-monopole en 1876 revenait maintenant aux Indes britanniques et nous n'assurions plus que le quart de la production mondiale.

Mes appartements étaient encombrés de papiers, chaque surface libre était recouverte de pinceaux, de boîtes de couleurs, de pierres à encre et de sceaux. Des peintures inachevées ornaient mes murs et, si je privilégiais toujours les études de fleurs et les paysages, mon style reflétait mon angoisse.

J'avais renvoyé mon professeur parce que je la rendais folle : elle ne comprenait pas pourquoi mon style avait tant changé et mes coups de pinceau nerveux lui faisaient peur. Pour ne rien arranger, Li Lianying m'annonça que mes peintures ne se vendaient plus parce que les collectionneurs ne croyaient pas que j'en étais l'auteur. « Les nouvelles pièces manquent d'élégance et de sérénité. »

Je lui répondis que la beauté des parcs impériaux ne m'inspirait plus. « Les pavillons me semblent hostiles et inhumains, ils ne sont plus là que pour m'écraser.

— Allons, ma dame, nous autres qui vivons dans la Cité interdite menons l'existence de chauves-souris dans leur grotte. L'obscurité est notre lot.

— Je suis lasse de voir ces cours ombragées et ces allées de pierre sombre ! m'écriai-je en lançant mes pinceaux à terre. C'est la même chose pour les appartements, ils me donnent des idées de meurtre !

— Votre âme est trop inquiète. Je vais faire installer un grand miroir dans l'entrée, il contribuera à chasser les esprits malins. »

Le jour où Li Lianying apporta le miroir en question, je rêvai que je me rendais dans un temple bouddhiste perché au sommet d'une montagne. Le chemin à flanc de falaise était très étroit et, en contrebas, entre les deux collines, s'étalait un lac pareil à miroir. L'âne que je montais tremblait de tous ses membres.

Je me réveillai pour me rappeler de vacances estivales au cours desquelles ma famille et moi avions navigué sur un fleuve. Les puces qui envahissaient notre embarcation ne s'attaquaient qu'à moi. Le soir, quand je secouais la couverture pour me préparer à dormir, la poussière tombée à terre revenait immédiatement dessus : c'est alors que je compris que ce n'était pas de la poussière mais des puces.

Nous dérivions et j'entendais les bateliers chanter pour ramer en rythme. Je plongeais la main dans l'eau vert sombre. Au soleil couchant, le ciel rouge virait au gris puis c'était la nuit absolue. L'eau filait entre mes doigts, chaude et limpide.

Yung Lu me rendait souvent visite en rêve et je le voyais toujours se dresser au sommet d'une forteresse, en plein désert. Bien des années après, je lui décrivis les images nées de mon imagination et leur précision le stupéfia. Son visage était buriné et il portait l'uniforme des hommes de Bannière mais, surtout, il se tenait aussi droit que les gardiens de pierre des tombeaux.

En pleine nuit j'entendis quelque chose heurter le toit : une branche pourrie s'était détachée d'un vieil arbre. Je suivis les conseils de mon astrologue qui m'incitait à dédaigner les présages et passai du palais des Élégances accumulées à celui de la Longévité éternelle, de l'autre côté de la Cité interdite. Ma nouvelle demeure était plus calme et son éloignement de la salle d'audience renforçait l'indépendance de Guangxu : il lui était en effet moins facile de venir me consulter.

J'avais cinquante et un ans et je désirais ardemment le retour de Yung Lu, pas seulement pour des raisons personnelles, mais aussi parce que sa présence apaiserait l'empereur et la cour. Je voulais qu'il remplisse le même rôle que le prince Kung à l'égard de Guangxu.

Je lui écrivis pour lui parler de la mort de Nuharoo, de la prochaine cérémonie d'accession au trône de mon fils adoptif et du départ du prince Kung, mais je m'abstins de faire état de mon désarroi au cours de ces sept longues années passées sans lui. Pour être certaine de le voir revenir, j'ajoutai un exemplaire d'une pétition par laquelle des ministres de la cour exigeaient la condamnation à mort de Li Hung-chang.

Je n'aurais jamais envisagé semblables retrouvailles – Yung Lu engouffrait des boulettes de pâte dans ma salle à manger et sa fringale me donnait l'occasion de l'observer. Des rides creusaient son visage telles des vallées et des rivières mais c'était surtout son manque de tenue qui me frappait.

Le temps, l'éloignement et le mariage semblaient avoir eu raison de lui et je ne connus pas l'angoisse que j'avais tant redoutée. J'avais si souvent imaginé son retour et l'on eût dit des variations sur une scène tirée d'un opéra : chaque fois, c'était dans un cadre différent, avec un costume et des mots différents.

« Saule vous prie de l'excuser. » Il repoussa l'assiette vide et s'essuya la bouche. « Elle s'occupe toujours de nos bagages. » Je ne pensais pas que Yung Lu avait conscience du sacrifice de son épouse, mais peut-être feignait-il l'ignorance. « Guangxu réclame son indépendance et je me demande si vous l'y croyez prêt.

— Vous êtes le dernier vrai conseiller du trône, lui dis-je.

— Si la cour veut la décapitation de Li, l'empereur Guangxu a un long chemin devant lui.

— J'espère pouvoir me retirer avant de mourir », acquiesçai-je.

Vingt-deux

Je ne fêtais plus le Nouvel An chinois depuis la mort de Tongzhi. Je vivais davantage dans le passé que dans le présent et je redoutais d'entendre claquer les pétards parce que je ne pouvais m'empêcher de songer à l'âge qu'il aurait aujourd'hui, vingt-six ans. Son image me hantait. Son visage était blême et ses yeux tristes me disaient : « Je ne voulais pas vous abandonner, mère. » Il semblait rongé par le remords. Quand il disparaissait à ma vue, je tombais à genoux et me mettais à pleurer.

Au fil des années, certaines images s'affinèrent et d'autres se firent plus floues pour parfois s'estomper entièrement. Je le voyais nettement courir vers moi, son lapin aux yeux rouges dans les bras, je sentais son haleine que parfumaient les baies, en revanche je ne me rappelais plus ses paroles.

An-te-hai était souvent présent, lui aussi. Sa vivacité, son humour et son intelligence me manquaient tellement. Je me souvenais de ses poèmes. Son image apparaissait et disparaissait au coin d'un pavillon ou derrière un buisson. Souriant, il tenait parfois un peigne et me demandait : « Quel style de coiffure ma dame a-t-elle en tête aujourd'hui ? » ou encore : « Il est temps de faire votre promenade de longévité, ma dame. »

Les images spectrales de Xianfeng et de Nuharoo venaient aussi me visiter. Mon mari était toujours distant et froid alors que Nuharoo se montrait affectueuse et même drôle, tout le contraire de son vivant. Elle me demandait de concevoir une troupe d'opéra en céramique que je déposerais sur son autel.

J'inspectais régulièrement les tombeaux de mon époux, de Tongzhi et de Nuharoo pour m'assurer que les gouverneurs faisaient leur travail et qu'aucun bandit n'avait pillé le site. Je voulais me rassurer en voyant sculptures, jardins et forêts alentour parfaitement entretenus.

La cérémonie funèbre de Nuharoo avait été complexe, ainsi qu'elle le souhaitait. J'avais suivi ses instructions en la parant de gardénias et en revêtant une robe de cour de satin noir brodée de trois cents chauves-souris[1]. Je détestais cette tenue qui me faisait ressembler à un vautour. Certes, j'aurais pu ignorer ses vœux, mais je décidai de les honorer. Elle voulait un cercueil ouvert, une coutume chère aux nobles d'Occident, cependant je rejetai cette idée à la dernière minute. Elle aurait aimé que l'on admire sa robe d'éternité à laquelle trente tailleurs impériaux avaient travaillé des années durant.

Je repensai au jour où elle et moi étions venues pour la première fois inspecter la tombe de notre époux, peu de temps après sa mort. Très raide dans sa robe blanche de cérémonie, elle avait exprimé son mécontentement en découvrant la décoration de son propre cercueil. Il faisait aussi froid qu'aujourd'hui, le vent du désert ne cessait de souffler et mes boucles d'oreilles tintaient comme des carillons éoliens.

Je me rappelai aussi le jour où j'étais entrée seule dans le tombeau. Comme la marieuse d'un opéra-

---

1. La chauve-souris est symbole de la longévité mais aussi de bonheur parce que le caractère *fou* qui la désigne est un homophone de celui qui signifie *bonheur*.

comique, An-te-hai ne songeait qu'à nous voir réunis, Yung Lu et moi, mais la vie en avait décidé autrement.

Plus de la moitié des gens qui avaient traversé mon existence n'étaient plus de ce monde et je les avais vus partir auréolés de gloire vers leur vie future, tous à l'exception d'An-te-hai. On n'avait jamais retrouvé ses restes et il n'avait donc eu aucune sépulture mais, bien des années et de nombreux pots-de-vin après, j'allais finalement le revoir. Enveloppé dans des haillons crasseux, mon favori m'avait été renvoyé. Sa tête était vaguement recousue à son cou. Je savais qu'il désirait être enterré « d'une seule pièce » parce qu'il redoutait de revenir sous la forme d'un « chien sans queue ». Le jour où il était devenu grand eunuque, An-te-hai avait pu racheter son pénis au boucher qui l'avait castré : il avait dépensé une fortune pour cette « racine desséchée ».

Son regard s'illuminait quand il évoquait cette prochaine vie au cours de laquelle il serait un homme normal et cela me touchait profondément. Il savait qu'il avait une place dans ce monde et son charme lui permettait de combattre son infortune. J'admirais ses efforts et souhaitais avoir son courage. Il me fallut le perdre pour comprendre à quel point je l'aimais, lui, sa présence, ses oiseaux, ses plantes et son imagination débridée.

La nuit où je pleurai An-te-hai, je portai ma robe rose, celle qu'il préférait. Puis je soufflai les bougies commémoratives et me glissai dans mon lit chaud avant de fermer les yeux et d'invoquer son esprit.

Li Lianying éprouvait un respect mêlé d'effroi quand il songeait à la « chance » d'An-te-hai. Les larmes aux yeux, il me regardait faire brûler de l'encens le jour de son anniversaire et, chaque fois, je racontais les mêmes histoires à Li : « Quand j'ai rencontré An-te-hai pour la première fois, c'était un timide garçon de quinze ans aux yeux brillants et aux lèvres rouges... »

Je passai la veille du Nouvel An en compagnie des concubines vieilles et malades de mon beau-père, l'empereur Daoguang. Ces femmes me faisaient peur mais j'étais avec elles en ce jour. Elles refusaient les médecins et les médicaments parce qu'elles croyaient que cela interférait avec les voies du Bouddha. Il en mourait une tous les deux ou trois mois et il ne restait plus d'elle qu'une pile de mouchoirs brodés, de coussins et de calebasses décoratives gravées d'images d'enfants aux jeux.

La semaine précédente, la princesse Jung était venue me rendre visite. C'était la fille de dame Yun et je ne l'avais pas vue depuis une éternité. Il y a de nombreuses années de cela, sa mère avait été exécutée pour avoir tenté de me nuire alors que j'étais enceinte. J'avais pris la princesse sous ma protection et l'avais traitée avec douceur en veillant à ce qu'elle reçoive une éducation parfaite. Une fois ses études terminées, elle épousa un prince mandchou et s'en alla vivre non loin de Pékin. Au cours de cette visite, nous parlâmes de son demi-frère, Tongzhi, et inspectâmes les objets qui seraient déposés dans la Salle du Souvenir de Tongzhi, dans l'ancienne ville de Xian. Penchée au-dessus de son épaule, j'examinai les objets ayant appartenu à mon fils : mouchoirs, peignes, serviettes de toilette, colliers, chapeaux, chaussures, nattes, sièges, bassins, vases, bols, tasses, cuillères et baguettes. Quand nous eûmes fini, je tremblais tant que Jung dut me soutenir.

Je reçus une terrible nouvelle aux alentours du Nouvel An 1881 : Tsai-chen, le fils du prince Kung, venait de mourir. C'était le camarade de jeux et le meilleur ami de Tongzhi. Comme lui, il était mort de maladie vénérienne.

Le prince se reprochait la mort de son fils mais il ne s'autorisa jamais à le pleurer. Après les funérailles de Tongzhi, le prince Kung avait chassé Tsai-chen et juré de ne plus jamais lui adresser la parole. Il fut choqué d'apprendre sa maladie mais, quand il pénétra dans sa chambre, il vit sur la coiffeuse une robe de soie brodée de pivoines roses et fit aussitôt demi-tour. Tsai-chen mourut la nuit même.

J'invitai le prince Kung à dîner et lui suggérai de boire en évoquant le bon temps. Nous parlâmes de nos fils morts, de leur rencontre et de leurs jeux.

Li Lianying se tenait depuis trois jours aux côtés d'un tailleur impérial chargé de confectionner la robe que je porterais à l'occasion de la réunion de clan ayant pour objet le mariage de Guangxu.

Je passai la toilette et me regardai dans le miroir. Mes rides étaient trop nombreuses pour être cachées et mes dents moins blanches qu'avant. Heureusement mes cheveux étaient toujours aussi noirs que le jais. Li Lianying était heureux que j'accepte d'essayer une nouvelle coiffure parce que je ne m'étais pas adressée à lui depuis longtemps.

Mon eunuque se leva avant l'aube pour mettre de l'ordre dans mes boucles d'oreilles, bracelets et colliers. Avec art, il disposa peignes et épingles, cordonnets, flacons d'huiles odorantes et planchettes. Je l'entendis remplir le bassin et songeai que je devrais peut-être cesser de parler autant d'An-te-hai.

Dans les mains de Li Lianying, je me changeai en une œuvre d'art. Ma robe « neige au clair de lune » était brodée d'un motif d'argent figurant un navet[1] et ma nouvelle coiffure était une « pièce montée de joaillerie ».

---

1. Nourriture d'immortalité pour les taoïstes.

Rong arriva avec son mari, le prince Chun. La famille comptait maintenant plus d'une trentaine de membres. Je n'avais pas vu ma sœur depuis longtemps et la trouvai changée : le dos voûté, le ventre proéminent, elle portait des cothurnes mandchous qui lui donnaient une démarche d'ivrognesse. Une grande planchette à cheveux de jade fixée à l'arrière de sa tête était décorée en son centre d'une sauterelle[1] de la même pierre. Ses dents avançaient tant qu'on les croyait sur le point de sauter hors de sa bouche et ses gencives infectées lui boursouflaient les joues. Un côté de son visage était visiblement plus gros que l'autre.

À peine arrivée, Rong se mit à me critiquer. Elle s'exaltait et parlait fort, mais je m'efforçai de l'ignorer parce que le prince Chun m'avait mise au courant de la dégradation de sa santé mentale.

Les frères impériaux s'assirent ensemble pour fumer la pipe, même si les princes Kung, Chun et Tseng ne s'appréciaient pas outre mesure.

Mon frère Kuei Hsiang arriva ivre. Son épouse arborait une coiffure évoquant la forme d'une pagode : incapable de tourner la tête, elle ne cessait de rouler les yeux de côté et d'autre en parlant.

Âgé à présent de dix-sept ans, l'empereur Guangxu resplendissait dans sa robe de soie aux couleurs du soleil. Il avait déclaré au clan impérial qu'il ne prendrait pas plus d'une épouse et de deux concubines et je lui avais donné mon aval. Je connaissais les réactions uniques des enfants élevés pour devenir Fils du Ciel. Ils vivaient dans leur tête. Pour Tongzhi, la vraie vie, c'était la fuite loin de soi mais pour Guangxu, c'était le déni de sa propre huma-

---

1. Fléau en Occident, la sauterelle est en Orient symbole de postérité nombreuse, donc de bénédiction céleste.

nité : il pensait que les plaisirs avaient détruit son cousin.

La liste des candidates au rang d'impératrice était très longue et le clan passa des journées entières en discussions. Finalement le choix se porta sur Lan, la fille de mon frère, âgée de vingt-deux ans.

Il faisait sombre dans mes appartements une fois le soleil couché et des eunuques entrèrent ajouter du charbon dans les calorifères. Guangxu et moi nous tenions face à face. Il me fit savoir que cette idée de mariage ne l'enthousiasmait pas et je dus le convaincre que, pour revendiquer le statut d'adulte et monter officiellement sur le trône, il devait commencer par prendre épouse.

« Je ne puis me permettre de perdre mon temps, se plaignit-il, c'est pourtant ce que je fais le plus souvent !

— Que penses-tu de ta cousine Lan ?

— Eh bien ?

— Elle est simple mais sage de caractère et versée dans l'art, la littérature et la musique.

— Si tel est votre choix, elle sera mienne.

— Elle a trois ans de plus que toi et est peut-être plus mûre. Il se peut qu'elle ne frappe pas ton imagination mais vous grandirez ensemble et apprendrez à vous connaître. Cela dit, c'est toi qui dois choisir et non moi.

— Nous nous entendons bien, déclara-t-il en rougissant. J'ai vu ses peintures mais je n'ai pas l'impression de la connaître.

— Elle aimerait beaucoup être ton impératrice.

— Elle l'a vraiment dit ? » J'acquiesçai. « C'est très aimable à elle…, hésita-t-il avant de se lever. Dans ce cas, je suppose qu'elle est l'élue. Vous l'appréciez et c'est ce qui m'importe.

— Son absence de beauté te dérange-t-elle ?

— Pourquoi serait-ce le cas ?

— Ce le serait pour la plupart des hommes.

— Je ne suis pas la plupart des hommes.

— Vous êtes mes plus proches parents de sang mais aussi deux personnes en qui j'ai entièrement confiance. En revanche, je ne me pardonnerais jamais que cette union fasse votre malheur à tous les deux. »

Après un instant de silence, il dit : « À mes yeux, Lan est belle et a toujours été aimable. » Je commençai à me détendre. « Au sein de la famille, elle a toujours été la seule à me défendre quand les autres me tournaient en ridicule.

— Tu ne dis pas ça pour me faire plaisir, n'est-ce pas, Guangxu ?

— Il serait malhonnête de nier que je souhaite vous plaire. Suis-je autorisé à repousser mon mariage alors que je l'ai déjà fait à deux reprises ? Le monde pense que je ne prends pas femme parce que vous refusez d'abandonner le trône. »

Ses égards me touchaient. Je ne soufflai mot mais mes yeux s'emplirent de larmes : j'avais perdu Tongzhi mais j'avais gagné Guangxu.

« Mère, ne parlons plus de ça. Si j'ai une chance un jour de tomber amoureux, ce ne pourra être que de Lan. »

Inquiète, je lui demandai de s'accorder quelques mois avant de prendre son ultime décision, puis nous allâmes marcher sur les bords du lac Kunming. Le paysage était d'un calme absolu. Enveloppées de brume, les collines ressemblaient à une grande aquarelle et les rides de l'onde m'évoquaient de la soie moirée. Une fois de plus je repensai à Tongzhi. « J'aurais aimé savoir plaire à Alute.

— Je vous rendrai le bonheur, mère », dit-il avec douceur.

La Grande Ourse resplendissait dans le ciel violet. Cette nuit-là Li Lianying massa mes membres et enduisit ma peau de crème de pissenlit enrichie au thé vert. J'étais troublée mais je n'aurais su dire par quoi. Plus tard, je regretterais de n'avoir pas continué à bavarder avec Guangxu.

J'avais toutefois une certitude : la vie était un mystère et nul n'y connaissait jamais sa place.

Vingt-trois

Guangxu choisit pour concubines deux sœurs du clan Tatala, un allié du clan Yehonala. Ces jeunes filles étaient les disciples préférés de maître Weng qui chanta leurs louanges avant que mon fils les rencontre personnellement. Leur père n'était autre que le secrétaire du ministère de la Justice, un ami du prince Kung bien connu pour ses opinions libérales.

Je ne sus exactement comment réagir quand Guangxu me les présenta. La plus jeune, Zhen, ou Perle, avait à peine quatorze ans : elle était belle et se conduisait plus comme la sœur cadette de mon fils que comme sa concubine. Perle était curieuse et vive alors que son aînée d'un an, Chin, ou Petite Lumière, avait des formes plus arrondies et un visage placide sinon figé. Guangxu paraissait satisfait de son choix et me demandait mon approbation.

De nombreuses jeunes filles m'avaient été chaudement recommandées, que je trouvais personnellement plus belles ou plus intelligentes, mais je me promis de ne pas intervenir dans sa décision. C'était un peu égoïste de ma part car je pensais que ma nièce Lan courrait moins de danger avec des filles moins attirantes qu'elle et que je la desservirais en l'entourant de beautés. Je souhaitais de tout cœur voir Guangxu et Lan tomber éperdument amoureux l'un de l'autre, mais s'il en allait autrement ?

Perle et Petite Lumière formaient avec Lan un ensemble harmonieux : Perle était jeune, Petite Lumière passive, et Lan avait l'occasion de briller. Mon but était d'encourager Guangxu d'avoir des enfants avec chacune d'elles.

Les trois jeunes filles vinrent prendre le thé superbement vêtues. Elles me rappelaient ma jeunesse. J'avais l'intention de leur parler de mes détestables relations avec Alute et ma franchise les prit au dépourvu.

« Je suis navrée de vous raconter cela, dis-je. Si vous ne connaissez pas cette histoire, vous en entendrez la rumeur tôt ou tard et je préfère vous donner ma propre version. »

Je leur conseillai d'abandonner toute espérance en ce qui concernait la vie dans la Cité interdite. « Ne songez pas à ce qu'elle devrait être mais à ce qu'elle est. » Je fis savoir à Lan que j'étais heureuse de partager sa passion de l'opéra et de la littérature tout en la mettant en garde parce que ces deux disciplines constituaient des diversions, pas des objectifs dignes de ce nom.

Les jeunes filles ne semblaient pas me comprendre mais elles hochaient tout de même la tête avec docilité.

« Alute et Tongzhi sont tombés amoureux dès leur première rencontre, repris-je, mais au bout de quelques mois il l'a abandonnée pour d'autres femmes. » Je précisai que j'avais perdu mon mari à cause de concubines chinoises. « Il faut du caractère, une volonté de fer et beaucoup d'endurance pour survivre dans la Cité interdite. » Ce à quoi j'ajoutai que je ne voulais pas d'une nouvelle Alute.

Lan connaissait déjà cette histoire mais Perle et Petite Lumière m'écoutaient avec attention. Je dus m'arrêter pour sécher mes larmes car le souvenir de Tongzhi m'était intolérable.

Perle pleura quand je décrivis la triste fin d'Alute. « Je ne ferais jamais comme elle même si ma vie me déplaisait et que je souhaitais y mettre un terme ! s'écria-t-elle. Alute a eu tort de tuer son bébé.

— Perle, l'interrompit sa sœur, tais-toi, je t'en prie. Les émotions négatives nuisent à la santé de la Grande Impératrice. »

« Diriez-vous que vous avez survécu et prospéré ? me demanda Lan le jour où nous prîmes le thé pour la troisième fois.

— Survécu, peut-être, mais prospéré... certainement pas.

— Dans le pays, chacun croit que votre vie est un conte de fées, dit Perle, n'est-ce pas la vérité ?

— D'une certaine façon, on peut répondre que oui. Je vis dans la Cité interdite, des milliers de gens sont là pour me servir, ma garde-robe est d'une richesse inimaginable mais...

— Des millions de personnes vous magnifient, m'interrompit Lan.

— N'êtes-vous pas la Grande Impératrice ? » dirent en chœur les deux sœurs.

Je ne savais si je devais leur dévoiler mes véritables pensées. « Voici comment j'exposerai la chose : j'ai gagné le prestige mais perdu le bonheur. »

Sa sœur lui donna un coup de coude mais cela n'empêcha pas Perle de manifester son incrédulité et de me supplier de poursuivre.

« Quand j'avais sept ans, mon père était le gouverneur de Wuhu. Avec mes amis du village, je jouais dans les champs et les collines, au bord des lacs. Notre famille était plus aisée que la plupart des gens qui ne pouvaient compter que sur l'abondance de leurs récoltes. Mon seul désir était de pouvoir acheter un cadeau de Nouvel An à ma meilleure amie, une petite fille maigre aux longues jambes qu'on appelait la Sauterelle. Elle me répondait que, pour la rendre vraiment heureuse, elle devait m'autoriser à nettoyer les latrines de ma famille.

— Quoi ? s'écrièrent les dames impériales. Elle voulait vos excréments ?

— Oui, les cultivateurs ne rêvent que de disposer régulièrement de déchets pour fertiliser leurs champs. » Tout en buvant le thé le plus délicat, je racontai comment la Sauterelle et sa famille venaient chez nous prendre possession de leur « cadeau », comment chaque membre portait un seau de bois et une longue perche en bambou, les chansons qu'ils chantaient en vidant la fosse, comment la Sauterelle se mettait à genoux dans cette même fosse pour en gratter les bords.

Les trois jeunes femmes délicates n'en croyaient pas leurs oreilles et Perle plaça la main devant sa bouche comme pour s'interdire de proférer quelque bêtise.

« Je n'oublierai jamais le sourire de la Sauterelle car elle m'a fait savoir ce qu'était le bonheur. Je n'ai jamais vu une telle félicité depuis mon entrée dans la Cité interdite.

— À vous entendre, vous n'avez jamais été heureuse ! ne put s'empêcher de dire Perle.

— C'est vrai », soupirai-je.

Guangxu et maître Weng se joignirent à nous pour dîner. Avec son innocence et son charme naturel, Perle supplia mon fils de partager avec elle ce qu'il avait appris au cours de la journée. Tous deux élèves du même maître, ils se taquinaient souvent. Guangxu semblait apprécier les défis de Perle et leur amitié s'épanouissait sous mes yeux.

« Je suis convaincu que le seul espoir de salut de la Chine réside dans l'apprentissage et l'imitation de la science et de la technologie de l'Occident », déclara-t-il d'une voix haut perchée, et Perle approuva ses paroles avec respect.

Elle demanda à l'empereur comment fonctionnait une horloge et il envoya son eunuque chercher quelques pièces de sa collection. Comme un bonimenteur de foire, il en choisit une dont il détailla les mécanismes. Elle était émerveillée et leurs deux têtes se touchaient pratiquement.

Je me rendais compte que Lan attendait le moment de pouvoir parler poésie et littérature avec Guangxu. Plus tard, quand je fus seule avec ma nièce, devant le miroir de sa coiffeuse, je l'interrogeai sur ses impressions.

« Guangxu s'est plus intéressé à ses concubines qu'à son impératrice », se plaignit-elle.

Je ne voulais pas être celle à lui dire cela, mais je croyais qu'elle devait s'y préparer. « Ce n'est peut-être qu'un début, Lan. »

Elle releva la tête et regarda son image sans complaisance, puis elle se mit à pleurer. « Je suis laide. »

Je posai les mains sur ses épaules.

« Non ! protesta-t-elle. Regardez mes dents, elles sont tordues !

— Tu es belle, Lan. Tu te souviens de Nuharoo ? Qui était la plus jolie, elle ou moi ? Tout le monde s'accordait pour dire que c'était elle et je faisais de même parce que c'était la vérité. Je n'étais pas sa rivale, pourtant l'empereur Xianfeng l'a abandonnée pour moi. Ne ménage pas tes efforts, l'encourageai-je.

— Que trouve-t-il à Perle ?

— Sa vitalité, peut-être...

— Non, c'est sa beauté.

— Lan, écoute-moi ! Guangxu a toujours été entouré de jolies femmes mais elles ne sont pour lui que des mannequins animés. Comme tu le sais,

Tongzhi a délaissé trois mille filles charmantes pour des putains de bordel.

— Je ne sais pas faire éclater ma vitalité ! » Les larmes coulaient sur ses joues. « Plus j'y pense et plus je suis angoissée : je ne parviens même pas à ce que Guangxu me regarde. »

Comme nous nous disions bonsoir, j'expliquai à Lan qu'il était encore temps d'annuler leur union.

« Je veux être impératrice de Chine, déclara-t-elle avec un aplomb qui me surprit. Oui, je veux être comme vous. »

L'empire tout entier fêta le mariage de Guangxu le 26 février 1889. L'empereur n'avait pas encore dix-huit ans. Comme Nuharoo, Lan franchit la porte de la Pureté céleste tandis que Perle et Petite Lumière passaient par des portes latérales ainsi que je l'avais fait trente-sept années plus tôt.

Une semaine plus tard, le 4 mars, j'abandonnai la régence pour la deuxième fois. J'avais cinquante-quatre ans et, dès ce jour, on me donna le titre d'Impératrice Douairière. Je pus retrouver les jardins du palais d'Été et laisser les soucis de la cour à Guangxu et à son père, le prince Chun.

Les Mandchous les plus tenaces craignaient de voir Guangxu se lancer dans des réformes, ce qu'il fit d'ailleurs avec son premier décret : « Je bouleverserai le vieil ordre de l'Empire du Milieu et éliminerai les forces réactionnaires qui refusent de reconnaître la réalité et cela se traduira par la dégradation, l'exclusion, l'exil ou l'exécution. »

Je ne soutins pas publiquement Guangxu mais mon silence était on ne peut plus éloquent.

Dédaigneux de l'empereur et mettant en doute mon désir de m'éloigner du pouvoir, un des représentants de la ligne dure, un petit juge de province, fit circuler une pétition par laquelle on me demandait de continuer à assurer la régence. Je m'étonnai du nombre de signatures réunies et, au lieu de récompenser le juge par une promotion, j'annulai le projet de discussion de la pétition par la cour impériale. C'était perdre son temps et je fis renvoyer le juge. Comme je l'expliquai à la nation, « occuper la régence n'a jamais été mon choix ». Mon intention était de faire savoir à tous qu'à la cour, les mauvaises idées croissent comme les mauvaises herbes.

Je marquai mon départ en donnant une fête au cours de laquelle j'accordai de nombreuses récompenses et rédigeai une demi-douzaine de décrets où je remerciais tous ceux qui, vivants ou morts, m'avaient apporté leur aide.

Un des hauts personnages ainsi honorés n'était autre que l'Anglais Robert Hart, distingué pour sa dévotion et sa compétence à la tête des services des douanes de notre pays. Bien évidemment, plusieurs ministres de la cour firent part de leurs objections. J'accordai à Hart un titre des plus prestigieux, le rang ancestral de Première Classe du Premier Ordre pour Trois Générations, ce qui signifie que la distinction était rétroactive et s'appliquait à ses ancêtres plutôt qu'à ses descendants. Cela peut paraître étrange à un esprit occidental mais il n'y a rien de plus valorisant pour un Chinois.

Je fis celle qui n'entendait pas quand le Conseil du clan protesta : « Un diable étranger prend le pas sur nos ancêtres ! »

J'étais intimement persuadée qu'un homme comme Robert Hart représentait le type de changement radical dont la Chine avait besoin, mais la cour refusa en bloc de m'accorder la permission de le rencontrer. Le ministre du Protocole menaça de démissionner et me présenta des documents démontrant que, dans toute l'histoire du pays, une femme de mon statut n'avait jamais reçu un étranger de sexe masculin. Je devrais attendre treize années de plus avant de le voir en personne.

Je n'aurais jamais pensé que la restauration de la demeure où je passerais ma retraite constituerait un objet de scandale. Quand je décidai de m'installer au palais d'Été – au Jinshui Yuan, le jardin des Eaux ruisselantes –, ce fut le prince Chun qui insista pour que l'on y effectue des travaux. Ministre principal, il parlait au nom de l'empereur et désirait me doter d'un palais confortable.

Je ne voulus pas l'embarrasser en lui faisant remarquer qu'il s'était opposé à un tel projet quand Tongzhi en avait fait la proposition lors de son accession au trône, en 1873. À l'époque, prétendait-il, les fonds manquaient, mais comment était-il parvenu à en recueillir aujourd'hui ? J'en conclus qu'il préférait me voir flâner dans mes jardins que me mêler des affaires officielles.

Je fis preuve de passivité car il était temps que le prince Chun se range à mes côtés. En tant que ministre de l'Amirauté, il s'était montré pareil à un tigre rugissant en ruinant les efforts de modernisation du pays entrepris par Li Hung-chang. J'étais surprise qu'il eût comme collaborateur maître Weng car ce libéral, grand partisan de la réforme, avait soutenu les initiatives de Li. Cependant, en devenant ministre des Finances de Chun, il se rendit compte qu'il n'aimait pas partager le pouvoir avec Li. Le prince Chun et maître Weng avaient déjà rédigé plusieurs notes dénonçant Li et mon approbation de ses projets. Les deux hommes étaient convaincus de faire un meilleur travail s'ils disposaient du contrôle absolu.

J'avais mis Li Hung-chang au courant de ce qui risquait de se passer après mon départ. Impuissante, je le vis subir l'humiliation, des attaques contre sa personne, voire des tentatives d'assassinat. Je ne pouvais que lui témoigner mon admiration. Par l'intermédiaire de Yung Lu, son meilleur allié à la cour, je lui fis porter un message : « Si cela devient insupportable, vous avez permission de partir sous quelque prétexte que ce soit. » Je lui accorderais de plus les dédommagements qu'il exigerait. Li m'assura que ce ne serait pas nécessaire et qu'il lui suffisait que je comprenne ses sacrifices.

J'avais vécu avec mon mari au palais d'Été, édifié entre le lac du Nord, le lac de l'Ouest et le lac du Sud. Contrairement au Yuan Ming Yuan, fruit exclusif de la main de l'homme, il était conçu pour entrer en harmonie avec les beautés de la nature. Le jardin des Eaux ruisselantes qui entourait le palais proprement dit n'était qu'une infime partie d'un vaste parc. Des pavillons gracieux ponctuaient un paysage verdoyant et les trois grands lacs resplendissaient entre des collines basses. L'endroit réveillait en moi les plus agréables souvenirs.

Guangxu parvint à me convaincre d'accepter la restauration et lut personnellement à la cour le texte préliminaire à sa construction. « C'est le moins que la Chine puisse accorder à la Grande Impératrice, qui a tant souffert. » Il était clair qu'il cherchait à affirmer son indépendance et je me devais de le soutenir.

Quand des ministres loyaux m'écrivirent pour m'informer qu'un « complot intestin » avait pour but de m'isoler, je leur répondis au dos de leur lettre que, si complot il y avait, il était de mon propre ressort. L'origine des fonds me préoccupait davantage. Les ministères de l'Amirauté et des Finances avaient pour mission première la création d'une marine chinoise et je tenais à faire respecter cette priorité.

En juin, Guangxu publia le décret relatif à la restauration de ma retraite. « ... Je me rappelai alors qu'il existait un palais aux environs du parc de l'Ouest. Nombre des bâtiments étaient en piteux état et leur restauration se révélait nécessaire pour que la Grande Impératrice trouve un lieu de consolation et de plaisir. » Il donna un nouveau nom au jardin des Eaux ruisselantes, qui s'appellerait désormais le jardin de la Culture de la Vieillesse harmonieuse.

Après avoir soulevé des objections, je publiai une réponse officielle : « Je suis consciente que le désir de l'empereur de restaurer le palais de l'Ouest est né du souci louable qu'il a de mon bien-être et pour cette raison je ne puis lui opposer un refus. De plus le coût de sa construction est assuré par les économies draconiennes que nous avons réalisées dans le passé. Les fonds régis par le ministère des Finances ne seront pas mis à contribution et les réserves nationales ne seront en rien sollicitées. »

Ma déclaration allait apaiser les opposants au projet mais je me retrouvai tout de même prise au piège : j'allais devoir mener deux combats de front, une expérience à laquelle je faillis ne pas survivre.

Le premier devait être initié par maître Weng. Quand le lettré se vit attribuer les plus grands pouvoirs, il encouragea la passion réformatrice que nourrissait déjà Guangxu alors qu'il aurait pu jouer un rôle modérateur : cette trajectoire allait se révéler désastreuse pour notre famille et pour la Chine.

Le second serait mon refus d'endosser la responsabilité de notre défaite devant le Japon. Bien des années après, quand tous les autres échapperaient au blâme, je serais la seule sur qui rejaillirait la honte. Que pouvais-je faire ? J'étais parfaitement éveillée, pourtant je ne pouvais m'arracher à ce cauchemar.

« En fin de compte, écrira un historien, le ministère des Finances fut épargné, mais d'importants fonds, estimés à trente mille taëls[1], furent détournés par l'impératrice Tseu-hi : cette somme aurait permis à la Chine de doubler sa marine et de vaincre ses ennemis. »

J'ai vécu assez vieille pour lire ces horreurs. Je me mourais et il m'était impossible de protester. J'aurais voulu crier à tous d'aller voir ma demeure : l'argent que j'étais censée avoir volé aurait permis d'en édifier trois comme elle en or massif !

---

1. Certains historiens parlent même de cinq millions de taëls !

Vingt-quatre

La question de la Corée nous opposait au Japon depuis une décennie. Quand la reine Min appela au secours, je lui dépêchai Li Hung-chang : en effet des foules attisées par les Japonais la menaçaient. Je pris les choses à cœur car je savais que je ferais également appel à lui si pareille mésaventure m'arrivait.

Li Hung-chang mit deux ans à trouver un accord avec le Premier ministre japonais, Ito Hirobumi. Il m'expliqua que cela empêcherait la situation en Corée de dégénérer en une guerre sino-japonaise de grande ampleur.

Je fis tout mon possible pour faire approuver le texte. Le Conseil de Clan mandchou haïssait Li Hung-chang et cherchait par tous les moyens à le contrecarrer. Les princes Chun et Tseng prétendaient que mon séjour prolongé à la Cité interdite avait émoussé mon sens de la réalité et que ma confiance en Li était déplacée. Mon instinct me disait quant à lui que je connaîtrais les mêmes problèmes que la reine Min si je m'appuyais sur les Mandchous et non sur lui.

La convention Li-Ito fut tout de même signée. La Chine et le Japon allaient vivre en paix pendant quelque temps et les Mandchous cessèrent de réclamer la décapitation de Li Hung-chang.

En mars 1893, il demanda toutefois à me voir d'urgence au palais d'Été et je me levai avant l'aube pour l'accueillir. Dans les jardins, l'air était plutôt vif mais les camélias étaient déjà en fleur. Li avait voyagé toute la nuit et je lui servis du thé vert.

« Votre Majesté... comment vous portez-vous ? »

Je le sentais mal à l'aise et le priai d'en venir au fait. Il se frappa le front à terre avant de prononcer ces mots : « La reine Min a été déposée, Votre Majesté.

— Comment... comment cela s'est-il passé ?

— Je n'ai pas encore toutes les informations, dit-il en se relevant ; je sais seulement que les ministres de la reine ont été sauvagement assassinés. Les Coréens les plus radicaux préparent un coup d'État.

— Le Japon y est pour quelque chose ?

— Oui, Votre Majesté. Des agents secrets nippons ont pénétré dans le palais de la reine Min déguisés en gardes de la sécurité coréens. »

Li Hung-chang me convainquit que je ne pouvais rien faire pour venir en aide à la reine Min. Monter une expédition destinée à la secourir ne servait à rien : nous ignorions où elle était détenue et ne savions même pas si elle était encore en vie. Le Japon était résolu à dévorer la Corée et la conspiration menaçait depuis plus de dix ans.

« Je crains que la Chine seule ne puisse plus arrêter l'expansion agressive du Japon », conclut Li.

Les semaines suivantes furent tendues, avec des journées harassantes et des nuits sans sommeil. Épuisée, je m'efforçais de repousser les soucis du présent en évoquant mes souvenirs d'enfance, à Wuhu.

Les yeux rivés sur le ciel de lit orné de dragons dorés, je me rappelai la dernière fois où j'avais vu mon amie la Sauterelle. Elle donnait des coups de pied dans la poussière et ses jambes étaient aussi maigres que des tiges de bambou.

« Je ne suis jamais allée à Hefei, me disait-elle, et toi, Orchidée ?

« — Non. Mon père m'a raconté que c'était plus grand que Wuhu. »

Ses yeux s'éclairèrent. « Je serais peut-être heureuse là-bas, soupira-t-elle en remontant sa blouse pour laisser entrevoir son ventre gonflé comme une marmite. J'en ai assez de manger de l'argile. »

Je me sentais extrêmement coupable, moi qui n'avais jamais connu la faim.

« Je vais mourir, Orchidée, dit-elle sans lever la voix. Et des gens me mangeront. Tu me regretteras ? » Je n'eus même pas le temps de répondre. « Mon petit frère est mort cette nuit, reprit-elle, et mes parents l'ont vendu ce matin. Je me demande sur la table de quelle famille il va terminer. »

Mes genoux me lâchèrent et je tombai à terre.

« Je pars pour Hefei, Orchidée. »

Mon dernier souvenir, c'est la Sauterelle me remerciant de lui avoir donné les déjections de la fosse familiale.

Les arbres géants qui entouraient mon palais bruissaient comme des vagues. Couchée dans le noir, j'étais incapable de dormir. J'abandonnai le passé pour revenir au présent et je repensai à Li Hung-chang, cet homme originaire de Hefei. Le nom de la ville était devenu son surnom. Lui aussi savait ce qu'était la faim des paysans et je pense que c'est cette compréhension mutuelle qui nous poussait à faire changer le gouvernement. J'attendais les audiences avec Li mais je les redoutais aussi. Quelle mauvaise nouvelle allait-il m'annoncer ?

Li Hung-chang était un homme de courtoisie et d'élégance qui m'apportait souvent des cadeaux, exotiques et pratiques à la fois : un jour, il m'offrit des verres de lecture. Ses présents s'accompagnaient toujours d'une anecdote relative à leur pays d'origine ou aux influences culturelles de leurs formes. Il n'était pas difficile d'imaginer pourquoi il jouissait d'une telle popularité : en dehors du prince Kung, Li était le seul haut personnage à qui les étrangers faisaient confiance.

Je ne réussissais pas à m'endormir. Quelque chose me disait qu'il s'était remis en chemin. J'imaginais son chariot brinquebaler sur les pavés des rues de Pékin. Les portes de la Cité interdite s'ouvraient devant lui, l'une après l'autre. Les gardes murmuraient, il empruntait un dédale de couloirs et d'allées pour rejoindre la cour intérieure.

J'entendis les cloches du temple sonner à quatre reprises. L'esprit vif mais fatiguée, j'avais les joues brûlantes, les extrémités glacées. Je m'assis dans mon lit et passai des vêtements. Je perçus un bruit de pas et je reconnus le chuintement des semelles de feutre de mon eunuque. Li Lianying entra et souleva mon rideau de lit, une bougie à la main. « Ma dame...

— Li Hung-chang est arrivé ? »

Li était agenouillé devant moi. Il portait une veste de cheval et un bonnet orné d'une plume de paon à double ocelle. Je redoutais ses paroles et j'avais l'impression qu'il m'avait annoncé à l'instant la déchéance de la reine Min. je l'incitai à parler.

« La Chine et le Japon sont en guerre », voilà ce qu'il me dit.

Cela ne me surprit pas. Depuis plusieurs jours, le trône ordonnait aux troupes placées sous le commandement de Yung Lu de marcher vers le nord pour aider la Corée à contenir la révolte. L'édit de Guangxu disait : « Le Japon a déversé une armée en Corée pour éteindre un feu qu'il a lui-même allumé. »

Je ne croyais pas trop à la puissance de notre armée et la cour n'avait pas tort quand elle me comparait à celui qui, « mordu par un serpent il y a dix ans, s'effraie toujours à la vue d'une corde tressée ».

J'ai perdu mon mari et faillis perdre la vie au cours de la guerre de l'Opium. Si l'Angleterre et ses alliés étaient supérieurs à la même époque, je n'osais imaginer ce que c'était aujourd'hui, plus de trente ans après. La possibilité que je n'y survive pas était bien réelle. Depuis son retour du Xinjiang, Yung Lu œuvrait aux côtés de Li Hung-chang à renforcer notre armée mais je savais qu'ils avaient du travail. Mes pensées accompagnaient Yung Lu et ses hommes qui marchaient vers le nord.

Li était partisan d'accorder du temps à l'Angleterre, à la Russie et à l'Allemagne qui avaient accepté de persuader le Japon de « remiser la torche de la guerre ».

« Sa Majesté l'empereur Guangxu est convaincu de la nécessité d'agir, me dit Li. Les Japonais ont coulé le transport de troupes *Kowshing* qui se dirigeait vers Port-Arthur chargé d'hommes. Les survivants ont été abattus à la mitrailleuse. Je comprends la fureur de Sa Majesté, mais nous ne pouvons laisser l'émotion dicter notre conduite.

— Qu'attendez-vous de moi, Li Hung-chang ?

— Je vous en prie, demandez à l'empereur de faire preuve de patience car j'attends une réponse de l'Angleterre, de la Russie et de l'Allemagne. Je crains que tout geste inconsidéré de notre part ne nous retire le soutien des autres nations. »

Je fis venir Li Lianying.

« Oui, ma dame.

— Au chariot, vite, je veux revenir à la Cité interdite ! »

Li Hung-chang et moi ignorions totalement que le Japon avait obtenu de l'Angleterre la promesse de ne pas s'en mêler et que la Russie l'avait suivie. Nous nous époumonions à persuader Guangxu qu'il fallait encore attendre avant de signer une déclaration de guerre.

Les semaines passèrent et le Japon se fit plus agressif : l'attentisme de la Chine n'était de toute évidence pas récompensé. Je fus accusée de laisser Li gaspiller ce temps précieux pendant lequel nous aurions pu organiser notre défense. Je continuais à lui faire confiance mais me rendais aussi compte qu'il me fallait prêter attention au Parti de la Guerre dirigé par l'empereur en personne.

Une fois encore, j'avais donc retrouvé mon vieux palais de la Cité interdite. J'avais besoin d'assister aux audiences et de me tenir à la disposition de l'empereur. Je louais le patriotisme des Têtes de Fer mais il m'était difficile de leur accorder mon soutien car je me souvenais que trente années plus tôt ils s'étaient crus en mesure de défaire l'Angleterre.

Menés par Li Hung-chang, les membres du Parti de la Paix redoutaient que je leur retire mon aide.

« Le Japon a pris pour modèle les cultures occidentales et s'est ouvert à la civilisation, tentait-il d'expliquer à la cour. Les lois internationales doivent servir de frein à la violence.

— Il faut être bien sot pour croire que le loup cessera de dévorer les moutons ! » Maître Weng, désormais conseiller à la guerre, était toujours très applaudi. « La Chine vaincra le Japon par sa seule supériorité en nombre. »

Il me fallut du temps pour comprendre le caractère de Weng. D'un côté, il encourageait Guangxu à prendre le Japon pour modèle mais, de l'autre, il méprisait la culture japonaise. Il se sentait supérieur aux Japonais et croyait que « la Chine doit éduquer le Japon ainsi qu'elle l'a fait tout au long de son histoire ». Il ajoutait : « Le Japon est redevable à la Chine pour sa langue, son art, sa religion, même sa mode. » Maître Weng était ce que Yung Lu aurait appelé « un bon commandant mais sur le papier seulement ». Ce n'était pas tout : le lettré disait à la nation que le programme de réforme de la Chine reviendrait à « planter un bâton dans le soleil : cela produira une ombre sur-le-champ ».

Weng n'avait jamais dirigé un gouvernement mais il croyait en ses capacités. Ses vues libérales inspiraient tant de monde qu'il passait pour un héros aux yeux de la nation. J'avais du mal à communiquer avec lui parce qu'il prêchait la guerre mais évitait d'affronter les montagnes de décisions nécessaires à sa mise en œuvre. Il me conseillait de « prêter attention à l'image d'une broderie plutôt qu'à ses points ». Discuter de stratégie était sa passion et les propos qu'il tenait à la cour se prolongeaient pendant des heures, puis il terminait par un sourire : « Laissons la tactique aux généraux et aux officiers. »

Ces mêmes généraux et officiers qui, sur les frontières, ne savaient comment interpréter ses propos. « "Nous sommes ce que nous croyons être", ce n'est pas le genre de conseil que nous pouvons demander à nos hommes de suivre », disaient-ils. Yung Lu m'écrivit du front une lettre où il affichait son mépris total de Weng, mais j'avais les mains liées.

« C'est en comprenant la morale sous-jacente à la guerre que nous l'emporterons, répondait le lettré. Il ne saurait y avoir de meilleure instruction que le conseil de Confucius : "L'homme vertueux ne cherche pas à vivre aux dépens de l'humanité." »

Quand je lui suggérai d'écouter au moins Li Hung-chang, maître Weng se contenta de dire : « Si nous ne réagissons pas à temps, le Japon entrera dans Pékin et rasera la Cité interdite de même que l'Angleterre a ravagé le Yuan Ming Yuan. »

Et le prince Chun, père de l'empereur, lui faisait écho : « Nulle trahison n'est pire que l'oubli de ce que nous ont fait les étrangers. »

Je délaissai Weng mais insistai pour qu'un nouveau ministère de l'Amirauté de guerre soit dirigé par les princes Chun et Tseng ainsi que par Li Hung-chang. Six ans plus tôt, Li avait signé des contrats avec des firmes étrangères pour bâtir des ports fortifiés à Port-Arthur, en Mandchourie, et à Weihaiwai, sur la péninsule du Shandong. Les navires furent achetés en Angleterre et en Allemagne et nous en disposions de vingt-cinq. Personne ne semblait vouloir écouter Li quand il proclamait : « Notre marine est loin d'être prête à faire la guerre. L'académie navale achève tout juste d'engager des instructeurs et la première génération d'officiers est actuellement en formation.

— La Chine est équipée ! répondait le prince Chun. Il nous suffit de placer nos hommes à bord.

— Les navires de guerre modernes sont inutiles dans des mains inexpérimentées », prévenait Li.

Je ne pouvais empêcher la cour de lancer des slogans patriotiques à son encontre. L'empereur Guangxu proclamait pour sa part qu'il était prêt à faire la guerre : « Nous n'avons que trop attendu ! »

Je priais pour que mon fils fasse comme ses glorieux ancêtres, profiter de l'occasion et mettre ses ennemis en déroute, mais en réalité la peur rongeait mon cœur. Il avait d'admirables qualités mais je le savais incapable de jouer un rôle primordial : il s'y était efforcé mais la stratégie dynamique et la férocité nécessaire lui faisaient défaut. Je tenais bien entendu secrets les problèmes médicaux et émotionnels de Guangxu, mais je ne l'imaginais pas dominer ses demi-frères, chefs des Têtes de Fer, ni l'emporter sur le Conseil de Clan mandchou. J'aurais tant aimé qu'il me démontre mon erreur et qu'en dépit de ses points faibles il fasse preuve de chance et l'emporte enfin.

Je m'en voulais de ne pas mettre un terme à la dépendance de Guangxu, qui quêtait sans cesse mon approbation et mon soutien. Je gardai le silence quand le Conseil de Clan en son entier me demanda de reprendre en main le quotidien de la nation. Je voulais provoquer mon fils, le pousser à me défier, le voir exploser de colère. Je lui offrais la possibilité de s'imposer et de parler en son seul nom, je lui expliquais qu'il devait supplanter le Conseil pour détenir réellement le pouvoir car c'était ce qu'avaient fait les plus grands empereurs de la dynastie Qing, Kangxi, Yongzheng et son propre arrière-grand-père, Qianlong.

Mais non, mon fils adoptif était trop doux, trop timide. Il hésitait, entrait en conflit avec lui-même et, en fin de compte, renonçait.

Peut-être entrevoyais-je déjà la tragédie de Guangxu. J'éprouvais ses propres craintes, je redoutais de l'abandonner et j'étais furieuse quand son demi-frère et son cousin, les jeunes princes Chun et Tseng, profitaient de lui et lui parlaient comme s'il leur était inféodé. Lasse d'entendre ma propre voix, je continuais à dire à mon fils d'agir en empereur.

Rétrospectivement, je me rends compte que le monarque n'agissait pas de son propre chef. C'était moi qui exigeais de le voir devenir ce qu'il n'était pas et lui-même ne désirait qu'une chose, me rendre heureuse.

Je regagnai le palais d'Été, épuisée par les querelles incessantes entre le Parti de la Guerre et celui de la Paix. Le lourd fardeau de l'arbitrage ne pesait que sur mes seules épaules non pas parce que je disposais de compétences spéciales, mais parce que l'on n'avait pas trouvé meilleur que moi.

Derrière mon dos et en pleine crise nationale, le prince Chun réquisitionna les fonds que Li Hung-chang avait empruntés pour l'académie navale. Pour distraire la cour, il fit construire des vedettes à moteur qui naviguaient sur les lacs de Pékin et sur le lac

Kunming, près de l'endroit où je vivais désormais. Li Hung-chang avouera plus tard : « Le père de l'empereur était en position de me demander de l'argent à tout moment. Je l'ai laissé faire à sa guise à la condition qu'il ne se mêle pas de mes affaires commerciales. »

D'autres fonds de l'amirauté servirent aux princes Tseng et Chun à me couvrir de cadeaux et à lancer des projets aussi grandioses que superflus dans le seul but d'obtenir mon soutien. La restauration du Bateau en marbre n'est qu'un exemple.

Furieuse, je m'en pris au prince Chun : « Quel plaisir tirerais-je de ce gouffre financier ?

— Nous pensions que Votre Majesté aimerait aller sur l'eau sans mouiller ses souliers, me dit mon beau-frère avant de m'expliquer que le Bateau en marbre avait été construit au XVIIIe siècle par l'empereur Qianlong pour sa mère que l'eau terrorisait.

— Mais j'adore l'eau ! m'exclamai-je. Et je nagerais dans le lac si on m'y autorisait ! »

Le prince Chun me promit d'arrêter ce projet mais c'était un mensonge. Il lui était difficile d'abandonner : il avait gaspillé la quasi-totalité des fonds et avait besoin d'une excuse pour forcer Li à poursuivre le financement.

Li Hung-chang riposta : au lieu de s'adresser à des banques étrangères, il lança une « subvention pour la création d'une marine de défense » sans toutefois cacher que l'argent servirait à financer « la fête donnée pour le soixantième anniversaire de l'Impératrice Douairière ». Pour abattre le prince Chun, Li se servait de moi.

Guangxu déclara la guerre au Japon sans toutefois se sentir capable de la superviser. Il confia donc cette tâche à maître Weng, qui ne connaissait la guerre que dans les livres. Je devais encore apprendre à quel point mon fils adoptif était un homme torturé : Lan me fit savoir que son mari avait un cœur romantique mais que les femmes le terrorisaient.

Les lèvres tremblantes, elle me dit : « Nous sommes mariés depuis cinq ans et nous n'avons dormi qu'une fois ensemble. » Elle s'effondra. « Aujourd'hui il demande la séparation. »

Je lui promis de l'aider et le couple accepta finalement de vivre ensemble dans le même palais. Je fus toutefois attristée d'apprendre que Guangxu avait fait monter un mur autour de ses appartements pour empêcher Lan d'y pénétrer.

Il m'expliqua qu'il la négligeait pour mieux se défendre. « Elle m'a dit que je lui devais un enfant ! » Il me décrivit les intrusions nocturnes de son épouse. « Elle a fait peur à mes eunuques qui ont pris son ombre pour celle d'un assassin. »

J'essayai de lui faire comprendre que Lan avait des droits d'épouse mais il avoua ne pas se sentir capable d'exercer son devoir de mari. « Je ne suis pas encore guéri, dit-il à propos de ses éjaculations involontaires, et je crois que je ne le serai jamais. »

Guangxu avait déjà eu le courage de m'exposer sa condition et j'avais espéré que la situation s'améliorerait avec une plus grande expérience amoureuse. Je ne pouvais balayer le sentiment d'être l'unique responsable d'une tragédie et cela me fit encore plus mal d'apprendre que Lan me croyait capable de contraindre son mari à l'aimer.

Pendant la journée, Guangxu et moi donnions des audiences dont le sujet n'était autre que la guerre contre le Japon et le soir, nous nous terrions dans une pile de documents et de brouillons d'édits. Pendant les brefs instants de détente que nous nous accordions, je lui parlais de Lan, mais il connaissait mes intentions.

« Je suis sûr qu'elle ne me mérite pas », me dit Guangxu, et je vis à son regard que son regret était sincère. Il se croyait responsable de ne pouvoir engendrer un héritier et ajouta que, depuis quelque temps, il se sentait affaibli et fatigué. « Je ne vous demande pas de me pardonner. » Il s'efforça de refouler ses larmes, en vain. « Je vous ai déçue… Je ne mérite pas le nom d'homme et d'empereur. Bientôt le monde entier sera mis au courant.

— Ton état de santé restera secret tant que nous n'aurons pas trouvé de remède. » Je compris qu'au-delà de son découragement, il était peut-être vraiment malade.

« Lan… je crains qu'un jour elle ne m'attaque publiquement.

— Laisse-moi m'en occuper. »

Lan refusa mon explication de la condition médicale de son mari : elle s'obstinait à croire qu'il la rejetait sciemment. « Il est amorphe avec moi mais plein de vitalité avec ses concubines, surtout Perle ! »

Je m'assurai que ses sentiments de frustration ne lui feraient pas commettre quelque impair. « Nous sommes des dames qui allons masquées, lui dis-je. Nous travestir de gloire divine et de sacrifice, tel est notre destin. »

Je fus heureuse que Guangxu me permette de demander à des médecins de l'examiner et il répondit à leurs questions les plus indiscrètes, lui qui avait connu la souffrance et l'humiliation. Sa façon de surmonter ses propres souffrances avait quelque chose d'admirable.

Le diagnostic fut brutal : Guangxu était malade des poumons. Il avait contracté la bronchite et était vulnérable à la tuberculose. L'image de Tongzhi couché sur son lit me revint. Je pris Guangxu dans mes bras et me mis à pleurer.

Vingt-cinq

C'était le Nouvel An 1894 et la ville de Pékin manquait de bois de chauffage. Vert et humide, celui que nous recevions produisait une épaisse fumée. Nous ne cessions de tousser et de hoqueter pendant les audiences et je fis convoquer le ministre de l'Intérieur qui se confondit en excuses et promit que la prochaine livraison serait de bonne qualité. Selon Yung Lu, la partie Nord du chemin de fer, responsable du transport du bois, avait été attaquée par des paysans rebelles. Les rails avaient été retirés et les traverses vendues, et les troupes dépêchées sur place ne pouvaient rien y faire.

Au matin du Nouvel An, on me réveilla très tôt pour m'apporter un message m'annonçant la mort du prince Chun. Le texte en était laconique : « Le père de l'empereur a eu une attaque alors qu'il inspectait les installations navales. »

Le docteur Sun Pao-tien m'expliqua que l'épuisement avait eu raison de son existence. Le prince voulait montrer sa détermination à lancer une contre-attaque sur le Japon. Il avait dénoncé son frère, le prince Kung, ainsi que le gouverneur Li Hung-chang et se vantait de parvenir à ses fins « comme un Mongol s'amuse à sauter à la corde sans prendre une suée ».

Le prince Chun ne consultait jamais Kung ou Li, il se refusait à « ramasser la pierre qui vous broiera les orteils » et à « s'insulter » lui-même. J'avais observé le même sentiment autodestructeur chez les autres membres de la famille impériale. Le prince Chun couvrait peut-être les murs de sa maison de maximes calligraphiées enjoignant de mener une vie simple, mais le pouvoir était tout pour lui.

Je me rappelai m'être inquiétée en découvrant la décoloration de ses lèvres. Il mettait ses étourdissements sur le compte de ses beuveries de la soirée et continuait de donner de fastueux banquets, persuadé que les conversations intimes et les petits accords secrets permettaient seuls de faire avancer les choses.

Guangxu était accablé de chagrin, lui qui était bien plus proche de son père que de sa mère. Agenouillé entre ses oncles lors de l'audience matinale, il fut incapable de terminer l'annonce de son décès. Plus tard, à l'occasion de la réception précédant ses funérailles, ma sœur se fit remarquer en exigeant que son fils cadet, le jeune prince Chun, se vît accorder la même position que son père.

Comme je lui opposais un refus, Rong se tourna vers Guangxu : « Écoutons ce que l'empereur a à nous dire. »

Guangxu regardait fixement sa mère comme s'il ne comprenait pas ses paroles.

« C'est mon droit ! » s'écria le jeune prince Chun. Il dominait Guangxu d'une demi-tête. Chef de la nouvelle génération mandchoue, c'était un homme que ne caractérisaient ni la patience ni la modestie. Les yeux injectés de sang, l'haleine avinée, il m'évoquait un taureau furieux prêt à se battre.

« Apprends à ton cadet à rester maître de lui, conseillai-je à ma sœur.

— Guangxu n'est rien de plus qu'une taie d'oreiller brodée de paille et c'est mon fils Chun qui aurait dû monter sur le trône ! »

Je n'en croyais pas mes oreilles et me tournai vers Guangxu, désemparé de toute évidence, puis j'adressai un signe de tête à Li Lianying qui cria : « Les palanquins de Leurs Majestés ! »

Alors que je revenais au palais, je compris que j'avais été le témoin, au sein de notre famille, de la décadence de la classe impériale. Le jeune prince Chun n'imaginait pas qu'il pût échouer comme son père.

Rong et moi étions désormais si loin l'une de l'autre que le seul fait de nous voir m'était intolérable. Je m'inquiétais de savoir que Chun succéderait à Guangxu s'il lui arrivait quelque chose. Chun avait peut-être un physique impressionnant mais son esprit n'était que du vent. Certes, j'encourageais les jeunes Mandchous à marcher dans les pas de leurs ancêtres et je les avais récompensés en leur accordant des promotions, mais mon neveu me décevait. J'avais insisté pour qu'il fasse son apprentissage auprès du prince Kung ou de Li Hung-chang, mais son refus de suivre mes instructions rendait négligeable sa position à la cour.

Les semaines suivantes, alors que Guangxu continuait à assurer les audiences, je passai de temple en temple pour accueillir les hôtes venus pleurer le prince Chun. Au son des tambours voilés, de la musique criarde et des incantations des lamas, je m'adonnais aux rituels et approuvais les diverses demandes afférant aux funérailles : le nombre de banquets et le nom des invités, le style et le parfum des bougies, la couleur des linceuls et les motifs gravés sur les boutons du mort. Nul ne semblait se soucier de la guerre : les mauvaises nouvelles venues du front n'inquiétaient pas le jeune prince Chun et ses amis les Têtes de Fer, qui préféraient boire plus que de raison et fréquenter les prostituées.

Je ressentais mon âge et la vision lugubre que j'avais de l'avenir me donnait des brûlures l'estomac.

« C'est parce que vous ne consommez pas de potage au scorpion, ma dame, m'expliqua Li Lianying.

— On croirait que le sourire t'est toujours plaqué au visage comme un masque, répondis-je, mais il ignora ma remarque.

— La théorie veut que le potage au scorpion permette de combattre le poison par le poison. »

Le 17 septembre 1894, à l'embouchure du Yalu, les Japonais détruisirent la moitié de notre flotte en un après-midi et pas un seul de leurs navires ne subit de graves dégâts. Le littoral était dégagé et les Japonais pouvaient débarquer hommes et matériels avant de fondre sur Pékin.

Le 16 novembre, Li Hung-chang m'annonça que les princes mandchous avec qui il avait été contraint de traiter avaient tiré profit de la guerre en fournissant des munitions défectueuses à nos hommes. En un mois de combat, Port-Arthur avait été pris. Plutôt que de se rendre, les commandants de Li Hung-chang avaient entraîné leurs soldats au suicide.

Grâce au défunt prince Chun, qui falsifiait les rapports et ne me mettait au courant que des bonnes nouvelles, je m'étais crue suffisamment en sécurité pour songer aux préparatifs de mon soixantième anniversaire. Persuadée que c'était l'occasion idéale pour annoncer mon départ en retraite, j'avais prévu d'inviter les épouses des ambassadeurs étrangers, ce qui m'avait été interdit jusqu'à ce jour. Aux yeux de la cour, la Chine ne serait pas humiliée pour autant et les légations semblaient également soulagées. Avec mon départ officiel, il devenait facile de ne plus me prendre au sérieux.

Mais, que j'occupe ou non le trône, est-ce que cela avait jamais été le cas ? Quel orgueil restait-il donc à la Chine pour qu'elle puisse se sentir insultée ? Tant que j'étais libre d'aider mon fils, je me moquais bien de ce que pensaient les gens. Si cette retraite me permettait de me faire davantage d'amis susceptibles de rendre service à mon pays, je ne me contenterais pas de l'accepter, je m'en réjouirais aussi.

Or, il s'avéra que les agressions répétées du Japon m'obligèrent à renoncer à mon projet, ce qui contraria les nobles et les fonctionnaires avides de promotion.

Je repris mon rôle d'arbitre impérial. Choquée, je me rendis compte que j'étais devenue la cible de la cour, qui m'accusait d'avoir ruiné le pays. Pendant mon bref retrait des affaires, maître Weng avait mal géré un trésor impérial déjà en piteux état. Interrogé sur sa responsabilité, il prétendit que les fonds avaient été prélevés par feu le prince Chun pour la restauration du palais d'Été, ma propre demeure.

J'insistai pour que la cour examine les livres de comptes de maître Weng mais cela ne servit à rien. Ce que je n'avais pas compris, c'est que Weng, qui n'avait jamais détourné la moindre sapèque à son profit, avait graissé tant de pattes qu'il s'était créé un vaste réseau de sympathie – une richesse plus grande que tout ce que pouvait acheter l'argent. En épargnant maître Weng, la nation me tenait pour responsable de ses défaites et bientôt circulèrent des rumeurs relatives à mes extravagances et à mes appétits sexuels.

J'avais accordé mon crédit à Weng en lui confiant mes deux fils et j'aurais partagé sa honte s'il avait reconnu les faits : après tout, c'était à moi que la cour et l'empereur donnaient le dernier mot. Les rumeurs s'amplifièrent au point que le conflit m'opposant à Weng s'étala sur la place publique, ce qui ne m'empêcha pas de vouloir poursuivre mon enquête.

Guangxu n'était pas capable de choisir son parti. Pour lui, maître Weng avait toujours été le garant de la moralité, un dieu du foyer en quelque sorte. Il n'appréciait pas de me voir m'obstiner à fouiller les secrets de son mentor et, pour démontrer l'innocence de son professeur, il décida de mener sa propre enquête. À la surprise générale, Weng fut reconnu coupable. Le disciple de Confucius et le défunt prince Chun ne s'étaient pas contentés de détourner les fonds de la marine, ils avaient également profité de mon anniversaire pour réclamer de grosses sommes, très vite disparues. Quand Guangxu eut obtenu les livres de comptes et les autres preuves matérielles, il vint me trouver pour s'excuser. Je lui dis alors que son honnêteté l'honorait et me remplissait de fierté.

Je décidai d'annoncer que je refuserais tout présent d'anniversaire. Mon action exposait maître Weng : pour récupérer leur argent, des gens affluaient de tout le pays comme des mouches attirées par une charogne.

L'empereur Guangxu affronta son professeur. « Vous étiez ma foi, mon pilier spirituel ! » lui lança-t-il avant d'exiger des explications. Weng ne reconnut aucun méfait, s'en tenant à son personnage de sage et le mettant en garde de ne pas penser à mal en écoutant « une vieille dame ». Le professeur fut chassé en fin de compte. On lui donna une semaine pour plier bagage et on lui défendit de jamais revenir dans la Cité interdite.

Guangxu était embarrassé parce qu'il avait demandé à Weng d'être l'architecte de la guerre contre le Japon. Il s'enferma dans sa chambre alors que Weng attendait dehors, l'implorant à genoux de lui donner la chance de s'expliquer. Comme cela ne servait à rien, le vieil homme décida d'entamer une grève de la faim.

L'empereur finit par céder et les deux hommes passèrent une journée entière à se réconcilier. Comme dans leur salle de classe, Guangxu écouta Weng analyser l'origine de son échec. La conclusion était des plus simples : Li Hung-chang était le seul à blâmer.

J'appréciais la sensibilité de Guangxu mais je m'inquiétais devant la capacité du professeur à faire vaciller son disciple. À mes yeux, rien ne justifiait la conduite malhonnête de Weng et je perdis tout respect pour lui quand il fit de Li le bouc émissaire de toute l'affaire. Je ne voulais pas me faire d'ennemis en prenant ouvertement son parti, mais j'éprouvais le besoin d'ouvrir mon cœur à l'empereur.

Je demeurai silencieuse quand la cour exigea sa condamnation et Li Hung-chang réclama à l'empereur le droit de poursuivre les princes mandchous qui avaient vendu les munitions défectueuses. Il voulut aussi choisir ses propres fournisseurs à l'avenir.

Sur la suggestion de Weng, l'empereur convoqua Li Hung-chang pour l'interroger officiellement. Les princes mandchous furent invités à témoigner.

Li se présenta avec une solide documentation qui non seulement fit avancer sa cause mais lui gagna aussi la sympathie de la nation. Chaque gouverneur de province lui adressa une lettre de soutien. La tension monta et certains commencèrent même à critiquer Guangxu.

Dépité, l'empereur me demanda de l'aide. Humilié, ridiculisé, il sentait qu'il perdait le respect de son peuple. « Il est évident que le rôle de maître de la Chine revient mieux à Li Hung-chang », me dit-il.

Le jour vint où je dus choisir entre les deux hommes. Depuis longtemps j'entrevoyais mon destin mais ce fut à cet instant que je perçus toute la profondeur de ma tragédie. Ma conscience me dictait que Li serait bon pour la Chine et que lui seul pouvait la gouverner, mais ce pays était celui des Mandchous et je dus agir à l'encontre de mes principes afin de sauver Guangxu.

Après des nuits passées à ressasser le problème et à rassembler mon courage, je me montrai à la fois excessive et déraisonnable : je signai l'édit dénonçant Li Hung-chang. L'homme fut privé de tous les honneurs, accusé d'avoir détourné les fonds de la marine et d'avoir perdu la guerre.

J'étais écrasée de honte.

Je pensais en avoir fait assez pour Guangxu mais c'était là une vaine réflexion. Sous l'influence de son oncle le prince Tseng, de son cousin le jeune prince Tseng et de son frère le jeune prince Chun, il décida que le châtiment qui avait déjà frappé Li ne suffisait pas et résolut de l'éliminer purement et simplement.

Je ne pus contenir ma fureur quand on me demanda d'approuver cette décision : en voyant mes traits déformés par la colère, l'empereur se mit à bredouiller et tomba à genoux. En vérité, c'était à moi que j'en voulais. J'avais permis à Weng et au prince Chun d'échapper à leurs responsabilités. Pourquoi tout Chinois lucide voudrait-il servir son maître mandchou après avoir vu ce qu'il était advenu de Li Hung-chang ?

J'expliquai à Guangxu que Li avait trop de valeur pour être détruit sans handicaper le gouvernement. « D'un revers de la main, il peut s'emparer du pouvoir et lorsque cela arrivera, vous me trouverez au palais d'Été, en train d'assister à un opéra ! »

À la cour, l'atmosphère était lourde et menaçante. Je me rendis soudain compte que j'étais seule et pouvais facilement être désavouée par mon propre clan. Il suffirait de convaincre Guangxu et, pour me protéger, je dus négocier. Pour conserver ses prérogatives à Li, dont le poste de gouverneur du Chihli et le commandement de l'armée du Nord ainsi que de la marine, je suggérai que le trône lui retire sa plume de paon à double ocelle et sa veste de cheval en soie jaune. Quand le prince Tseng m'accusa de passer à côté de l'occasion unique de permettre aux Mandchous de mettre Li à genoux, je quittai l'audience.

J'entendais l'eau clapoter dans le jardin de mon palais. Je me levai fort tôt et envoyai mon eunuque chercher Li Hung-chang. Il arriva à l'aurore vêtu d'une simple robe de coton bleue qui le changeait du tout au tout.

« Vous avez fait vos bagages ? demandai-je, sachant qu'il quittait Pékin.

— Oui. Mon attelage partira dans une heure.

— Où irez-vous ? Au Chihli ? Au Hunan ? Ou dans votre ville de Hefei ? »

Incapable de répondre, il se prosterna devant moi. Je lui rappelai que l'étiquette ne nous permettait qu'un bref entretien et que je devais lui parler franchement. Il hocha la tête mais demeura à terre.

« Voyez, je vous prie, à quel point j'ai honte de ce que je vous ai fait. Même si cela ne m'excuse en rien, je vous prie de croire que je n'avais pas le choix.

— Je comprends, Votre Majesté, dit-il avec calme. Vous avez fait ce que ferait toute mère. » Les larmes me vinrent aux yeux et je m'effondrai. « Si cela peut aider le trône, j'en suis honoré.

— Me permettrez-vous au moins de vous prêter assistance pendant ce long voyage vers le Sud ?

— Cela ne sera pas nécessaire. J'ai assez pour entretenir ma famille. Mon épouse sait que ma vie serait en danger si j'étais convaincu de trahison et reconnu coupable. Elle désire seulement que je veille à ce que nos enfants aient la vie sauve.

— Des mesures ont été prises en ce sens ?

— Oui, Votre Majesté. »

Mon eunuque entra alors dans la pièce. « Ma dame, l'empereur vous attend.

— Adieu. »

Li Hung-chang se releva, fit un pas en arrière puis se prosterna à nouveau et se frappa le front à terre en se pliant au rituel du *kowtow*. Le protocole m'interdisait de le raccompagner jusqu'à la porte mais je n'en tins pas compte.

On souleva la tenture et nous sortîmes dans la cour. Encore occupés à leurs tâches matinales, les eunuques détalèrent précipitamment hors de notre vue. Ceux qui croisaient notre chemin s'excusaient.

Le ciel s'éclairait et les toits du palais prenaient des teintes dorées. Contrairement au palais d'Été où l'air embaumait le jasmin, les matins dans la Cité interdite étaient froids et venteux.

Je percevais le bruit de mes pas alors que mes socques heurtaient les pierres du chemin. Li et moi marchions côte à côte. Derrière nous, seize eunuques portaient mon vaste palanquin.

Deux semaines plus tard, le prince Kung, alors âgé de soixante-cinq ans, fut arraché à sa retraite. L'empereur avait accédé à ma demande et publié le décret. Kung se montra peu enthousiaste dans un premier temps. Depuis dix ans, il nourrissait certains griefs à l'encontre de ceux qui l'avaient écarté du pouvoir, dont ses deux demi-frères, mais je l'implorai en expliquant que la mort du prince Chun devait faire taire le passé. De plus, l'empereur avait besoin de lui.

Guangxu et moi allâmes trouver Kung dans son jardin aux chrysanthèmes, dont le sol était recouvert de fleurs pourpres en forme d'étoile. Le prince ramassa une feuille qu'il déposa dans la paume de sa main avant de l'écraser de l'autre main, produisant un bruit sec et sonore rappelant celui d'un pétard.

« L'équilibre des forces en Asie est bouleversé depuis que les Japonais se sont emparés du port fortifié de Weihaiwei. » Si la voix du prince s'était adoucie avec les ans, sa passion, sa clairvoyance et son esprit étaient toujours intacts. « Les erreurs du passé ont engendré l'impuissance du présent. Aux yeux du monde, la guerre est pratiquement terminée et la Chine, vaincue.

— Mais pas notre courage ! s'écria Guangxu, torse bombé et visage empourpré. Je refuse de parler de défaite. Nos amiraux, nos officiers et nos soldats se sont suicidés pour montrer au monde que la Chine ne se rend pas !

— Nos amiraux ont recouru au suicide pour se racheter et pour épargner à leurs familles la mort et la confiscation de leurs biens, répliqua Kung avec un sourire amer. Vous les avez dépouillés de leurs titres et de leur rang mais vous leur avez permis de rester sur le champ de bataille. Vous leur avez dit qu'ils seraient décapités s'ils perdaient un combat. Leur mort n'est pas leur choix mais le vôtre !

— Ton oncle a raison, dis-je. Je suis certaine que l'empereur a également compris que le patriotisme de notre nation n'avait pas empêché le Japon d'occuper la péninsule de Liaodong. Nous savons que le Japon a des visées sur la forteresse sœur de Port-Arthur et aspire à envahir la Corée. »

Guangxu retomba sur son siège et inhala profondément comme s'il avait des difficultés à respirer. Pour sa part, Kung continuait à ramasser des feuilles qu'il faisait désagréablement claquer dans sa main. J'étais heureuse qu'il ait abordé la question des suicides pour avoir souvent discuté avec Guangxu de ses ordres. J'avais tout fait pour le convaincre que le dévouement ne pouvait être imposé et que seules la mansuétude et la bonté pouvaient le susciter, mais je dus mettre un terme à nos discussions : il était incapable de me comprendre car, pour lui, la loyauté allait de soi.

« Mère, vous allez bien ? » Je lui avais dit que je me sentais affaiblie et fatiguée. « J'ai jeté les pétitions exigeant le châtiment de Li Hung-chang. »

En agissant ainsi, il voulait me faire plaisir, mais je n'avais pas envie d'en parler, surtout devant le prince Kung, et je changeai de sujet. « Avons-nous essayé une autre option sur le front japonais ?

— Nous sommes passés par divers intermédiaires dont les diplomates américains, répondit Kung, et nous avons tenté de trouver un terrain d'entente avec le Japon, mais Tokyo fait la sourde oreille.

— Je ne vois pas l'intérêt de perdre du temps en palabres ! » Comme pour contenir ses émotions, Guangxu détourna la tête. « Je ne négocie pas avec des sauvages ! ajouta-t-il entre ses dents serrées.

— Qu'attendez-vous de moi, dans ce cas ? fit le prince Kung, irrité.

— J'ai besoin de votre aide pour nous préparer à la défense.

— Je ne suis pas sûr de pouvoir vous aider. Vous avez tort de croire que je peux être meilleur que Li Hung-chang.

— Ne devrions-nous pas songer à marcher sur nos deux jambes ? leur suggérai-je. Continuer à chercher à négocier tout en préparant notre défense ? »

Guangxu suivit le conseil du prince Kung et confia les travaux de défense à des étrangers. À la tête des armées chinoises fut nommé un ingénieur militaire allemand qui, en 1881, avait supervisé la fortification de Port-Arthur. L'empereur espérait qu'avec un général occidental il parviendrait à renverser la situation. Le prince Tseng et le jeune prince Chun crièrent à la trahison. Guangxu résista jusqu'à la dernière minute, puis revint sur sa décision.

« C'est regrettable, se plaignit plus tard Kung, la Chine aurait été en sécurité et le Japon nous aurait versé des indemnités. »

Je ne m'en rendis pas compte alors mais, à l'instant même où l'empereur se ravisa, son oncle fut démoralisé, au point qu'au cours des jours et des semaines à venir il devait se retirer peu à peu. Pour moi, sa fierté avait été atteinte, mais il reprendrait vite le dessus et continuerait à se battre pour la dynastie. Je me trompais. Le cœur du prince s'enferma dans le jardin aux chrysanthèmes pour ne plus jamais en ressortir.

Vers la fin du mois de janvier 1895, Guangxu comprit qu'il n'avait pas le choix et devait négocier avec le Japon. Ce fut pour lui une véritable humiliation quand la nation ennemie n'accepta de discuter qu'avec Li Hung-chang, pourtant tombé en disgrâce.

Le 13 février, Guangxu releva Li de son poste de gouverneur du Chihli et le chargea de diriger la diplomatie chinoise. Une fois encore, je devais le recevoir au nom de l'empereur, mais il ne voulut pas se rendre à Pékin : persuadé que, tôt ou tard, les Têtes de Fer feraient de lui leur bouc émissaire, il craignait de ne pas survivre à sa venue. Pour lui, les choses avaient changé et tout espoir d'amener le Japon à la table des négociations était perdu.

« Quiconque représentera la Chine et signera le traité devra abandonner des parties de son pays, prophétisa-t-il. Ce sera une tâche ingrate et la nation le blâmera, quelle que soit l'issue des discussions. »

Je l'implorai de réfléchir et lui envoyai une invitation personnelle à dîner avec moi. Il me répondit qu'il ne méritait pas un tel honneur et que, de plus, son grand âge et sa mauvaise santé lui interdisaient de voyager.

Je lui répondis à mon tour. « J'aimerais ne pas être impératrice de Chine. Les Japonais marchent sur Pékin et je n'ose même pas imaginer comment ils violeront les terres de nos ancêtres. »

J'ignore si mon insistance ou son sens aigu du devoir eut le dessus, toujours est-il que Li m'honora de sa présence et fut rapidement nommé chef de la délégation chinoise. Il arriva à Shimonoseki, au Japon, le 19 mars 1895 mais, un mois plus tard, les négociations furent brutalement interrompues : alors qu'il sortait d'une séance en compagnie du Premier ministre Ito Hirobumi, Li reçu un coup de feu en plein visage de la part d'un extrémiste japonais.

« Je me félicite de l'incident, m'écrivit-il quand je me fus inquiétée de sa santé. La balle n'a fait qu'égratigner ma joue gauche. Elle m'a gagné ce que je ne parvenais pas à obtenir à la table des négociations : la sympathie universelle. »

L'attentat eut une conséquence inattendue : le tollé international incita le Japon à modérer ses exigences.

J'avais l'impression d'avoir envoyé Li à la mort et seule la chance avait voulu qu'il survive. Dans le même message, il préparait l'empereur à la plus terrible décision : accepter les termes de la négociation signifiait céder définitivement au Japon l'île de Formose, l'archipel de Penghu et la péninsule de Liaodong ; d'ouvrir au commerce nippon sept ports chinois ; accepter l'occupation du port de Weihaiwei jusqu'au versement des deux cents millions de taëls de réparations ; et, enfin, reconnaître « l'autonomie et l'indépendance plénières de la Corée », c'est-à-dire son abandon à l'ennemi.

Assis sur le trône du Dragon, Guangxu pleurait. Et Li Hung-chang ne put lui arracher un seul mot quand il vint à Pékin en consultation. C'est alors que je lui révélai le fond de ma pensée : « Abandonnez tout ce que la Chine peut donner sous forme monétaire, mais pas nos provinces.

— Oui, Votre Majesté. »

Je m'expliquai : une fois que nous aurions sanctionné l'occupation étrangère, comme nous l'avions fait avec les Russes dans la région de l'Ili, la Chine serait perdue à jamais.

Li me comprenait parfaitement et il négocia en conséquence.

Je ne pouvais oublier l'image de Li Hung-chang prosterné dans la salle d'audience, le front à terre. J'étais comme paralysée et le bruit de la grosse horloge m'agaçait.

« La Corée et Formose sont partis », ne cessait de marmonner Guangxu.

Il ignorait, bien entendu, qu'en quelques mois nous perdrions aussi le Népal, la Birmanie et l'Indochine. Le viol succédait au viol. Le Japon n'avait nullement l'intention de s'arrêter en si bon chemin et ses agents infiltraient déjà la Mandchourie.

Les dragons sculptés sur les colonnes du palais ne furent pas repeints cette année-là. La vieille peinture s'écaillait et les feuilles d'or ternissaient parce que le ministère de l'Intérieur n'avait plus d'argent depuis bien longtemps. Le danger n'était pas la seule pourriture visible mais les termites cachés au cœur du bois.

Un matin, le grand eunuque Li Lianying osa adresser une supplication à l'empereur : « Je vous en prie, Votre Majesté, faites quelque chose pour sauver la Cité interdite, car elle n'est construite que de bois.

— Eh bien, brûlez-la ! » Telle fut la réponse de Guangxu.

Les audiences se succédaient. Li Hung-chang nous envoyait des télégrammes où il indiquait que les Japonais demandaient le droit de construire des usines dans les ports concernés par le traité. « Acceptez ces termes ou ce sera la guerre », voilà comment ils nous menaçaient.

Guangxu et moi comprenions qu'en accédant aux requêtes du Japon, les nations étrangères s'engouffreraient dans la brèche et se montreraient tout aussi exigeantes.

« Les dernières concessions ont également soulevé le problème des droits sur le minerai, disait encore Li, et nous ne pouvons pas faire grand-chose pour résister... »

Les rayons du soleil traversaient les fenêtres de ma chambre et projetaient sur le sol et le mobilier des ombres pareilles à des feuilles d'automne. Une grosse araignée noire, suspendue à son fil sur un panneau sculpté, oscillait au gré du vent. C'était la première araignée noire que je voyais au cœur de la Cité interdite.

Guangxu apparut dans l'encadrement de la porte. Le dos voûté, on aurait dit un vieillard.

« Des nouvelles ? lui demandai-je.

— Nous avons perdu la dernière division de notre cavalerie musulmane. » Il s'effondra sur une chaise. « Je suis forcé de renvoyer dans leurs foyers des dizaines de milliers de soldats parce qu'il me faut payer des indemnités aux étrangers. "C'est soit la guerre, me disent-ils, soit la guerre !"

— Tu n'as rien mangé. Prenons notre petit déjeuner.

— Les Japonais ont construit des routes pour relier la Mandchourie à Tokyo. Ma déchéance accompagnera la chute du tsar de toutes les Russies.

— Guangxu, cela suffit.

— L'empereur Meiji dominera bientôt l'Asie.

— Je t'en prie, mange quelque chose…

— Comment le pourrais-je, mère ? Le Japon m'a déjà gavé ! »

Vingt-six

Les cuisines impériales imaginèrent toutes sortes de raisons pour ne pas annuler mon banquet d'anniversaire. La cour faisait de même, elle qui voyait dans mon départ l'occasion de gagner de l'argent. Li Hung-chang fut contraint de négocier de nouveaux prêts pour assurer le bon déroulement de cette journée. J'en conclus que la seule façon d'échapper à ce piège était d'adresser une lettre à la nation :

« La célébration de mon soixantième anniversaire aurait dû constituer un événement joyeux et je sais que les officiels et de nombreux citoyens ont versé des sommes destinées à édifier des arcs de triomphe – vingt-cinq pour cent de vos revenus annuels, m'a-t-on dit – afin de m'honorer tout au long du canal impérial qui relie Pékin à mon palais... Je n'étais pas disposée à m'obstiner outre mesure en refusant les honneurs, mais je sens que je vous dois, avant tout, mes véritables sentiments. Depuis le début de l'été dernier, nos États tributaires sont tombés, notre flotte a été détruite et nous avons été contraints de nous engager dans des hostilités qui nous ont plongés dans une profonde affliction. Comment pourrais-je avoir le cœur de réjouir mes sens ? Par conséquent, j'ordonne qu'on renonce sur-le-champ à toute cérémonie publique ainsi qu'à tout préparatif. »

J'adressai directement mon texte à l'imprimeur sans demander l'aval d'un grand conseiller car je craignais qu'on ne passe outre à mes propos, comme on avait passé outre à mon désir d'annuler mes banquets d'anniversaire.

J'aurais également aimé partager avec la nation mon regret d'avoir négligé les conseils de Li, ce qui avait eu pour effet d'augmenter le montant des indemnités dues par la Chine. Je ne pouvais dissimuler ma colère de voir cet homme de soixante-douze ans qualifié de traître à son retour du Japon. Dans les rues, les gens crachaient au passage de son palanquin.

Pour l'assurer de mon soutien, je persuadai la cour de l'envoyer à Saint-Pétersbourg peu après le couronnement du tsar Nicolas II. Li demanda à ce qu'un cercueil l'accompagne car il voulait être prêt et ajouta que son nom devait être inscrit sur le couvercle. J'acceptai.

La visite de Li Hung-chang permit la négociation puis la signature d'un accord secret entre la Russie et la Chine. Chaque pays s'engageait à défendre l'autre dans le cas d'une agression japonaise. Le prix à payer, c'était la permission accordée à la Russie de traverser la Mandchourie pour prolonger son chemin de fer transsibérien jusqu'à Vladivostok. Nous l'autorisions aussi à utiliser ce chemin de fer pour transporter des troupes et du matériel à travers le territoire chinois.

Li Hung-chang n'aurait pu faire mieux vu les circonstances. Nous avions tous deux le sentiment que l'on ne pouvait faire confiance à la Russie et, hélas, nous ne nous étions pas trompés : une fois que nous eûmes donné à la marine russe le droit de mouiller à Port-Arthur, qui n'était pas pris par les glaces en hiver, elle refusa de partir même après l'expulsion des Japonais.

À peu près à la même époque, alors que Guangxu et moi travaillions à la mise sur pied d'un programme de fermage susceptible de rapporter des fonds destinés à régler les indemnités de guerre, son épouse, ma nièce Lan, arriva inopinément. À peine la vit-il entrer dans la pièce qu'il s'excusa et se retira.

Lan portait une robe brodée de motifs floraux et de minuscules roses assorties en ruban ornaient ses cheveux. Son haut col relevait son menton et lui donnait un air guindé. Il semblait qu'elle avait renoncé à recouvrir ses joues de poudre blanche. L'expression de son visage trahissait ses émotions : les coins de sa bouche retombaient et les larmes lui vinrent aux yeux avant même qu'elle puisse parler.

Assister au naufrage de leur mariage était pire que vivre dans le souvenir de mon époux et de mon fils défunts. La mort de Xianfeng et de Tongzhi ne soignait rien mais dressait le décor d'un éventuel apaisement. La mémoire était sélective et s'altérait avec le temps. Les sentiments hostiles étaient oubliés : dans mes rêves, mon fils m'aimait et Xianfeng continuait de m'adorer.

Avec Guangxu et Lan, la tristesse ressemblait à une moisissure qui profite de la saison humide pour se développer : elle naissait dans le coin d'un avant-toit pour envahir peu à peu le palais tout entier.

« J'arrive du chevet de ma belle-mère, annonça Lan en parlant de ma sœur. Rong va mal. »

Clouée au lit, elle refusait mes visites. Comme elle prétendait que j'étais à l'origine de tous ses maux, j'avais envoyé Lan me représenter. « Je sais que tu n'es pas ici pour parler d'elle, Lan, lui dis-je, mais tu dois savoir que Guangxu est soumis à une formidable pression. »

Elle secoua la tête, faisant voltiger les ornements de sa chevelure.

« Il doit passer du temps auprès de moi, fit-elle.

— Je ne peux l'y contraindre.

— Oh si, tante, si vous vous souciez vraiment de moi. »

Je me sentis coupable et lui promis d'essayer à nouveau. Prétextant la présence de termites, je fis installer Lan et sa suite dans un palais voisin de celui de Guangxu. Une porte de communication permettrait au couple de se retrouver mais, le lendemain, l'empereur la bloqua à l'aide d'un meuble. Lan le fit ôter : Guangxu donna alors l'ordre de faire murer l'accès à sa demeure.

Je me rendais bien compte que l'empereur était en train de tomber amoureux de sa concubine, Perle, une jeune fille de dix-neuf ans à la beauté stupéfiante. Sa curiosité et son intelligence me rappelaient ma propre jeunesse : je l'appréciais parce qu'elle poussait Guangxu à répondre aux attentes de la nation.

Lan me faisait de la peine quand elle essayait de se montrer à la hauteur de Perle. Le sang de mon frère coulait trop violemment dans ses veines : elle avait de l'ambition mais pas les moyens de la réaliser. Guangxu se détourna davantage d'elle quand elle menaça de se suicider.

J'appelai Kuei Hsiang à l'aide mais il se contenta de dire : « Vous avez arrangé cette union, sœur Orchidée, il vous revient de la consoler. »

J'organisai un thé rien que pour nous trois. Quand Lan insista pour que Guangxu goûte le gâteau à la pêche qu'elle lui avait confectionné, il se montra grognon et se leva pour partir. Je lui effleurai le coude. « Faisons quelques pas dans le jardin. » Je marchai derrière eux dans l'espoir de les voir engager une conversation mais Guangxu gardait ses distances, comme si son épouse dissimulait quelque maladie. Se raccrochant à son orgueil, Lan demeurait silencieuse.

« Tu vas devoir faire un choix, Lan, dis-je quand Guangxu nous eut quittées pour remplir une fonction officielle. Tu savais que les choses ne se passeraient peut-être pas comme tu le souhaitais. Je t'avais prévenue.

— Oui, répliqua ma nièce en s'essuyant les yeux. Je croyais que mon amour le changerait.

— Eh bien, il n'en est rien, que tu le veuilles ou non.

— Mais que vais-je faire ?

— Assume tes devoirs d'impératrice. Prends la tête des cérémonies et honore les ancêtres. Tu peux également faire comme moi : découvrir le monde et chercher à te rendre utile.

— Cela me vaudra-t-il l'affection de Guangxu ?

— Je l'ignore, mais tu ne dois jamais écarter cette éventualité. »

Lan débuta son apprentissage à mes côtés quand je lui ordonnai de lire le rapport concernant la mort de la reine Min de Corée.

« "Guidés par des informateurs, les agents japonais ont pénétré par force dans le palais de la reine." » Lan haleta et se couvrit la bouche de son mouchoir.

« Continue.

— "Après… après avoir tué deux de ses dames de compagnie, ils acculèrent la reine Min. Le ministre de la Maison royale vint à son secours mais les intrus lui tranchèrent les deux mains de leurs sabres…" » Lan était horrifiée. « Ses gardes du corps ? Où étaient-ils ?

— Probablement tués, écartés ou achetés, dis-je. Achève ta lecture.

— "La reine Min fut poignardée à plusieurs reprises et entraînée dehors…" » Sa voix était à peine audible et elle se tourna vers moi, la tête penchée de côté comme une marionnette privée de ses fils.

« Ensuite ?

— Les Japonais ont dressé un bûcher qu'ils ont arrosé de pétrole.

— Et puis ?

— Ils l'ont jetée dessus et allumé une torche. »

Ses lèvres tremblaient. Je pris le rapport et le reposai sur mon bureau. Lan semblait paralysée sur sa chaise. Au bout d'un moment, elle se leva et s'éloigna tel un spectre.

Elle ne menaça plus jamais de se suicider mais cela ne l'empêcha pas de continuer à se plaindre de son mari. Elle croyait ne pas avoir besoin d'apprendre le fonctionnement de la cour et rêvait toujours d'être vénérée par la nation. Elle ne partagea jamais le lit de l'empereur et ne se lia pas d'amitié avec la concubine Perle. En revanche, elle passait beaucoup de temps avec Petite Lumière, tout à l'opposé de sa sœur. Petite Lumière ne s'intéressait pas à grand-chose : elle adorait manger et pouvait grignoter toute la journée.

Rong mourut le 18 juin 1896 après avoir accusé ses médecins de l'empoisonner. Sa maladie mentale fut alors révélée à la cour et l'on comprit pourquoi j'avais décidé bien des années plus tôt de l'empêcher de voir Guangxu. Le revers de la médaille, cependant, était que l'empereur passait à présent pour le fils d'une folle et que le Conseil du Clan en profitait pour chercher à le remplacer.

J'étais lasse des querelles qui agitaient les princes mandchous, des frères et des cousins que seules la haine et la cupidité semblaient unir. Les Têtes de Fer parurent s'ennuyer ferme quand je tentai de leur expliquer la grande affection qui liait l'empereur Xianfeng au prince Kung. Dans leurs splendides robes de cour, cette génération de Mandchous de sang impérial se déchirait comme une meute de loups pour des histoires de propriétés, de sinécures et de rentes annuelles.

Je perdis mon sang-froid au cours d'une réunion de famille organisée à l'occasion des funérailles de ma sœur. Cela tenait à ce que je n'avais pas eu l'occasion de dire adieu à Rong, une belle revanche de sa part, et au mécontentement du jeune prince Chun et de ses Têtes de Fer qui tous revendiquaient leur part de l'héritage.

« La mort de ta mère te prive désormais de protection, lui déclarai-je sur un ton glacial. La prochaine fois que tu offenseras le trône, je n'hésiterai pas à ordonner ton exil et, si tu me défies, ton exécution. »

Chun savait que je ne plaisantais pas : après tout, j'avais fait mettre à mort Su Shun, l'ancien maître du Grand Conseil, et les puissants membres de sa bande. La dureté de mes paroles mit fin aux chamailleries et je me retrouvai seule.

La joue posée sur le cercueil de Rong, je me souvins des deux noix qu'elle m'avait offertes le jour de mon départ pour la Cité interdite. Je me reprochais de ne pas avoir fait davantage d'efforts pour m'occuper d'elle. Elle avait succombé à sa maladie, non sans avoir connu quelques phases de lucidité et d'affection. Était-elle au courant des déboires conjugaux de Guangxu et de Lan ? Jamais je ne connaîtrais ses véritables sentiments. Comme je regrettais de ne pas avoir assez parlé avec elle quand nous étions jeunes filles ! J'aurais aimé m'entretenir avec Kuei Hsiang pour que nous la pleurions ensemble, mais cela ne l'intéressait pas : mon frère ne voyait dans la mort de Rong qu'un soulagement.

Lors des funérailles, Lan et Guangxu paraissaient former un couple harmonieux. Après s'être inclinés ensemble devant le cercueil, ils lancèrent vers le ciel des poignées de grains d'or. Cela m'incita à ne pas perdre espoir.

Tout au long de cette période troublée, Yung Lu n'avait cessé de travailler avec Li Hung-chang au renforcement de l'armée. Nos rencontres avaient été rares car il était déterminé à ne pas laisser courir de rumeurs susceptibles de compromettre ses efforts. Je devais me satisfaire des nouvelles que m'apportait Li.

Un matin pourtant, Yung Lu vint me demander la permission de démissionner de son poste de commandant en chef des armées pour prendre la tête de la marine. J'accédai à sa requête, persuadée qu'il avait mûrement réfléchi, mais je le prévins que d'aucuns verraient une rétrogradation dans ce changement d'affectation.

« Je ne vis jamais selon les principes d'autrui, me répondit-il.

— La marine a connu bien des difficultés depuis le départ de Li Hung-chang à l'étranger, lui rappelai-je.

— C'est justement pour cela que je tiens à ce poste.

— Li m'a dit qu'il fallait un homme de votre stature pour influencer la marine. A-t-il suggéré votre transfert ?

— Oui. »

Je m'efforçais de ne pas penser que les nouvelles fonctions de Yung Lu l'entraîneraient encore plus souvent loin de Pékin.

« Qui vous remplacera ?

— Yuan Shikai. Il ne rendra de comptes qu'à moi seul. »

Je connaissais la valeur de Yuan : jeune général, il avait combattu les Japonais et assuré la paix en Corée pendant dix ans.

« Vous aurez donc deux rôles à remplir.

— Oui, fit-il avec un sourire. Comme vous.

— Je ne me sentirai pas en sûreté pendant vos absences.

— Je serai à Tianjin.

— C'est à plus de cinq cents kilomètres.

— Une broutille, par rapport au Sinkiang. »

En silence, nous bûmes notre thé et moi, je regardais ses yeux, son nez, sa bouche, ses mains.

Vingt-sept

Guangxu me demanda d'emménager avec lui au Ying-t'ai, le pavillon de la Terrasse de l'Océan, érigé sur un îlot du lac de la mer du Sud, non loin du palais d'Été. L'isolement, expliqua-t-il, l'aiderait à se concentrer.

Le Ying-t'ai était un paradis depuis longtemps inoccupé. Ses élégants bâtiments, aujourd'hui délabrés, étaient reliés à la terre ferme par une chaussée étroite et un pont basculant, et ses terrasses de marbre descendaient jusqu'au lac, séparées par des canaux enjambés de ponts charmants.

En été, les lacs environnants étaient recouverts de nappes de lotus. En août, de grosses fleurs rosées apparaissaient en haut des tiges vertes. Le spectacle était étonnant. Quand les travaux de restauration eurent débuté, on me demanda de donner un nouveau nom aux différentes pièces et j'optai pour salle de l'Élégance cultivée, chambre du Repos paisible, bureau de la Réflexion sur des sujets lointains et chambre de la Solitude du cœur.

Je comprenais peu à peu qu'il pouvait y avoir de la dignité en l'absence d'amis et je me sentais de plus en plus attirée par le bouddhisme : sa promesse de paix était séduisante et il n'établissait pas de discrimination à l'encontre des femmes, contrairement au confucianisme. Des femmes occupaient le panthéon bouddhiste et celle que je révérais le plus n'était autre que Guanyin, qui apporte son secours à qui le lui demande sincèrement. Il faut dire que je n'avais personne d'autre vers qui me tourner.

Je croyais à la miséricorde mais je n'avais plus confiance dans mon entourage. Par exemple, j'étais persuadée que l'équité dont je faisais preuve envers mes eunuques aurait assuré leur loyauté et leur honnêteté, mais il me suffisait d'un seul coup d'œil pour démasquer les menteurs. Ainsi j'avais demandé à mon eunuque Chow Tee de porter un gâteau au miel et aux noix à Li Lianying, en congé pour la première fois depuis vingt-neuf ans. Quand il me transmit les remerciements de Li, je m'enquis : « As-tu livré toi-même ce gâteau ?

— Assurément, Votre Majesté, j'ai même couru pour que maître Li le déguste encore chaud.

— Il pleut, n'est-ce pas ?

— Oui.

— Dans ce cas, comment se fait-il que tes habits soient secs ? »

Le menteur reçut dix coups de canne de bambou.

Pour me calmer, j'allai contempler les camélias en fleur. Les branches étaient pleines de gros bourgeons. J'avais du mal à croire que Li Lianying venait d'avoir cinquante ans : il en avait treize quand An-te-hai me l'avait présenté.

Pour ma part, j'avais soixante et un ans et je me méfiais de plus en plus d'autrui ainsi que de mon propre jugement. Je répétais sans cesse que je ne tolérerais pas le mensonge, mais il avait toujours fait partie de la vie de la Cité interdite. Depuis la guerre avec le Japon, je n'avais jamais reçu le moindre rapport faisant état d'une défaite militaire. La cour ne parlait que de victoires héroïques pour lesquelles j'avais la folie d'accorder récompenses et promotions.

Sans prévenir, il m'arrivait de mettre à l'épreuve mes eunuques et mes dames de compagnie. Cela me déplaisait mais je ne pouvais agir différemment : on attendait de moi que je me montre aussi dominatrice qu'imprévisible. Avoir le châtiment facile, telle était désormais la règle qui garantissait ma survie mentale.

Je m'efforçais cependant de fermer les yeux sur des peccadilles. Ainsi je ne punis pas Li Lianying quand il perça un trou (« pour laisser sortir l'air ») dans le bouchon de mes bouteilles de champagne, un cadeau de l'ambassadeur de France à Li Hung-chang. L'eunuque croyait que la détonation me détruirait le tympan.

Tout au long de l'année 1896, j'avais travaillé chaque jour avec l'empereur Guangxu et j'étais satisfaite de ses progrès. Il faisait tout son possible pour prendre en main les affaires de cour mais de terribles obstacles se dressaient devant lui. Je me levais tôt et franchissais les ponts de pierre afin de me préparer, j'observais les lotus, de leur bourgeonnement à leur floraison. Je cueillis la première fleur qui s'ouvrit à l'aube d'une journée d'été.

Je me sentais en contradiction avec la sérénité du cadre où je vivais. Les eunuques s'enfonçaient dans la vase jusqu'à la taille pour arracher les racines de lotus de mon petit déjeuner et moi, je me demandais si je devais ou non presser l'empereur d'approuver les dernières propositions de Li Hung-chang : des prêts additionnels nous seraient utiles car nous étions en retard dans nos règlements et les banques étrangères se faisaient menaçantes. Nous n'ignorions pas que les puissances occidentales lorgnaient sur nos territoires et guettaient le moindre prétexte pour nous envahir.

Quand les racines de lotus sautées nous étaient servies, Guangxu n'avait pas d'appétit. Assise à côté de lui, je ne savais comment le réconforter. Il voulait la plupart du temps qu'on le laisse tranquille. Sa santé m'inquiétait mais je n'osais pas lui poser la moindre question ni même l'encourager à prendre en main ses baguettes.

Une fois mon repas terminé, je me rinçais rapidement la bouche et me retirais dans mon bureau pour préparer les audiences du matin. Guangxu me rejoignait peu après. J'attendais que les eunuques finissent de le vêtir puis nous montions dans nos palanquins. Une fois terminées les audiences de l'après-midi, nous continuions à discuter des problèmes de la journée, convoquions souvent des ministres et des fonctionnaires à même de nous fournir des précisions. Quand l'empereur me voyait bâiller, il me suppliait de m'arrêter et de me reposer. Je lui demandais une cigarette qu'il m'allumait, puis je continuais à travailler jusqu'à la tombée de la nuit.

« La Chine n'a offensé personne ni fait aucun mal, elle ne souhaite pas se battre et est prête à consentir à des sacrifices, pouvait-on lire dans l'article de Robert Hart. C'est un grand "corps malade" qui se remet lentement de l'effet néfaste des siècles et est agressé alors qu'il est encore alité par des Japonais agiles, en bonne santé et bien armés. Qui donc viendra à son aide ? »

Guangxu et moi espérions que les remarques de Hart permettraient à notre pays de susciter sympathie et soutien de la part du reste du monde. Hélas, ce fut le contraire qui advint. Notre défaite devant le Japon ne fit qu'inciter les puissances occidentales à abuser plus encore de nous. « Le ver a réduit en poussière la robuste étoffe chinoise », et ce qu'il restait, chacun pouvait s'en emparer.

Nous avions perdu la Corée et notre marine était anéantie. Après avoir servilement singé la civilisation chinoise pendant des siècles, les Japonais n'affichaient plus que mépris à l'encontre de la source de sagesse de l'Orient. Le monde semblait avoir oublié que peu de temps auparavant, en 1871, le Japon était encore le vassal de la Chine.

Comme tout le monde, Guangxu soupçonnait Li Hung-chang d'avoir passé des accords secrets avec les étrangers, à son seul profit évidemment. « Li aurait pu aboutir à de meilleurs traités. » Il en voulait pour preuve le fait que cet homme ait confié à son gendre le soin de veiller aux fournitures de l'armée.

« C'est parce que son expérience avec tes frères, cousins et oncles a été si désastreuse, expliquai-je. Li n'est pas corrompu : en Chine, on fait toujours jouer ses relations personnelles. Pense plutôt à ce que tu y as gagné, aux fonds nécessaires à la reconstruction de la marine.

— Je ne peux lui pardonner d'avoir laissé passer l'occasion d'une défense anticipée ! » Guangxu ne supportait pas d'avoir dû signer le traité de Shimonoseki, le plus humiliant de toute l'histoire de notre pays. « Il s'est enrichi grâce au Japon. N'ai-je pas raison d'affirmer que Li Hung-chang est l'homme le plus riche de Chine ?

— Je ne frapperai pas le chien domestique, dis-je, et je préfère m'en prendre au voisin irritable. N'oublie pas que Li ne voulait pas participer aux négociations : c'est toi et moi qui l'avons désigné. Les Japonais ont rejeté ton premier délégué et Li était le seul à bénéficier de leur aval.

— Justement ! Ils l'ont choisi parce que c'était leur ami ! Le Japon savait qu'il leur serait favorable.

— Allons, Guangxu, il s'en est fallu de peu pour que la balle l'atteigne à l'œil ! Sans cette tentative d'assassinat, le Japon nous aurait pressés de satisfaire ses exigences et nous aurions perdu la Mandchourie plus trois cents millions de taëls !

— Je ne suis pas le seul à l'accuser. Le censeur de la cour a enquêté sur lui, dit-il en me montrant un document. Écoutez : "Li Hung-chang a beaucoup investi dans des affaires japonaises et ne souhaitait pas qu'une guerre réduise ses dividendes. Il a craint, semble-t-il, que les importantes sommes d'argent que lui ont rapportées ses nombreuses spéculations et qu'il a déposées au Japon ne soient perdues. D'où son opposition à la guerre."

— Si tu ne comprends pas qu'attaquer Li, c'est s'en prendre au trône, je ne vois pas comment je pourrais travailler avec toi !

— Mère, fit-il en tombant à genoux. Je ne fais que vous communiquer ce que je sais. Vous comptez tant sur Li. Et s'il n'était pas celui que vous croyez ?

— Ah, si au moins nous avions le choix... Nous avons besoin de lui. S'il n'avait pas misé sur les jalousies internationales, le Japon ne se serait jamais retiré de la péninsule de Liaodong.

— Cela ne l'a pas empêché de nous imposer le versement de trente millions de taëls supplémentaires.

— Nous sommes les vaincus, mon fils. Tout n'est pas la faute de Li Hung-chang et nous seuls pouvons mettre en balance son escroquerie et ce qu'il peut nous apporter. »

Je lui demandai si la réception avec les délégués étrangers s'était bien passée et Guangxu me répondit mollement par la négative. « Je suis certain qu'ils sont aussi déçus que moi. Ils ont consacré tant de temps et d'énergie à préparer cette audience, tout cela pour voir à quel point je suis éteint. »

Je songeai aux commentaires de mon époux, Xianfeng, lorsque des étrangers sollicitaient une entrevue : pour lui, c'était seulement leur donner l'occasion de lui cracher au visage.

« Leur vue m'était insupportable, reprit-il. J'essayais pourtant de me convaincre que j'avais en face de moi des individus, et non les pays qui m'ont brutalisé.

— Tu les as tous vus ?

— Oui. La Russie, la France, l'Angleterre et l'Allemagne se sont comportées comme des chiens en voulant m'obliger à contracter d'autres dettes. Que pouvais-je faire sinon leur répondre que c'était impossible et que tous mes revenus allaient aux Japonais ? »

Les banquiers étrangers étaient implacables, m'avait dit un jour Li Hung-chang. « Comment cela s'est-il terminé ?

— J'ai fait un emprunt auprès de chaque pays en donnant pour garantie les taxes douanières, celles sur les transports et l'impôt sur le sel. »

Il y avait une telle douleur dans sa voix que je me sentis impuissante et emplie d'une tristesse infinie.

« Je ne suis pas préparé à ce qui va arriver, soupira-t-il. Les Russes continuent de transporter hommes et vivres jusqu'à la mer en traversant la Mandchourie.

— Nous leur avons accordé ce droit uniquement en temps de guerre, pas en temps de paix.

— Oui, mais ils sont résolus à faire fonctionner leur Transsibérien en toutes circonstances. »

Je sortis m'aérer sur la terrasse et pris mon fils par l'épaule. « Espérons que le plan de Li, dresser un barbare contre l'autre, portera ses fruits.

— Le Japon se rapproche de Pékin et nos défenses maritimes sont réduites à néant. »

Je ne sus qu'ajouter.

Le lendemain, mon fils fut confronté à une autre décision, une autre humiliation. On eût dit qu'il vivait dans une fosse à purin. Tongzhi avait eu plus de chance : sa mort prématurée lui avait apporté la paix.

Il faisait sombre et Li Lianying venait de se retirer. Adossée à des coussins, je me souvins que Li Hung-chang m'avait un jour conseillé de déposer or et argent dans des banques situées hors de Chine. « Au cas où le Japon... » Il n'avait pas osé en dire davantage mais j'avais compris : je serais peut-être obligée de m'enfuir du pays. L'image de la reine Min brûlée vive m'obnubilait.

Li Hung-chang devait me croire très riche alors que je n'avais plus un sou. J'étais trop gênée pour avouer avoir vendu ma troupe d'opéra préférée. Je ne possédais pratiquement plus rien en dehors de mes sept titres impériaux honorifiques. Li n'avait pas insisté pour que je consulte les banquiers anglais de Hong-Kong et de Shanghai mais, en quittant mon palais, il ne semblait plus confus : il comprenait mieux que quiconque ce que je pensais de la survie de la Chine.

Guangxu et moi nous attendions que les puissances étrangères mettent fin à leurs agressions après l'exécution des accords mais, en mai 1897, l'Allemagne trouva un autre prétexte pour nous attaquer. Tout commença quand des bandits chinois s'en prirent à un village du Shandong, non loin de la colonie allemande portuaire de Jiaozhou. Des maisons furent incendiées, les habitants tués et deux missionnaires catholiques massacrés.

Avant même que notre gouvernement puisse mener son enquête, un escadron allemand marcha sur Jiaozhou et s'empara du port. La Chine fut menacée des plus sévères représailles à moins d'accepter de verser une compensation en or et de poursuivre les bandits en justice.

Le Kaiser s'arrangea pour que le monde entier entende sa protestation : « Je suis pleinement décidé à abandonner dès aujourd'hui la politique de prudence excessive dans laquelle la Chine n'a vu que faiblesse et à montrer aux Chinois par la force et, si nécessaire, par la brutalité, que l'empereur d'Allemagne ne saurait être bafoué et qu'il n'est pas conseillé de l'avoir pour ennemi. »

Quatre jours plus tard, mon fils vint m'apprendre que la garnison chinoise de Jiaozhou avait été circonvenue. Après sa capture, Guangxu dut céder aux Allemands le port et le territoire environnant dans un rayon de cinquante kilomètres. Un bail de quatre-vingt-dix-neuf ans leur assurait le droit exclusif d'exploiter les mines et le chemin de fer.

L'empereur avait tremblé en entendant Li Hung-chang lui exposer ce qui se passerait s'il refusait de signer.

Li devait se faire le messager d'autres mauvaises nouvelles au cours des mois suivants : des navires de guerre russes vinrent mouiller à Port-Arthur, ce que leur permettait le traité de 1896, mais leur commandant annonça qu'ils n'en bougeraient plus. En mars 1898, Port-Arthur et le port marchand voisin de Talienwan furent à leur tour donnés à bail aux Russes, pour vingt-cinq ans cette fois-ci, avec les droits miniers et ferroviaires dans un rayon de cent kilomètres.

Le Premier ministre anglais se joignit à la curée en déclarant que « l'équilibre des forces dans le golfe de Pechili était désormais rompu ». L'Angleterre demanda que Weihawei, non loin de Jiaozhou, soit « confié aux Britanniques dès que l'indemnité aurait été versée aux Japonais et la ville évacuée ». Les Britanniques s'octroyèrent également la mainmise sur la région de Kowloon, sur le continent, juste en face de Hong-Kong.

La France ne voulut pas être tenue à l'écart et exigea elle aussi un bail de quatre-vingt-dix-neuf ans sur le port de Kwangchowan, au sud de Hong-Kong.

Quand la cour supplia l'empereur de reprendre en main la situation, Guangxu remit à chaque ministre une copie du courrier de Li Hung-chang. Les puissances occidentales unies annonçaient quelles seraient leurs « sphères d'influence » en Chine. L'Allemagne et la Russie étaient d'accord pour que revienne aux Britanniques tout le bassin du Yangzi, de la province du Sichuan à son delta, dans le Jiangsu. La Grande-Bretagne acceptait que le sud du Guangdong et du Yunnan soit régi par les Français. Une bande allant du Gansu au Shandong via le Shaanxi, le Shanxi et Henan, était allemande. La Mandchourie et le Chihli étaient russes. Amis de la liberté, les États-Unis assuraient les mêmes droits et opportunités à toutes les nations des provinces sous bail et qualifiaient leur attitude de « politique de la porte ouverte ».

Vingt-huit

J'ignorais que j'allais rencontrer le prince Kung pour la dernière fois. C'est en mai 1898, par une journée sinistre, que je reçus son invitation. Il avait été malade, mais c'était un homme résistant, tant sur le plan physique que sur le plan mental, et chacun s'attendait à le voir guérir. Quand j'arrivai à son chevet, je fus déconcertée par son état et je compris immédiatement que sa vie touchait à son terme.

« J'espère que vous ne m'en voudrez pas si le poisson mourant émet encore des bulles », dit-il d'une voix faible.

Je lui demandai s'il aimerait voir l'empereur. Il secoua la tête et ferma les yeux pour rassembler ses forces. Je regardai autour de moi et n'aperçus que bols, crachoirs et bassins. L'odeur de la tisane médicinale imprégnait désagréablement l'atmosphère.

Le prince Kung voulut se redresser mais il n'en avait plus la force. « Sixième frère, dis-je en l'aidant, vous n'auriez pas dû dissimuler votre état.

— C'est la volonté du Ciel, belle-sœur. Je suis heureux de vous revoir à temps. » Il leva la main droite et agita deux doigts. « D'abord... je suis navré de la mort de Tongzhi, fit-il d'une voix teintée de remords. Je sais ce que vous avez souffert... je m'excuse. Mon fils Tsai-chen a eu la fin qu'il méritait.

— Taisez-vous, sixième frère, je vous en prie. »
J'avais les larmes aux yeux.

« Je n'ai jamais pardonné ses fautes à Tsai-chen, et
il le savait », déclara le prince Kung.

En vérité, c'était à lui-même qu'il refusait d'accorder
son pardon. Je n'avais pas eu le courage de lui demander comment il avait surmonté la mort de son fils.
« Que le Ciel prenne en pitié le cœur des parents »,
dis-je en lui tendant une serviette.

Il s'essuya le visage. « J'avais une énorme dette
envers Xianfeng, mais j'ai manqué à mon devoir. J'ai
abandonné Tongzhi et maintenant je dois laisser
Guangxu.

— Vous ne deviez rien à Xianfeng. Il vous a rayé de
son testament. C'est à Su Shun et à sa bande qu'il a
confié l'éducation de Tongzhi. »

À cela, il ne put rien répondre, lui qui avait pourtant
toujours voulu croire que c'était Su Shun et non son
frère qui avait modifié le texte du testament impérial.
Épuisé, il ferma encore une fois les yeux comme pour
dormir. Je me rappelai les jours où il était fort, beau
et plein d'entrain. Ses talents étaient à la mesure des
rêves qu'il nourrissait pour la Chine. Un jour, j'avais
même imaginé que j'étais son épouse et non celle de
l'empereur Xianfeng.

J'ai toujours pensé qu'il aurait fait un meilleur
empereur. On aurait dû lui donner le trône, et c'est
ce qui se serait passé sans la félonie de Tu Shou-tien,
le professeur de Xianfeng, lui qui conseillait à son
disciple de prendre en compassion les animaux qu'on
chassait à l'automne. Ce jour-là le prince Kung avait
fait mieux que tous ses frères mais son père avait été
ému par la grandeur d'âme de son cadet. Ce fut un
malheur pour le pays que le trône revienne à
Xianfeng, et le malheur engendre toujours un autre
malheur.

Je me demandais si Kung souffrait d'avoir vécu dans l'ombre de Xianfeng en sachant qu'il avait été trahi.

« Si vous avez une question à me poser, faites-le avant qu'il ne soit trop tard », me dit-il en rouvrant les yeux.

L'idée de le perdre m'était insupportable. « Je ne crois pas que vous voudrez la connaître et je doute même qu'il soit décent que je vous la pose.

— Orchidée, nous avons été les meilleurs amis et chacun fut le pire fléau de l'autre, sourit-il. Que peut-il y avoir de plus entre nous ? »

Je lui demandai donc s'il souffrait de l'injustice de son père et de la prise du pouvoir par son frère.

« Si j'ai éprouvé quelque ressentiment, ma propre culpabilité en a retiré le dard. Vous souvenez-vous de septembre 1861 ?

— Le mois où Xianfeng nous a quittés ?

— Oui. Vous vous rappelez notre pacte. C'était un bon accord, n'est-ce pas ? »

À l'époque, nous avions une vingtaine d'années et nous ignorions que nous écrivions l'histoire. Le prince Kung avait découvert que son nom avait été biffé du testament de Xianfeng et moi, j'affrontais l'éventualité d'être ensevelie vivante pour accompagner mon époux dans l'autre monde.

« Su Shun nous avait acculés tous les deux, dis-je.

— Qui a eu le premier l'idée de confier à l'autre la légitimité ?

— Je ne sais plus. Je me souviens seulement que nous n'avions d'autre choix que nous entraider.

— C'est vous qui m'avez nommé en remplacement de Su Shun.

— Vraiment ?

— C'était très audacieux... et impensable.

— Vous méritiez le titre, le Ciel aurait dû commencer par en décider ainsi.

— Je me sens coupable parce que ce n'est pas ce que mon père ni Xianfeng attendaient.

— Sans vous, la dynastie ne serait pas où elle en est aujourd'hui, insistai-je.

— Dans ce cas, j'aimerais vous remercier, Orchidée.

— Vous êtes un bon associé, même si vous êtes parfois difficile.

— Me pardonnerez-vous la mort de Tongzhi ?

— Vous l'aimiez, Kung, et je ne veux me rappeler que cela. »

Le prince attendait de moi autre chose – que je lui promette de continuer à honorer Robert Hart, avec qui il avait si étroitement collaboré au fil des ans.

« C'est l'ami le plus précieux que la Chine ait jamais eu. La place que nous occuperons dans le monde de demain dépend de son aide. » Kung était certain que la cour ne suivrait pas ses instructions après sa mort. « Je crains qu'ils ne le chassent hors du pays.

— Je veillerai à ce que Li Hung-chang marche dans vos pas.

— Je n'ai jamais réussi à persuader la cour de lui accorder une audience privée. Le recevrez-vous ?

— Son rang me le permet-il ?

— Son rang est assez élevé, mais il n'est pas chinois, dit Kung non sans amertume. Les ministres le jalousent parce que je comptais sur lui pour tant de choses. Si la cour ne l'apprécie pas, ce n'est pas parce qu'il est anglais, mais parce qu'on ne peut l'acheter. »

Le prince Kung et moi regrettâmes de ne pas avoir été entourés de davantage d'hommes de sa trempe.

« J'ai entendu dire que la reine d'Angleterre l'avait honoré, est-ce vrai ?

— Oui, la reine l'a fait chevalier, mais elle s'intéresse plus à ce qu'il peut rapporter à l'Angleterre. Pourtant Hart aime la Chine. Il s'est montré tolérant et a subi le mépris de la cour. Je crains qu'il ne perde patience et s'en aille. La Chine dépend tout entière de lui. Nous serions privés d'un tiers de nos revenus douaniers ainsi que de… notre dynastie… »

Je ne savais comment poursuivre l'œuvre du prince Kung. Il m'était impossible de communiquer avec Robert Hart et je ne pensais pas réussir à convaincre la cour de son importance.

« Je ne pourrai rien faire sans vous, sixième frère. » Je me mis à pleurer.

Le médecin s'approcha de moi et me conseilla de partir. Le prince parut soulagé en me faisant au revoir de la main.

Je revins le lendemain mais l'on m'apprit que le prince perdait conscience à tout moment. Quelques jours plus tard, il sombra dans le coma.

Il mourut le 22 mai.

Comme il l'avait demandé, j'organisai des funérailles toutes simples. Le trône avertit officiellement Robert Hart du décès de son ami.

Le départ du prince Kung me fut cruel. Le lendemain de la cérémonie, je rêvai qu'il était de retour parmi nous. Il était en compagnie de Xianfeng et les deux hommes avaient à nouveau vingt ans. Le prince était vêtu de pourpre et mon époux portait une robe de satin blanc.

« Vivre, c'est faire l'expérience de la mort, ce qui est encore pire que celle-ci, disait mon mari du ton triste qui était le sien.

— C'est vrai, répondait Kung, mais la mort "vivante" est aussi "richesse spirituelle"… »

Je les suivais dans ma chemise de nuit alors qu'ils devisaient. Je saisissais leurs paroles mais pas leur signification.

« Comprendre la souffrance permet à la victime de fouler le chemin de l'immortalité, reprenait mon mari. L'immortalité n'est autre que la capacité de supporter l'insupportable. »

Le prince Kung était de son avis. « C'est seulement après avoir fait l'expérience de la mort qu'on peut comprendre le plaisir de vivre.

— Le plaisir ne fait pas partie de ma vie, les interrompais-je. Vivre, ce n'est que mourir, encore et toujours. La souffrance est devenue insupportable, elle ressemble à un châtiment perpétuel, à une mort prolongée.

— Mourir encore et toujours apporte le ravissement d'être en vie », répondait mon mari.

Les deux hommes disparurent avant que j'eusse le temps de répliquer. À leur place je voyais une vieille femme assise sur ses talons dans le coin d'une vaste pièce obscure. Ce n'était autre que moi-même. Je portais des vêtements de servante et j'étais malade. Mon corps s'était ratatiné pour ressembler à celui d'un enfant. Ma peau était creusée de rides profondes et mes cheveux étaient poivre et sel.

Vingt-neuf

« J'ai envisagé des réformes, m'avoua l'empereur Guangxu. C'est la seule façon de sauver la Chine. » Pendant le petit déjeuner, dans la Cité interdite, il m'avait dit avoir découvert un « esprit frère », un homme qu'il admirait beaucoup. « Mais la cour a refusé que je le reçoive. »

Pour la première fois, j'entendais prononcer le nom de Kang Yu-wei, lettré et réformateur autoproclamé originaire de Canton. La cour l'avait rejeté parce qu'il n'avait ni rang ni haut poste gouvernemental. En fait, il avait échoué par trois fois au concours d'entrée dans la fonction publique.

« Kang Yu-wei possède un talent extraordinaire, c'est un génie politique ! » insista Guangxu. Je lui demandai comment il l'avait connu. « Perle m'a fait connaître ses écrits.

— J'espère que Perle est consciente qu'elle peut être punie pour avoir fait entrer clandestinement des livres.

— Elle l'est, mère, mais elle a eu raison de me les apporter car j'y ai trouvé le moyen de mettre la Chine sur le droit chemin. »

L'audace de Perle me rappelait la mienne, quand j'avais le même âge. Elle me rappelait aussi à quel point la cour me détestait, surtout le Grand Conseiller Su Shun, bien décidé à me détruire.

« Perle croit que j'ai le pouvoir de la protéger.

— Est-ce le cas ? »

Mon fils quitta son siège pour un autre et tapa nerveusement le sol de son pied. « Je pense que je ne serais pas ici...

— Tu désires la protéger, n'est-ce pas ?

— Oui..., hésita-t-il.

— Je veux être sûre que tu comprends bien le sens de tes paroles pour savoir où me situer.

— J'aime Perle.

— Cela signifie-t-il que tu veux renoncer au trône par amour ?

— Vous cherchez à m'effrayer.

— Ce que je sais, c'est que tu pourrais être contraint de signer son arrêt de mort si l'on apprenait qu'elle s'immisce dans les affaires privées de l'empereur. Et peu importe si l'idée vient de toi, tu connais les règles.

— Je suis désolé d'encourager Perle, mais elle ne mérite que des louanges. Elle est si brillante, si brave...

— J'en jugerai par moi-même. »

« Je suis prêt à agir avec ou sans l'assentiment de la cour », me dit l'empereur quelques jours plus tard. Sa peau d'ordinaire si pâle avait rosi. « J'ai étudié les modèles de réforme de Pierre le Grand de Russie et de Hideyoshi, au Japon. Tous deux m'ont aidé à clarifier ma pensée. En dix ans, la réforme rendra la Chine forte et prospère et, dans vingt ans, elle sera assez puissante pour reconquérir ses territoires perdus et se venger des humiliations subies.

— Est-ce la prédiction de Kang Yu-wei ? demandai-je.

— Oui. Perle l'a rencontré en mon nom chez maître Weng.

— Tu es sûr que ce n'est pas Kang Yu-wei qui a approché Perle le premier ?

« — En fait, il a commencé par contacter maître Weng et l'a prié de me transmettre un message.

— Je suppose qu'il a refusé ?

— Oui, mais Kang Yu-wei a insisté. Perle l'a vu devant la porte de Weng, occupé à distribuer ses pamphlets à qui voulait les lire. »

Mon fils m'en montra quelques-uns. Ils étaient édités à compte d'auteur et mal imprimés mais leur titre m'interpella : *Étude des réformes au Japon, Confucius le réformateur* ou encore *Essais sur la reconstruction de la Chine*.

« Après les avoir lus, dit Guangxu, j'ai ordonné d'en envoyer des exemplaires aux principaux gouverneurs.

— Tu crois cet homme capable de guérir le pays ?

— Absolument. Ses écrits sont révolutionnaires, ils me parlent ! Pas étonnant que la cour et les Têtes de Fer le considèrent comme un homme dangereux. »

La cour m'avait renseignée sur le passé de ce lettré. « Sais-tu qu'il a échoué aux examens ?

— La cour le méjuge !

— Honnêtement, qu'est-ce qui t'impressionne en lui ?

— Pour lui, il faut prendre des mesures draconiennes si l'on veut mener à bien les réformes.

— Ne penses-tu pas que Li Hung-chang et Yung Lu font déjà de grands progrès ?

— Ils ne sont pas assez efficaces. Il faut mettre au rebut les vieilles méthodes. »

Si j'avais été portraitiste, je l'aurais peint en cet instant. Il se tenait près de la fenêtre et le soleil jouait sur ses épaules. Les yeux étincelants, il ponctuait chaque phrase d'un geste de la main.

« Selon Kang Yu-wei, le Japon était également une nation attachée à la tradition. Il s'est pourtant transformé quasiment du jour au lendemain d'une société féodale en État industriel.

— C'est exact, mais le Japon n'était pas agressé quand il a entrepris ces réformes. Il n'avait pas non plus de formidables dettes tant intérieures qu'internationales. Laisse-moi finir, Guangxu. Le peuple du Japon était déjà prêt à suivre son empereur quand celui-ci l'a appelé.

— Qu'est-ce qui vous fait croire que mon peuple ne me suivra pas ?

— La cour t'est hostile.

— Eh bien, je commencerai par me débarrasser de cet obstacle. »

Je réprimai un frisson.

« Mes édits contourneront le Conseil du clan et la cour, poursuivit-il avec fougue. Kang pense que je devrais m'adresser directement à la population.

— La cour se dressera contre toi et ce sera le chaos.

— Avec votre aide, mère, je riposterai et je vaincrai. »

Je ne voulais pas le décourager, même si je trouvais périlleux d'écarter la cour.

« Réfléchis bien, mon fils, la défaite devant le Japon terrorise notre nation. La stabilité est tout.

— La réforme ne peut plus attendre, mère. » Il n'y avait plus de douceur dans sa voix.

« Je veux que tu prennes conscience des réalités politiques.

— C'est déjà fait, mère.

— Il y a eu des insurrections dans les campagnes. Les radicaux ont gagné du terrain à Canton. Le dernier rapport secret indique que le mouvement en faveur d'une république chinoise est financé par les Japonais.

— Personne ne m'empêchera d'aller de l'avant, personne ! » s'impatienta Guangxu.

L'horloge sonna deux coups et Li Lianying vint me prévenir qu'il avait dû faire réchauffer le déjeuner.

« Puis-je dire à la cour que j'ai votre permission de rencontrer Kang Yu-wei ?

— Je verrai si je peux assouplir sa position.

— Il est en votre pouvoir d'imposer votre volonté.

— Il vaut mieux obtenir l'autorisation de la cour elle-même. »

Il se dirigea vers la porte puis fit demi-tour, visiblement perturbé. « La peur est responsable de la maladie de la Chine, de sa faiblesse et bientôt de sa mort !

— Guangxu, puis-je te faire un aveu ? Tes oncles et les principaux conseillers sont venus me voir.

— Que voulaient-ils ?

— Te mettre à l'écart, fis-je en prenant une pile de documents. Écoute ceci : "L'empereur a agi impétueusement et l'on ne pourra lui faire confiance en l'absence d'une main qui le guide." "Guangxu n'a pas fait montre de sa capacité à prendre une décision fondée sur un consensus. Il est nécessaire de l'éloigner du trône. Nous suggérons que lui succède le prince Pu-Chun, petit-fils du prince Tseng."

— Comment osent-ils ? hurla-t-il. Je vais les faire inculper de conspiration !

— Pas si l'intégralité de la cour a signé cette pétition. »

Je repoussai les documents et Guangxu continua de protester. Toutefois, il baissa la voix et parut se calmer. Quand il eut fini de parler, il s'appuya au rebord de la fenêtre et croisa les bras. « Mère, j'ai besoin de votre aide.

— Servez-vous de moi à bon escient, mon fils. Quand les membres de la cour parlent de placer le pouvoir entre mes mains, cela veut dire *entre les leurs*. Mon rôle n'est que de façade. Je ne suis importante que lorsqu'on a besoin de moi comme chef symbolique, pour donner de la légitimité aux princes, aux hauts personnages et aux mandarins... à ceux qui détiennent le pouvoir véritable.

— Mais, mère…

— J'ai ignoré Li Hung-chang et Yung Lu, qui ont exprimé des doutes à ton sujet. Pour être franche, je les partage. Tu n'as jamais fait tes preuves.

— J'essaie pourtant de bien faire.

— Cela, mon fils, je n'en doute pas un instant. »

C'est en larmes que Guangxu me supplia pour la troisième fois de lui donner l'occasion de rencontrer Kang Yu-wei. Ses yeux rouges indiquaient qu'il ne dormait pas bien. « Comme vous le savez, mère, je suis un "eunuque". Il est peu probable que j'engendre un héritier, de sorte qu'une réforme bien menée sera le seul héritage que je laisserai. »

J'étais frappée par son honnêteté et son désespoir. Je me devais cependant de l'interroger : « Veux-tu dire que tu n'es même pas capable de faire l'amour avec Perle ?

— Non, mère, murmura-t-il d'une voix emplie de honte et de tristesse. Je n'y arrive pas. Le pays me méprisera parce que tous croient que le Ciel n'accorde des fils qu'aux hommes vertueux.

— Mon enfant, je t'interdis de parler ainsi. Tu n'as que vingt-six ans, tu vas encore essayer…

— Mère, les médecins m'ont dit que c'était fini !

— Cela ne signifie pas que toi, tu l'es. » Il pleura et je le pris dans mes bras. « Tu dois m'aider à t'aider, Guangxu.

— Alors laissez-moi voir Kang, mère, c'est l'unique façon ! »

Sur ma demande fut organisée une rencontre avec Kang Yu-wei. Comme interlocuteurs, je choisis Li Hung-chang, Yung Lu, maître Weng et Chang Yin-huan, ancien ambassadeur en Angleterre et aux États-Unis. Je voulais une évaluation de « l'esprit frère » de l'empereur.

Kang Yu-wei fut convoqué au ministère des Relations extérieures le dernier jour de janvier. L'entretien dura des heures. Je pensais qu'une telle épreuve intimiderait un provincial, mais la transcription me montra que le personnage était d'une audace innée. Il démontra ses capacités d'orateur et je compris enfin pourquoi il fascinait tant Perle et Guangxu. Apparemment, il n'avait rien à perdre.

À en croire Li Hung-chang, Kang Yu-wei approchait la quarantaine et son visage était rond comme la lune. « Il a un comportement assez théâtral, pus-je lire dans son rapport. Il n'a cessé de parler des réformes à effectuer et des avantages d'une monarchie constitutionnelle comme l'aurait fait un professeur dans sa salle de cours. »

Li avait dit à Kang que ses idées n'avaient rien de bien original et qu'il les avait empruntées à d'autres penseurs, ce que l'homme nia, bien entendu. Il se fit abstrait et vague quand Li lui demanda comment générer des revenus destinés à payer la dette extérieure et à subventionner la défense nationale. Il répondit seulement que les traités étaient « malhonnêtes » et méritaient d'être « déchirés ». Comment agirait-il en cas d'une invasion japonaise ? Kang Yu-wei rit d'un air grave, comme un sage. « Ne comptez pas sur moi pour balayer devant votre porte ! »

En conclusion, Li Hung-chang trouvait l'individu insultant et voyait en lui un opportuniste, un fanatique, peut-être même un malade mental.

Maître Weng était pour l'essentiel d'accord avec Li, bien qu'il eût proclamé plus tôt qu'on avait affaire là à « un véritable génie politique ». L'arrogance de Kang Yu-wei offensait le père fondateur des plus grandes institutions académiques chinoises. Il s'offusqua quand son interlocuteur critiqua le ministère de l'Éducation et traita les Académies impériales de « canards morts flottant sur un étang fétide ».

« Ses propres échecs expliquent son ressentiment, écrivit maître Weng. J'étais premier juge quand il s'est présenté au concours, mais je n'ai pas noté personnellement son devoir. Kang Yu-wei s'est inscrit à plusieurs reprises et il a échoué chaque fois. Il ne s'est pas opposé au système jusqu'à ce que celui-ci le rejette. À en croire la façon dont il se décrit, Kang était "destiné à être un grand sage comme Confucius". C'est à la fois grossier et inacceptable. J'en conclus que Kang Yu-wei est un homme qui recherche principalement la notoriété et l'adulation. »

L'ambassadeur Chang Yin-huan exprima moins de dégoût mais ne se montra pas pour autant favorable. Quant à Yung Lu, revenu de Tianjin pour l'occasion, il me rendit une copie blanche. J'imaginai qu'il avait perdu tout intérêt à l'entretien dès l'instant où Kang avait commencé à éluder les questions de Li Hung-chang.

J'avais foi en ces quatre hommes mais je savais que, comme moi, ils appartenaient à la vieille société et ne pouvaient se départir de leurs opinions conservatrices. Les coutumes ne nous satisfaisaient pas mais nous y étions habitués. Les projets de réforme de l'empereur nous poseraient des problèmes, peut-être même en souffririons-nous. Mon fils avait raison de me rappeler que je devais m'attendre à la douleur qui accompagne toujours la naissance d'un nouveau système.

Même si je ne lui faisais guère confiance, je mettais tous mes espoirs en Guangxu et, en choisissant de me battre à ses côtés, je croyais donner à la Chine une chance de survivre.

Trente

« Je n'ai jamais été aussi inspiré ! » L'empereur me tendit une transcription de sa longue conversation avec Kang Yu-wei. « Lui et moi nous sommes mis presque aussitôt au travail. Mère, n'émettez pas d'objection, mais je lui ai accordé le privilège de me contacter directement. Les censeurs et les gardes n'ont pas le droit de s'interposer ! »

Je n'eus pas le temps de répliquer. Déjà il me présentait la liste des ministres de haut rang qu'il venait de remercier. Le premier était son mentor depuis plus de quatorze ans, maître Weng qui, du haut de ses soixante-huit ans, dirigeait le Grand Conseil, le ministère des Impôts, celui des Relations extérieures et l'académie de Hanlin.

Mon fils et Kang Yu-wei semblaient oublier que, sans l'accord de Weng, ils ne se seraient jamais rencontrés. Le maître avait été une figure paternelle pour mon fils, son plus intime confident tout au long de son adolescence, et ensemble ils avaient affronté de nombreux orages. Guangxu s'était rangé à l'avis de Weng lors de son conflit avec Li Hung-chang à propos de la guerre contre le Japon, quand bien même tout prouvait qu'il avait tort. Mais voici qu'il le chassait et je lui demandai quelles étaient ses raisons.

« Sa mauvaise gestion des revenus et son évaluation erronée du conflit japonais. Et surtout, je veux qu'il cesse de contrecarrer mes décisions. »

Le vieux bureaucrate confucéen devait en avoir le cœur brisé. C'était bientôt le jour de son anniversaire et cette disgrâce allait l'anéantir. Je lui fis porter un éventail de soie pour lui laisser entendre que ce n'était peut-être qu'une période de refroidissement temporaire.

Son renvoi n'était, d'un autre côté, pas fait pour me déplaire. Weng avait toujours été le trésorier de l'empereur et j'étais heureuse de le voir endosser quelque responsabilité. On m'avait accusée de détourner des sommes promises à la marine alors qu'on louait maître Weng pour ses vertus : son congédiement contribuerait à m'exonérer. Il était vrai qu'il n'avait jamais détourné un sou, mais les gens qu'il engageait, d'anciens étudiants et de proches amis pour la plupart, puisaient sans vergogne dans le trésor public.

Weng me supplia de lui accorder une audience privée et je refusai. Li Lianying me rapporta que le vieil homme passait sa journée à genoux devant ma porte et je lui fis savoir que je devais respecter la volonté de l'empereur – « Je ne suis pas en position de vous aider » –, mais que je l'inviterais à dîner une fois qu'il se serait calmé. Je lui expliquerais que l'heure était venue de laisser son disciple voler de ses propres ailes, je citerais même ses propres écrits : « Le thé, l'opéra et la poésie ne doivent pas être négligés, et la longévité de l'homme dépend de sa culture mentale. »

Je m'assis pour lire la transcription de l'entretien entre Guangxu et Kang Yu-wei. Pour moi, les vues de ce dernier ne différaient guère de celles de Li Hung-chang. Je ne voulais pas en conclure que l'oreille attentive du jeune empereur faisait toute l'importance de Kang, mais la transcription ne me démontrait pas le contraire :

« Kang Yu-wei : La Chine est pareille à un palais en ruine, où toutes les portes sont brisées et les fenêtres arrachées. Il est inutile de réparer les seuils et les montants ni même de replâtrer les murs. Le palais a été frappé par des ouragans et d'autres sont à craindre. La seule manière de sauver la structure est de l'abattre complètement pour en édifier une nouvelle.

Guangxu : Tout est sous le contrôle des conservateurs.

Kang Yu-wei : Mais Votre Majesté a un désir de réforme.

Guangxu : Absolument !

Kang Yu-wei : Les bouffons de la cour sont trop incompétents pour exécuter les projets de Votre Majesté – en supposant déjà qu'ils veuillent vous suivre.

Guangxu : Vous avez parfaitement raison !

Kang Yu-wei : Le trône doit apprendre auprès de l'Occident. La priorité est la création d'un système juridique. »

Page après page, c'était toujours la même chose. Je me demandais ce que mon fils pouvait trouver de novateur dans la pensée de Kang Yu-wei. Le prince Kung se faisait depuis longtemps l'avocat d'une juridiction civile. Li Hung-chang avait promulgué un système de lois non seulement dans les provinces du Nord, où il était vice-roi, mais aussi au Sud. Elles avaient rencontré une importante résistance pour finir par être appliquées. Les traités signés avec les puissances occidentales se fondaient sur la compréhension de telles lois.

Quand Li Hung-chang se rendait dans les pays occidentaux, c'était pour « débusquer le tigre », en un mot pour obtenir des informations de première main et voir comment fonctionnait leur gouvernement. Il me semblait donc qu'il avait déjà mis en route ce que Kang Yu-wei prêchait au jeune empereur. La réforme de l'éducation constituait un autre exemple. Li était favorable à la création de collèges à l'occidentale. Avec l'aide de Robert Hart, nous engageâmes des missionnaires étrangers que nous plaçâmes à la tête des écoles de la capitale. Sur le conseil de Li, j'encourageai les Mandchous à envoyer leurs fils et leurs filles étudier à l'étranger. Il croyait que son travail serait facilité si notre propre élite comprenait ses objectifs. Pour moi, si les Mandchous voulaient conserver leur position dominante, la connaissance et l'ouverture sur le monde étaient aussi importantes que le pouvoir lui-même.

Li Hung-chang avait raison de dire : « La Chine reprendra espoir quand ses habitants se sentiront fiers de voir leurs enfants embrasser, par exemple, la profession d'ingénieur. Il nous faut des chemins de fer, des mines et des usines. » La Chine se transformait, certes, mais lentement et à grand-peine. Les jeunes gens s'enthousiasmaient à l'idée de voir le monde, même s'ils ne pouvaient se permettre de voyager au loin. Avant l'agression contre Li au Japon, les grandes familles avaient pris des dispositions pour que leurs enfants partent vivre et travailler à l'étranger ; ensuite, craignant pour leur sécurité, certaines avaient changé d'avis. Pour sa part, Li poursuivait ses pérégrinations à travers le monde, en partie pour démontrer que de telles craintes n'étaient pas fondées, mais personne ne le suivait.

Kang Yu-wei insistait sur l'importance de créer des écoles dans les zones rurales. Pourtant, depuis des années, le gouvernement proposait aux provinces des subventions destinées à cela. Nos efforts se heurtaient aux paysans superstitieux qui protestaient quand des temples en ruine étaient transformés en salles de cours. Dans le Jiangsu, une bande de paysans en colère alla jusqu'à incendier une école et le domicile du gouverneur local.

Kang Yu-wei contestait les textes utilisés depuis toujours dans les écoles chinoises. Il se refusait à voir que l'on enseignait déjà les techniques industrielles dans les provinces régies par Li. Des lettrés de talent étudiaient pour devenir journalistes et interprètes. Dans les journaux contrôlés par Li, ceux de Canton et de Shanghai, par exemple, les problèmes politiques de la Chine étaient évoqués et les idées étrangères n'étaient pas écartées.

Je continuai toutefois de lire la transcription des conversations dans l'espoir d'y trouver quelque chose de surprenant.

J'en vins à comprendre que Kang Yu-wei ne voulait pas la réforme mais bien la révolution. Il demanda à l'empereur d'instituer un tout-puissant « Bureau des institutions » que lui-même dirigerait. « En tout lieu, il suscitera des réformes », disait-il. Quand l'empereur hésitait, Kang Yu-wei cherchait à le convaincre que « la détermination vient à bout de tout ».

Guangxu était dans le même temps mal à l'aise et enhardi. Chez Kang, mon fils trouvait cette force absolue qu'il avait tant désirée pour lui-même. Une force que rien n'arrêterait et qui ne rencontrerait pas de frontière, une force capable de changer le faible en puissant.

Je commençais à comprendre pourquoi mon fils voyait dans Kang Yu-wei un « esprit frère ». Je ne connaissais pas personnellement cet homme mais j'avais élevé Guangxu et je le savais torturé par le doute, qui le minait comme une maladie insidieuse.

Enfant, mon fils s'était intéressé au mécanisme des horloges. Il en avait de toutes sortes, dont les roues et les mécanismes délicats emplissaient sa chambre au point que les eunuques se plaignaient de ne plus pouvoir faire le ménage. Démonter et remonter des horloges aiguisait sa concentration et sa capacité à résoudre des problèmes. S'atteler à une tâche avec succès, voilà qui le rassurait, mais le doute était toujours le plus fort.

La façon dont Kang Yu-wei critiquait « l'essai à huit pattes » était juste quoique peu originale. L'essai en question était une composition formelle en huit parties que l'on exigeait de chaque étudiant désireux d'entrer dans l'administration. Une bonne note était obligatoire pour quiconque briguait un poste de gouverneur. Les quelques brillants esprits capables de venir à bout de cet essai connaissaient sur le bout du doigt les arcanes de la littérature chinoise ancienne, mais leur savoir était trop livresque pour leur servir dans la vie de tous les jours. Leurs excellents résultats leur valaient toutefois des fonctions élevées.

Li Hung-chang disait depuis longtemps que les carences de notre système éducatif tenaient à notre retrait du monde. La cour avait déjà ajouté à l'examen d'entrée dans la fonction publique des matières telles que les mathématiques, les sciences, la médecine occidentale et la géographie de la planète. Pour les conservateurs, étudier la culture de l'ennemi était en soi un acte de trahison et une insulte faite aux ancêtres. En tout cas, la majorité du pays était favorable à la réforme de l'enseignement.

C'est à une vaste audience que je m'adressai pour soutenir le décret impérial visant à abolir l'essai à huit pattes. « En tant qu'empereur, mon fils Tongzhi n'a pas su faire bon usage de lui-même et cela m'a incitée à m'interroger sur son éducation. Il a passé quinze ans en compagnie de l'élite intellectuelle de la Chine mais ignorait d'où venaient nos ennemis, ce dont ils étaient capables et comment traiter avec eux. Les grands professeurs sont tous juges à l'examen national, mais ils ne savent rien en dehors de réciter de vieux poèmes. Il est temps qu'ils démissionnent. »

Des milliers d'étudiants protestèrent quand le décret de Guangxu entra en vigueur. « Il n'est pas juste de nous interroger sur ce que l'on ne nous a pas appris », disaient-ils.

Je comprenais leur frustration, surtout celle des étudiants les plus âgés, qui avaient tout investi dans la maîtrise de l'essai à huit pattes. C'était encore plus dur pour les familles désireuses de voir leurs fils accéder aux plus hautes responsabilités.

Sept étudiants de dernière année se pendirent devant le temple de Confucius, non loin de la Cité interdite. L'empereur fut accusé de les avoir poussés au désespoir. Je réconfortai les familles en leur offrant des titres et des taëls. Pendant ce temps, le trône continuait à encourager la jeune génération à étudier des sujets ne relevant pas de la tradition, mais il était une chose à laquelle nous ne nous attendions nullement : quand le gouvernement eut rendu l'éducation accessible à tous, les écoles fermèrent par manque d'élèves.

Le réformateur Kang Yu-wei adressa au trône soixante-trois transcriptions en trois mois. Guangxu me les faisait suivre. Bien qu'écrasée de travail, je les lus toutes.

« La plupart de vos hauts ministres sont ultraconservateurs, pouvait-on lire. Si Votre Majesté souhaite se reposer sur eux pour faire passer ses réformes, ce sera comme grimper dans un arbre pour attraper un poisson. »

Kang suggérait que des fonctionnaires de rang moyen (comme lui) soient affectés au Bureau des réformes et contournent « les vieux grincheux ». Cela ne m'alarma pas particulièrement, jusqu'au moment où je lus :

« KANG YU-WEI : La vitesse, voilà ce sur quoi Votre Majesté doit se concentrer. Il a fallu trois siècles aux puissances occidentales pour parvenir à se moderniser et les Japonais n'ont mis que trente ans. La Chine est une plus vaste nation, capable de générer une force de travail supérieure. Je prédis que dans trois ans nous serons devenus une superpuissance.

GUANGXU : Ce sera aussi facile que vous le dites ?

KANG YU-WEI : Avec mes stratégies et la détermination de Votre Majesté, oui, naturellement. »

Je repensai à une remarque de Li Hung-chang, à savoir que Kang Yu-wei était un fanatique, et à une anecdote que m'avait racontée Yung Lu. Kang et lui s'étaient brièvement rencontrés dans l'antichambre de la salle d'audience. Yung Lu lui avait demandé comment il envisageait de s'y prendre avec les conservateurs et Kang avait répondu : « Il suffira de faire décapiter deux ou trois officiers supérieurs » – au nombre desquels Yung Lu se trouvait, bien évidemment.

Quoique Kang Yu-wei éveillât ma défiance, je m'efforçais de rester neutre. Mes propres limites ne devaient pas m'aveugler. La Chine avait la réputation d'être vertueuse et inflexible, c'est-à-dire opposée à toute sorte de changement. Je savais qu'il nous fallait changer, mais je n'aurais su dire comment. Je me contentais de tenir ma langue.

La cour ne tarda pas à se scinder en deux factions, les conservateurs et les réformateurs. Les amis de Kang Yu-wei proclamaient qu'ils représentaient l'empereur et jouissaient du soutien de la population, alors que les Têtes de Fer mandchoues, menées par le prince Tseng, son fils le petit prince Tseng et le petit prince Chun, frère de l'empereur, traitaient leurs adversaires d'« experts de pacotille en matière de réforme et de culture occidentale ». Les conservateurs surnommaient Kang Yu-wei « le Renard sauvage » ou « le Braillard ».

Les Têtes de Fer tombèrent dans le piège tendu par Kang. Du jour au lendemain, leurs attaques firent sortir de l'anonymat le modeste lettré cantonais qui acquit ainsi un renom national puisqu'on le surnomma « premier conseiller du trône en matière de réforme ».

Les modérés de la cour étaient en difficulté. Les réformes entreprises par Yung Lu et Li Hung-chang étaient balayées par les projets plus radicaux de Kang Yu-wei et il leur fallait choisir leur camp. Comme si cela ne suffisait pas, Kang se vanta auprès de journalistes étrangers qu'il connaissait intimement l'empereur.

Le 5 septembre 1898, Guangxu publia un nouveau décret où il disait « ne plus vouloir émonder les arbres » – une expression empruntée à son mentor – « mais au contraire arracher les racines pourries ».

Quelques jours plus tard, l'empereur congédia les conseillers du trône ainsi que les gouverneurs de Canton, du Yunnan et du Hubei. La porte de mon palais était bloquée par les gouverneurs et leurs familles venus à Pékin quémander mon aide et me supplier de faire entendre raison à l'empereur.

Mon bureau débordait des mots que m'adressaient Guangxu et ses adversaires. Je cherchai à mieux connaître les nouveaux amis de mon fils. Touchée par leur patriotisme, je m'inquiétais de leur naïveté politique. Les vues radicales de Kang Yu-wei semblaient avoir altéré le mode de pensée de mon fils, qui croyait que la volonté suffisait à réformer une situation du jour au lendemain.

À mesure que les feuilles prenaient leurs couleurs d'automne, il m'était de plus en plus difficile de faire preuve de modération : je désirais plus que tout m'ingérer dans les affaires de mon fils.

C'est en pleine tourmente que Li Hung-chang revint d'un voyage en Europe. À sa demande, je le reçus en privé. Il m'apporta un télescope allemand et un gâteau d'Espagne avant d'expliquer que son voyage lui avait littéralement dessillé les yeux, et, de fait, il paraissait différent. Sa barbe n'était plus taillée. Quand il me suggéra de voyager à mon tour, je ne pus que me lamenter : la cour me l'interdisait et Guangxu redoutait un attentat. Je pourrais aussi être prise en otage et la souveraineté de la Chine serait le prix à payer pour ma libération.

Selon moi, Li se faisait pousser la barbe pour masquer sa cicatrice. Je lui demandai si sa mâchoire lui faisait encore mal et il me répondit que ce n'était plus douloureux. Je voulus savoir comment fonctionnait le télescope. Il me montra l'oculaire et la façon de faire le point pour contempler la nuit les planètes et les étoiles lointaines.

« Cela plairait beaucoup à l'empereur, m'écriai-je, émerveillée.

— J'ai tenté d'en apporter un à Sa Majesté, mais on m'a interdit d'entrer.

— Pourquoi ?

— Sa Majesté m'a renvoyé le 7 septembre, dit Li comme si cela ne l'affectait pas. Je n'ai plus ni titre ni fonction.

— Renvoyé ? répétai-je, incrédule.

— Oui.

— Mais... mon fils ne m'a pas informée...

— Il le fera bientôt, j'en suis persuadé.

— Qu'est-ce... qu'allez-vous faire ?

— Avec votre permission, j'aimerais quitter Pékin pour m'installer à Canton.

— Est-ce la raison de votre visite, Li Hung-chang ?

— Oui, Votre Majesté, je suis venu vous dire adieu. Mon bras droit, Huan, se met à votre service, cependant il vaudrait mieux le tenir à l'écart de la politique de cour. »

Je demandai à Li qui le remplacerait sur le front diplomatique. « Le prince I-kuang a été choisi par la cour, si je ne m'abuse », répondit-il.

J'étais effondrée. Il hocha doucement la tête, l'air fragile et résigné, et nous regardâmes longuement le gâteau exotique disposé entre nous.

Après avoir vu mon ami disparaître dans un long couloir, je passai le reste de l'après-midi à me reposer dans ma chambre.

Au crépuscule, on frappa des coups sourds à ma porte. Li Lianying entra, porteur d'un message de Yung Lu qui s'était joint à la foule pour me demander de freiner l'empereur.

« Kang Yu-wei a incité Sa Majesté à lancer des arrêts de mort contre les officiers qui refusent de démissionner, était-il écrit. J'ai reçu l'ordre d'arrêter Li Hung-chang en qui les réformateurs voient l'obstacle majeur. Je suis certain de recevoir bientôt l'ordre de ma propre exécution. »

Devais-je ouvrir la porte ? Tout semblait s'écrouler autour de moi. Comment la dynastie pourrait-elle survivre sans Li Hung-chang et Yung Lu ?

« Les ministres et les officiers récemment congédiés sont venus s'agenouiller devant la porte du palais ! » Li Lianying semblait accablé.

Je traversai la cour et regardai à l'extérieur. Effectivement, la foule était agenouillée.

« Ouvre », dis-je à Li Lianying, et deux de mes eunuques s'exécutèrent.

La foule se tut dès l'instant où j'apparus sur la terrasse. On attendait que je prenne la parole mais je me mordais la langue pour ravaler mes mots.

Je me rappelai la promesse faite à Guangxu. Mon fils ne faisait qu'exercer son droit d'empereur et il méritait la plus complète indépendance.

Je me retournai et fis signe à Li Lianying de refermer les lourds battants. Un murmure s'éleva dans la foule.

Par la suite, je devais apprendre que Yung Lu avait d'autres raisons de se joindre aux fonctionnaires congédiés. Tout en œuvrant à la constitution d'une marine nationale, il surveillait les gouvernements étrangers pour s'assurer qu'ils n'entretenaient pas de rapports avec les éléments subversifs de notre pays. Il s'avéra cependant que des missionnaires britanniques et américains ainsi que des aventuriers anglais ayant quelques amis dans l'armée s'agitaient en secret pour établir une monarchie constitutionnelle. La légation japonaise était la plus fébrile de toutes. Les agents suspects étaient des membres de la société Genyosha[1], des ultranationalistes responsables de l'assassinat de la reine de Corée, Min.

Le prince Tseng, son fils et le jeune prince Chun étaient convaincus que les puissances étrangères appuyaient Kang Yu-wei dans l'attente d'un coup d'État militaire.

Yung Lu m'adressa un message. « La confiance que l'empereur accorde à Kang Yu-wei rend mon travail impossible. »

« Je n'ai d'autre choix que soutenir le trône, lui répondis-je, et il vous revient de prévenir tout soulèvement. »

---

1. Fondée en 1881, la « Société de l'Océan noir » réclamait l'expansion du Japon en Asie et le respect des valeurs traditionnelles. Elle continua à exercer une très forte influence sur les milieux culturel et politique d'avant la Seconde Guerre mondiale, prônant une politique expansionniste et le culte de l'empereur. Elle fut dissoute après la guerre et l'un de ses dirigeants fut condamné à mort pour crimes de guerre.

Trente et un

Très tôt un matin, Yung Lu se présenta à mon palais sans avoir prévenu de son arrivée. « Ito Hirobumi est en route pour Pékin. » Ito était l'architecte de la restauration Meiji et il avait assuré le poste de Premier ministre pendant la récente guerre. Il avait aussi joué un rôle clef dans l'assassinat de la reine Min.

« Il ne redoute donc rien ? Guangxu pourrait le condamner à mort après ce que le Japon a fait à la Chine. »

Yung Lu hésita un instant. « Votre Majesté, il est l'hôte de l'empereur.

— Quoi, mon fils l'aurait invité ?

— Ito déclare s'être retiré de la politique et ne plus être aujourd'hui qu'un simple citoyen.

— Est-ce que Li Hung-chang est au courant ?

— En fait, c'est lui qui m'a envoyé. Li pense qu'il n'a plus à donner de conseils au trône, mais il ne voulait pas que vous l'appreniez par l'intermédiaire des Têtes de Fer.

— Ses ennemis l'accusent de cupidité, mais notre ami a toujours incarné les meilleurs aspects du caractère chinois.

— Oui. Li refuse de donner aux Têtes de Fer l'occasion de mettre en péril les plans de réforme de l'empereur. »

Selon mon fils, la visite d'Ito était l'idée de Kang Yu-wei et elle avait été organisée par son disciple, un lettré et aventurier de vingt-trois ans nommé Tan Shih-tung. Je me rappelai que Tan était l'auteur d'une analyse très approfondie sur le Japon et que je connaissais son père, gouverneur du Hubei.

Comme son maître, il avait échoué à l'examen d'entrée dans la fonction publique et était connu de tous pour avoir qualifié de « pitance de misère » le poste gouvernemental que son père lui avait proposé. Comme Kang Yu-wei, Tan avait publié des lettres condamnant l'examen officiel et il occupait maintenant la seconde place dans le nouveau Conseil de l'empereur.

Pour moi, que Tan voie en Ito le sauveur de la Chine était une certitude à la fois naïve et dangereuse. Je ne doutais pas de la capacité de cet homme à manipuler l'empereur : il était donc inutile que j'essaie de convaincre mon fils de le renvoyer.

« Ce serait folie de votre part que vous inviter, me dit Yung Lu alors que nous discutions de la rencontre de Guangxu avec le Japonais. Ils se tairaient et chercheraient une nouvelle occasion de se voir en privé. »

Les jours suivants, Yung Lu et moi demandâmes à Li Hung-chang ce qu'il en pensait. « L'intelligentsia japonaise est déjà au cœur de notre société. La même chose s'est passée en Corée, nous prévint-il dans une lettre. La venue d'Ito ne fera qu'accélérer la pénétration du Japon. »

Je suppliai Li Hung-chang de se rendre au nord du pays. « Vous devez personnellement recevoir Ito pour lui faire savoir que mon fils n'est pas seul. » Comme il ne répondait pas à ma supplique, je le fis convoquer officiellement. J'avais besoin de son avis. Il était impossible de dire ce qu'il allait advenir, d'autant plus que mon fils ne m'avait mise au courant de rien.

Quand Yung Lu me quittait à la fin de chaque journée, la frustration m'envahissait. Li n'avait toujours pas réagi et la seule mention du nom d'Ito me faisait frissonner. Je comprenais la fascination de mon fils pour cet homme mais, s'ils se rencontraient, Ito aurait tôt fait de découvrir les points faibles de l'empereur de Chine.

Je redoutais de voir mon fils s'empresser de remplacer la coalition féodale chinoise par des sympathisants japonais. En fait, il avait déjà commencé en faisant du jeune lettré Tan son émissaire auprès d'Ito Hirobumi. L'empereur s'imaginait que la Chine allait supplanter toutes les nations industrielles, mais le Japon tirerait les ficelles. Et mon fils n'aurait pas la meilleure place.

Le 11 septembre 1898, Yung Lu accueillit Ito Hirobumi en Chine. L'ancien Premier ministre fut reçu à Tianjin. Quelques jours plus tard, il arrivait en train à Pékin pour rencontrer Li Hung-chang.

Yung Lu fut peu loquace pour décrire cet hôte, comme s'il souhaitait oublier le plus vite possible l'expérience. « J'ai reçu cinq messages du trône me demandant d'amener Ito à la Cité interdite », dit-il. Mal à l'aise pendant toute la réception, il fit néanmoins de son mieux pour se montrer hospitalier.

« Ito a dû sentir que notre accueil manquait de sincérité. J'ignore comment il a pu conserver son sang-froid et faire preuve de gratitude. »

Li Hung-chang m'apporta davantage de détails. « Ito s'est comporté en samouraï[1]. » Pour lui, c'était un génie : il l'enviait d'avoir servi l'empereur du Japon et d'avoir réussi à réformer son pays, mais il n'oublierait jamais l'humiliation subie à la table des négociations. « Ito s'était montré impudent, grossier, dépourvu de toute vertu, mais c'était aussi un héros national. »

---

1. Fils de paysans pauvres, il avait justement été adopté à quatorze ans par un samouraï qui l'envoya à Nagasaki étudier les méthodes militaires européennes.

Je me rappelai mes nuits lorsque Li négociait le traité de Shimonoseki. Je comptais chaque taël versé pour dommages de guerre, chaque arpent de terre dont nous devions nous séparer. Les télégrammes de Li s'abattaient sur moi comme les tempêtes de neige de janvier et mon eunuque s'épuisait à porter les messages que nous échangions.

Soumis à l'influence de Kang Yu-wei, mon fils dédaignait les télégrammes où Li évoquait la visite du Japonais.

« Vous ne risquez pas de vous épuiser quand c'est Li qui charrie le fardeau, lui dis-je.

— Je n'ai pas besoin de lui. D'ailleurs je l'ai congédié. C'est vous qui l'avez invité à revenir.

— Parce que la Russie et le Japon refusent de parler de paix avec qui que ce soit d'autre !

— Mère, vous ne trouvez pas cela étrange ?

— Quoi ?

— Ses liens avec l'étranger. »

Je refusai de parler à mon fils pendant plusieurs jours quand j'appris qu'il avait une nouvelle fois chassé Li. Guangxu demanda à ses eunuques de m'apporter un potage aux graines de lotus, mais il ne s'excusa pas. Le nom de Li Hung-chang lui était devenu odieux et il considérait que la Chine irait mieux sans lui.

Au lieu de reconnaître le dévouement de Li, mon fils croyait que tous les développements négatifs étaient la conséquence de ses manipulations.

Je commençai à comprendre qu'il vivait dans un monde imaginaire. Comme son mentor, maître Weng, qu'il venait tout juste de renvoyer, il détestait le Japon et pourtant il l'adorait. Plus tard, je m'en voudrais de l'avoir cru capable de discernement.

Guangxu me méprisait parce que je m'obstinais à chercher de l'aide auprès de Li, et moi je m'en voulais d'être incapable de mettre fin à ce différend.

« Ito n'est pas une menace pour la Chine. » Après cet édit du trône, Li écrivit dans un mémorandum : « Aux yeux du monde, Ito donne l'impression d'être l'ami de la civilisation chinoise. C'est peut-être un modéré et peut-être s'est-il opposé aux vrais chefs politiques de son pays comme l'ultramilitariste Yamagata Aritomo[1] et les dirigeants de la société Genyosha, mais il a néanmoins dirigé la guerre sino-japonaise. La Chine est tombée dans un puits sans fond à cause de sa complaisance et de son ignorance, alors que le Japon se montrait capable de lancer de lourds rochers. »

J'aurais voulu dire à mon fils à quel point je haïssais Ito et lui crier : « Va discuter d'homme à homme avec l'empereur du Japon au lieu de blâmer sans cesse Li Hung-chang ! »

J'avais des raisons de ne pas répondre aux attaques diverses dont je faisais l'objet : je voulais être certaine que mon fils ne serait pas tenu pour responsable de son possible échec. En cela je trahissais Li et faisais de lui un bouc émissaire en ignorant délibérément ses avertissements. Surtout je me trahissais moi-même.

Je me demandais si Li regrettait son dévouement. Le pardon était un cadeau que je ne pouvais me permettre mais que Li m'accordait sans compter. Je n'avais pas d'autre moyen d'aimer mon fils.

Guangxu voulut me prouver qu'Ito et lui pouvaient être amis. J'ignorais qu'ils avaient décidé de se voir en privé avant la rencontre officielle du 20 septembre à laquelle j'étais conviée.

Je ne songeais qu'à cela et les mots de mon fils retentissaient à mes oreilles comme un signal

---

1. Issu d'une famille de samouraïs, ce partisan forcené du mouvement pro-impérial a gravi tous les échelons de la politique et fut plusieurs fois Premier ministre. Nommé prince en 1907 par l'empereur Meiji, on le considère comme le père de l'armée japonaise.

d'alarme : « Mère, Ito ne cherche qu'à m'aider ! » Je tentai d'anéantir la confiance qu'il mettait en lui, mais il avait fait son choix.

Bien que cela me déplût, il ne me restait qu'à brandir le rapport secret de Yung Lu. « Les intrigues du Japon sont le fait de Yamagata, dis-je à Guangxu. Cet homme est le grand promoteur de l'expansion japonaise et le seigneur protecteur de la société Genyosha.

— Vous n'avez pas la moindre preuve qu'Ito appartient à la Genyosha, tempêta Guangxu. Yung Lu a inventé cela pour m'empêcher de rencontrer Ito !

— Ne devrions-nous pas accorder une plus grande confiance à Yung Lu et Li Hung-chang qu'à ce Japonais ?

— Tout ce que je peux dire, c'est que Yung Lu s'est posé en obstacle aux réformes. J'aurais dû l'écarter. »

Je m'assis, écrasée par ce que je venais d'entendre.

« Je vais renvoyer Yung Lu, mère, dit Guangxu sans conviction.

— Pour l'amour du Ciel, c'est le dernier général mandchou qui donnerait sa vie pour vous ! »

Mon fils ne put canaliser sa fureur.

Deux jours plus tard, j'adressai à Guangxu un mot d'excuse que j'accompagnai d'un télégramme de Li qui venait tout juste d'arriver. « Le réseau d'espions mis en place par les agents de la Genyosha a opéré sous le couvert d'un syndicat pharmaceutique portant le nom de "Palais des Délices infinis". Afin de demeurer dans l'ombre, les espions parcourent le pays en se faisant passer pour des représentants de commerce. Rien ne prouve que l'armée, la marine, les diplomates japonais et les délégués des *zaibatsu*, leurs groupements financiers, ne sont pas derrière les enlèvements, assassinats et extorsions de fonds imputés à la Genyosha. »

Trente-deux

Les entretiens secrets de l'empereur et d'Ito suscitè-
rent une réaction violente de la part des conservateurs
de la cour. Menées par le prince Tseng, les Têtes de
Fer me pressèrent de remplacer Guangxu sur le trône.
Au même moment, Tseng s'apprêtait à faire marcher
sur Pékin ses troupes musulmanes cantonnées dans le
nord-ouest du pays. Prise entre deux feux, j'étais incapable de me décider.

Quand le ministre des Cimetières impériaux me
demanda de procéder à une inspection des sépultures,
j'en profitai pour fuir la Cité interdite. Li Lianying
engagea un charpentier qui fabriqua pour mon chariot une sorte de chaise longue me permettant de
voyager sans mal. Je ne cessai de dormir pendant les
trois jours et les cent vingt-cinq kilomètres qui sépa-
raient Pékin du Hebei.

Il était très tôt quand j'arrivai au cimetière. Le ciel était
couvert et une fine brume tombait sur l'eau bleue des
rivières. Les ponts blancs, les toits dorés, les murs rouges
et les cyprès créaient des paysages à couper le souffle.

Le ministre m'accueillit à l'entrée de la Grande Voie
sacrée. Ce vieil homme un peu sourd s'excusa de la
boue et me dit que la tombe de Nuharoo était en répa-
ration.

« Des bêtes sauvages ont creusé la terre et endom-
magé les drains, expliqua le ministre. Quelques tombes,

dont celle de l'impératrice Nuharoo, ont été récemment inondées.

— Combien de temps vous faut-il pour achever les réparations ?

— Je suis gêné de ne pouvoir vous répondre avec précision. Les travaux sont sporadiques. Parfois nous restons des semaines les bras croisés en attendant l'arrivée des fonds. »

On me conduisit à ma propre tombe, qui me parut bien entretenue. « Elle aussi a été inondée mais la réfection en a été prioritaire », expliqua le ministre.

Elle était disposée à côté de celle de Nuharoo, comme une sœur jumelle. Dès son accession au trône, en 1862, Tongzhi en avait ordonné la construction. Il avait fallu treize ans pour terminer la partie extérieure, cinq années de plus pour l'intérieur.

J'avais soixante-trois ans et la perspective de la mort ne m'effrayait plus. Chaque fois que je le pouvais, j'assistais à des cérémonies funéraires. J'honorais les dieux de toutes les religions, pas seulement le Bouddha. Je prêtais attention à l'énergie qui m'habitait. Rares étaient ceux qui connaissaient la Grande Totale Extinction, mais l'important était d'essayer. Je préservais de mon mieux l'équilibre du *yin* et du *yang*.

La nation applaudissait le renvoi par Guangxu des hauts personnages prétendument corrompus, mais peu d'édits impériaux avaient été exécutés, ce qui signifiait que la réforme ne progressait quasiment pas. L'empereur pensait récolter le fruit de ses réformes vers la fin de l'année mais la seule chose qui se profilait à l'horizon, c'était la guerre avec le Japon.

« Au Japon, les jeunes filles offrent leur virginité aux soldats volontaires pour se battre en Chine », rapporta un journal pékinois.

Guangxu tenait sa porte fermée et travaillait avec ses amis réformateurs dans le palais de la Nourriture de l'esprit jusqu'à ce que « les oies sauvages traversent le ciel de l'aube », à en croire les eunuques. Le pays était au bord du chaos. Les ministres et les officiers congédiés continuaient de s'agenouiller devant ma porte tandis que les Têtes de Fer entraînaient leurs forces musulmanes.

Je contemplai mon visage ridé dans le miroir et un proverbe me vint à l'esprit : « Le navire coule quand une femme monte à bord. » Je n'y avais jamais ajouté foi. Bien au contraire, j'avais tout fait pour en démontrer la fausseté, mais une pensée ne me quittait plus : *Le navire de Xianfeng a coulé ! Le navire de Tongzhi a coulé ! Et maintenant c'est celui de Guangxu, et nous sommes tous à bord !*

L'empereur ne manifesta guère d'intérêt quand je lui racontai ma visite du cimetière. L'heure était venue de songer à la construction de son propre tombeau, mais on m'avait dit que les fonds manquaient. Je l'implorai de trouver une solution, ce à quoi il répondit : « Il est des empereurs mandchous qui ne reposent pas au cimetière impérial.

— Ils ne l'ont pas choisi, ce sont les circonstances qui l'ont voulu. » Je dis à Guangxu que je souffrais à l'idée de le savoir exclu du cimetière familial.

« Si je trouve de l'argent, ce sera pour la réforme », conclut-il.

À travers le rideau transparent, j'observais Ito Hirobumi. Il était assis devant mon fils, vêtu d'un simple costume bleu qui reflétait sa position de « citoyen privé retiré des affaires », comme me l'avait décrit Li Hung-chang. Il se tenait les mains sur les genoux, le dos bien droit, le menton baissé.

Bien que paré de sa robe d'or frappée de l'image du dragon, l'empereur, penché en avant, ressemblait plus à un disciple qui écoute attentivement son maître. Un orchestre de cordes et de gongs jouait en sourdine des airs anciens. Les gongs étaient censés évoquer les temps paisibles de jadis, mais je n'entendais que la détonation des canons japonais venus détruire notre flotte. Je m'efforçais de ne pas assimiler l'humble personnage à l'assassin de la reine Min, je cherchais à voir Ito à travers le regard de mon fils.

Les deux hommes échangèrent quelques paroles à propos du temps et de leur santé respective. Mon fils demanda si la cuisine chinoise plairait à son hôte et Ito répondit qu'il n'en était pas de meilleure au monde.

Je m'attendais alors à une conversation tournant autour de la politique, mais il n'en fut rien.

L'hôte parla des poètes chinois qu'il prisait le plus et se mit à réciter : « Quand sur la crête des vagues dansaient les rayons de lune, la mer et le ciel se caressaient... »

Mon fils sourit et prit un peu de thé.

« Au Japon, dit doucement Ito, seuls les enfants des classes privilégiées apprennent la poésie chinoise et seule la noblesse sait lire et écrire le mandarin. » Le ton de sa voix reflétait son admiration.

Guangxu hocha la tête avec respect. Puis l'horloge sonna quatre coups et le ministre de l'Intérieur vint annoncer que l'audience impériale était terminée.

Je me retirai discrètement avant que les deux hommes se lèvent.

Le ministre de la Sécurité nationale travaillait directement avec Yung Lu. Dans un mémorandum, il me demanda la permission d'adresser un sévère avertissement à Kang Yu-wei. Notre espion avait découvert que le réformateur s'était rendu à la légation du Japon, où il avait certainement retrouvé Ito.

Mon fils en sera offensé, telle fut la première idée qui me traversa l'esprit. Guangxu prendrait un tel avertissement pour une attaque personnelle à son égard.

J'envoyai chercher Yung Lu et lui demandai s'il était au courant d'un lien entre le ministère de la Sécurité et les Têtes de Fer dont l'objectif était de destituer mon fils. Il me répondit par l'affirmative et fut de mon avis pour déclarer qu'«en cherchant à tuer la mouche, on risque de briser le vase où elle s'est posée ».

Je voulus savoir ce que nous devions faire. « La décision vous revient, Votre Majesté », dit-il, mais je protestai et lui expliquai que ma priorité était d'éviter de mettre en péril les plans de réforme de l'empereur. « Mon fils est le seul à pouvoir adresser un avertissement à Kang. Je ne peux l'y contraindre tant que vous ne m'aurez pas apporté la preuve que les activités de cet homme menacent la sécurité de la nation.

— Il est encore trop tôt…

— Dans ce cas, je ne peux accorder la permission à votre ministre. »

Yung Lu dit qu'il se retirerait s'il lui était impossible de faire son travail.

« Vous ne m'abandonneriez pas, répondis-je, et nous nous regardâmes longuement.

— Vous avez laissé partir Li Hung-chang.

— Vous n'êtes pas Li Hung-chang.

— Je ne puis travailler avec votre fils. Il ne me respecte pas et pense qu'il n'a pas besoin de moi !

— C'est moi qui ai besoin de vous ! » Et mes yeux s'emplirent de larmes.

Yung Lu soupira et secoua la tête.

Mon fils m'apprit que le réformateur Kang Yu-wei se vantait d'être l'ami des ambassadeurs du monde entier.

« Et Li Hung-chang, qu'en fais-tu ? Li a affronté les "vrais tigres", lui, et il a négocié avec eux durant des années.

— Oui, il a bel et bien négocié, mais pour lui-même, pas pour la Chine.

— Il est derrière toutes les grandes réformes. » Je m'efforçai de rester calme.

« Mais il n'envisage pas de mettre en œuvre une réforme politique complète ! cria-t-il.

— Guangxu, un changement aussi radical obligerait peut-être à te destituer de ton titre...

— La belle affaire ! Moi, l'empereur sans empire, qu'aurais-je à perdre ?

— Je vais te poser une question. Sais-tu pourquoi le Japon a empêché les Alliés d'incendier la Cité interdite en 1861 ? »

Il fit signe que non.

« Parce que l'empereur japonais comptait s'y installer.

— Encore une belle histoire concoctée par Li Hungchang et Yung Lu !

— J'en ai la preuve, mon fils.

— Mère, rien de ce que je dirai ne vous convaincra qu'Ito n'est pas un monstre. Je ne vous demande que de prendre patience. Jugez-moi à l'aune de mes résultats, je vous en conjure. Mes projets ne sont pas encore réalisés. »

Sa voix reflétait la confiance qu'il avait en lui-même. Je me rappelai l'époque où il redoutait le fracas du tonnerre : il tremblait et je le serrais dans mes bras. Que pouvais-je, que devais-je lui demander de plus ?

Trente-trois

« Le réformateur a passé ses nuits dans la Cité interdite et discuté avec le trône de la mise en pratique des plans de réforme » – c'est ainsi que les journaux étrangers rapportaient jour après jour les mensonges de Kang Yu-wei. Chacun savait pourtant qu'un roturier ne pouvait demeurer la nuit dans la Cité interdite. Il fallut que je lise : « La solution de la réforme de la Chine, c'est l'éloignement définitif de l'impératrice douairière du pouvoir » pour comprendre ce que manigançait cet homme.

Je ne voulais pas que le monde entier sache qu'il me préoccupait ou qu'il avait le pouvoir de manipuler mon fils. Ses mensonges seraient exposés au grand jour dès l'instant où Guangxu assumerait les pleins pouvoirs et où je pourrais effectivement me retirer : le monde se rendrait alors compte de ce que j'avais enduré.

Je me permis quelque fantaisie en décidant de porter des perruques. Grâce à Li Lianying et à sa formation de coiffeur, je pus dormir une demi-heure de plus chaque matin. Ses réalisations somptueuses, ornées de bijoux, me ravissaient.

En juin, je pris la décision de revenir au palais d'Été. Avec Guangxu, j'avais mené une existence paisible au Ying-t'ai, notre pavillon construit sur un îlot tout proche, mais je commençais à prendre conscience de son besoin d'échapper à mon aile protectrice. Il ne m'en avait jamais fait part mais, de toute évidence, il n'appréciait pas que mes eunuques sachent qui entrait ou sortait de ses appartements. Il craignait d'exposer ses amis aux Têtes de Fer qui ne leur voulaient que du mal. Enfin il avait des raisons de s'inquiéter car il était facile de soudoyer mes eunuques.

Les conservateurs de la cour n'appréciaient pas mon déménagement car ils attendaient que j'espionne le trône pour leur compte. Je croyais que mon fils connaissait mes intentions et me faisait confiance malgré nos désaccords. En le laissant seul, je lui accordais ma pleine confiance, et je ne pouvais lui rendre plus grand service.

Le soir, une fois mon bain terminé, Li Lianying allumait des bougies parfumées au jasmin. Tandis que je me mettais au courant des activités de Guangxu, il s'asseyait au pied de mon lit avec son panier de bambou rempli d'outils et confectionnait de nouvelles perruques. Quand j'étais lasse de lire, je le regardais coudre des joyaux, des fragments de jade taillé et de petits éclats de verre. Contrairement à An-te-hai qui s'affirmait en défiant le destin, Li Lianying trouvait son bonheur dans cette modeste activité. Les premières années qui suivirent le meurtre d'An-te-hai, j'étais seule, déprimée, au point d'imaginer que Li Lianying avait joué un rôle dans sa mort. « Tu étais jaloux d'An-te-hai, lui lançai-je un jour. Est-ce que tu l'as maudit en secret pour être son remplaçant ? » J'ajoutai qu'il ne parviendrait jamais à ses fins si j'arrivais à démontrer sa culpabilité.

Mon eunuque laissait ses perruques parler pour lui et ne s'offusquait jamais de mes sautes d'humeur. Il me fallut voir en quoi elles changeaient mon apparence pour que je lui fasse réellement confiance.

J'avais plus de soixante ans et c'en était fini depuis longtemps de mon image de jeune fille.

« Le plus beau rêve d'un eunuque, c'est d'être pleuré par sa maîtresse après son départ, me dit-il. Cela me réconforte que vous n'ayez pas oublié An-te-hai et je sais ainsi que vous penserez encore à moi après ma mort.

— Je crains de devoir continuer à vivre rien que pour exhiber tes merveilles, le taquinai-je. Je suis si pauvre que ces perruques seront probablement le seul héritage que je pourrai te léguer.

— Nul présent ne me comblerait davantage, ma dame. »

La glycine monta à l'assaut du treillage mais je ne parvenais toujours pas à me retirer. L'incapacité de Guangxu à exercer son contrôle sur la cour le laissait vulnérable : il s'était fait des ennemis chez ses membres les plus éminents et ses nouveaux conseillers n'avaient ni l'influence politique ni la force militaire pour se montrer efficaces. Aucune réforme d'importance n'avait vu le jour et il semblait que tout le programme de Guangxu tombait à l'eau.

Je perdrais tout si ses réformes devaient échouer. Il me faudrait le remplacer et cela me coûterait ma retraite : je devrais recommencer de zéro, choisir et élever un autre enfant à même de gouverner un jour la Chine.

J'éprouvais une autre frustration en constatant que les conséquences du renvoi de Li Hung-chang commençaient à se faire sentir. L'espoir d'industrialisation du pays était mis entre parenthèses, Li étant en effet le seul homme à posséder les relations nécessaires, tant en Chine qu'à l'étranger, pour faire avancer les choses.

Yung Lu assurait toujours son service au sein de l'armée mais uniquement parce que j'intervenais sans cesse pour que mon fils ne le dégrade pas. Sous l'emprise de son réformateur, Guangxu se radicalisait et j'avais de plus en plus de mal à comprendre sa logique.

L'empereur répétait à l'envi que Yung Lu et Li faisaient obstacle à la marche du progrès. « Mais surtout, ajoutait-il, des larmes de fureur dans les yeux, c'est parce que votre ombre se dessine toujours derrière le rideau ! »

Je cessai de fournir des explications. Je ne pouvais en effet faire comprendre à Guangxu pourquoi je devais rester vigilante. Je lui avais donné la permission de renvoyer Li Hung-chang mais j'avais aussitôt œuvré à son retour. Très vite, l'empereur se rendrait compte qu'il ne pouvait fonctionner sans lui et se verrait dans l'obligation de renouer des liens. Ce serait la même chose pour Yung Lu. Je servirais de ciment, de sorte qu'aucune partie ne perdrait la face. En fait, peu importait la façon dont mon fils les humiliait, ils finissaient toujours par revenir.

« Une fourmilière peut provoquer la rupture d'une digue de mille *li*[1]. » Ainsi débutait le message que Li Hung-chang m'avait envoyé à l'automne 1898 pour me prévenir d'une conspiration étrangère à mon égard. L'objectif était simple : faire de Guangxu un empereur fantoche.

Je ne m'en étonnai pas : j'étais consciente que mon fils s'était laissé emporter par sa vision d'une Chine nouvelle revigorée de sa propre main. Cependant je choisis de faire la sourde oreille parce que lutter contre lui m'épuisait. Je préférais lui plaire pour qu'il ne pense qu'à mon affection.

---

1. Un *li* vaut à peu près 576 mètres.

J'admirais les fleurs de lotus du lac Kunming qui frémissaient sous la brise quand le réformateur Kang Yu-wei approcha en secret le général Yuan Shikai, le bras droit militaire de Yung Lu. J'ignorais que « l'accès illimité à la Cité interdite » accordé par Guangxu à Kang s'étendait à la porte de ma chambre.

Une semaine après les calomnies de la presse étrangère à mon encontre, je reçus une lettre officielle de mon fils. En voyant les sceaux familiers et en ouvrant l'enveloppe, je n'aurais jamais pu en imaginer la teneur : il me demandait de transférer la capitale à Shanghai.

Incapable de garder mon sang-froid, je le convoquai pour exiger de lui une bonne raison d'agir ainsi.

« À Pékin, le *feng shui* ne m'est pas favorable. » Voilà tout ce qu'il me répondit. J'eus envie de hurler mais il se tenait à côté de la porte, prêt à s'enfuir. J'arpentai la pièce de long en large, puis je pivotai pour l'observer : le soleil faisait resplendir sa robe mais son visage était blême.

« Regarde-moi dans les yeux, mon fils. » Il ne leva pas la tête. « Tout au long de notre histoire, seul l'empereur d'une dynastie déchue, celle des Song, s'est résolu à déplacer la capitale, mais cela ne l'a pas sauvée.

— Je dois donner une audience. Je vous laisse.

— Que vas-tu faire à propos de l'inspection militaire de Tianjin ? Elle est déjà prévue.

— Je n'irai pas.

— Et pourquoi ? Tu apprendrais ce que font vraiment Yung Lu et le général Yuan Shikai ! »

Il s'arrêta et s'appuya au mur. « Vous irez, n'est-ce pas ? Avec qui ? Le prince Tseng ? Le petit prince Chun ? Qui d'autre ?

— Guangxu, qu'as-tu ? C'était ton idée.

— Combien de personnes vont y aller ?

— Qu'est-ce que ça peut faire ?

— Je veux le savoir !

— Il n'y aura que toi et moi.

— Pourquoi Tianjin ? Pourquoi une inspection militaire ? » Il se planta devant moi. « Vous y avez quelque projet ? C'est un traquenard ? »

Comme brusquement étreint par la peur, il fut pris de tremblements. Enfant, il cessait de respirer quand on lui racontait des histoires de spectres.

« Tu veux savoir pourquoi j'y vais, n'est-ce pas ? dis-je. Eh bien, en premier lieu pour voir si les sommes empruntées à l'étranger ont bien été affectés à nos défenses. Ensuite, pour rendre hommage à nos troupes. Je veux que le monde entier, et tout particulièrement le Japon, sache que la Chine est sur le point de se doter d'une armée moderne ! »

Lentement, il reprit son souffle.

Il me fallut dix jours pour qu'il m'explique enfin ce qu'il avait eu en tête. Ses conseillers lui avaient affirmé que je profiterais de l'inspection pour le déposer. « Ils se soucient de ma sécurité. »

J'éclatai de rire. « Si je devais te destituer, cela me serait bien plus facile au sein de la Cité interdite !

— Je ne voulais pas prendre le risque, fit-il en essuyant son visage baigné de sueur.

— Comme tu le sais, des noms ont été proposés.

— Qu'en pensez-vous, mère ?

— Ce que j'en pense ? Occupes-tu encore le trône du Dragon ?

— L'oreille que vous avez prêtée aux Têtes de Fer m'a fait craindre un changement d'avis de votre part, dit-il avec calme.

— Oui, je les écoute, comme j'écoute tout le monde ou feins de le faire. C'est ainsi que je te protège.

— Allez-vous faire vôtres les idées du prince Tseng ?

— Cela dépendra. Je veux que le monde sache que j'étais en pleine possession de mes moyens quand je t'ai choisi pour futur empereur de Chine.

— Et le transfert de la capitale à Shanghai ?

— Qui serait responsable de ta sécurité une fois là-bas ? Après tout, cette ville est plus proche du Japon par voie de mer. L'assassinat de la reine Min et l'attentat contre Li Hung-chang ne sont pas dus au hasard.

— Cela ne m'arrivera pas, mère.

— Que ferais-je si c'était le cas ? Je sais seulement ce que le Japon demanderait en échange de ta vie : Ito s'emparerait des merveilles architecturales de la Cité interdite.

— Kang Yu-wei m'a assuré de ma sécurité.

— Installer la capitale à Shanghai est une mauvaise idée.

— Je lui ai donné ma parole de tout faire pour parvenir à une réforme.

— Je veux le rencontrer personnellement. Il est temps. »

Trente-quatre

Soit qu'il craignît que je n'écoute pas ce que Kang Yu-wei avait à dire, soit qu'il se méfiât du réformateur, toujours est-il que mon fils ordonna qu'il parte pour Shanghai et prenne la direction d'un journal. Kang désobéit au décret impérial. Le réformateur dirait plus tard que l'empereur avait été obligé de l'éloigner et que lui-même, « au mépris du danger, était demeuré à Pékin pour sauver le trône ».

Peu importe. Si je ne reçus pas Kang Yu-wei, c'est parce qu'autre chose de plus pressant exigeait toute mon attention. L'attaque de missionnaires étrangers par des paysans se transforma très vite en incident diplomatique. Mon instinct me disait que ces hommes rustres étaient encouragés discrètement par les Têtes de Fer du prince Tseng. Comme je ne les dénonçais pas, les journaux étrangers me qualifièrent de « meurtrière éventuelle ». Parallèlement, le conflit qui m'opposait à mon fils, conflit créé et alimenté par Kang Yu-wei, poussa les masses à croire qu'il existait un « parti du Trône » et un « parti de la Douairière ». On voyait en moi un « redoutable démiurge ».

J'avais la naïveté de croire que la tension née de ces incidents pouvait être apaisée sans recourir à la force. Je parlai à mes ministres de l'emprise des superstitions chez les paysans et précisai qu'il ne fallait pas se moquer d'eux quand ils affirmaient que l'eau rouillée tombée des fils télégraphiques oxydés était « le sang des esprits outragés ». Et j'insistai sur le fait que seuls notre respect et notre compréhension permettraient d'éduquer la paysannerie.

Une fois encore je fis revenir Li Hung-chang à Pékin. Le chemin de fer qu'il avait défendu et construit l'amena en un rien de temps. En mon nom, Li expliqua à la cour comment influencer les experts en *feng shui* des provinces. « Seul l'argent les fera taire, conclut-il. C'est notre unique façon de continuer à bâtir des voies ferrées et à ériger des poteaux télégraphiques dans tout le pays. »

Je l'encourageai aussi à entrer en contact avec les missionnaires et les officiels étrangers. « Je veux qu'ils sachent que ces massacres auraient pu être évités si les étrangers avaient appris à communiquer avec notre peuple. »

Le dernier jour des audiences, le ministre des Archives historiques présenta l'histoire des missionnaires chrétiens en Chine. « Le fond du problème tient à ce que les missionnaires ont édifié leurs églises à la limite des villages, bien souvent sur des terres déjà consacrées par des cimetières. Les étrangers n'avaient pas l'intention de perturber les esprits ou les gens, mais c'est pourtant ce qu'ils ont fait, en fin de compte. Les fermiers n'avaient jamais vu d'églises, poursuivit-il, et leur hauteur les effraya. Les missionnaires expliquèrent que celle-ci permettait aux prières d'atteindre Dieu et ce fut la panique. La longue ombre effilée comme une dague des clochers s'étendait sur les cimetières et jetait un sort, et les esprits courroucés des ancêtres revenaient les hanter. »

Depuis un demi-siècle, les paysans chinois demandaient que les missionnaires déplacent leurs églises. Les dieux allaient se venger et les châtier. Il suffisait d'une sécheresse ou d'une inondation pour qu'ils craignent de mourir de faim, à moins d'éloigner églises et missionnaires, bien entendu.

Le prince Tseng s'était rendu dans le Nord pour exacerber les craintes et les superstitions de la population rurale. Les mêmes mots se retrouvaient dans chaque message envoyé à Pékin : « La conduite des barbares chrétiens irrite nos dieux et nos génies, d'où les nombreux fléaux que nous connaissons aujourd'hui... Les routes et les voitures de fer perturbent le dragon de la Terre dont il anéantit les influences bénéfiques. »

Je savais que je ne pouvais me permettre de me le rendre hostile. C'était le dernier frère en vie de mon époux ; de plus, je n'ignorais pas qu'il avait de l'ascendant sur des rebelles toujours plus nombreux et qu'il pouvait à tout moment tenter de renverser Guangxu. J'avais pour stratégie le maintien de l'ordre et de la paix afin que Li Hung-chang et les modérés de la cour aient plus de temps pour moderniser le pays.

« Un fermier qui perd sa terre perd aussi son âme. » Je voulais faire comprendre à mon fils que Li Hung-chang avait du mal à entretenir les voies ferrées et le télégraphe. « Sans l'armée du Nord de Li, nous n'aurions pu mettre un terme aux destructions perpétrées par les rebelles. »

Après la construction du chemin de fer, il n'avait fallu que quelques années pour que des villes poussent comme des champignons autour des gares. Quand elles devenaient florissantes, les paysans n'étaient plus des « voleurs » mais des « gardiens » : en effet, ils auraient fait n'importe quoi pour protéger ce chemin de fer désormais synonyme de prospérité. En revanche, celles qui n'avaient pas tiré profit du train se considéraient comme des victimes de la modernisation. Pour leurs habitants, Li était le porte-parole de l'étranger et ses efforts « participaient au sortilège lancé sur la Chine ».

À la suite de quoi, des bandes violentes et des sociétés secrètes se créèrent et prospérèrent. La criminalité ne cessait de croître. Les rebelles ne se contentaient pas de détruire les rails et de saboter le matériel, ils s'en prenaient aussi aux églises qu'ils incendiaient et aux missionnaires qui leur servaient d'otages. La situation devint si critique que même Li Hung-chang ne put la contenir. Des panneaux apposés aux portes des villes menaçaient de pendaison les « chrétiens du riz », ces paysans convertis dans le seul but de manger à leur faim...

J'étais au milieu d'un rêve. Je regardais ma mère s'habiller le matin. Sa chambre à coucher donnait sur le lac de Wuhu. Le soleil éclaboussait les bois sculptés et les motifs floraux de la grande fenêtre. Les petits bambous et les bignones d'intérieur étaient verts même en hiver.

Mère s'étira comme un chat, ses longs bras nus tendus au-dessus de sa tête. Elle passa les doigts dans sa chevelure brune et soyeuse puis elle enfila une chemise de coton de couleur pêche qu'elle lissa du plat de la main. Elle prit du temps pour en fermer les boutons, tourna la tête et me regarda.

« Ma fille a eu une bonne nuit de sommeil, je le vois. Tu es la plus jolie jeune fille de Wuhu, Orchidée. »

Je posai ma tête sur son oreiller et enfouis mon visage dans ses draps pour humer son odeur.

Je fis le même rêve le lendemain matin. C'est au moment où les doigts de ma mère m'effleurèrent la joue que je me réveillai.

Il y eut un énorme bruit dans le couloir. Quelque chose tomba lourdement à terre, puis j'entendis le cri perçant d'un eunuque.

Je me redressai, toujours dans le brouillard. L'image de la reine Min s'imposa à moi. Alors j'ouvris les rideaux.

En grand uniforme, un sabre à la main, Yung Lu se précipita vers moi. Je crus que je rêvais encore. Avant même qu'il parvienne jusqu'à moi, Li Lianying lui sauta sur les épaules et le fit tomber en même temps que les tentures du lit, mais Yung Lu n'eut aucun mal à clouer l'eunuque au sol.

« Ma dame, des assassins ! » hurla-t-il.

Figée, je ne comprenais pas ce qui se passait. Yung Lu ordonna à ses hommes de fouiller le palais de fond en comble. « Tout ce qui bouge, homme comme bête ! Chaque arbre et chaque buisson ! »

Mes mains tremblaient et je ne parvenais plus à réunir mes vêtements. Tous mes serviteurs s'étaient agenouillés. J'attrapai un drap dans lequel je m'enveloppai.

Des hommes de Yung Lu entrèrent pour lui dire qu'ils n'avaient rien trouvé.

« Donnez-moi un instant que je m'habille, je vous prie », dis-je quand je pus enfin parler.

Yung Lu me désigna une chaise. « Il faut que vous m'accordiez une audience privée, ici même, sur-le-champ. »

Traînant mon drap, j'allai m'asseoir. Je me faisais l'effet d'être un papillon de nuit dans son cocon brisé.

À genoux, Li Lianying ramassait mes vêtements. Une main posée sur le ventre, il étendit une cape sur mes épaules nues.

« Je vais laisser Yuan Shikai vous apprendre ce qui s'est passé, dit Yung Lu en remettant son sabre au fourreau.

— Yuan Shikai ? » Je croyais que le jeune général se trouvait à Tianjin pour inspecter l'armée.

« Votre Majesté, Yuan a reçu de votre fils l'ordre de lui ramener votre tête. »

Trente-cinq

« Sa Majesté m'a fait appeler le 14 septembre »,
commença le général Yuan Shikai. Crâne rasé, muscles du cou tendus, il était revêtu de son grand uniforme. D'une voix claire mais basse, il précisa :
« L'empereur Guangxu m'a interrogé sur mes faits
d'armes en Corée et la façon dont j'avais recouru aux
tactiques militaires occidentales. Je lui ai répondu
qu'en douze ans j'avais beaucoup appris, mais pas
assez. Sa Majesté a voulu savoir de combien d'hommes je disposais pour établir une comparaison avec
les troupes de Yung Lu. Sept mille, lui ai-je répondu,
alors que Yung Lu en a plus de cent mille. »

Je regardai brièvement Yung Lu, qui avait l'air
grave, puis m'intéressai à nouveau à Yuan Shikai.
« Quelle a été la réponse de l'empereur ?

— Sa Majesté m'a demandé si mes hommes étaient
mieux armés et mieux formés...

— Continuez, lui ordonna Yung Lu.

— Le 16 septembre, Sa Majesté m'a à nouveau fait
appeler et j'ai reçu une promotion : vice-ministre à la
Guerre et à la Sécurité nationale. Cela m'a étonné car
je n'avais rien fait pour mériter pareil honneur. Je
savais que l'empereur avait hâte de voir réaliser ses
plans de réforme et s'était heurté à une forte opposition au sein de la cour. J'avais été approché par le
prince Tseng et ses Têtes de Fer. Ils voulaient se join-

dre à moi et m'avaient même demandé de former leurs troupes musulmanes. J'imaginais que Sa Majesté souhaitait me préparer à affronter son opposition.

— Yuan Shikai a été convoqué une troisième fois, dit Yung Lu, impatient.

— C'est exact. Cela s'est passé trois jours après la première rencontre, soit le 17 septembre. »

Ce jour-là, la discussion avait été particulièrement vive entre mon fils et moi-même. Je lui avais dit qu'il devrait me tuer avant que j'accepte de céder devant le Japon ou d'abandonner mon pouvoir sur la demande de Kang Yu-wei. Apparemment, cet affrontement l'avait poussé à bout.

« Sa Majesté m'a demandé si j'avais conscience de la puissance que je détenais, reprit Yuan Shikai. "Votre nouveau titre fait que Yung Lu et vous agirez désormais en toute indépendance et, à partir d'aujourd'hui, c'est de moi seul que vous recevrez des ordres." J'étais complètement perdu...

— Plus tard, cette nuit-là, l'interrompit Yung Lu, le bras droit de Kang Yu-wei, Tan Shih-tung, est allé trouver Yuan Shikai en déclarant qu'il représentait le "parti du Trône".

— C'est exact. Je savais que Tan était le fils du gouverneur du Hubei. Il devait avoir de bonnes raisons de me réveiller à deux heures du matin. Il m'annonça que l'empereur courait un grand danger et que je devais lui prêter main-forte. L'empereur désirait me voir rentrer immédiatement à Tianjin. Je devais réunir mes hommes avant de marcher sur Pékin pour écraser l'ennemi. Tan a bien précisé que l'empereur voulait que j'élimine deux personnes...

— Étais-je l'une des deux ? demandai-je.

— Oui, répondit Yuan Shikai d'un air solennel.

— Et l'autre ? »

Il baissa les yeux puis se tourna vers Yung Lu.

« Je vois. »

Yung Lu ne manifestait pas la moindre émotion et l'on eut dit une statue d'airain.

« Je... » Yuan Shikai ne savait comment terminer sa phrase. « J'ai reçu l'ordre de rapporter vos deux têtes. » Il se jeta à genoux et se frappa plusieurs fois le front au sol.

« Levez-vous, Yuan Shikai, dis-je froidement.

— Racontez à Sa Majesté comment vous avez réclamé à Tan la preuve de l'authenticité de l'édit impérial, le pressa une fois encore Yung Lu.

— Oui, bien sûr, fit-il en se relevant. J'ai voulu voir l'édit signé de la main de l'empereur mais Tan m'a répondu que c'était impossible. Les preuves devaient être dissimulées parce que la situation était critique et la vie du Fils du Ciel en danger.

— Vous l'avez cru ? demandai-je.

— Que je le croie ou non, je ne pouvais prendre de risque. Je lui ai toutefois fait savoir que l'empereur et moi nous étions vus le matin même et que Sa Majesté n'avait pas fait mention d'un éventuel coup d'État. Tan s'est rembruni. "Les choses ont changé. La vie de Sa Majesté n'était pas en péril avant cet après-midi", m'a-t-il déclaré. Quand j'ai demandé à voir des témoins, il m'a donné une liste de personnes à contacter. Parmi elles se trouvaient le secrétaire de la Cour suprême, Yang, le Grand Juge Lin, le général en chef Liu et Kuang-jen, le propre frère de Kang Yu-wei.

— Quand avez-vous appris que l'empereur voulait me faire assassiner ? »

Sous le choc, j'étais incapable de comprendre la logique des événements. Dans ma tête résonnaient les cris de Guangxu alors qu'il n'avait que quatre ans et je revivais cette nuit où Yung Lu l'avait amené à la Cité interdite.

« Tan m'a affirmé être dans l'impossibilité de présenter l'édit authentique, dit Yuan Shikai, mais il m'a expliqué que Sa Majesté avait ordonné de "mettre à mort quiconque userait de son pouvoir ou de son influence pour empêcher la réforme d'aller de l'avant". Quand j'ai répondu que je ne mordrais pas la main qui m'avait nourri, il m'a fait comprendre que je n'avais qu'à "créer l'occasion" en l'introduisant dans le palais d'Été. "J'égorgerai de ma main l'impératrice douairière", telles furent ses paroles exactes. Sur ce, il a déboutonné sa chemise pour me montrer une dague longue d'un pied.

— Qu'avez-vous pensé, alors ?

— Je me savais perdu, à supposer que Tan dise la vérité, ce dont je doutais. Trahir l'empereur me vaudrait d'être condamné à mort, mais il en irait de même si je trahissais Yung Lu et Votre Majesté. Pendant que Tan parlait, j'ai pesé le pour et le contre. Je voulais être certain qu'il représentait effectivement le Trône, mais lui répétait sans cesse : "Tranchez la tête de l'hydre opposée à la réforme et le monstre périra."

— Buvez un peu d'eau, Yuan Shikai. »

Yung Lu lui tendit sa coupe et le général but avidement avant de s'essuyer la bouche du revers de la main. « Tan m'a montré une carte très détaillée. Elle indiquait les entrées du palais d'Été, en particulier celle de la chambre de Votre Majesté. Plusieurs plans de rechange avaient été prévus. Chaque sortie serait bloquée de même que les galeries souterraines. Un de vos proches serviteurs était au nombre des complices de Tan. Tant de minutie m'impressionnait et je ne pouvais m'empêcher d'y voir la main d'un militaire. Je songeai alors à l'assassinat de la reine Min. Le complot actuel portait la même signature. »

Je frissonnai. Des gouttes de sueur coulaient sur le crâne rasé de Yuan Shikai et le faisaient luire comme un melon sous la pluie. Yung Lu faisait les cent pas.

« Tan a exigé une réponse immédiate de ma part, reprit Yuan Shikai. Comme j'étais incapable de parler, il m'a menacé : "Ma lame saura quoi faire pour promouvoir la réforme." Je trouvai alors une parade en promettant d'être prêt le 5 octobre, jour de l'inspection impériale à Tianjin. Il savait que tous mes hommes passeraient l'inspection. Satisfait, il s'en alla.

— Vous pouvez prendre un siège », dis-je en le voyant épuisé, et il s'effondra sur la chaise que lui présentait Yung Lu.

Je n'ai aucun souvenir des deux jours suivants. La voix de Yuan Shikai ne cessait de résonner dans ma tête : « Je ne pouvais imaginer que le Trône puisse exiger l'exécution de sa mère, mais Tan en était certain. » Non, c'était impossible. De toutes mes forces, je cherchais à défendre mon fils et à rejeter les accusations portées contre lui.

Selon Yung Lu, j'avais traité Yuan Shikai de menteur et ordonné son exécution immédiate. Il tremblait et me suppliait de l'épargner. Pour Yung Lu, j'étais en état de choc, incapable de raisonner, et il n'avait pas suivi mes ordres.

Quelques heures après le récit de Yuan Shikai, Yung Lu réunit le Grand Conseil, les princes et nobles mandchous ainsi que les plus hauts fonctionnaires, dont les ministres renvoyés par l'empereur et ceux qui m'avaient suppliée de les réintégrer.

On me demanda de reprendre la tête de l'empire. Je demeurai silencieuse et la cour prit mon mutisme pour un assentiment.

Sous le couvert de la nuit, Yung Lu aidé de Yuan Shikai fit venir ses troupes de Tianjin et remplaça les gardes du palais. La Cité interdite et le palais d'Été étaient parfaitement protégés. Avant l'aube, les complices de Tan à l'intérieur du palais furent arrêtés en secret, puis des eunuques de confiance furent envoyés au Ying-t'ai pour espionner Guangxu et ses proches.

Je me réveillai le lendemain matin avec l'impression de ressortir d'un puits sans fond. Je me vêtis, me nourris et allai m'asseoir sur le trône du Dragon, dans le palais de la Nourriture de l'esprit. Tous les regards étaient posés sur moi, curieux, sympathiques, parfois insondables. Le témoignage de plusieurs ministres me confirma le récit de Yuan Shikai : je ne pouvais plus douter de la tentative de coup d'État.

« Il convient de s'occuper de l'empereur Guangxu, proposa Yung Lu.

— Oui, allez au Ying-t'ai et informez-le des derniers événements. Si mon fils était au courant de ce complot, dites-lui que je ne veux plus jamais le revoir. »

À genoux, Guangxu me suppliait de l'autoriser à mettre fin à ses jours. Vêtu d'un pyjama, il n'avait pas fini de se brosser les dents et ses lèvres étaient blanchies de pâte dentifrice.

À sa vue, je dus détourner la tête et reprendre mon souffle, puis je regagnai ma chambre et refermai la porte. Plusieurs jours s'écoulèrent et je tombai malade. J'avais des brûlures d'estomac, ma langue se couvrait d'ulcères et avaler m'était insupportable.

« L'essence interne de Votre Majesté a pris feu. » Le docteur Sun Pao-tien insistait pour que je demeure alitée. « Ne buvez que du potage aux graines de lotus afin d'éteindre les flammes. »

La fièvre me consumait et je n'avais pas la moindre envie de guérir.

L'impératrice Lan arriva, les yeux et les joues rouges et gonflés. Elle m'apprit que Guangxu avait tenté de se suicider.

Bien qu'à peine capable de me tenir debout, je rendis visite à mon fils : je voulais qu'il me dise pourquoi.

« J'ai pu me montrer impatient, colérique. Oui, j'ai voulu chasser Yung Lu et affaiblir votre influence, dit-il, mais je n'ai jamais songé à vous ôter la vie. » Il sortit une liasse de papier de dessous sa robe. « Voici un édit par lequel j'ordonne que Kang Yu-wei et ses complices soient arrêtés et décapités.

— Comment expliques-tu leur geste ?

— J'ignore comment mes projets de réforme ont pu se changer en tentative d'assassinat. Kang propose une chose et en fait une autre. Je suis coupable et je mérite de mourir parce que j'ai cru en lui. »

Guangxu était plus désespéré que furieux. J'aurais aimé qu'il se défende et clame son innocence. Même si je ne devais jamais connaître la vérité, j'avais besoin de croire qu'il était bouleversé. Au fond de mon cœur, je savais que l'on avait cherché à profiter de mon enfant.

L'éclat de son regard avait disparu. L'empereur passa des jours à genoux à me supplier de lui accorder de mourir. « Ainsi le pays ira de l'avant, disait-il. Kang Yu-wei ne s'est pas invité à la Cité interdite, c'est moi qui l'ai appelé. »

Il était brisé, les yeux creux et le dos voûté. « Je me fais horreur et la vie m'est odieuse. Mère, ayez pitié de moi. »

Avant même de pouvoir laisser éclater ma fureur, je dus affronter la détresse de Guangxu. Il refusait de boire et de manger. Du sang souillait son crachoir.

« Sa Majesté veut recevoir un châtiment exemplaire, m'expliqua le docteur Sun Pao-tien. Il désire mourir. Je l'ai déjà constaté chez d'autres patients. Une fois cette décision prise, il est impossible de les arrêter. »

Signé de la main même de l'empereur Guangxu, l'ordre d'arrêter Kang Yu-wei et ses amis ébranla la nation. Les Têtes de Fer et les conservateurs de la cour prirent place dans la salle des Châtiments où devait se tenir le procès. Ils étaient prêts à en imposer et à punir avec la plus extrême sévérité.

« Les modérés seront atteints dès l'ouverture du procès, me dit Yung Lu. Une fois dévoilés, leurs noms seront associés aux réformateurs. Les Têtes de Fer sont avides de sang. »

Yung Lu et moi redoutions une confrontation armée. Des espions nous avaient parlé d'une émeute à l'instigation des Têtes de Fer : elle serait conduite par les troupes musulmanes du général Tung, lequel prenait ses ordres auprès du prince Tseng, en aucun cas un ami du Trône.

« Où sont les hommes du général Tung ?

— Ils campent aux abords de Pékin et sont prêts à déferler dans les rues. Je crains pour les légations britanniques et américaines.

— Je l'imagine très bien en train de s'inviter dans la Cité interdite. Le prince Tseng a hâte de m'intimider, il me forcera à déposer Guangxu.

— C'est également ainsi que je vois les choses.

— Le garrot doit être serré fort pour éviter l'hémorragie fatale, dis-je à Yung Lu. Apportez-moi la liste des condamnés et je veillerai à ce que l'empereur la signe. J'espère que cela contribuera à apaiser le mécontentement populaire. »

Les historiens futurs allaient unanimement me qualifier de « tyran femelle dédié au mal » quand ils évoqueraient la tentative de réforme de Guangxu ; ils parleraient aussi des Cent Jours, de la date de son premier édit à son dernier.

Le 28 septembre 1898, premier jour du procès, on interrompit l'audience à l'annonce de l'évasion de Kang Yu-wei, sauvé par des agents britanniques et japonais agissant en coulisses. Craignant de voir se multiplier les « sauvetages étrangers », Guangxu ordonna l'exécution de six détenus, parmi lesquels Kuang-jen, le frère de Kang Yu-wei. Ils devaient passer à la postérité sous le nom des Six Martyrs des Cent Jours.

À la décharge de mon fils, je dirais que le sacrifice évita une plus grande tragédie. Les exécutions indiquaient clairement la position de l'empereur et démontraient qu'il n'était plus une menace pour ma personne. À la suite de cela, le général Tung éloigna de Pékin ses troupes musulmanes, tuant ainsi dans l'œuf tout risque d'assister au sac des légations britanniques et américaines.

L'exécution de ces six hommes épargna les modérés, ce qui prévint toute confrontation susceptible de mener à une guerre civile, et incita à la prudence les partisans de la vengeance.

J'étais assise dans mon jardin à l'ombre des pistachiers quand l'exécution eut lieu. Les feuilles, jaune vif, commençaient à tomber. On me rapporta qu'ils étaient morts en braves et qu'aucun n'avait émis de regrets. Tan Shih-tung, le fils du gouverneur du Hubei, avait refusé l'occasion de s'échapper qui s'offrait à lui.

Les hommes de Yung Lu auraient fini par capturer Kang Yu-wei s'il n'avait été aidé dans sa fuite par John Otway Percy Bland, correspondant à Shanghai du *Times* de Londres. Le consul-général britannique adressa aux consuls du littoral l'ordre de protéger Kang Yu-wei pendant la chasse à l'homme dont il faisait l'objet.

Fin septembre, protégé par le navire de guerre *Esk*, un steamer britannique entra dans le port de Hong-Kong avec à son bord Kang Yu-wei. Entre-temps, le consulat de Canton avait organisé la fuite de sa mère, de son épouse, de ses concubines, de ses filles et de la famille de son frère. À Hong-Kong, Kang fut accueilli par Miyazaki Torazo, le puissant protecteur japonais de la Genyosha ; de là, il fit voile vers Tokyo.

Les exécutions rendirent Tan immortel. La sympathie populaire allait aux perdants. L'impératrice douairière hait son fils adoptif, c'est pourquoi elle fait décapiter ses amis : voilà ce que pensait l'opinion publique. Un poème que Tan récita avant de mourir devint si célèbre qu'on l'enseigna à l'école pendant de nombreuses années :

De mon plein gré je verserai mon sang
Si cela peut sauver mon pays,
Mais pour un homme qui périt aujourd'hui,
Mille autres se lèveront et reprendront le flambeau.

Trente-six

« L'empereur de Chine a été tué. Torturé peut-être – certains pensent même qu'il a été empoisonné par des conspirateurs. » Voilà ce qu'écrivait le *New York Times*, qui se contentait de reprendre la version de Kang Yu-wei. J'avais « assassiné l'empereur Guangxu par le poison et la strangulation ». Mon fils avait été « soumis à une effroyable torture, à savoir un fer chauffé à blanc enfoncé dans le fondement ».

Kang Yu-wei « m'a informé avoir quitté Pékin porteur d'un message secret de l'empereur l'avertissant du danger qu'il courait », écrivit J.O.P. Bland dans le *Times* de Londres. Il a ensuite déclaré que les événements récents étaient entièrement le fait du parti mandchou, mené par l'impératrice douairière et le vice-roi Yung Lu... Kang Yu-wei insiste sur le fait que l'Angleterre trouve là l'occasion d'intervenir et de rendre son trône à l'empereur... Sans protection apportée aux victimes du coup d'État, il sera désormais impossible à tout personnage officiel de soutenir les intérêts britanniques. »

J'avais demandé à Li Hung-chang de cesser de m'envoyer les journaux mais il fit la sourde oreille. Je ne pouvais lui reprocher d'essayer d'éduquer l'empereur. Li s'assurait que deux exemplaires arrivaient en même temps : l'un m'était destiné, l'autre allait à Sa Majesté. Je m'efforçais de conserver mon sang-froid mais ce que je lisais m'accablait. Il m'était pénible de me souvenir que Guangxu avait parlé de Kang Yu-wei comme d'un génie, son « meilleur ami », son « esprit frère ».

Kang Yu-wei entreprit une tournée mondiale. Les journaux rapportèrent des paroles prononcées lors d'une conférence qui s'était tenue en Angleterre : « Depuis que l'empereur a commencé à marquer de l'intérêt pour les affaires de l'État, l'impératrice douairière a manigancé sa déposition. Elle jouait aux cartes avec lui et lui faisait boire de l'alcool pour qu'il n'assiste pas aux conseils. Pendant la majeure partie de ces deux dernières années, l'empereur s'est trouvé malgré lui relégué au rang de chef symbolique. »

Mon fils et moi étions empoisonnés par notre propre remords. Peu importait comment j'essayais de justifier la situation : il était indéniable que Guangxu avait laissé faire une tentative d'assassinat sur ma personne.

Kang Yu-wei poursuivait sa campagne de désinformation : « Chacun sait que l'impératrice douairière n'a pas d'éducation et qu'elle est très conservatrice... qu'elle est peu disposée à donner à l'empereur le pouvoir véritable de mener les affaires de l'empire. En 1887, il fut décidé de débloquer trente millions de taëls pour la marine... L'impératrice douairière a détourné cette somme pour faire restaurer [le palais d'Été]. » Les calomnies succédaient aux calomnies.

Mon fils passait des journées à ne rien faire. Je ne souhaitais plus qu'il vienne me trouver ou qu'il me supplie de parler avec lui. J'avais perdu le courage de l'affronter et un fossé effrayant s'était creusé entre nous. Plus Guangxu lisait les journaux, plus il se renfermait. Il refusa de reprendre les audiences. Il lui était impossible de me regarder dans les yeux et moi, de lui dire que je l'aimais en dépit de ce qui s'était passé.

La veille, je l'avais découvert en larmes après la lecture de la dernière calomnie en date : « Au palais sévit un prétendu eunuque dont le nom est Li Lianying... Tous les vice-rois ont assuré leur position en soudoyant cet homme, dont la richesse est colossale. »

Les événements qui suivirent m'auraient à tout jamais mise dans l'incapacité de pardonner à mon fils, même si je l'avais voulu. On ne me laissait pas la chance de me défendre alors que Kang Yu-wei était libre de me nuire en se qualifiant lui-même de porte-parole de l'empereur de Chine et en me traitant de « voleuse meurtrière » et de « fléau du peuple ».

Les meilleurs quotidiens du monde entier publièrent les accusations ignobles de Kang Yu-wei : une fois traduites en chinois, la population les prit pour argent comptant. Dans les maisons de thé et lors des réceptions, chacun racontait comment j'avais empoisonné Nuharoo puis assassiné Tongzhi et Alute. Nul n'aurait pu arrêter l'épidémie.

La version officieuse du déroulement des Cent Jours selon Kang Yu-wei fit sensation : « Avec la complicité d'un ou deux ministres félons, l'impératrice douairière a fait enfermer l'empereur et elle complote pour usurper le trône en déclarant faussement qu'elle joue le rôle de conseil au sein du gouvernement... Tous les lettrés de mon pays sont furieux de voir une concubine arriviste isoler [l'empereur]... Elle s'est approprié le revenu des souscriptions nationales pour faire bâtir de nouveaux palais destinés à abriter ses désirs libidineux. Elle se moque complètement de la dégradation de l'État et de la misère du peuple. »

Mon fils s'enferma dans son bureau, au Ying-t'ai. Devant sa porte s'amoncelaient les journaux qu'il avait fini de lire. On y apprenait comment Kang Yu-wei vivait en exil au Japon et qui était ce rebelle cantonais du nom de Sun Yat-sen que la Genyosha avait engagé pour mener à bien mon assassinat. Au nom de l'empereur de Chine, Kang avait demandé à l'empereur du Japon de « prendre des mesures pour écarter l'impératrice douairière Tseu-hi ».

Pendant les huit années qui suivirent, Kang Yu-wei ne cessa de combiner mon assassinat en dépit des édits répétés par lesquels mon fils condamnait son ancien maître à penser. C'était maintenant moi qui le suppliais d'ouvrir sa porte. Je lui disais que j'avais perdu Tongzhi et ne pourrais survivre si je devais le perdre à son tour. Pour sa part, il déclarait avoir honte de ce qu'il avait fait et voyait dans mes yeux que je ne l'aimais plus. Il me demandait ce que je pouvais attendre d'une « outre inutile » comme lui.

Je lui disais vouloir travailler à améliorer nos relations, je lui avouais que son refus de se ressaisir me blessait plus que tout. Malgré cela, je sentais que je baissais les bras : j'avais échoué avec ce garçon que j'avais adopté et élevé depuis l'âge de quatre ans, je n'avais pas réussi à tenir la promesse faite à ma sœur Rong. « Après la mort de Tongzhi, c'est en toi que j'ai placé toutes mes espérances », disais-je à Guangxu. J'avais perdu l'espoir mais aussi le courage de repartir de zéro.

Une partie de moi-même ne croirait jamais que Guangxu avait voulu me faire assassiner. Toutefois, il avait commis une terrible erreur et, même moi, je ne pouvais la réparer. Il me suppliait de le déposer : il n'aspirait plus qu'à se retirer de la vie publique et disparaître à tout jamais. Ce fut l'épisode le plus triste de mon existence. Je refusais d'accepter la défaite.

Dure, glaciale, je lui dis : « Non, je ne t'accorderai pas la permission d'abdiquer.

— Mais pourquoi ?

— Cela ne ferait que prouver au monde que les accusations de Kang Yu-wei contre moi étaient fondées.

— Les sceaux que j'ai apposés sur son mandat d'arrestation ne suffisent-ils pas ? »

Et soudain je me demandais ce que mon fils regrettait le plus, de la perte de mon affection ou de l'incompétence de Kang Yu-wei à me faire disparaître.

Yung Lu cessa de traquer Liang Qichao – bras droit et disciple de Kang Yu-wei – parce que « le sujet avait réussi à s'enfuir au Japon ».

Journaliste et traducteur, Liang avait travaillé comme secrétaire auprès du mouvement baptiste et de l'activiste politique Timothy Richard, dont le but n'était autre que la subversion du régime mandchou. Connu pour la force de ses écrits, on le surnommait à la cour « la plume vénéneuse ».

Liang Qichao se trouvait encore à Pékin quand fut promulgué l'ordre de le faire arrêter et décapiter. Les hommes de Yung Lu avaient bouclé la ville mais Liang s'était réfugié dans la légation japonaise. Sa surprise dut être grande de constater qu'Ito Hirobumi y séjournait.

« Grimé en Japonais, Liang fut envoyé à Tianjin, raconta Yung Lu. Son escorte était un sbire de la Genyosha. » Les yeux dans le vague, mon fils l'écoutait. « Sous la protection du consul du Japon, Liang Qichao est arrivé au port de Dagu et a embarqué sur la canonnière *Oshima*, poursuivit Yung Lu. Nous avons arraisonné le navire en pleine mer et mes hommes ont exigé qu'on nous remette le fugitif, mais le capitaine a refusé sous le prétexte que nous avions violé les lois internationales. Il nous fut impossible de fouiller le navire alors que nous savions qu'il se cachait à bord. »

Mon fils détourna la tête quand Yung Lu déposa devant lui un exemplaire du *Kobe Chronicle*. Le journal japonais déclarait que, le 22 octobre, la canonnière *Oshima* avait ramené au Japon « un présent de grande valeur ».

Le Japon avait raison de se réjouir. Kang Yu-wei et Liang étaient réunis dans l'exil. Hôte pendant cinq mois du ministre japonais des Affaires étrangères, Shigenobu Okuima, Kang fut bien nourri et ses cheveux nattés reprirent « un éclat témoignant de sa bonne santé », comme il fut écrit. Pendant des années les deux hommes travaillèrent inlassablement l'un avec l'autre et réussirent à brosser de moi le portrait d'un tyran maléfique, confirmant ainsi les préjugés et les pires suppositions dont je faisais l'objet.

Kang et Liang obtinrent la reconnaissance internationale à laquelle ils aspiraient. L'Occident voyait en eux les champions de la politique de réforme chinoise. Kang « à la face de lune » était dépeint comme « le sage de la Chine moderne ». Puisque « les chefs véritables de la Chine suppliaient que l'on sauve leur pays », de quelle autre excuse avaient besoin les nations pour chasser le dictateur femelle « corrompu », « obsédé » et « reptilien » ?

Les Occidentaux venus entendre Kang Yu-wei désiraient tant voir la Chine se transformer en une utopie chrétienne qu'ils gobaient volontiers ses mensonges. De Li Hung-chang, j'appris que le Japon lui avait fourni des fonds pour effectuer une tournée aux États-Unis, pays où critiques et lettrés le portèrent aux nues comme « l'homme qui avait offert à la Chine la démocratie à l'américaine ».

« Le Ciel nous a donné le saint qui sauvera la Chine. » Kang Yu-wei louait toujours mon fils en préambule de ses interventions. « Sa Majesté l'empereur a été emprisonné et déposé, mais la chance veut qu'il soit toujours parmi nous. Le Ciel n'a pas encore abandonné la Chine ! »

Grâce aux trois cent mille dollars offerts par les marchands chinois d'outre-mer désireux de s'attirer les bonnes grâces du nouveau régime et aidé des agents de la Genyosha opérant au cœur même de la Chine, Kang Yu-wei prépara une insurrection armée.

Les délires néfastes de Kang et de Liang furent repris par le *New York Times*, le *Chicago Tribune* et le *Times*. « Tout ce que connaît l'impératrice douairière Tseu-hi, c'est une vie de plaisir, et tout ce que connaît Yung Lu, c'est la soif du pouvoir. L'impératrice a-t-elle jamais songé au bien de son pays ? La tortue ne peut se couvrir d'un pelage, le lapin se voir pousser des cornes, le coq pondre des œufs et l'arbre mort se couvrir de fleurs parce qu'il n'en est pas ainsi dans la nature. Nous ne pouvons espérer ce que cette femme n'a pas dans le cœur ! »

Trente-sept

Minée par le désastre de la réforme, 1898 fut aussi une longue année de famine et d'inondations. En premier lieu, les récoltes furent complètement gâtées au Shandong et dans les provinces voisines, puis le fleuve Jaune déborda pour engloutir des centaines de villages. Des milliers de personnes se retrouvèrent sans abri et dans l'incapacité de semer pour l'année suivante. Des nuées de sauterelles s'abattirent sur les champs et dévorèrent le peu qu'il restait. Qu'ils soient vagabonds, chômeurs, mécontents ou spoliés, tous brûlaient de trouver une cause, une raison, un bouc émissaire.

Je passais mon temps à éteindre des incendies. Les Têtes de Fer avaient proposé de pendre Perle pour en faire porter la responsabilité à l'empereur. Elle avait été reconnue coupable d'avoir violé plusieurs règles du palais, mais je rejetai sans la moindre explication ces charges forgées de toutes pièces.

Les émeutes antiétrangers se poursuivaient. Un missionnaire anglais avait été tué dans la province du Guizhou, un prêtre français avait été torturé puis mis à mort dans le Hubei. Dans les provinces où les étrangers vivaient parmi les Chinois, les griefs donnaient naissance à des troubles sociaux, particulièrement dans la ville natale de Confucius, Jiaozhou, que contrôlaient les Allemands. Les gens du cru vitupéraient le christianisme. Dans les régions soumises aux Russes et aux Britanniques, la violence se déchaîna quand ceux-ci décidèrent qu'en tant que locataires à bail ils avaient droit à une partie des taxes locales.

Sous prétexte de me protéger, le prince Tseng et ses fils réclamèrent l'abdication de l'empereur. Sa faction avait reçu l'appui du Conseil de Clan mandchou et de l'armée musulmane du général Tung. Il m'était difficile de continuer à soutenir Guangxu, mais je savais que la dynastie courrait à sa perte sous la férule de Tseng. C'en serait fini des industries et des relations internationales élaborées par Li Hung-chang : toute relation diplomatique avec les pays occidentaux serait rompue. La guerre civile fournirait aux puissances étrangères un excellent prétexte d'intervention.

Il fallait que Guangxu demeure sur le trône, c'était le seul moyen d'assurer la stabilité. Les conservateurs proposèrent un plan de rechange selon lequel je retrouverais la régence. Mon fils signa puis se désintéressa complètement de la chose.

« Les affaires de la nation sont à l'heure actuelle en position délicate, disait l'édit, et la réforme est nécessaire en tout point. Moi, l'empereur, travaille jour et nuit de toutes mes forces, mais le souci profond que j'ai du bien-être de la nation m'a poussé à implorer à plusieurs reprises Sa Majesté l'impératrice douairière de me conseiller, après quoi elle m'a fait part de son assentiment. C'est là une assurance de prospérité pour la nation tout entière, ses fonctionnaires et sa population. »

Ce fut une véritable humiliation, pour Guangxu comme pour moi, car cela mettait en lumière l'incompétence de l'empereur et l'erreur de jugement que j'avais commise en le plaçant sur le trône.

Peu après avoir signé l'édit, Guangxu tomba malade. Je devais accélérer le rythme des audiences pour être auprès de lui. Tous les efforts du docteur Sun Pao-tien étaient vains et ses remèdes n'avaient aucun effet. La rumeur de la mort imminente sinon avérée de l'empereur se répandait en ville. Les faits semblaient donner raison aux accusations de Kang Yu-wei : le poison que j'étais censée avoir donné à Guangxu « produisait son effet mortel ».

I-kuang, notre ministre des Relations extérieures, se vit poser beaucoup de questions à propos de la « disparition » du trône, mais il n'avait pas la trempe du prince Kung et tout ce qu'il put me dire, ce fut : « Les légations discutent d'éventuelles invasions. »

Mon fils savait qu'il devait se montrer à la cour mais il était à peine capable de sortir de son lit.

« Si vous insistez pour que Sa Majesté assiste à une audience, il se pourrait bien qu'elle trépasse pendant celle-ci », m'avertit le médecin. Et Yung Lu de renchérir : « L'apparition de Sa Majesté ferait plus de mal que de bien. »

Après avoir été témoin d'une crise de vomissement qui laissa mon fils sans force, je fis appel aux provinces pour qu'elles m'envoient leurs médecins les plus compétents. Aucun praticien chinois n'osa se proposer mais les légations étrangères s'empressèrent de répondre à ma demande. De toute évidence elles adhéraient à la vision des événements qu'en avait Kang Yu-wei : « Seul un examen médical approfondi de Sa Majesté fera taire les rumeurs corrosives et restaurera la confiance des Britanniques et des autres nations. »

La cour et Guangxu refusèrent de recevoir les médecins occidentaux. Pour la cour, la santé du trône relevait de la fierté nationale et son état physique devait demeurer secret. Mon fils avait déjà été suffisamment humilié en tant qu'empereur, il ne voulait plus l'être en tant qu'homme : le monde ne devait pas apprendre pourquoi il n'avait pas d'héritier.

La mère que j'étais se devait cependant de tenter l'impossible pour sauver son fils. Un médecin occidental représentait peut-être le dernier espoir. Sans être matérialiste, je n'en étais pas pour autant stupide. Je savais « qu'à ses taches on reconnaît le léopard ». Mes teintures capillaires françaises, mes horloges anglaises et mon télescope allemand me parlaient des gens qui les avaient créés. Les merveilles industrielles de l'Occident – télégraphe, chemins de fer, armement militaire – parlaient d'une voix encore plus forte.

Avec délicatesse, je demandai à Guangxu s'il était prêt à révéler l'entière vérité, y compris son dysfonctionnement sexuel, et mon fils me répondit par l'affirmative. Soulagée, j'allai partager cette bonne nouvelle avec mes belles-filles. L'espoir renaissait et nous allâmes prier au temple.

La dernière semaine d'octobre, un médecin français, le docteur Dethève, fut conduit à la Cité interdite puis dans la chambre de l'empereur. Je fus présente tout au long de l'examen. Le médecin songeait à une maladie rénale et pensait que Guangxu souffrait de problèmes secondaires dus à cette affection.

« À première vue, écrivit le docteur Dethève, l'état général de Sa Majesté est marqué par la faiblesse, la maigreur, la dépression et la pâleur. Elle a bon appétit mais la digestion se fait lentement... Les vomissements sont très fréquents. L'auscultation de ses poumons au stéthoscope, à laquelle Sa Majesté s'est volontiers prêtée, n'a pas révélé une bonne santé. Les problèmes circulatoires sont nombreux. Pouls faible et rapide, maux de tête, sensation de chaleur au niveau de la poitrine, bourdonnement d'oreilles, vertiges et déséquilibre comme chez quelqu'un à qui il manque une jambe. À ces symptômes il convient d'ajouter une sensation générale de froid dans les jambes et les genoux, un manque de sensibilité des doigts, des crampes dans les mollets, des démangeaisons, une légère surdité, une baisse de la vue, des douleurs rénales. Mais le plus important, ce sont les troubles de l'appareil urinaire… Sa Majesté urine souvent mais fort peu chaque fois. La quantité sur vingt-quatre heures est inférieure à la normale. »

Le médecin français nous avait fait une excellente impression et nous attendions son traitement avec impatience. En revanche, nous ignorions que le bulletin de santé serait rendu public, volontairement ou pas. Aussitôt les rumeurs allèrent bon train en Chine, en Europe et aux États-Unis. Pendant les audiences, je voyais à leurs regards narquois que les membres de la cour avaient lu une traduction du compte rendu médical.

Les journaux et les magazines chinois prirent les rumeurs pour argent comptant : « C'est la nuit que Sa Majesté avait d'ordinaire des éjaculations suivies d'une voluptueuse sensation. Selon le docteur Dethève, "ces émissions nocturnes ont été suivies de la diminution d'érections volontaires dans la journée". Toujours selon le praticien, la maladie de l'empereur a rendu impossible toute relation sexuelle. L'empereur est dans l'incapacité de faire l'amour à sa femme ou à ses concubines. Sans sexualité, Sa Majesté demeurera sans enfants, ce qui signifie que le trône n'aura pas d'héritier. » De tels articles poussèrent les Têtes de Fer à exiger l'abdication de Guangxu.

J'étais témoin du sacrifice de la dignité de mon fils. Même si l'examen du médecin français avait montré que Guangxu était en vie et que je ne pouvais par conséquent pas l'avoir assassiné, j'étais anéantie.

Guangxu souffrait toujours – fièvre, manque d'appétit, gorge et langue gonflées –, mais il apparaissait parfois à mes côtés lors des audiences.

Pour les réformateurs radicaux, le seul fait de nous voir assis côte à côte prouvait que j'étais un tyran. Les journaux publiaient leurs observations et décrivaient comment le malheureux empereur vivait son enfer sur terre. Dans une version plus populaire, on le voyait même « traçant de grands dessins d'un puissant dragon, son propre emblème, avant de les déchirer de désespoir ».

Pour leur part, les Têtes de Fer faisaient appel à la pensée orthodoxe chinoise : Guangxu avait pratiquement comploté au matricide et, pour la morale confucéenne, il n'était pire crime que le manque de piété filiale, surtout de la part d'un empereur qui se doit de donner l'exemple à son peuple.

J'étais censée brandir devant lui l'étendard de la rigueur morale, mais je ne pouvais ignorer ses souffrances. Mon fils était assez brave pour faire face à ces hommes qu'il avait ordonné de congédier avant le coup d'État avorté. Cependant, s'il continuait à jouir de la loyauté de la cour, avait-il le respect de ses membres ?

Vu la santé délicate de mon fils, je dus envisager son remplacement, ainsi que me le proposaient les Têtes de Fer. Je me montrai sincère lors des débats et me prononçai enfin pour Pu-Chun, le fils adolescent du jeune prince Tseng, mon grand-neveu et nouvel héritier. J'insistai tout de même pour que Pu-Chun se prête à une évaluation de son caractère, examen auquel je savais qu'il échouerait. Il se montra en effet lamentable et fut aussitôt écarté.

Guangxu s'ennuyait au cours des audiences et il lui arrivait de partir avant la fin. Quand j'allais le retrouver, il jouait avec ses horloges. Il ne m'ouvrait pas la porte et refusait de me parler. Ses yeux tristes témoignaient de la plus grande vacuité et il me confia un jour que son esprit errait « tel un spectre privé de foyer ». Jamais il ne se lassait de répéter : « Je voudrais être mort... »

Je convoquai mes belles-filles. « Nous devons tenter de l'aider.

— Vous feriez mieux de le laisser seul », répliqua la concubine Perle. Comme je lui demandais pourquoi, elle répondit : « Votre Majesté devrait peut-être songer à sa retraite. Le trône est un homme adulte, il sait comment gouverner son empire. »

Je lui demandai si elle se souvenait d'avoir présenté Kang Yu-wei à mon fils. Ma question la rendit furieuse. « Les réformes ont échoué parce que Guangxu n'a jamais eu l'occasion de travailler seul. On a enquêté sur lui, il a été enfermé dans ses propres appartements, séparé de moi. Je suis désolée... c'est... je ne vois pas comment dire les choses autrement : l'empereur Guangxu a été victime d'une conspiration. »

Je ne savais comment prendre ce cri de colère. Cherchait-elle vraiment à me provoquer ?

Perle demanda à assister mon fils, mais je lui opposai un refus. « Pas dans l'état d'esprit où vous êtes. Mon fils a déjà assez mal.

— Vous craignez que je lui dise la vérité.

— Je ne pense pas que vous la connaissiez. » Je dis à Perle qu'à moins de coopérer avec moi et de reconnaître ses mauvaises actions passées, elle ne serait plus jamais autorisée à revoir Guangxu.

« Sa Majesté me fera appeler ! s'écria-t-elle. Je ne serai pas votre prisonnière ! »

Trente-huit

La foule grondait dans les rues de Pékin. « Soutenons la grande dynastie Qing ! Exterminons les barbares ! » Les Têtes de Fer jouaient de ces protestations pour m'obliger à prendre parti en leur faveur. Jusqu'à ce que soient dévoilées les intentions meurtrières de Kang Yu-wei, je n'avais pas eu la chance de me demander quels étaient mes vrais amis.

Mon fils se montra déçu et perdit ses dernières illusions devant l'acharnement de Kang à requérir une intervention internationale. Quand son septième complice fut arrêté pour avoir attenté à ma vie, mon fils promit de juger équitablement ce « rusé renard ».

Aucune nation ne réagit quand Guangxu réclama l'arrestation de Kang Yu-wei. La Grande-Bretagne, la Russie et le Japon refusèrent de le renseigner sur ses activités ou ses déplacements. En revanche, les journaux étrangers continuaient d'imprimer ses mensonges du genre : « L'empereur de Chine est emprisonné et torturé. »

Le Japon commença à faire usage de la pression militaire en exigeant ma « disparition à tout jamais ». Guangxu aurait été « drogué et ligoté sur le trône du Dragon » pour assister aux audiences en ma compagnie. Aux yeux du monde, il avait consommé « un petit déjeuner empoisonné saupoudré de moisissure ». Au désespoir, ajoutait-on, il appelait de ses vœux l'invasion de son pays par les puissances occidentales.

Cette situation renforça la mélancolie de mon fils. Il retomba dans la solitude et refusa tout contact, y compris l'affection de sa concubine bien-aimée, Perle.

Aucun mot n'aurait pu décrire ce que j'éprouvais. Chaque matin, je lui demandais comment il avait dormi et le mettais au courant des questions que nous aborderions. Parfois il me répondait poliment mais sa voix venait de très loin ; la plupart du temps, il se contentait de murmurer son assentiment.

J'appris par ses eunuques qu'il ne prenait plus les médicaments prescrits par les médecins occidentaux. Il avait ordonné qu'on masque les fenêtres de tentures noires pour empêcher le soleil de pénétrer dans sa chambre. Il cessa de lire les journaux et passa son temps avec ses horloges. Il était si maigre qu'on eût dit un adolescent de quinze ans. Sur le trône, il s'endormait souvent.

Je consultai mon astrologue, qui me demanda la permission de parler librement.

« L'intérêt que votre fils porte aux horloges est très instructif. En mandarin, le mot "horloge" a la même sonorité et le même ton que le caractère *zhong*, qui signifie "la fin".

— Voulez-vous dire que sa vie… s'achève ?

— Vous ne pouvez en rien l'aider, Votre Majesté, car c'est la volonté du Ciel. »

J'aurais aimé dire à l'astrologue que j'avais lutté contre le Ciel toute ma vie durant. Ma solitude était la preuve de mon combat. J'avais survécu bien des fois à une mort certaine et j'étais déterminée à me battre pour mon fils : tel était l'espoir pour lequel je vivais. À la mort de mon mari, l'espoir s'appelait Tongzhi, et à la mort de celui-ci, il avait pris pour nom Guangxu.

Ma coiffure et mes perruques ne m'avaient jamais préoccupée auparavant, pourtant c'était le cas aujourd'hui. Je me plaignis à Li Lianying de leurs formes ennuyeuses et du poids de leurs pierres précieuses. Mes couleurs de prédilection ne me plaisaient plus ; laver et teindre mes cheveux était devenu une véritable corvée. Li Lianying remplaça tous ses instruments : des épingles et des fils très légers lui permirent de fixer des joyaux à la planchette en forme d'éventail pour créer ce qu'il appelait « une ombrelle à trois étages ».

Cet effort pour me donner un aspect plus grand que nature ne fut pas vain puisque la cour en fut impressionnée, mais ma souffrance était intérieure. Mon apathie croissait à mesure que déclinait mon fils. Mes yeux s'emplissaient de larmes au milieu d'une conversation quand je me rappelais l'époque où Guangxu était un petit garçon courageux et affectueux.

Je refusais d'accepter les conclusions de la cour, à savoir que l'empereur avait fait régresser le pays. « Si Guangxu a fait échouer le vaisseau de l'État, déclarai-je un jour, le vaisseau en question était depuis longtemps dépourvu de gouvernail, perdu sur une mer déchaînée, à la merci du vent du changement. »

Personne n'envisageait que Guangxu pût être victime d'une dépression nerveuse. Étant donné la triste histoire de sa mère – la vie de Rong avait été plus tourmentée encore –, j'aurais dû être la première à comprendre, mais ce ne fut pas le cas, à moins que mon esprit refusât d'entrevoir la réalité. L'air absent, il semblait écouter les propos tenus lors des audiences sans toutefois en saisir le sens. Quand il se levait de son trône, il faisait l'objet d'une attaque imaginaire, mais très réelle pour lui, et qui le laissait bouleversé. Il lui arrivait de s'excuser en plein débat et de ne pas revenir.

Mon astrologue avait peut-être raison quand il déclarait que « l'empereur avait déjà choisi la disparition et la mort », mais j'étais la seule à avoir la cruauté de l'obliger à faire bonne figure.

Quand je repensais aux Cent Jours, c'était pour en conclure que l'attirance qu'éprouvait mon fils pour Kang Yu-wei s'apparentait à l'attrait qu'exerce un mythe étranger. Le lettré présentait un Occident fantasmatique et Guangxu ignorait où il allait. Li Hung-chang avait raison de dire que la Chine n'avait pas été vaincue par des troupes étrangères, mais bien par sa négligence et son incapacité à discerner la vérité au milieu d'une mer de mensonges.

L'échec des réformes avait fait annuler l'inspection de la marine impériale. Chacun pensait qu'elle marquerait la destitution de Guangxu et nos espions nous avaient révélé que les puissances étrangères étaient prêtes à intervenir.

Encouragée par Li Hung-chang, je pris le train pour rencontrer en secret les gouverneurs des provinces clefs du Nord et du Sud. Je m'arrêtai à Tianjin et visitai la Grande Exposition industrielle organisée par son associé, S. S. Huan. Je fus très impressionnée par une machine capable d'extraire un à un les fils d'un cocon de soie, une tâche pénible que les femmes effectuaient à la main depuis des siècles. Et la « cuvette en céramique à chasse » me donna l'envie d'en faire installer dans la Cité interdite. J'avais du mal à croire que les toilettes avaient été inventées pour sa mère par un prince britannique, mais l'anecdote était édifiante : on enseignait aux enfants royaux de Grande-Bretagne à avoir l'esprit pratique. Tongzhi et Guangxu avaient appris les plus beaux textes classiques chinois mais tous deux avaient mené une existence stérile.

Les autres inventions étrangères ne firent qu'empirer mes craintes. Comment la Chine pouvait-elle espérer survivre alors que ses ennemis se lançaient dans une quête effrénée du progrès ?

« Pour gagner une guerre, il faut connaître son ennemi au point de pouvoir prédire son prochain mouvement », a écrit Sun Tsu dans son *Art de la guerre*. Je parvenais à peine à savoir ce que je ferais le lendemain mais je compris qu'il serait sage d'apprendre auprès de nos ennemis. Je décidai donc, pour mon soixante-quatrième anniversaire, d'inviter à Pékin les ambassadeurs étrangers : ils verraient ainsi la « meurtrière » de leurs propres yeux.

Li Hung-chang s'enthousiasma. « Quand les habitants de la Chine constateront que leur impératrice douairière désire par elle-même recevoir des étrangers, l'antipathie qu'ils leur inspirent se dissipera dans l'instant. »

Comme je m'y attendais, le Conseil de Clan mandchou émit de vives protestations. Il n'était pas question que je me montre à des barbares, encore moins que je leur parle. Je leur expliquai en vain que la reine d'Angleterre était connue du monde entier par les timbres-poste et les pièces de monnaie à son effigie.

Après de longs palabres, on m'autorisa à n'inviter que des femmes, à la condition expresse que Guangxu se joigne à moi pour que je sois accompagnée par un représentant masculin de la famille impériale. Il y avait parmi mes invitées les épouses des ministres de Grande-Bretagne, de Russie, d'Allemagne, de France, de Hollande, des États-Unis et du Japon.

Selon mon ministre des Relations extérieures, I-kuang, les ministres étrangers avaient insisté pour que leurs compagnes soient reçues « avec toutes les marques de respect ». Il fallut six semaines pour tout organiser, du style des palanquins au choix des interprètes. « Les étrangers n'en démordent pas sur les points essentiels, m'apprit I-kuang. Je craignais de devoir annuler les

invitations mais la curiosité des dames s'est finalement révélée plus forte que l'opposition de leurs
époux. »

Le 13 décembre 1898, les dames étrangères vêtues
de leurs plus beaux atours furent escortées au palais
d'Hiver, proche de la Cité interdite. J'étais assise sur
une estrade derrière une longue table décorée de fruits
et de fleurs. Ma lourde robe brodée d'or et ma coiffure
élaborée au point d'en être instable ne m'empêchaient
pas de jouir du spectacle.

À l'exception de l'épouse de l'ambassadeur du
Japon, dont le kimono et l'obi copiaient les costumes
de notre dynastie Tang, les dames étaient parées ainsi
que de magnifiques lanternes de fête. Elles firent la
révérence et s'inclinèrent devant moi. En murmurant
« relevez-vous » à chacune d'elles, je ne pouvais
qu'être fascinée par la couleur de leurs yeux, leurs
coiffures et leurs formes graciles. Elles m'étaient pré-
sentées en groupe mais chacune avait sa personnalité
propre.

Lady MacDonald était l'épouse du ministre britannique. Cette grande et gracieuse blonde d'une quarantaine d'années portait une splendide robe de satin bleu
ciel ornée à hauteur de la taille d'un gros nœud violet.
Un large chapeau ovale coiffait sa tête bouclée. Lady
Conger était la femme du ministre américain : de religion scientiste, elle était vêtue de noir de la tête aux
pieds.

Je priai I-kuang d'accélérer les présentations et
interrompis le discours d'accueil de l'interprète.
« Accompagnez nos invitées dans la salle des banquets
afin qu'elles se restaurent. » J'étais fière de leur faire
connaître notre cuisine : « Il n'y a rien à manger en
Occident », m'avait dit un jour Li Hung-chang.

Je regrettais déjà d'avoir promis à la cour de ne pas
parler et de ne poser aucune question. Après le repas,

les dames revinrent vers moi pour que je leur fasse un présent[1]. Je pris chacune d'elles par la main et déposai dans leur paume un anneau d'or. Par mon sourire, je leur faisais part de mon désir que nous soyons amies. J'étais heureuse qu'elles soient venues voir « cette femme calculatrice au cœur de glace ».

J'étais bien consciente que l'on m'observait à l'instar d'une bête curieuse et j'attendais des dames une certaine arrogance : au contraire, elles se montrèrent chaleureuses. Je ne pouvais m'empêcher de penser que, si je les traitais comme des sœurs étrangères, nous bavarderions peut-être. J'aurais voulu que Lady MacDonald me parle de la vie à Londres, que Lady Conger m'explique ce qu'était la religion scientiste et me fasse part de son expérience de mère.

Hélas, il ne m'était permis que de regarder et d'écouter. Mon regard allait des ornements de leurs chapeaux aux perles brodées sur leurs souliers. Mes eunuques se détournaient quand elles s'approchaient d'eux, gorge découverte et épaules nues, mais mes dames de compagnie écarquillaient les yeux. L'élégance des étrangères, leur conversation sensée et leurs réponses respectueuses donnaient un nouveau sens au mot « barbare ».

Lady MacDonald prononça quelques mots de remerciement et je sus à sa voix que cette femme n'avait jamais manqué de rien. Je lui enviai son sourire radieux, presque enfantin.

Guangxu leva à peine les yeux. Les dames étrangères le contemplaient avec fascination. Bien qu'il fût extrêmement mal à l'aise, il tint sa promesse et resta jusqu'au bout. Dans un premier temps, il avait refusé de venir parce qu'il savait que les étrangères étaient

---

1. Il est de coutume que la personne la plus âgée de toutes celles qui reçoivent fasse un cadeau à chacun des invités, une enveloppe rouge contenant un billet de banque neuf par exemple.

au courant par leurs maris de son déplorable état de santé. J'avais dû le prier d'écourter la réception.

Je ne m'attendais pas à ce qu'il en sorte quelque chose de positif, mais c'est pourtant ce qui arriva. Ces femmes, Lady MacDonald en particulier, allaient faire part de leurs impressions favorables. Le rédacteur en chef du *Times* avait critiqué l'événement en décrivant la présence des dames comme « dégoûtante, offensante et clownesque », ce à quoi Lady MacDonald avait répondu :

« Je dois avouer que l'impératrice douairière est une femme dotée d'une grande force de caractère, cordiale et bienveillante… C'est aussi l'opinion de toutes les dames qui m'accompagnaient. J'ai eu la chance d'avoir pour interprète le secrétaire chinois de notre légation, un homme qui a des Chinois et de la Chine une expérience de plus de vingt années. Avant sa visite, son opinion de l'impératrice douairière était, dirais-je, celle de tout un chacun. Mon époux lui avait demandé de lui rapporter fidèlement jusqu'au moindre détail et de faire tout son possible pour estimer son véritable caractère. À son retour, il raconta que tous ses préjugés étaient balayés par ce qu'il avait vu et entendu. »

Trente-neuf

Au printemps 1899, le nom de ces jeunes rebelles qui formaient le Yihetuan, les forces de Justice et de Concorde, en d'autres termes, les Boxers, était sur toutes les lèvres. Le mouvement, d'inspiration xénophobe, avait désormais acquis une ampleur nationale. Bien qu'il fût paysan à l'origine, avec de fortes racines bouddhistes teintées de taoïsme, il recrutait des partisans dans toutes les couches de la société. Avec sa foi affichée dans les puissances surnaturelles, il était, aux yeux de Yung Lu, « la voie du pauvre vers l'immortalité ».

Les gouverneurs attendaient mes instructions pour savoir comment réagir face aux Boxers. Les soutenir ou les détruire, telle était l'alternative. On disait qu'ils s'étaient implantés dans dix-huit provinces et commençaient à se manifester dans les rues de Pékin. Ces jeunes gens portaient des turbans rouges et teignaient leurs vêtements de la même couleur, avec des bracelets aux chevilles et aux poignets.

Ils prétendaient recourir à une forme de combat unique. Experts en arts martiaux, ils se disaient l'incarnation des dieux. Un gouverneur put ainsi écrire : « Les Boxers se regroupent autour des églises chrétiennes dans toute la province. Ils ont menacé de tuer au sabre, à la hache, au gourdin, à la hallebarde, à la masse et à une myriade d'autres armes. »

J'avais l'impression de revivre la révolte des Taiping sauf que, cette fois-ci, les agitateurs étaient les Têtes de Fer, ce qui rendait difficile leur arrestation.

Un beau matin de mars, le jeune prince Tseng demanda une audience immédiate. À peine entré dans la salle, il m'annonça avoir rejoint les Boxers puis, en brandissant le poing, il m'assura de sa fidélité. Derrière lui se tenaient ses frères et ses cousins, dont le petit prince Chun.

Je contemplai son visage grêlé par la petite vérole. Ses yeux de furet donnaient une impression de férocité brutale. Tseng ne cessait de regarder son beau et fringant cousin Chun qui ressemblait à un homme de Bannière d'antan. Malgré sa belle prestance, son langage ordurier révélait ses défauts. Les deux princes raffolaient des expressions pompeuses et Chun pouvait s'émouvoir rien qu'en déclarant qu'il sacrifierait sa vie « pour restaurer la suprématie des Mandchous ».

« Qu'attendez-vous de moi ? demandai-je à mes neveux.

— Nous accepter en tant que Boxers et nous soutenir, déclara Tseng.

— Autoriser que les Boxers soient payés en tant que troupes gouvernementales ! » ajouta Chun.

Comme jaillis de nulle part, des hommes portant l'uniforme des Boxers apparurent dans ma cour.

« Pourquoi venir à moi alors que vous avez déjà troqué votre resplendissant uniforme militaire mandchou pour des haillons de mendiants ?

— Pardonnez-nous, Votre Majesté, dit le prince Chun en tombant à genoux. Nous sommes ici parce que nous avons entendu dire que la Cité interdite était attaquée et que vous couriez de grands dangers.

— Sortez ! Notre armée n'est pas constituée de voyous et de gueux !

— Vous ne pouvez écarter une troupe dont les champions sont les envoyés du Ciel, Votre Majesté !

me défia le prince Tseng. Les maîtres des Boxers disposent de pouvoirs surnaturels. Quand les esprits les accompagnent, ils sont invisibles et ne craignent ni le poison, ni les lances, ni même les balles.

— Eh bien, sachez qu'il y a peu le général Yuan a aligné des Boxers devant un peloton d'exécution et qu'ils sont tous morts.

— C'est que ce n'étaient pas de vrais Boxers ou qu'ils ne sont morts qu'en apparence : leur esprit reviendra ! »

Après avoir renvoyé ces prétendus Boxers, je me rendis au Ying-t'ai. L'empereur était tapi dans un coin de sa chambre, pareil à une ombre. L'air empestait les plantes médicinales. Bien qu'il fût rasé et vêtu, mon fils n'avait aucune énergie.

« Je crains que, si nous ne soutenons pas ce mouvement, lui dis-je, il ne se retourne contre nous et ne nous abatte. »

Guangxu ne répondit rien.

« Cela ne te préoccupe pas ?

— Je suis fatiguée, mère. »

Je rentrai dans mon palanquin, plus furieuse et plus triste que jamais.

L'hiver 1899 fut le plus froid de toute ma vie. Je ne parvenais pas à me réchauffer. Mon astrologue m'expliqua que mon corps avait consumé tout son « feu ». « Le bout des doigts glacé, signe d'une mauvaise circulation sanguine, reflète des problèmes cardiaques », déclarèrent les médecins.

Je me mis à rêver de personnes mortes. Les premiers à se présenter furent mes parents. Mon père portait une tenue terne et affichait un air de désapprobation tandis que ma mère ne cessait de parler de Rong. « Il faut que tu prennes soin de ta sœur, Orchidée », répétait-elle.

Nuharoo fit irruption dans mes nuits, flanquée de Xianfeng. D'un rêve à l'autre, les diamants de sa chevelure se faisaient plus gros et elle tenait à la main un bouquet de pivoines roses. Les rayons du soleil lui faisaient une aura et elle semblait sereine. Xianfeng souriait mais ne disait rien.

Tongzhi pouvait m'apparaître à tout moment, mais c'était la plupart du temps juste avant l'aurore. Bien souvent je ne le reconnaissais pas, parce qu'il avait grandi bien sûr, mais aussi parce qu'il incarnait un personnage différent. Une nuit, il se présenta en Boxer coiffé d'un turban rouge. Après s'être identifié, il m'expliqua comment Yuan Shikai l'avait tué et me montra le trou béant dans sa poitrine.

Les gens du cru se plaignaient de plus en plus souvent des étrangers. L'arrivée des vapeurs et du chemin de fer avait fait perdre leur travail aux haleurs et aux bateliers du Grand Canal. Plusieurs mauvaises saisons d'affilée convainquirent les paysans que les esprits étaient mécontents. Les gouverneurs suppliaient le trône de « demander aux barbares de reprendre leurs missionnaires et leur opium ».

Je n'y pouvais pas grand-chose. Yung Lu n'avait pas besoin de me rappeler sur quoi débouchaient les meurtres de missionnaires. La marine allemande avait investi les forts protégeant le port de Tsingtao à la suite d'émeutes armées. Jiaozhou était occupé et la baie s'était transformée en une base navale allemande.

Je cherchai à réunir des informations sur les missionnaires et leurs convertis et on me rapporta toutes sortes d'histoires étranges : pour certains, les religieux attiraient les Chinois à l'aide de drogues, préparaient des médicaments à base de fœtus et ouvraient des orphelinats uniquement pour disposer d'enfants destinés à leurs orgies cannibales.

Les récits plus logiques et plus crédibles me faisaient trouver troublant le comportement des missionnaires et de leurs gouvernements. Les églises catholiques semblaient prêtes à tout pour accélérer le rythme des conversions, acceptant même dans leur sein chemineaux et criminels. Les propres à rien des villages sous le coup d'un procès se faisaient baptiser pour obtenir des avantages d'ordre judiciaire : en effet, un traité accordait la protection impériale aux chrétiens.

La pagaille qui avait suivi l'échec du mouvement réformateur constituait un terreau fertile pour les émeutes et la violence. De nouveaux fauteurs de troubles entraient en scène, dont Sun Yat-sen qui attirait les jeunes avec ses idées républicaines. Travaillant de concert avec les Japonais, Sun prônait l'assassinat et la destruction, notamment celle des établissements financiers gouvernementaux.

Il m'arrivait souvent de mener seule les audiences. Épuisé par son mauvais état de santé, Guangxu était, dans le meilleur des cas, plongé dans un demi-sommeil et je ne voulais pas que les gouverneurs de province soient déçus, eux qui attendaient parfois leur vie durant de voir l'empereur.

Je tenais à ce que le monde entier croie encore en la puissance du régime de Guangxu. Je faisais en sorte que la Chine continue à honorer les traités et les droits accordés aux étrangers. Dans le même temps, je cherchais à comprendre les Boxers. J'adressai un édit à tous les gouverneurs : « L'incapacité à distinguer le bien du mal vient de ce que l'esprit des hommes est empli de craintes et de doutes. Cela démontre non pas que le peuple est par sa nature même sans foi ni loi, mais que nos dirigeants ont failli. »

Je renvoyai le gouverneur du Shandong après l'assassinat de deux missionnaires allemands et le remplaçai par un individu plus carré, Yuan Shikai. Je n'ordonnai pas de poursuites judiciaires contre l'ancien gouverneur pour ne pas irriter les habitants et me contentai de le muter dans une autre province. J'appris cependant que la mort des deux missionnaires n'était qu'un prétexte : les Allemands voulaient en réalité bénéficier des ressources de la Chine.

Un autre gouverneur me signala aussi des problèmes. Il avait tenté d'instaurer un équilibre en persuadant les Boxers de demeurer une force défensive et non pas offensive, mais avant peu les voyous incendièrent les gares et les églises ou occupèrent des bâtiments officiels. « La persuasion ne parvient plus à disperser les rebelles, se plaignait le gouverneur qui me demandait l'autorisation de les éliminer. S'ils hésitent et se montrent tolérants, nos chefs attireront sur notre tête toutes sortes de calamités. »

Yuan Shikai prit les choses en main. Il ignora mon avis, à savoir que « les Boxers devaient se disperser d'eux-mêmes et non pas être écrasés par la force brutale », et les chassa de sa province.

« Ces Boxers, écrivit-il par la suite dans un télégramme adressé au trône, poussent les gens à traîner dans les rues. On ne peut dire qu'ils agissent ainsi pour se défendre, eux ou leur famille. Ils incendient les maisons, enlèvent des citoyens et résistent aux troupes gouvernementales ; ils se livrent tout simplement à des activités criminelles, pillant ou tuant les gens du peuple. On ne peut affirmer qu'ils sont seulement hostiles aux chrétiens. »

Les problèmes politiques firent que les chefs des villages bordant le fleuve Jaune négligèrent l'éternel problème des crues. Pendant l'été 1899, le désastre fut extrême : au nord de la Chine, des milliers de kilomètres carrés furent inondés, provoquant la destruction des récoltes puis la famine. Vint ensuite une période de sécheresse qui jeta à la rue un million de familles paysannes. Les Boxers recrutaient de plus en plus. « La pluie ne nous visitera pas tant que tous les étrangers ne seront pas exterminés », croyaient les pauvres hères.

Sous la pression des Têtes de Fer, la cour commença à prendre le parti des Boxers. Après avoir été chassés du Shandong par Yuan Shikai, ils se dirigèrent vers le nord, traversèrent le Chihli et marchèrent sur Pékin. Rejoints en cours de route par des milliers de paysans qui les croyaient invulnérables, il fut bientôt impossible de les arrêter. « Protégeons la dynastie mandchoue et massacrons les étrangers ! » hurlaient les hommes en encerclant les légations occidentales.

Yung Lu et moi ne savions vraiment que faire mais le reste de la cour avait déjà décidé de se joindre à eux. Yung Lu ne pensait pas les Boxers capables d'affronter les armées étrangères mais je ne parvins pas à obtenir de lui qu'il défie la cour. Je lui demandai simplement de rendre un rapport et j'expliquerais à la cour pourquoi il fallait arrêter les Boxers. Il accepta.

Quand je reçus le rapport de Yung Lu, je songeai au tour étrange qu'avaient pris nos relations. Il était mon haut fonctionnaire le plus loyal et le plus efficace, celui sur qui je me reposais constamment. Nous avions parcouru un long chemin depuis le temps de notre jeunesse, alors que la passion nous animait. Dans l'intimité, il m'était possible de revivre ces instants bénis, et je ne m'en privais pas. À présent que nous avions vieilli, les rôles qui nous faisaient nous rencontrer étaient à la fois rassurants et absolus. Les sentiments étaient encore là, quoique adoucis, plus profonds aussi. Nous vivions désormais côte à côte, en pleine tourmente, en sachant que notre vie et notre survie à chacun dépendaient de l'autre.

Le jour où je lus à la cour le rapport de Yung Lu, les princes Tseng et Chun m'accusèrent d'être en perte de vitesse dans la guerre contre les barbares. Déjà les Boxers se regroupaient dans le quartier des légations, et les princes étaient venus obtenir du trône l'autorisation de se joindre à la curée.

Je commençai par dire qu'il était certes gratifiant pour le trône de voir notre peuple déployer son courage et d'être le témoin de son enthousiasme à régler ses comptes avec les étrangers, puis je demandai aux deux jeunes gens de ne pas oublier les conséquences de leurs actes et de tempérer leur colère avant que la réalité les rattrape.

Je répétai les paroles de Yung Lu : « En tant que forces combattantes, les Boxers n'ont absolument aucune valeur, mais leur référence au surnaturel et à la magie pourrait contribuer à démoraliser l'ennemi. Il serait toutefois malhabile de notre part, pour ne pas dire fatal, d'accorder du crédit à ces prétentions ridicules ou à leur trouver quelque efficacité sur le terrain. »

Mon intervention eut l'effet désiré. Plusieurs conservateurs votèrent pour l'annulation de toute action immédiate contre les légations. Cela n'empêcha pas le mouvement boxer de fermenter, et je compris bientôt que nous n'aurions plus le choix.

De tout le pays me parvenaient des demandes de conseil pour maîtriser la situation. Yung Lu et Li Hung-chang élaborèrent une stratégie. Le trône mettrait toutes ses forces dans l'anéantissement des Boxers au sud du pays : les puissances étrangères y avaient la quasi-totalité de leurs entreprises commerciales et nous y étions le plus vulnérables devant leur intervention. Selon l'édit, « l'objectif premier est d'empêcher le décret impérial de servir de prétexte au regroupement des rebelles ».

Une fois encore, la formulation était ambiguë : le texte ne condamnait pas fermement mais reconnaissait un certain degré d'autonomie pour que Li Hung-chang et les autres gouverneurs du Sud continuent à mener leurs affaires avec les pays étrangers et suppriment les Boxers, si nécessaire, avec leurs armées provinciales.

« Le trône aimerait rappeler à tous que la nation a été contrainte de verser des compensations pour le meurtre d'étrangers. Rien qu'au Shandong, en plus du renvoi du gouverneur et de l'octroi de six mille taëls aux familles endeuillées, l'Allemagne a obtenu des droits exclusifs sur nos mines de charbon et nos chemins de fer ainsi que l'autorisation d'établir une base navale à Jiaozhou. Nous avons perdu Tsingtao et Jiaozhou, dont l'Allemagne a obtenu la concession pour quatre-vingt-dix-neuf ans. »

Quarante

Guangxu ne leva pas les yeux de l'horloge qu'il réparait quand je lui appris que dix mille Boxers avaient pris le contrôle des voies ferrées de la ville de Zhuzhou, à une centaine de kilomètres au sud-ouest de Pékin. « Ils ont attaqué et incendié des gares et des ponts et détruit les lignes télégraphiques. Les autorités locales ont été frappées pour avoir "assuré le ravitaillement des diables étrangers".

— Et à part ça ?

— Guangxu, les légations étrangères nous ont menacés par courrier d'une action militaire si nous n'anéantissons pas les Boxers. Mais si nous obéissons, ce sont les Boxers qui renverseront le trône ! » Je m'arrêtai, excédée par l'apathie que manifestait mon fils. Pour lui, le monde se limitait à une horloge de cheminée française en porcelaine, décorée de nuages et de chérubins. Devant mon émotion, il daigna relever la tête.

« Pour l'amour du Ciel, dis quelque chose ! m'écriai-je.

— Pardonnez-moi, mère…

— Ne cherche pas mon pardon ! Sois avec moi ou contre moi, Guangxu, mais ne reste pas les bras ballants ! »

Il cacha son visage dans ses mains.

Début juin 1900, les rues de Pékin devinrent le champ de manœuvres des Boxers. La foule s'agglutinait là où régnait leur « magie ». Les Boxers avançaient et reculaient d'un bond, brandissant leurs sabres et leurs lances dont la lame, menaçante, scintillait au soleil.

À l'est de la capitale, non loin de Tianjin, les forces de Yung Lu s'efforçaient d'empêcher les rebelles de couper la voie ferrée entre la capitale et les navires étrangers mouillant au large de Tanggu. Yung Lu avait contrecarré leurs desseins et fait prisonniers de nombreux Boxers, ce qui le rendit très impopulaire au point que le jeune prince Tseng déclara à ses amis qu'il l'avait inscrit sur sa liste noire.

Le 8 juin, les Boxers mirent le feu à la tribune d'honneur du champ de courses de Pékin où aimaient se retrouver les étrangers. Du jour au lendemain, la « crise chinoise » focalisa l'attention du monde entier. George Morrison écrivit dans le *Times* de Londres : « Il est à présent inévitable que nous devions nous battre. »

Le lendemain, le prince Tseng et plusieurs chefs boxers firent irruption dans le palais d'Été. Son turban rouge était trempé de sueur et sa peau avait la couleur d'un igname. On me raconta qu'il avait développé ses muscles en tapant avec un marteau de forgeron en plein soleil. Il sentait l'alcool et ses yeux de furet étincelaient.

Je n'eus pas le temps de l'interroger à propos de l'incendie de la tribune, déjà il ordonnait à mes eunuques de se rassembler dans la cour. Assisté d'un chef boxer surnommé Sabre rouge, il entreprit d'examiner leur tête pour y découvrir une éventuelle croix. « La croix n'est pas visible pour le premier venu, expliqua-t-il à Li Lianying, et seuls quelques élus peuvent identifier ainsi un chrétien. »

Quelques minutes plus tard, le prince Tseng entra dans ma chambre, accompagné de maître Sabre rouge : ce dernier avait découvert que deux de mes eunuques étaient chrétiens et il me demanda la permission de les faire exécuter.

Je n'en croyais pas mes yeux. Impassible, je regardai Sabre rouge se plier au rituel du *kowtow*. Je le sentais grisé et nerveux : un paysan ne pouvait que rêver de voir un jour le visage de l'impératrice de Chine.

« Qu'avez-vous promis d'autre à cet homme ? demandai-je à Tseng. Allez-vous faire de lui le ministre de la Défense nationale ? »

Ne sachant que répondre, le prince s'éclaircit la gorge et se gratta la tête.

« Ce maître a-t-il reçu quelque éducation ? insistai-je.

— Je sais lire le calendrier, Votre Majesté, déclara le Boxer.

— Tu dois donc savoir en quelle année nous sommes.

— Oui, Votre Majesté ! C'est la vingt-cinquième année !

— La vingt-cinquième année de quoi ?

— De... de l'ère de Guangxu.

— Vous l'avez entendu, prince Tseng ? Quelle ère, maître Sabre rouge ?

— Celle de Guangxu...

— Plus fort !

— Celle de Guangxu, Votre Majesté ! »

Je me tournai vers le prince Tseng. « Est-ce que je me suis bien fait comprendre ? Guangxu est toujours l'empereur en exercice. »

Je dis au Boxer de se retirer.

« Votre Majesté, rétorqua le prince, l'air offensé, vous n'avez pas à soutenir les Boxers, mais il me faut de l'argent pour vous offrir la victoire finale.

— Taisez-vous. Quand on m'a demandé d'aider les forts de Dagu, on m'a dit que cela éloignerait les étrangers pour de bon. On m'a dit la même chose quand il a été question de financer la marine. Dites-moi, jeune Tseng, comment vos épieux de bambou viendront-ils à bout des armes et des canons étrangers ?

— Votre Majesté, cinquante mille Boxers affronteront quelques centaines de bureaucrates occidentaux. Je choisirai une nuit sans lune pour envoyer mes hommes s'emparer des légations. Nous serons si près que leurs canons seront inutiles.

— Et comment ferez-vous avec les renforts venus par voie de mer ?

— Nous prendrons des otages ! Les légations constituent un excellent point de départ pour des négociations. Les otages seront notre atout majeur ; je devrai seulement m'assurer que mes hommes n'exécutent pas leurs prisonniers », conclut Tseng en riant comme s'il était déjà vainqueur.

Le prince Tseng insista pour faire la démonstration de sa magie devant l'empereur. C'est ainsi que le lendemain matin, dans ma cour, les Boxers prouvèrent leur parfaite maîtrise des arts martiaux. Ils brisèrent des pierres à mains nues. Maître Sabre rouge affronta et vainquit de ses seuls poings dix hommes armés de couteaux, puis il fut attaqué par des guerriers munis de lances et de brandons. Il sortit de ces épreuves sans une égratignure alors que ses adversaires gisaient à terre, hébétés et en sang. Je n'en croyais pas mes yeux et cherchais à comprendre comment il s'y prenait. Du début à la fin, maître Sabre rouge me parut dans une transe provoquée par l'alcool, mais Tseng m'expliqua que c'était « un engagement spirituel avec le dieu de la guerre ».

J'étais impressionnée mais pas convaincue. Je louai les Boxers de leur ardeur patriotique. Un étrange sentiment me submergea quand je me tournai vers Guangxu qui affichait son expression d'indifférence habituelle. Je me dis, à propos du prince Tseng : *Si terrible soit-il, du moins est-il désireux de se battre.*

J'avais manqué à mes engagements envers mes deux fils, et ils en avaient fait autant à l'égard de la Chine. Chaque fois que les journaux occidentaux accusaient Tseng d'être « le mal incarné » et qualifiaient Guangxu de « sage empereur », mes vieilles cicatrices se rouvraient. J'imaginais comment mon fils serait « sauvé » par les puissances étrangères pour devenir un fantoche à leur solde et ma voix s'adoucissait quand je parlais à des personnages tels que le prince Tseng.

Le lendemain matin, après le départ de Tseng, mes eunuques apparurent, vêtus de l'uniforme rouge des Boxers. Quand Li Lianying m'en présenta un à mes mesures – un cadeau du prince –, je le giflai.

Vers midi, Guangxu et moi perçûmes un bruit étrange évoquant un lointain clapotement de vagues. Je ne parvenais pas à en localiser l'origine : il ne s'agissait pas d'une cavalcade d'écureuils dans les arbres, du bruissement du vent dans les feuilles ou du murmure du ruisseau sur les rochers. Prise de panique, j'appelai Li Lianying, mais il ne me répondit pas. Je le cherchai alentour et mon eunuque revint enfin, hors d'haleine. Il désigna un point derrière lui et chuchota : « Les Boxers. »

J'eus à peine le temps de réagir. Le prince Tseng se tenait devant moi.

« Comment osez-vous encercler mon palais avec votre bande de tueurs ?

— Chacun veut personnellement entendre votre édit », déclara-t-il après une ébauche de *kowtow*. Il se comportait comme si l'empereur n'était pas dans la pièce.

« Qui prétend que je veux publier un édit ?

— Il faut le faire sans tarder, Votre Majesté. Les Boxers ne partiront pas sans cela. »

Je remarquai que Li Lianying désignait à présent le plafond. Je levai les yeux et ne vis rien d'anormal avant de remarquer une échelle posée contre ma fenêtre. Quelques instants plus tard, des bruits de pas résonnaient sur le toit.

« Les Boxers sont prêts à mettre le feu aux légations, Votre Majesté, m'annonça le prince Tseng.

— Empêchez-les-en !

— Mais... Votre Majesté...

— L'empereur Guangxu aimerait ordonner au jeune prince Tseng de faire partir immédiatement les Boxers. »

Je me tournai vers mon fils. Le regard dans le vide, il finit toutefois par dire : « Ordre est donné au prince Tseng de faire partir immédiatement les Boxers. »

Les sourcils de Tseng se tordirent ainsi qu'une racine de gingembre. Le souffle rauque, il empoigna Guangxu par les épaules. « L'attaque aura lieu à l'aube, c'est cela, *votre* édit ! »

Quarante et un

Le puissant Mandchou était tombé si bas que nul n'osait défendre le trône et que le trône redoutait de demander de l'aide.

Le jeune prince Tseng n'avait pas peur d'exprimer le fond de sa pensée. À son avis, son fils cadet devait devenir le prochain empereur. Je l'imaginais parfaitement le nommer lui-même. Que ne peut-on faire quand on dispose de plusieurs dizaines de milliers de Boxers et de soldats musulmans ? Tseng ne feignait même plus la loyauté à mon égard car il contrôlait désormais les gardes des palais et le cabinet des Châtiments.

On murmurait dans mon dos. Les eunuques sortaient en secret de la Cité interdite et s'informaient sur le meilleur moyen de s'enfuir tandis que les dames de compagnie et les servantes se préparaient au pire et dissimulaient des tenues rouges de Boxers sous leur lit.

Le prince Tseng me demanda d'ordonner à Yung Lu d'enlever ses hommes pour « s'avancer sans risquer d'être attaqué dans le dos ». Je le prévins que l'attaque des légations étrangères marquerait la fin de la dynastie, ce à quoi il répondit : « Nous mourrons si nous luttons et nous mourrons si nous ne faisons rien. Les puissances étrangères ne s'arrêteront pas tant que le melon de la Chine n'aura pas été débité et mangé ! »

J'avais fait envoyer un télégramme à Li Hung-chang mais les lignes avaient été coupées pendant sa transmission. Dès lors, Pékin se trouva isolé du reste du monde.

« Je suis désolé, mère », me dit Guangxu quand je lui appris que nous ne maîtrisions plus les Boxers de Tseng et les musulmans du général Tung.

Nous étions assis côte à côte dans la salle des audiences déserte, le regard rivé sur les tasses posées devant nous. C'était une belle matinée de fin de printemps et les eunuques n'avaient cessé de nous verser du thé brûlant. Je ne savais quoi attendre de la situation, mais je me rendais compte qu'elle empirait : je me faisais l'effet d'être une condamnée peu avant son exécution.

Le message du prince Tseng me parvint vers dix heures : les Boxers s'approchaient avec leurs couteaux, leurs lances en bambou, leurs vieux sabres et leurs mousquets. Le « cercle extérieur » – les douze mille « braves musulmans » de Tung – était entré dans la capitale. Ils avaient rencontré la force alliée et cherchaient à s'emparer du « cercle intermédiaire ».

Selon Yung Lu, le « cercle intérieur » incluait les « tigres mandchous » du prince Tseng, d'anciens hommes de Bannière revêtus de peaux de bête et dont le bouclier s'ornait d'une tête de tigre.

« La stratégie du prince Tseng est encore l'un de ces fantasmes des Têtes de Fer », dit Yung Lu. Son armée surveillait les musulmans de Tung et le meilleur commandant chinois de Yung Lu, le général Nieh, avait été envoyé disperser les Boxers.

Le 11 juin, le prince Tseng annonça sa première victoire : la capture puis la mort d'un chancelier d'ambassade japonais, Akira Sugiyama. La nouvelle me parvint dans l'après-midi. Son nom était sur la liste des hommes les plus recherchés de Chine parce qu'on le tenait pour responsable de la fuite au Japon de

Kang Yu-wei et de Liang Qichao. Il avait quitté sa légation pour accueillir les forces alliées à la gare mais les musulmans du général Tung l'avaient intercepté, traîné hors de son cabriolet et mis en pièces.

Ce meurtre exacerba la crise. Même si, au nom du trône, j'adressai des excuses officielles au Japon ainsi qu'à la famille de Sugiyama, les journaux étrangers écrivirent que j'avais moi-même commandité ce meurtre.

Le correspondant du *Times*, George Morrison, confirma que l'assassin « n'était autre que le garde du corps favori de l'impératrice douairière ». Quelques jours plus tard, le même Morrison publiait un article de la plus pure fantaisie : « En dépit de la crise ouverte, l'impératrice douairière faisait donner une série de représentations théâtrales au palais d'Été. »

Avec l'aide de Li Lianying, je me rendis au sommet de la colline de la Contemplation[1]. Je voyais en contrebas la multitude de toits quand j'entendis des coups de feu provenant des légations étrangères. Elles occupaient un quartier composé de petites demeures, de canaux et de jardins, situé entre la muraille de la Cité interdite et le mur du centre de Pékin. On m'avait dit que les étrangers avaient édifié des barricades : le périmètre extérieur et toutes les portes ainsi que les carrefours et les ponts étaient protégés par des sacs de sable.

Entre-temps, Yung Lu retira ses divisions de la côte et tenta de s'interposer entre les Boxers et les légations. Il fit savoir aux Boxers qu'il n'était pas leur ennemi, mais que quiconque violerait les légations serait exécuté sur-le-champ. Il s'inquiétait cependant d'affaiblir les défenses côtières, notamment les forts

---

1. Plus connue sous le nom de colline de Charbon, à cause de sa couleur sombre.

de Dagu. « J'aimerais savoir combien de soldats étrangers marchent sur eux, me confia-t-il plus tard. Ils sont capables de tout pour sauver les diplomates. »

Mes eunuques craignaient pour ma sécurité. Depuis l'entrée des Boxers dans Pékin, Li Lianying gravissait chaque jour la colline de la Contemplation : de là, il voyait l'incendie des églises érigées à l'est et au sud de la ville. Mes eunuques m'informèrent également que les Américains tiraient toutes les quinze minutes de leur toit pour abattre quiconque s'approchait. Près d'une centaine de Boxers étaient déjà morts. Selon la presse occidentale, les résidents des légations faisaient feu sur n'importe quel Chinois arborant « la moindre trace de rouge ».

Par l'intermédiaire du gouverneur du Chihli, l'amiral Seymour de la flotte britannique nous fit parvenir l'ultimatum des Alliés. Ceux-ci allaient « occuper à titre provisoire, de gré ou de force, les forts de Dagu dès le 17 juin à deux heures du matin ».

Ce que le gouverneur m'avait caché de crainte d'être destitué, c'était que les lignes de défense avaient déjà cédé. Quelques jours plus tôt, il m'avait menti en disant que les Boxers de sa province « avaient repoussé à la mer les bateaux de guerre étrangers ». Quand je lus l'ultimatum, deux vaisseaux britanniques profitaient de l'obscurité pour s'avancer vers les forts de Dagu. Ces derniers devaient tomber en quelques jours.

Accompagnée de Guangxu, je convoquai une réunion d'urgence et répondis à l'ultimatum par un décret : « Les étrangers nous ont contraints à leur livrer les forts de Dagu, faute de quoi ils s'empareraient de force. Ces menaces illustrent parfaitement le caractère agressif des puissances occidentales chaque fois qu'il s'agit de traiter avec la Chine. Il convient que nous fassions tout notre possible et entrions en lutte au lieu de chercher à nous protéger en encourant une honte éternelle. C'est en versant des larmes devant le tombeau de nos ancêtres que nous déclarons la guerre. »

De pénibles souvenirs de l'année 1860 et de la seconde guerre de l'Opium me revinrent à l'esprit tandis que je lisais le décret pour que la cour l'approuve. Je songeai à l'exil, à la mort de mon mari, au traité inique qu'il avait été contraint de signer, à la destruction du Yuan Ming Yuan.

Me voyant incapable de poursuivre, Guangxu prit le relais et parla d'une voix faible et claire : « Depuis la fondation de cette dynastie, les étrangers venus en Chine ont toujours été traités avec douceur mais au cours de ces trente dernières années, ils ont profité de notre indulgence pour s'approprier notre territoire, écraser notre peuple et accaparer la richesse de l'empire. Chaque concession de notre part ne fait que renforcer leur insolence. Ils oppriment nos sujets pourtant si pacifiques et insultent les dieux et les sages au point de susciter l'indignation de la population, d'où l'incendie des chapelles et le massacre des convertis par les troupes patriotiques. »

L'empereur m'interrompit et se tourna vers moi pour me rendre le texte. Ses yeux étaient emplis de tristesse.

Je repris la parole : « Le trône a cherché par tous les moyens à éviter la guerre. Nous avons émis des décrets prescrivant de protéger les légations et de faire preuve de miséricorde envers les convertis. Nous avons déclaré qu'ils étaient les enfants de l'empire au même titre que les Boxers. Ce sont les puissances occidentales qui nous ont entraînés de force dans cette guerre. »

Le ministre des Relations extérieures, I-kuang, annonça aux résidents des légations qu'ils avaient vingt-quatre heures pour quitter Pékin sous la protection des hommes de Yung Lu. Le bureau de Tianjin et les services des douanes chinoises de Sir Robert Hart reçurent l'ordre de les accueillir et de veiller à leur sécurité.

Les membres des légations refusèrent toutefois de partir. Le journaliste George Morrison leur avait dit : « Si vous quittez Pékin demain, la mort de tout homme, de toute femme et de tout enfant de ce convoi privé de protection pèsera sur vos épaules. L'histoire retiendra vos noms comme celui des lâches les plus infâmes ayant jamais vécu ! »

Le 20 juin fut marqué par l'assassinat d'un ministre allemand, le baron Klemens August von Ketteler, un homme aux opinions tranchées et au comportement violent. Quelques jours plus tôt, il avait frappé à coups de canne plombée un enfant chinois d'une dizaine d'années jusqu'à ce qu'il sombre dans l'inconscience. Il le soupçonnait d'être un Boxer. La scène s'était déroulée devant des dizaines de témoins. L'enfant fut ensuite emmené dans la légation : il était déjà mort quand sa famille vint le chercher. L'incident provoqua la fureur de milliers de personnes qui ne tardèrent pas à encercler la légation en criant vengeance.

Je n'ai jamais compris pourquoi Ketteler, flanqué de son interprète, choisit de monter dans son palanquin à ce moment précis pour se rendre au bureau des Relations extérieures : avant de partir, le ministre avait déclaré à son entourage avoir attendu trop longtemps la réponse à l'ultimatum et vouloir savoir par lui-même où l'on en était.

Des Boxers le repérèrent et lui tirèrent dessus à bout portant. Il mourut aussitôt. Blessé aux deux jambes, l'interprète réussit à se traîner vers la légation d'Allemagne.

Le meurtre du ministre allemand devait marquer le début de ce que les historiens appelleraient « le siège des légations ». La violence se déchaîna : les diverses légations s'unirent et, jour après jour, leurs soldats ouvraient le feu sur la foule, tuant au hasard d'innombrables Chinois. À quatre reprises, les gardes étrangers attaquèrent la porte d'Orient de la Cité interdite mais ils furent repoussés par les hommes du général Tung. Les soldats étrangers occupaient le périmètre de la Cité interdite, ce qui ne facilita pas la mission de Yung Lu, à savoir empêcher les Boxers de mener à bien leur siège.

Il était minuit quand je fus réveillée par l'incendie de la porte principale, déclenché par les Boxers après une confrontation avec les troupes de Yung Lu, puis le feu s'étendit au quartier le plus riche de la capitale. Les Boxers ne voulaient brûler que les boutiques vendant des marchandises étrangères, mais la sécheresse estivale fit que la zone tout entière s'embrasa.

J'ordonnai aux cuisines du palais de faire d'importantes provisions parce que ministres, hauts fonctionnaires et généraux arrivaient et partaient à toute heure. L'étiquette des repas fut abandonnée. La plupart des hommes n'avaient rien mangé depuis des jours ; on ne savait où poser les assiettes, les tables étant encombrées de cartes et de messages, de notes et de télégrammes.

La presse étrangère choisit de se déchaîner. Le monde commençait à parler du « massacre de Pékin ». Les journaux titraient : « L'impératrice douairière veut la mort de tous les étrangers. » Des sources prétendument anonymes affirmaient que je « dirigeais les meurtres » en personne.

« Depuis que les fils télégraphiques ont été coupés, nous ignorons tout des réactions du monde. Les répa-

rations ne viennent pas assez vite », se plaignit I-
kuang.

Je comprenais que les accusations serviraient
amplement de prétexte à une guerre contre la Chine
et, de plus en plus nerveuse, j'observais Yung Lu assis
en face de I-kuang.

« Comment va l'empereur Guangxu ? me demanda
le ministre. On ne le voit plus aux audiences.

— Il ne se sent pas bien, me contentai-je de répondre.

— Ses épouses sont à ses côtés ? »

La question me semblait saugrenue mais je le
renseignai tout de même. « L'impératrice Lan et les
concubines rendent chaque jour visite à Sa Majesté,
mais mon fils préfère la solitude. Pourquoi me demandez-vous cela ?

— Eh bien, les étrangers s'interrogent sur la santé
du trône et, de toute évidence, mes réponses ne les
satisfont plus. Ils pensent que l'empereur a été torturé
à mort. C'est ce que racontent les journaux, ajouta-t-
il après quelque hésitation.

— Allez le voir de vos propres yeux ! m'emportai-je.
Rendez-lui visite au Ying-t'ai !

— Les journalistes étrangers demandent des entretiens privés...

— Nous ne permettrons à aucun journaliste étranger de pénétrer dans la Cité interdite ! s'écria Yung Lu.
Ils raconteront ce que bon leur chante, peu importe
ce qu'ils voient !

— C'est très grave, fit I-kuang en me montrant un
exemplaire du *Daily Mail* de Londres. Écoutez ce que
l'on écrit : "Selon un témoin oculaire, les légations se
sont regroupées au lever du soleil. Les derniers résis-
tants, tous des Européens, ont lutté avec acharnement
pour être enfin vaincus par des hordes déchaînées. Ils
ont péri par le sabre de la manière la plus atroce qui
soit." »

Plus tard, le *Times* publierait un reportage spécial sur l'hommage rendu dans la cathédrale Saint-Paul de Londres aux « victimes » de la légation britannique. Les rubriques nécrologiques couvriraient des pages. Sir Claude MacDonald, époux de Lady MacDonald, Sir Robert Hart et George Morrison auraient ainsi l'occasion de lire la leur.

Le 23 juin, les troupes du général Tung encerclèrent la propriété de la légation britannique. Ses forces musulmanes essayèrent d'enfoncer le mur nord, près duquel se dressait l'académie de Hanlin. Comme elles n'y parvenaient pas, Tung ordonna à ses soldats de lancer des torches enflammées dans l'édifice pour enfumer les étrangers et les faire sortir. Le vent attisa les flammes, entraînant la destruction de la plus vieille bibliothèque au monde.

Yung Lu observait les Boxers se jeter en vain contre les barricades dressées par les légations. Personne ne savait que cet homme de soixante-cinq ans était malade : il m'avait caché son état et j'étais trop préoccupée pour m'en apercevoir moi-même. Je le traitais comme s'il était fait d'airain. J'ignorais qu'il ne lui restait plus que trois ans à vivre.

Convaincu que le massacre des étrangers déclencherait les représailles de l'Occident, Yung Lu refusa au général Tung les armes plus puissantes qu'il demandait. Il ne voulait céder à personne le commandement de l'unique batterie d'artillerie lourde.

Je me demandais comment les journalistes occidentaux et leurs « témoins oculaires » pouvaient ignorer que, depuis le début du siège, il y avait eu moins d'assaut dans les secteurs tenus par les troupes de Yung Lu. Ce n'était un secret pour personne que peu de temps auparavant la Chine avait acquis des armes perfectionnées par l'intermédiaire de ses relations diplomatiques, Sir Robert Hart en particulier. Si nous les avions utilisées contre les légations, leur prétendue défense, une centaine d'hommes tout au plus, n'aurait pas résisté plus de quelques heures.

Au nom de l'empereur de Chine, I-kuang donna une conférence pour annoncer un cessez-le-feu mais, à la grande honte du trône, ni les légations ni les Boxers n'en tinrent compte, et les combats se poursuivirent.

Le général Tung changea de stratégie en paralysant l'approvisionnement des légations. Les serviteurs chinois enfuis racontaient que l'eau et les vivres manquaient. En plus des blessés, les légations avaient aussi leur lot de femmes et d'enfants malades.

Yung Lu demanda la permission de leur faire parvenir des vivres et des médicaments. Il m'était difficile d'accepter car ç'aurait été un acte de trahison. Dans nos rangs et chez les Boxers, les pertes étaient bien supérieures à celles des étrangers. Mon peuple ne songeait qu'à se venger.

« Faites ce qui est nécessaire, dis-je à Yung Lu. Je ne veux rien connaître des détails. Je désire seulement que les nôtres entendent le son des canons en train de tirer sur les légations. »

Yung Lu m'avait comprise. En fin de soirée, la canonnade était telle que le ciel s'embrasait comme une nuit de Nouvel An. Les obus volaient au-dessus des toits et explosaient dans les jardins. Pendant que les habitants de Pékin applaudissaient ma détermination, des chariots de ravitaillement traversaient le no man's land et pénétraient dans les propriétés des puissances étrangères.

Mon geste de bonne volonté ne servit à rien et les requêtes d'évacuation des légations furent toutes ignorées.

Les étrangers savaient que l'aide arrivait sous la forme de renforts internationaux qui venaient de franchir les ultimes lignes de défense de la Chine. D'épais nuages planaient au-dessus des forts de Dagu. Le gouverneur du Chihli s'était suicidé ; à mon grand étonnement, son remplaçant en fit de même le 11 août.

J'allumai plusieurs bougies et m'assis devant elles, en proie à de sombres pensées.

« J'ai abandonné Ma'to pour Chanchiawan, pus-je lire dans le dernier rapport du gouverneur. J'ai vu des dizaines de milliers d'hommes encombrer les routes. Les Boxers étaient en fuite. Chaque fois qu'ils traversaient un village ou une ville, le pillage était tel que mes soldats ne pouvaient plus rien acheter ; hommes et chevaux mouraient de faim. Tout au long de ma vie, j'ai connu maintes guerres, mais je n'ai jamais rien vu de tel... Je fais de mon mieux pour rassembler les troupes éparses et je me battrai jusqu'à mon dernier souffle... »

Yung Lu ajouta à une note un message désespéré de la part de Li Hung-chang. Il me suggérait d'envoyer un télégramme à la reine d'Angleterre pour lui indiquer que « deux vieilles femmes devraient se comprendre mutuellement ». Il me proposait aussi d'implorer le tsar de Russie Nicolas et l'empereur du Japon de nous aider « à résoudre la crise de manière pacifique ».

Je m'obligeai à suivre les conseils de Li et exposai à chaque pays la nécessité de rester en bons termes avec la Chine. Pour la Grande-Bretagne, la raison en était le commerce, pour le Japon, une « alliance de l'Orient contre l'Occident », et pour la Russie, « l'ancienne dépendance frontalière et l'amitié des deux pays ».

Quelle erreur commis-je là !

Quarante-deux

À l'aube du 14 août 1900, les miaulements déchirants que j'entendais n'étaient autres que le sifflement des balles. Britanniques, Français, Japonais, Russes, Allemands, Italiens, Hollandais, Autrichiens, Hongrois, Belges et Américains, soit quatorze mille hommes en tout, avaient envahi Pékin en arrivant par le train de Tianjin. Envoyé par Yung Lu protéger les voies ferrées des exactions des Boxers, le général Nieh avait été tué par les Alliés.

J'étais en train de me coiffer quand je perçus les premiers miaulements et je me demandai comment il pouvait y avoir autant de chats. Quelque chose heurta l'extrémité du toit et des fresques décoratives tombèrent dans la cour. Quelques instants plus tard, une balle pénétra par la fenêtre et roula sur le sol. Je la ramassai pour l'examiner.

Li Lianying arriva précipitamment. « Les soldats étrangers sont entrés, ma dame ! »

Comment était-ce possible ? me demandai-je. *Li Hung-chang est censé avoir entamé des négociations avec les puissances étrangères.*

C'est seulement quand mon fils arriva accompagné de son épouse et de ses concubines que je compris que la guerre de l'Opium recommençait.

Il semblait terrorisé. Frénétique, il arracha les perles de sa robe et jeta à terre son bonnet orné de glands rouges. Il avait troqué sa robe d'or pour une bleue, mais les dragons brodés ne permettaient aucun doute sur sa personne. Je demandai à Li Lianying de lui trouver au plus vite les habits d'un serviteur. Lan, Perle et Petite Lumière aidèrent leur époux à endosser un long manteau gris.

Le bruit des balles s'intensifiait. J'ouvris mes tiroirs et mes armoires en me demandant quoi emporter et quoi laisser sur place. Quand j'eus choisi robes et tuniques, Li Lianying me fit remarquer que mes malles étaient déjà pleines : il m'était difficile de me séparer du coffre en bois sculpté que m'avait donné ma mère et du cahier de calligraphie de Tongzhi.

Tenant ma boîte à bijoux, Li Lianying dirigeait le travail des eunuques qui rangeaient ce qu'ils pouvaient dans des chariots. J'ôtai mes bijoux et mes couvre-ongles en jade avant de demander à Li Lianying de couper mes ongles démesurés. Quand vint le tour de mes cheveux, si longs qu'ils m'arrivaient aux genoux, il se mit à pleurer au même titre que mes belles-filles.

Une fois coiffée d'un chignon, je passai un sarrau bleu de paysanne et des chaussures éculées.

Comme moi, Lan et Petite Lumière se dépouillèrent pour se transformer en paysannes mais Perle refusa. Elle se tourna vers Guangxu et lui murmura quelque chose à l'oreille. Il ne répondit pas et secoua la tête. Perle insista et fit à nouveau signe que non. Perle semblait bouleversée.

« Vous ne pouvez pas attendre d'être sortie de la ville pour parler à l'empereur ? » lui dis-je, mais elle continua à supplier mon fils de lui répondre. Celui-ci hésita et tourna les yeux de tous côtés pour ne pas croiser mon regard.

Un messager envoyé par Yung Lu nous enjoignit de partir sans plus tarder. Tandis que je me dirigeais vers la porte, Perle tira Guangxu par la manche et ils regagnèrent à pied la Cité interdite.

« Les chariots que nous avons demandés sont bloqués par les Alliés ! s'écria Li Lianying. Qu'allons-nous faire, ma dame ?

— Nous irons à pied.

— Le trône ne partira pas. » La concubine Perle s'était jetée sur le sol devant moi. Mon fils demeura silencieux quand elle me fit savoir que Guangxu et elle prenaient congé de nous. Avec sa robe de satin vermillon et le foulard assorti qu'elle portait au cou, Perle était resplendissante comme un érable en automne. Il y avait de la détermination dans son regard.

Li Lianying m'implorait de me hâter. « Des hommes meurent pour défendre notre seule issue, ma dame ! Les balles sifflent en tout lieu et aux abords de la ville ce ne sont qu'incendies et explosions !

— Vous pouvez rester, mais mon fils viendra, dis-je à Perle.

— Sa Majesté l'empereur ne s'en ira pas », me défia-t-elle.

Li Lianying s'interposa. « Dame Perle, c'est maintenant ou jamais ! Les hommes de Yung Lu sont prêts à escorter le trône !

— Perle, ce n'est vraiment pas le moment, m'écriai-je.

— Le trône a pris sa décision !

— Fais venir ta concubine, lançai-je à Guangxu.

— Cette fuite est une humiliation, hurla-t-elle de toutes ses forces, et elle mettra l'empire en péril !

— Maîtrisez-vous, Perle.

— L'empereur Guangxu a le droit de défendre l'honneur de la dynastie !

— L'empereur n'a besoin de personne pour s'exprimer ! répliquai-je.

— Allons, il a trop peur de sa mère pour ouvrir la bouche devant elle ! »

Je demandai à Perle de se taire. « Je comprends que la pression soit trop forte pour vos épaules. Je vous promets de vous écouter une fois que nous aurons quitté la ville et que nous serons à l'abri.

— Non ! L'empereur Guangxu et moi, nous vous supplions de nous accorder notre liberté !

— Concubine Perle, que dites… »

Je n'eus pas le temps de terminer ma phrase. Un obus était tombé au milieu de la cour. La terre trembla et les deux ailes de mon palais s'effondrèrent. Au milieu des nuages de poussière, les eunuques et les dames de compagnie s'enfuyaient en hurlant.

Soudain je compris ce que manigançait Perle : elle croyait que les puissances occidentales étaient venues sauver l'empereur. Pour elle, mon départ signifiait la restauration de Guangxu.

Dans d'autres circonstances, j'aurais étudié sa requête, j'aurais même admiré son audace mais en cet instant, je ne voyais que sa méprise : elle croyait en une force de caractère que Guangxu ne possédait pas, elle voyait qui il pouvait devenir et non ce qu'il était.

« Emmène-la avec nous », commandai-je à Li Lianying.

Plusieurs eunuques se mirent à ligoter Perle. Elle se débattit et appela Guangxu à son secours, mais lui semblait en proie au plus grand désespoir.

« Guangxu, lui lança-t-elle, c'est vous le maître de la Chine, pas votre mère ! Les puissances occidentales ont promis de vous traiter avec respect ! Parlez ! »

Li Lianying vida une charrette et les eunuques y jetèrent Perle comme un vulgaire sac de riz.

Je demandai à mon fils de monter dans son palanquin et il m'obéit. Pour la seconde fois, nous nous mîmes en route.

La fumée emplissait l'air. Le cliquetis des woks et des couvercles accompagnait la fuite des cuisiniers. Les eunuques poussaient les chariots et les dames de compagnie marchaient à côté, portant mes effets dans des paniers et des sacs en coton.

Nous n'allâmes pas loin. Peu avant d'atteindre la porte, Perle s'échappa et courut vers le palanquin de Guangxu. Elle en déchira le rideau et repoussa l'un des porteurs. Je fis arrêter mon propre palanquin et hurlai son nom pour lui faire comprendre qu'elle ne resterait pas derrière nous.

La jeune fille baisa les pieds de Guangxu puis s'élança en courant vers la Cité interdite. Li Lianying chercha à la rattraper.

« Laisse-la ! lui ordonnai-je.

— Ma dame, Perle court vers la porte de l'Orient, c'est là que sont massées les troupes étrangères.

— Laisse-la, répétai-je.

— Les soldats vont la violer !

— Elle l'aura choisi.

— Ma dame, Perle peut aussi vouloir se jeter dans le puits. »

Sans réfléchir, je fis faire demi-tour aux palanquins. Nous suivîmes Perle dans la ville, vers le puits, mais nous ne fûmes pas assez rapides. Sous mes yeux, elle enjamba la margelle, mais l'ouverture était trop étroite et elle se contorsionna pour que son propre poids l'entraîne.

« Guangxu ! » criai-je.

Caché dans son palanquin, il ignorait, ou refusait de savoir, ce qui se passait.

Li Lianying prit un couteau et trancha la plus longue perche en bambou de mon palanquin. Avec l'aide d'autres eunuques, il l'enfonça dans le puits. Puis il jeta une corde.

Perle était bel et bien décidée à mettre fin à ses jours.

Li Lianying jura et menaça, les eunuques enflammèrent des balles de paille qu'ils jetèrent dans le puits pour faire sortir la jeune fille.

Un cri jaillit du palanquin de l'empereur. « Qu'elle fasse selon ses désirs ! »

Obsédés par le suicide de Perle, nous entamâmes notre longue marche de plus de mille kilomètres vers le nord-ouest en longeant d'abord la Grande Muraille. Nous poussions nos chariots et marchions tandis que Guangxu ne cessait de sangloter et de refuser mon réconfort.

Je me demandai ce qui se serait passé si j'avais laissé Perle agir à sa guise et j'en conclus que cela n'aurait servi à rien. Dès que les puissances occidentales seraient parvenues à « sauver » l'empereur et à le garder en otage, nous n'aurions plus eu aucun poids dans les négociations. J'aurais été contrainte de tout abandonner en échange de ma vie, ou mon fils aurait dû signer mon exécution.

« Dans l'un ou l'autre cas, je n'aurais pu survivre », me confia plus tard mon fils.

Malgré tout, je ne pouvais m'empêcher de songer sans cesse à ce que j'aurais pu dire à Perle. Elle et moi, nous partagions la même illusion quand nous pensions Guangxu capable de changer. J'avais œuvré à cette transformation depuis le jour où je l'avais adopté. Je me félicitais de l'avoir initié aux idées occidentales et la fascination qu'elles exerçaient sur lui faisait ma fierté, mais rien de cela n'avait suffi.

J'aurais également voulu faire comprendre à Perle qu'il est des choses qu'une mère sait sur son fils mais qu'elle ne peut confier à autrui. Que j'aie été fière de Guangxu ne signifiait pas que je ne connaissais pas ses limites. J'avais tout misé sur son potentiel et me soumettre à son désir de réforme était le fait de ma seule volonté. J'avais lancé les dés, prête à tout perdre, et c'était ce qui était arrivé.

Avoir cru mon fils capable de déjouer les plans d'un homme comme Ito Hirobumi avait été ma faiblesse.

Lui permettre de nommer Kang Yu-wei principal ministre avait également constitué une erreur de ma part. Je savais que Kang n'était pas celui qu'il prétendait être, mais j'avais dit oui pour faire plaisir à mon fils.

Ses souffrances m'étaient atroces. Il ne pouvait accepter son échec, même si j'en étais plus responsable que lui. Si j'avais été assassinée sur son ordre, je n'y aurais vu que mon destin car je savais à quel point il m'aimait.

La chose la plus importante que j'aurais dite à Perle était néanmoins la suivante : mon fils, son époux, avait dû affronter des forces contre lesquelles il ne pouvait rien, des forces qui avaient pour nom poids de la tradition, cécité et égoïsme du pouvoir ou encore histoire millénaire de notre pays. La richesse de la Chine et les splendeurs de sa civilisation l'avaient rendue suffisante et rétive à l'idée même de changement. La pauvreté de ses ressources avait contraint le Japon à l'expansion et à la modernisation ; l'empereur de ce pays n'avait fait que prendre la tête d'un peuple déjà acquis à ses idées. La Chine s'était laissé dépasser et elle aussi avait besoin de se transformer, mais aucun empereur ne pouvait à lui seul ébranler un pays plongé dans la torpeur. Non, un homme seul ne pouvait rien, et la soif de changement avait déjà coûté la vie à nombre d'entre eux : mon mari, mon fils, le prince Kung, d'autres encore, et je craignais de voir mon fils les rejoindre.

Pendant plusieurs semaines, nous voyageâmes jour et nuit. La chance voulait parfois que nous atteignions une ville au coucher du soleil et je dormais alors dans un lit mais, la plupart du temps, nous campions dans les champs et les forêts, en proie aux insectes. Li Lianying faisait de son mieux pour que je sois couverte des pieds à la tête, mais j'étais piquée au cou et au visage. Une piqûre s'enflamma au point de me faire comme un œuf de caille sur le menton.

J'avais demandé à Li Hung-chang d'entamer des négociations avec les étrangers mais on m'avait dit qu'il n'avait pas encore quitté Canton. Il traînait les pieds pour deux raisons, c'est du moins ce que croyait Yung Lu. « Premièrement, il croit que ces pourparlers ne mèneront à rien et, deuxièmement, il ne veut pas collaborer avec I-kuang. »

Je comprenais sa répugnance. J'avais choisi cet homme parce que le clan mandchou avait insisté pour que l'un des leurs « dirige » Li.

« I-kuang est inefficace et corrompu, ajouta Yung Lu. Quand je lui ai parlé, il s'est plaint de l'attitude dominatrice de Li et a accusé les autres de le "forcer à accepter des cadeaux". »

Yung Lu et moi étions frustrés parce que nous ne pouvions rien faire sinon évoquer nos malheurs. Je lui racontai que la reine Min m'avait rendu visite en rêve. Elle s'était arrachée à un bûcher haut de deux étages. « Elle s'est assise sur mon lit, dans ses habits en feu, et m'a expliqué comment survivre aux flammes. Elle ne semblait pas se rendre compte qu'elle était à moitié chair et à moitié squelette. Je ne comprenais pas un mot de ce qu'elle disait parce qu'elle n'avait plus de lèvres. »

Yung Lu me promit de ne pas s'éloigner trop de moi.

Quelques jours plus tard, il apprit la vraie raison pour laquelle Li Hung-chang mettait tant de temps à venir. « Les Alliés ont une liste de personnes qu'ils tiennent pour responsables de la destruction des légations. Ils exigent qu'elles soient arrêtées et punies avant d'entamer des négociations.

— Li Hung-chang était-il au courant pour cette liste ?

— Oui. En fait, il la détient, mais il redoute de vous la présenter. En voici une copie. »

Je mis mes lunettes. Cela ne me surprit pas, mais je fus tout de même choquée de m'y voir figurer tout en haut.

Yung Lu croyait que Li était peu disposé à voler une nouvelle fois au secours de Guangxu. L'empereur avait été à plusieurs reprises à l'origine de ses départs forcés, lui causant ainsi de grands préjudices politiques et financiers. Ses rivaux et ses ennemis, en premier lieu les princes mandchous, avaient peu à peu pris le contrôle de son empire industriel, dont la China Merchants Steam Navigation Company, la Imperial Telegraph Administration et les mines de charbon de Kaiping[1].

Après avoir ignoré plusieurs de mes convocations et mes promesses de lui restituer ses postes officiels et ses biens, Li alla passer plusieurs semaines à Shanghai et prétendit que la maladie et le grand âge l'empêchaient d'effectuer de longs trajets. Yun Lu le fit se hâter en lui apprenant qu'un édit impérial punirait les personnes déjà recherchées par les étrangers. Il arriva enfin à Tianjin le 19 septembre. « Jusqu'à la publication de l'édit, je ne peux pas faire grand-chose », écrivit-il à Yung Lu.

Curieusement, la perspective de ma propre mort ne me semblait plus aussi menaçante. Je n'y voyais qu'un détail des négociations.

« Vous pensez que Li Hung-chang croit vraiment que je vais me livrer aux Alliés ? demandai-je à Yung Lu.

— Bien sûr que non. Que ferait-il sans vous ?

— Que désire-t-il alors ?

---

1. À cent quarante kilomètres de Canton, dans la province du Guangdong.

— Il profite de la situation présente pour s'assurer que vous ne céderez pas à ses ennemis, en particulier le jeune prince Tseng et le général Tung. »

Le vent du nord faisait onduler les prairies et nos palanquins ressemblaient à de petites embarcations ballottées par des vagues vertes. Les Boxers avaient ravagé les cultures et nous ne pouvions attendre aucun secours des fermiers qui avaient pris la fuite.

Traqués par les étrangers, nous ne cessions de marcher en direction du nord-ouest. Pendant plus d'un mois, nous empruntâmes des chemins de terre semés d'ornières. Mon miroir s'était brisé et je ne savais plus de quoi j'avais l'air. Guangxu se moquait de la saleté et ne se lavait plus le visage. Il avait la peau cireuse et sèche. Nos cheveux sentaient mauvais et le crâne nous démangeait. Mes vêtements étaient infestés de poux et autres vermines. Un matin, j'entrouvris ma veste et découvris sur la doublure des centaines d'œufs gros comme des graines de sésame. Ils étaient collés au tissu et Li Lianying dut brûler le vêtement. Désormais, je me moquais bien de ma coiffure. Je me plongeais la tête dans de l'eau vinaigrée mais les poux revenaient aussitôt. Le matin, je les voyais tomber sur ma natte de paille. Nous dormions où nous le pouvions, une nuit dans un temple abandonné, une autre sur des lits de brique dans une cabane sans toit.

Guangxu était dégoûté quand il voyait Li Lianying me coiffer pour faire tomber les lentes. L'empereur se rasa le crâne et porta une perruque lors de nos audiences improvisées. L'envie de se gratter était si forte qu'il nous était difficile de garder notre sang-froid quand nous recevions des ministres. Je ne pouvais m'empêcher de sourire devant l'absurdité de la situation, mais ce n'était pas le cas pour Guangxu.

La saison des pluies amena des orages. Nos palanquins n'étaient pas étanches et nous étions trempés.

Ce périple me rappelait mon exil à Jehol en compagnie de l'empereur Xianfeng. Je ne voulais pas penser à l'avenir.

Le 25 septembre, devait être publié le premier édit du trône annonçant des châtiments. J'avais déjà des remords. Le prince Tseng et le général Tung étaient venus me trouver pour me faire savoir à quel point ils comprenaient mes raisons d'agir ainsi. Je devais les livrer aux Alliés qui me déchargeraient alors de mes responsabilités.

« Je ne puis donner l'ordre de les faire exécuter, dis-je à Yung Lu. Les liens du sang me rattachent au prince Tseng et les hommes du général Tung sont les seuls à protéger ma cour ambulante. Ce qui est arrivé à la reine Min m'arrivera tôt ou tard.

— Li Hung-chang est en train d'obtenir ce qu'il voulait et il trouvera le moyen de vous sauver », m'assura Yung Lu.

Un matin, un de mes eunuques découvrit un œuf de cane dans le placard d'une maison abandonnée. Guangxu et moi étions aux anges. Li Lianying le fit cuire puis nous ôtâmes soigneusement la coquille avant de le manger lentement.

La nourriture manquait et nous devions nous contenter de bouillie de céréales. Cet œuf nous permit de fêter l'arrivée tant attendue de Li Hung-chang à Pékin, après qu'il eut séjourné trois semaines à Tianjin. Je m'empressai de le mettre au courant de nos malheurs.

Les négociations s'engagèrent enfin. Notre ami Robert Hart servait de médiateur. Li marqua un point important en convainquant les puissances étrangères qu'il y a « plus d'une façon de trancher un melon » : me destituer ainsi que mon gouvernement les empêcherait de tirer le maximum de profit de la Chine tout en attisant la colère du peuple qui ne manquerait pas de se soulever.

Les pays étrangers voulaient obtenir la partition de la Chine mais Li leur fit admettre que notre pays était trop vaste et sa population trop nombreuse et trop homogène pour que cela puisse marcher ; de plus, trop de paramètres inconnus hypothéquaient la mise en place d'un gouvernement républicain.

Guangxu apprécia les efforts de Li Hung-chang. Quand il recommença à lui donner son ancien titre de vice-roi du Chihli, je me mis à pleurer parce que rien ne m'était plus agréable que son geste de bienveillance à l'égard d'un de ses « vieux fidèles ». Après tout, les Occidentaux et leurs armées étaient sur notre sol et il aurait pu faire appel à eux pour l'aider à déclarer son indépendance.

Quarante-trois

Comme la cour de mon époux quarante ans plus tôt, nous allions nous mettre à l'abri en territoire mandchou. Après plus de six mois passés sur les routes, nous arrivâmes dans l'ancienne capitale de Xian. Le projet initial consistait à franchir la Grande Muraille mais nous avions dû le modifier quand la Russie avait entamé l'annexion de la Mandchourie. Nous étions repartis vers le sud-ouest, derrière le bouclier d'une chaîne de montagnes.

J'ai peu de souvenirs des paysages que nous traversâmes ou de la beauté de la ville de Xian qui, pendant des siècles, avait été l'orgueilleuse capitale de la Chine. Les petits incidents du quotidien me causaient des soucis. Les palanquins n'étaient pas faits pour de si longues distances et le mien tombait en morceaux depuis notre départ de Pékin. Après avoir réparé le toit qui fuyait, Li Lianying ne cessait d'intervenir çà et là : dès qu'il entendait un craquement, il localisait la source du problème. Hélas, il ne disposait pas d'outils et devait se contenter de ce qu'il trouvait, tige de bambou, corde abandonnée ou encore gros caillou faisant office de marteau.

Il fallut me transporter en chaise à porteurs quand mon palanquin rendit l'âme, mais cela non plus ne dura pas longtemps et je dus marcher jusqu'à ce qu'elle fût réparée. Nos souliers étaient éculés et il était impossible d'en acheter, de sorte que la plupart de nous terminèrent le voyage pieds nus. Les ampoules s'infectaient parfois et plusieurs porteurs en moururent.

Guangxu et moi montions à tour de rôle sur un âne frêle. Certains jours, Li Lianying n'avait rien à lui donner à manger et la pauvre bête s'écroulait.

L'eau potable constituait aussi un problème. Après plusieurs centaines de kilomètres, nous arrivâmes à Taiyuan, capitale de la province du Shanxi. Les puits des villages voisins avaient été empoisonnés par les Boxers désireux de « ne laisser qu'un désert aux barbares ».

L'empereur et moi avions des boutons de fièvre et les médicaments manquaient. Les médecins avaient l'absurdité de nous recommander un régime alimentaire équilibré alors que les vivres manquaient ! Nous nous habituâmes à ne plus avoir ni table ni chaises : nous mangions assis sur nos talons et les poux ne nous importunaient plus.

Avec l'automne, l'air nocturne se rafraîchit. Guangxu et moi nous mîmes à tousser et nous perdîmes la voix. On nous trouvait toujours quelque chose à manger, mais beaucoup n'avaient rien à se mettre sous la dent. L'empereur aida à ensevelir certains de ses eunuques favoris. Pour la première fois mon fils témoignait de la compassion pour des êtres de rang inférieur. Les difficultés lui forgeaient le caractère. Sa condition physique demeurait la même mais son mental s'améliorait. Il prenait des notes à propos de ce qu'il voyait et tenait son journal intime.

Li Lianying s'affola quand nous en vînmes à manquer totalement d'eau et de nourriture, mais le gouverneur du Shandong, Yuan Shikai, résolut tous nos problèmes. Mon fils parla à l'homme qu'il qualifiait de traître depuis l'échec de la réforme : il ne lui pardonnerait jamais sa trahison, mais il lui exprimait tout de même sa gratitude. Nous mangeâmes un succulent potage aux graines de lotus et de petites crêpes au poulet et à l'échalote, puis, repus, nous dûmes nous allonger sur le dos pour reprendre notre souffle.

Le 1ᵉʳ octobre, nous quittâmes Taiyuan pour Tongchuan avant de bifurquer vers l'ouest la ville de Xian. La province de Shanxi était toujours sous le contrôle des loyalistes du général Tung : la cour croyait que nous pourrions y séjourner indéfiniment, mais l'empereur et moi commençâmes à nous méfier des gardes impériaux qui ne reconnaissaient pour seule autorité que celle de Tung.

Mon peigne de jade avait disparu et Li Lianying était persuadé qu'on le lui avait dérobé pendant son sommeil. Quand je lui dis que cela ne me dérangeait pas d'en emprunter un, il refusa : « Je ne veux pas vous voir attraper des lentes qui ne sont pas les vôtres ! »

À Tongchuan, je reçus un télégramme par lequel Li Hung-chang m'informait que les négociations avaient été interrompues. « Les Alliés exigent que nous leur donnions des preuves des châtiments infligés », écrivit-il.

Ils attendaient de moi que je leur livre le général Tung et le prince Tseng. Je ne m'étais jamais sentie aussi manipulée. Peu importait la façon dont je me justifierais, ce serait trahir mes propres gens.

Il fallut l'arrivée de Yung Lu pour que Tung se plie aux ordres du trône de réduire à cinq mille le nombre de ses hommes. Il se retira à la distance exigée par les Alliés, en dehors de Pékin, renforçant davantage notre vulnérabilité.

Li Hung-chang m'envoya la transcription des négociations du jour en guise de réponse à mes protestations devant les demandes de l'étranger :

« ALLIÉS : Des hommes comme le prince Tseng et ses Têtes de Fer ne méritent-ils pas la mort ?

LI : Ils ne sont pas parvenus à leurs fins.

ALLIÉS : Soixante personnes ont été tuées et cent soixante blessées à l'intérieur des légations.

LI : C'est par milliers que se comptent les victimes chez les Têtes de Fer, les Boxers et la population chinoise.

ALLIÉS : Que diriez-vous si le prince de Galles et les cousins de la reine s'en prenaient au délégué chinois à Londres ?

LI : Les Têtes de Fer se sont conduites de façon ridicule. »

Li Hung-chang fit pression sur moi et, le 13 novembre, je publiai un décret annonçant des châtiments. Le jeune prince Tseng et ses frères seraient emprisonnés à vie à Mukden, non loin de la Mandchourie. Ses cousins seraient soit mis en résidence surveillée, soit dégradés et privés de tous leurs privilèges. L'ancien gouverneur du Shandong échappait à la sentence parce qu'il était déjà mort. Les gouverneurs n'ayant pas réussi à protéger les missionnaires étrangers seraient bannis à vie, exilés dans le lointain Turkestan et condamnés aux travaux forcés. Maître Sabre rouge et deux autres chefs, parents lointains de la famille impériale, seraient exécutés.

Les Alliés me reprochèrent ma clémence car, pour eux, ce qui s'était passé « ne connaissait aucun précédent dans l'histoire de l'humanité ». C'était « un crime contre les lois des nations et celles de la civilisation ».

Je n'avais d'autre choix que rédiger un décret plus sévère mais, une fois de plus, les Alliés ne s'en satisfirent pas : ils n'accordaient pas la moindre valeur à mes paroles et je m'empresserais certainement de soustraire les coupables au châtiment.

Je dus donc inviter la presse étrangère à assister à une exécution publique sur le site du marché aux légumes, au centre de Pékin. La population se sentit humiliée quand les grands étrangers aux cheveux blonds et au long nez apparurent avec leurs appareils photo.

« Il est impossible de connaître le montant de la forte somme qui a été versée au bourreau, écrivit George Morrison dans le *Times*. Deux nattes ont été étalées. Il y avait une foule immense, une multitude de correspondants et une bonne douzaine de photographes. Une exécution publique a rarement été vue par un tel éventail de nationalités... Un unique coup de sabre a suffi chaque fois. »

Les journalistes poussèrent des hourras quand les têtes roulèrent mais moi, j'en éprouvai une honte extrême.

À la demande des Alliés, j'ordonnai la mise à mort de dix chefs boxers supplémentaires. Mis à part les deux exécutions publiques, j'accordai aux autres un suicide honorable.

Les familles me suppliaient d'épargner leurs chers parents. « Votre Majesté a soutenu les Boxers », s'écriaient-ils devant mon palais, et c'est avec du sang qu'ils avaient rédigé leurs pétitions.

Avec lâcheté, je regardai, cachée derrière ma porte. J'envoyai Li Lianying offrir aux femmes et aux enfants quelques taëls pour passer l'hiver. Ce que j'avais fait était impardonnable.

Li Hung-chang débattit longuement avec les Alliés du sort du général Tung. Ils ne cédèrent qu'après avoir compris que cet homme pouvait assurer une certaine stabilité dans la partie nord-ouest du pays. Tung fut dégradé mais resterait tout de même seigneur de la guerre au Gansu s'il quittait sur-le-champ et pour toujours la capitale.

Yung Lu dégagea une partie du budget attribué à son armée et fit porter des taëls à Tung, l'empêchant ainsi de fomenter une rebellion.

L'empereur Guangxu et moi reçûmes les Douze Articles, car tel était le nom donné par les nations étrangères aux termes de l'accord final. Des membres du Conseil du Clan et la cour télégraphièrent à Li Hung-chang pour exiger des modifications substantielles, mais il leur répondit qu'il avait fait le maximum : « L'attitude des puissances étrangères est inébranlable et le contenu n'est pas susceptible d'être discuté. Les Alliés ont menacé de rompre les négociations et de lancer leurs hommes. »

Au printemps 1901, l'empereur et moi donnâmes à Li l'autorisation d'accepter l'accord et j'en éprouvai une honte indescriptible. Dans le même temps, j'appris que Li était si malade que ses serviteurs devaient l'accompagner à la table des négociations. C'est seulement à ce moment qu'il m'avoua le pire : les Alliés avaient commencé par exiger que j'abandonne la direction du gouvernement pour procéder à la restauration de l'empereur Guangxu, que tous les revenus de la Chine soient collectés par des ministres étrangers, enfin que les puissances occidentales aient la mainmise sur les affaires militaires de notre pays.

« Je ne suis pas parvenu à grand-chose, écrivit Li. Je me suis résolu à signer parce que je crois ma fin proche. Il aurait été regrettable que je meure avant d'avoir mené à bien la mission que m'avait confiée Votre Majesté. »

Le 7 septembre 1901, après avoir mis la Chine à genoux, les Alliés signèrent le traité de paix. Je devais en souffrir à tout jamais parce que la Chine fut contrainte de présenter des excuses à l'Allemagne et au Japon, ce qui équivalait à leur verser d'énormes indemnités et à leur livrer nos ressources naturelles. La Chine reçut l'ordre de démanteler ses ouvrages de défense et il lui fallut accepter la présence permanente d'une puissance militaire étrangère à Pékin.

Quarante-quatre

Les Alliés commencèrent à se retirer de Pékin au matin du 6 octobre et je pus enfin quitter Xian. Notre cortège allait une nouvelle fois parcourir plus d'un millier de kilomètres. Au terme d'une année d'exil, tout fut fait pour que nous retrouvions la face. Il n'était plus question de dormir à la belle étoile ou dans une cabane. Guangxu et moi voyagions dans des chariots couverts dignes de notre rang, ornés de bannières et d'oriflammes, entourés de cavaliers en uniforme de soie chatoyant. Les gouverneurs de province, prévenus de notre passage sur leurs terres, veillaient à faire ôter toutes les pierres du chemin. Lors d'une cérémonie destinée à chasser les mauvais esprits, les eunuques partirent en avant, balayèrent la route et la saupoudrèrent de craie jaune pour inviter les esprits bénéfiques. Un banquet était organisé à chaque étape et la cour portait des toasts, se réjouissant d'avoir réchappé aux terribles épreuves.

Pourtant, je n'éprouvais qu'amertume. La Chine avait été durement frappée et les écrasants dommages de guerre qui nous étaient imposés allaient nous obliger à courber l'échine pendant longtemps. Selon Li, ce n'était pas par pitié que les puissances occidentales avaient modéré leurs exigences : pour elles, notre pays deviendrait un jour un formidable marché économique. Leur sens des affaires leur dictait de ne pas planter la graine de la haine dans le cœur des Chinois, leurs futurs clients, ou de détruire la capacité de la Chine à acheter des marchandises étrangères. Mon gouvernement n'était qu'un outil bien utile, surtout quand l'Occident envisageait de restaurer Guangxu pour en faire un fantoche.

Mon fils n'avait jamais dit vouloir se retirer mais ses actions révélaient le fond de sa pensée. Il était prisonnier de son propre palanquin et, à mon avis, il se sentait pris au piège au point de ne même plus vouloir chercher d'issue.

J'essayai de lui parler de la transformation de l'empire en une république. « Comme tu le vois, nos efforts n'ont pas beaucoup servi.

— Faites comme bon il vous semblera, mère, se contenta-t-il de répondre.

— J'aimerais quand même connaître ton sentiment

— Je ne sais pas moi-même ce que je pense. La plus grande chose que j'ai apprise en étant empereur de Chine, c'est que je ne sais rien.

— Une république te rendra plus puissant que tu ne l'es aujourd'hui, repris-je tout en songeant qu'il était bien facile de faire le mort. L'empire du Japon a prospéré, la Chine le peut tout autant. »

Il se contenta de soupirer.

Yung Lu avait hâte de discuter du nom du candidat susceptible de diriger le parlement.

« Je ne puis envisager personne d'autre alors que Li Hung-chang et vous-même occupez la première place, lui dis-je. Votre nouveau titre n'est-il pas celui de Premier ministre de Chine ?

— Oui, pour l'instant, mais j'aimerais rappeler à Votre Majesté que Li Hung-chang et moi avons plus de soixante-dix ans et sommes de santé fragile.

— Nous sommes tous les trois dans le même bateau, je le crains bien.

— Yuan Shikai. Li et moi avons réfléchi et c'est à lui que nous pensons. »

Je connaissais bien Yuan Shikai, qui ne m'était venu en aide qu'assez récemment. Il s'était fait un nom dans le sud-ouest du pays lors de la guerre sino-française. Après son retour d'Indochine, Li l'avait nommé commandant en chef de l'armée du Nord. Quelques années plus tard, quand Yung Lu avait uni ses forces à celles de l'armée du Nord et créé la Nouvelle Armée, Yuan Shikai en devint tout naturellement le commandant en chef.

Yuan Shikai avait prouvé sa loyauté en me sauvant la vie pendant le chaos de la réforme des Cent Jours. Promu grand gouverneur, il avait la mainmise sur des provinces clefs tout en conservant son rôle militaire. En travaillant auprès de Li Hung-chang et de Yung Lu, Yuan avait parfaitement assimilé la leçon de ses maîtres.

Un événement récent avait également mis Yuan Shikai au premier plan. Selon les termes du traité, la Chine se voyait refuser une puissance militaire dans la région du grand Pékin. Toute humiliation mise à part, cette contrainte poussait les personnes en charge du pouvoir à se sentir vulnérables et vaguement ridicules.

Yuan étudia le traité ainsi que les lois internationales avant de proposer la création d'une police chinoise. « Rien n'interdit à la Chine de faire respecter la loi. »

Quelques semaines après que je lui eus accordé ma permission, il vêtit ses soldats à la mode des policiers britanniques. Dans leurs beaux uniformes, ils patrouillaient le long des côtes et marchaient au pas autour des légations pékinoises. Malgré leur méchanceté, les journalistes étrangers ne voyaient rien à redire.

Grâce à lui, je retrouvai le sommeil.

Quand notre cortège approcha d'une ville située non loin de Tianjin, je montai dans un train dont la locomotive tirait plus de vingt voitures étincelantes, des « pièces mouvantes », selon l'expression de Li Lianying. La mienne avait des parois drapées de soie, des sofas moelleux et un lavabo en porcelaine doté de deux robinets, l'un pour l'eau chaude et l'autre pour l'eau froide. Il y avait même des toilettes.

Guangxu ne donna pas son opinion quand il fut question de placer Yuan Shikai à la tête du parlement, mais il comprit que le fait d'être un ami personnel ne motivait pas notre choix. Seule importait la passion qu'avait Yuan pour la prospérité de la Chine et nous avions déjà compté sur lui pour faire exécuter nos édits.

J'étais le témoin de la lutte de mon fils contre lui-même, celle de la logique et des sentiments. Souvent son humeur sombre reprenait le dessus. « Je préférerais mourir que soutenir ce traître, disait-il avant de briser les plats et de donner des coups de pied dans sa chaise.

— Il s'agit de mettre à profit des compétences, rétorquais-je. Vous le remplacerez si vous trouvez mieux que lui. »

Quand j'appris que Yung Lu s'était évanoui alors qu'il nous rejoignait à Tianjin, je lui adressai un message où je renouvelais mes vœux de bonne santé et insistai pour qu'il vienne au plus tôt. Dès l'instant où il pénétra dans ma voiture privée, accompagné de son médecin, il me sourit et déclara : « Le dieu de la mort m'a chassé comme un malpropre ! Peut-être parce que je n'avais rien mangé et qu'il ne voulait pas d'un spectre famélique !

— N'essayez pas de m'abandonner, dis-je, au bord des larmes.

— On ne m'a pas fait savoir quand mon corps me quitterait.

— Comment vous sentez-vous ?

— Bien, mais ma poitrine chante comme une harpe éolienne.

— Vos poumons en sont responsables.

— Quoi qu'il en soit, il devient urgent de songer à me remplacer. Vous avez besoin de l'aide de Li Hung-chang et de la mienne pour persuader la cour d'accepter Yuan Shikai.

— Guangxu le déteste.

— Je sais, oui, soupira-t-il.

— Et Li Hung-chang n'a pas encore envoyé sa confirmation pour Yuan. Émettrait-il des réserves ?

— Li s'inquiète de sa fidélité après mon départ. Il ne le croit pas capable de servir un esprit faible.

— Guangxu ? Comment ose-t-il ?

— Peut-être pas un esprit faible, mais un esprit influençable.

— J'en souffre tous les jours, dus-je reconnaître, mais c'est mon fils.

— Comment Guangxu peut-il espérer la loyauté de Yuan Shikai ? Il a notre aval à cause de ce qu'il peut faire pour la Chine mais, une fois que vous serez partie, peut-être ne verra-t-il plus notre pays comme celui de Guangxu.

— Li Hung-chang pense comme vous ?

— Oui.

— Que puis-je faire ?

— Il revient à Guangxu de montrer à Yuan qui est réellement l'empereur ! »

À peine mon train était-il entré en gare de Baoding que je fus mise au courant de la mort de Li Hung-chang.

Un petit orchestre jouait un air joyeux en guise d'accueil quand un messager s'effondra à mes pieds. Je dus lui faire répéter par trois fois ce qu'il avait à me confier. L'esprit vide, je m'efforçais de garder mon calme.

« Li Hung-chang n'est pas mort ! ne cessais-je dire. C'est impossible ! »

Li Lianying me prit par le bras pour m'empêcher de m'écrouler. La dynastie mandchoue telle que je la connaissais s'achevait.

« Yuan Shikai est ici pour voir Votre Majesté », m'annonça-t-on.

Il apparut devant moi dans une tenue de deuil et confirma la nouvelle. « Le vice-roi était malade, me confia-t-il à voix basse. Il s'est obligé à tenir jusqu'à la fin des négociations.

— Pourquoi n'ai-je pas été informée plus tôt de la gravité de son état ?

— Il ne le voulait pas parce que vous l'auriez obligé à s'arrêter. »

Assise sur mon trône improvisé, je lui demandai si l'empereur avait été mis au courant et si Li Hung-chang attendait quelque chose de précis de ma part. Effectivement, Li avait pris plusieurs dispositions avant de mourir, en particulier que S.S. Huan s'occupe des finances de l'armée.

Il se retira sans que je m'en rende compte et Yung Lu vint me faire part des ultimes souhaits de Li Hung-chang : il confirmait vouloir que Yuan Shikai lui succède.

J'avais l'impression que, en dehors de moi-même, seules les puissances occidentales avaient compris que Li était le véritable maître de la Chine. Il avait été le protecteur et le pourvoyeur de la dynastie mandchoue, celui dont la loyauté m'avait donné des forces.

À l'évidence, l'âpreté des négociations avait achevé Li Hung-chang. Il s'était battu pied à pied pour la Chine. Il était facile de l'accuser de traîtrise, lui qui avait subi dégradation et humiliation, mais la transcription quotidienne de ses conversations démontrait son courage. Peut-être seules les générations futures seraient-elles à même de reconnaître et d'apprécier sa vraie valeur. Li Hung-chang était venu négocier tout en sachant qu'il n'avait rien à proposer et que l'accord final serait synonyme de souffrance.

« Mon pays a subi un viol. » Voilà quelle fut sa réaction quand on lui présenta l'ébauche des traités telle que l'avaient rédigée les puissances étrangères. « Quand le mouton est acculé par la meute de loups, ceux-ci lui permettront-ils de négocier ? Et le mouton pourra-t-il dire son mot sur la façon dont il sera dévoré ? »

Li Hung-chang était un maître en affaires : son talent de négociateur avait sauvé son pays mais il lui avait coûté la vie. « Morceler la Chine, c'est créer une nation de nouveaux Boxers, avait-il expliqué aux étrangers menaçant de quitter la table des négociations. Demander le départ de Sa Majesté l'impératrice douairière est un mauvais calcul car n'importe quel Chinois vous dira que c'est elle, et non l'empereur, qui veillera à ce que vos prêts soient remboursés. »

Li s'était porté volontaire pour jouer le rôle du bouc émissaire et faire en sorte que l'empereur et moi-même ne perdions pas la face.

J'étais certaine qu'il avait des regrets, lui qui m'avait tant donné alors que je ne lui avais offert en échange que déception après déception. Il était étonnant qu'il n'ait pas cherché à renverser le régime de Guangxu. Pour ce faire, il n'aurait pas eu besoin d'une armée car il connaissait ma vulnérabilité. Son intégrité et son humanité me mortifiaient : il était le plus beau présent que le Ciel eût jamais fait à la dynastie Qing.

Quarante-cinq

Les bannières de bienvenue accrochées sur la muraille de la Cité interdite masquaient les dégâts provoqués par l'artillerie étrangère. Quand mon palanquin s'approcha du palais, je constatai que de nombreuses statues et décorations avaient été soit détériorées soit volées. Le palais de la Mer, où mes objets de valeur avaient été dissimulés, avait été mis à sac, les bureaux du Ying-t'ai incendiés, les doigts de mon Bouddha de jade brisés. Le commandant en chef des Alliés, le comte prussien Waldersee, avait dormi dans mon lit avec une prostituée chinoise et s'était empressé de le faire savoir à tous.

Désireuse d'oublier cette honte, j'emménageai dans le modeste palais de l'Éternelle Harmonie, dans la partie nord-est de la Cité interdite. Son isolement et son aspect négligé lui avaient en fait valu d'être le seul endroit que les Occidentaux n'avaient pas mis à mal.

Trois jours après le retour de la cour, Guangxu et moi reprîmes nos audiences et reçûmes les délégués étrangers. Nous nous efforcions de sourire mais, parfois, nos émotions devenaient incontrôlables et nos lèvres proféraient des mots inattendus, à la suite de quoi les interprètes étaient renvoyés. Un ministre occidental décrivit plus tard l'expression de mon visage, « entre le rire et les larmes », une sorte de grimace dans laquelle il voyait les séquelles d'une attaque. Il décela aussi « un gonflement autour des yeux de Sa Majesté ». Il avait raison car je pleurais fréquemment la nuit. D'autres constatèrent que je remuais beaucoup le menton et que j'avais du mal à rester immobile : eux aussi avaient raison car j'essayais toujours de me débarrasser de mes poux.

Je m'obligeais à présenter des excuses. Au prix d'un gros effort, je parvenais à souhaiter bonheur et prospérité aux représentants de l'étranger et à les congédier d'un hochement de tête gracieux.

Le nom de Li Hung-chang était souvent mentionné au cours de ces audiences et, chaque fois, je ne pouvais retenir mes larmes.

Li Lianying me surveillait de près. Il demandait alors une suspension et m'emmenait au fond du palais, où je tombais à genoux en sanglotant. Une cuvette d'eau m'attendait ainsi qu'une trousse à maquillage. Je faisais de mon mieux pour ne pas me frotter les yeux et atténuer ainsi le gonflement.

La fille de Yung Lu allait se marier et il me demanda ma bénédiction. Le fiancé n'était autre que le jeune prince Chun, benjamin des enfants de ma sœur et frère de l'empereur Guangxu. J'avais émis des réserves à son égard jusqu'à ce que je le rencontre à nouveau. Il revenait tout juste d'Allemagne, où il s'était excusé au nom de l'empereur de la mort du baron von Ketteler. Le prince Chun était transformé, il avait perdu de son arrogance et écoutait davantage les autres. Pour la première fois, il fit l'éloge de Li Hung-chang et reconnut ses succès diplomatiques. Je lui accordai ma bénédiction non seulement parce que Yung Lu l'avait accepté en tant que beau-fils, mais aussi parce qu'il était le dernier espoir de la dynastie.

J'assistai aux noces et trouvai Yung Lu et son épouse, Saule, très heureux, même si la toux de Yung Lu avait empiré. Aucun de nous n'aurait pu prédire que son petit-fils à naître deviendrait le dernier empereur de Chine.

Au lieu de la traditionnelle troupe d'opéra, les hôtes eurent la surprise d'assister à la projection d'un film muet représentant une course de chevaux. L'idée venait bien sûr de Yuan qui avait emprunté la pellicule à un ami diplomate. Ce fut pour moi une expérience grandiose car je crus, dans un premier temps, voir l'image de spectres : je ne cessais de regarder tour à tour l'écran et le projecteur.

Yuan Shikai profita de l'occasion pour me réclamer de l'aide. « Votre Majesté, ma police a beaucoup de mal à discipliner les jeunes princes. »

Je lui permis d'appliquer la loi et lui demandai si, à son tour, il pouvait m'aider à résoudre un récent scandale.

« Les étudiants âgés opposés à l'abolition de la forme ancienne de l'examen d'entrée dans la fonction publique ont manifesté aux portes de mon palais. Ils exigent que je supprime l'enseignement à l'occidentale. Hier, trois étudiants de soixante-dix ans se sont pendus en signe de protestation. »

Yuan Shikai comprit le sens de sa mission. En moins d'une semaine, sa police dissipa les manifestants.

Quand Yung Lu fut trop malade pour assister aux audiences, Yuan Shikai le remplaça. Je n'avais pas l'habitude de voir quelqu'un d'autre occuper son siège : sans lui, sans Li Hung-chang, ma cour n'était plus ce qu'elle était. Peut-être sentais-je que j'allais perdre Yung Lu. Je brûlais d'entendre sa voix, mais il ne pouvait venir et l'étiquette m'interdisait de lui rendre visite dans ses appartements privés. Saule avait la bonté de me tenir au courant de l'état de santé de son époux, mais cela ne me suffisait pas.

Les audiences ne m'avaient jamais été aussi pénibles mais la situation était délicate et requérait ma présence. Yuan Shikai était un Han et la cour était mandchoue. Il était compétent, intelligent et plein de charme, mais l'empereur Guangxu refusait toujours de regarder dans sa direction quand il lui adressait la parole. Le prince Chun ne se comportait pas mieux. Le plus infime désaccord dégénérait en bataille rangée et ni l'un ni l'autre ne cédait tant que je n'intervenais pas.

Par une glaciale matinée de février 1902, Robert Hart me rencontra en audience privée. Je voulais voir cet homme depuis de nombreuses années et je me levai avant l'aube pour que Li Lianying ait le temps de me vêtir et de me coiffer.

Je me regardais dans le miroir et je songeais à ce que j'allais dire à cet Anglais sans qui nous aurions couru à la faillite : grâce aux dieux, il avait parfaitement dirigé le service des douanes, dont les droits apportaient à la Chine un tiers de ses revenus annuels. « Ni Li Hung-chang ni Yung Lu n'y seraient parvenus, expliquai-je à Li Lianying, parce que la moitié du travail de Hart consistait à collecter des taxes auprès des marchands étrangers.

— Robert Hart a toujours été l'ami de la Chine, me répondit mon eunuque. Je me rends bien compte que ma dame a hâte de voir enfin à quoi il ressemble.

— Fais-moi la plus belle possible.

— Que diriez-vous d'une coiffure en phénix ? Ce sera un peu long et le poids des bijoux vous fera peut-être mal à la nuque, mais cela en vaut le coup.

— C'est une excellente idée. Je ne peux rien offrir d'autre à Robert Hart et mon apparence lui montrera ma gratitude. Ah, comme j'aimerais être plus jeune et plus jolie...

— Vous êtes splendide, ma dame. La seule chose qui vous manque, ce sont de longs ongles.

— Ils n'ont pas repoussé depuis que nous avons fui Pékin.

— J'ai une idée, ma dame. Pourquoi ne pas mettre vos protège-ongles en or ? »

À huit heures, Sir Robert Hart fut introduit dans la salle des audiences et s'assit à trois mètres de moi. Il avait soixante-sept ans et ma première impression fut qu'il ressemblait plus à un Chinois qu'à un Anglais. Il n'était pas aussi gigantesque et aussi carré que je l'avais imaginé, non, c'était un homme de taille moyenne, vêtu d'une robe de cour chinoise violette à parements d'or. De manière parfaite, il se plia au rituel du *kowtow*, puis il me souhaita santé et longévité dans un mandarin parfait, teinté pourtant d'un léger accent du Sud.

J'aurais aimé lui poser d'innombrables questions mais je ne savais par où commencer. De hauts fonctionnaires et des ministres étaient présents et je ne pouvais parler librement, surtout à un étranger. Je commençai par une formule toute faite et l'interrogeai sur son voyage, l'heure de son départ, le temps mis pour arriver à Pékin. Je lui demandai aussi quel temps il avait fait et s'il avait bien mangé et bien dormi.

Nos vingt minutes étaient presque écoulées et je ne savais pratiquement rien de mon ami. Il me confia qu'il avait une résidence à Pékin mais qu'il n'y séjournait pas souvent parce que ses fonctions le contraignaient à de nombreux déplacements.

Après le thé, je l'invitai à se rapprocher de moi d'un mètre – à la fois pour l'honorer et pour mieux discerner les traits de son visage.

L'homme avait le regard doux mais pénétrant et lui aussi semblait vouloir en savoir davantage sur mon compte. Nous sourîmes tous deux, vaguement embarrassés. Je lui dis que je ne pourrais jamais assez le remercier de tout ce qu'il avait fait pour le trône et ajoutai qu'il m'avait été recommandé par le prince Kung puis par Li Hung-chang.

« J'admire votre dévouement. Vous œuvrez pour la Chine depuis plus de quarante ans, n'est-ce pas ? » Sir Robert était ému que je connaisse si bien ses états de service. « Vous avez l'accent de Ningbo. Avez-vous vécu dans le sud de la Chine ? Je suis originaire de Wuhu, dans la province de l'Anhui, ce n'en est pas très loin.

— Votre Majesté est très perspicace. Effectivement j'ai débarqué à Ningbo quand je suis arrivé en Chine, tout jeune étudiant interprète. Je n'ai jamais pu me débarrasser de cet accent dont vous parlez.

— Ne vous en départez jamais, Sir Robert, il m'est si agréable.

— On cherche toujours à échapper à son passé mais on n'y parvient jamais », dit-il.

L'entretien était terminé.

Le 11 avril 1903, Guangxu et moi préparions un texte relatif à un éventuel régime parlementaire quand une terrible nouvelle m'anéantit : Yung Lu était mort. Je dus demander à mon fils de terminer seul le travail. Li Lianying m'accompagna dans une pièce voisine pour que je reste un instant seule. La tête me tournait et je m'évanouis. Mon eunuque fit venir un médecin. Effrayé, Guangxu passa la nuit à mon chevet, dans mon palais.

D'une certaine façon, Yung Lu me préparait depuis des mois à son départ. Il avait travaillé sans relâche avec l'empereur et tenté d'apaiser ses relations avec Yuan Shikai. Tous deux conservateurs et radicaux, ils avaient recouru à la terreur pour parvenir à leurs fins. Sans Li Hung-chang, il était difficile de maîtriser la situation.

Les médecins étaient toujours présents aux côtés de Yung Lu quand nous nous rencontrions dans la Cité interdite. Pour nous présenter, Guangxu et moi-même, aux hommes en qui il avait confiance, Yung Lu était venu chaque jour aux audiences et, les derniers jours, on l'amenait sur une litière. Quelle que fut la gravité de son état de santé, il portait toujours sa tenue officielle avec son col blanc amidonné.

Ensemble, nous avions reçu S.S. Huan, ce « trésorier » recommandé par Li Hung-chang qui, depuis un certain temps, voyait ses relations avec Yuan Shikai devenir plus sensibles. Huan proposait qu'aux responsabilités de Yuan Shikai s'ajoute la charge de membre de la commission du commerce, suggérant par là que l'harmonie ne régnait pas entre les deux. Yung Lu et moi avions compris la crainte de Huan à l'égard de Yuan Shikai, à la police duquel on imputait la disparition d'un certain nombre de puissants rivaux.

Sur son lit de souffrance, Yung Lu avait parlé avec Yuan Shikai et S. S. Huan. Les deux hommes avaient promis d'atteindre à l'harmonie et d'oublier leurs divergences.

Deux jours plus tard, Saule m'avait fait part de la dégradation de l'état de santé de son époux. J'oubliai l'étiquette et me rendis en palanquin dans sa résidence pour le voir une ultime fois.

Il était faible, amaigri, et sa peau était plus pâle que le coton de ses draps. Il était allongé sur le dos, immobile, les deux bras le long du corps. Une attaque lui avait ôté la parole. Il avait les yeux grands ouverts et ses pupilles étaient dilatées.

Saule me remercia d'être venue puis elle se retira. Assise auprès de Yung Lu, je tentais de faire bonne figure.

Il portait sa robe d'éternité. Sous son bonnet de cérémonie, ses cheveux oints étaient teints en noir.

Je tendis la main pour lui effleurer le visage. Il m'était difficile de ne pas pleurer et je devais me forcer pour sourire. « Vous allez partir à la chasse et je vais vous accompagner. Je préparerai les arcs et c'est vous qui tirerez. J'aimerais que vous me rapportiez un canard sauvage, un lapin et un cerf. Peut-être pas un cerf, mais un porc sauvage. J'allumerai un feu pour le faire rôtir. Nous boirons du vin d'igname et causerons… »

Ses yeux s'embuèrent.

« Mais nous ne parlerons ni des Boxers ni des légations, seulement des moments agréables passés ensemble. Nous évoquerons nos amis, le prince Kung et Li Hung-chang. Je vous dirai à quel point vous m'avez manqué quand vous êtes parti au Xinjiang. Vous me devez sept bonnes années. Vous le savez déjà, mais je vous le dirai quand même : quand je suis avec vous, je suis une femme heureuse. »

Quarante-six

Mon astrologue me suggéra de me vêtir comme la déesse Guanyin afin d'attirer les esprits bénéfiques. Li Lianying me dit que je paraissais si épuisée que les efforts qu'il consacrait à ma coiffure et à mon maquillage ne servaient à rien. Ravagée par la mort de Yung Lu, je me demandais si cela valait la peine de continuer. Si le trépas de Li Hung-chang m'avait affligée, celui de Yung Lu m'ôtait toute énergie. Le matin, je ne voulais plus quitter mon lit. J'étais une coquille vide.

À l'occasion de mes soixante-dix ans, le photographe royal vint faire mon portrait. Je n'avais nul désir d'être vue, mais on m'assura que les souverains européens se faisaient prendre en photo tout au long de leur existence, même sur leur lit de mort. Je finis par accepter, séduite peut-être par l'idée que ce serait la dernière représentation de moi.

Quand les costumes et les accessoires furent arrivés, Li Lianying se vit confier le rôle de serviteur de la bonne déesse tandis que des dames de cour jouaient celui de fées.

Les séances de pose durèrent plusieurs après-midi. Après les audiences, je posais près du lac Kunming ou encore dans la salle de réception transformée en décor d'opéra. Devant des toiles peintes représentant des montagnes, des rivières et des forêts, je m'efforçais de jouer mon rôle mais mon esprit ne cessait de songer aux problèmes qui agitaient la cour. J'avais mené les funérailles de Li Hung-chang et de Yung Lu, écrasée de culpabilité à l'idée que j'avais trop exigé de leur part. À mes côtés, Li Lianying tenait une fleur de lotus mais, quand le photographe le pria de se détendre, il s'écroula en sanglots. Je lui demandai ce qui se passait et il me répondit : « Le parlement a demandé l'abolition de la castration. Que vais-je dire aux parents dont les enfants sont eunuques depuis peu ? »

Le photographe me proposa de regarder dans l'objectif et je formai des vœux pour que l'image renversée que j'y vis me rapproche de ce monde où étaient partis Li Hung-chang et Yung Lu.

Les tirages me furent présentés quelques semaines plus tard et je fus stupéfiée de l'image que je donnais de moi-même. C'en était fini de la charmante Orchidée. Mes yeux s'étaient rétrécis, ma peau tombait et les rides à la commissure de mes lèvres conféraient de la dureté à ma bouche, comme si elle était sculptée dans le bois.

« Il faut continuer, me persuada l'astrologue. L'image de Votre Majesté assise dans un bateau flottant parmi des lotus à perte de vue vous montrera conduisant le peuple hors des eaux de la souffrance. »

La veille, cinq parlementaires à qui j'avais accordé la permission d'étudier les systèmes politiques étrangers avaient été tués lors d'un attentat à la bombe. La nouvelle secoua le pays. Ce crime était l'œuvre de Sun Yat-sen qui, depuis le Japon, clamait que la violence viendrait à bout du gouvernement mandchou.

Je pris la parole à l'occasion du service funèbre des cinq hommes. « Sun Yat-sen veut m'arrêter. Il refuse que la Chine se dote d'un parlement, mais je suis ici pour lui faire savoir que ma détermination est plus forte que jamais. »

Un peu plus tard, mon fils me demanda le sens caché de mes paroles.

« Il est temps que je me retire, lui expliquai-je. Tu dois te présenter comme candidat à la présidence de la Chine.

— Mère… je ne survis qu'en restant dans votre ombre.

— Tu as trente-cinq ans, Guangxu, tu es un homme !

— Mère, je vous en prie, dit l'empereur en tombant à genoux. Je ne crois pas en moi.

— Il le faut pourtant, mon fils », répliquai-je entre mes dents serrées.

Plus tard encore, Guangxu vint me trouver dans mes appartements, l'air accablé.

« Qu'y a-t-il ?

— On a tiré sur Yuan Shikai.

— Quoi ? Il est mort ?

— Non, grâce au Ciel, mais la blessure est sérieuse.

— Où et quand cela s'est-il passé ?

— Hier, au parlement.

— Chacun sait que Yuan Shikai me représentait, soupirai-je. C'est moi la véritable cible.

— Oui, sans Yuan, je serais un empereur sans empire. Le fait que je le déteste aggrave les choses. C'est pourquoi vous ne pouvez vous retirer, mère : il ne travaille pas pour moi, mais pour vous. »

Le jour où Yuan Shikai sortit de l'hôpital, je me joignis à lui pour procéder à une inspection militaire. Nous nous tenions côte à côte : c'était ma manière à moi de faire part à tous du soutien que je lui apportais et de compenser l'injustice qui lui avait été faite. L'auteur du coup de feu était un prince jaloux, un cousin de l'empereur, ce qui signifiait que les poursuites engagées contre lui seraient sans doute peu rigoureuses.

Il y avait du vent ce matin-là sur le terrain de manœuvres situé en dehors de Pékin. J'entendis claquer les étendards quand je descendis de mon palanquin. Li Lianying avait tant tiré sur mes cheveux que la peau de mon crâne me faisait mal.

En rang, les soldats me saluèrent. « Longue vie à Sa Majesté ! »

Yuan Shikai se tenait assez raide et marchait avec difficulté. On nous conduisit vers une immense tente où avait été dressé un trône improvisé. Mon fils avait refusé de venir pour ne pas être vu en compagnie de Yuan.

Je regardais les soldats défiler et me rappelais Yung Lu et ses hommes de Bannière. Le souvenir de notre rencontre me revint et mes yeux s'emplirent de larmes. Quand Yuan Shikai me supplia de lui dire pourquoi je pleurais, je pris pour prétexte le sable soulevé par le vent.

L'inspection s'acheva, les soldats se mirent au garde-à-vous pour écouter mon discours. Je commençai par demander à Yuan si le fait que certains le détestaient le préoccupait et, avant même qu'il pût répondre, je me tournai vers la foule : « Seules deux personnes sont véritablement désireuses de voir les réformes aboutir. Je suis l'une d'elles et Yuan Shikai est l'autre. Comme vous le constatez, nous avons tous deux mis notre vie en péril.

— Longue vie à Votre Majesté ! crièrent les soldats. Honneur à notre commandant en chef Yuan Shikai ! »

Il était temps de partir et je décidai de faire un geste que l'on ne me connaissait pas : je tendis la main à Yuan. Il fut si surpris qu'il n'osa pas la prendre.

Li Hung-chang m'avait appris cette étrange coutume, de se serrer la main, lui qui avait tant voyagé à l'étranger. « J'ai trouvé cela bizarre la première fois que je m'y suis prêté », m'avait-il confié.

Je voulais que la nation tout entière parle de cette poignée de main, je voulais aussi scandaliser les Têtes de Fer et faire savoir que tout était possible désormais.

« Prenez-la, dis-je à Yuan Shikai, mais le commandant en chef se jeta à genoux et se frappa le front à terre.

— Je suis trop insignifiant pour accepter un tel honneur, Votre Majesté.

— Par ce geste, je veux vous conférer votre légitimité alors que je suis encore vivante, murmurai-je. Je vous rends honneur pour ce que vous avez fait pour moi et aussi pour ce que vous ferez pour mon fils. »

Les morts ne cessaient de hanter mes songes.

« J'ai eu beaucoup de mal à vous retrouver, ma dame », se lamenta une nuit An-te-hai. Il était aussi beau qu'avant, mais ses joues diaphanes se teintaient de rouge[1] et laissaient entrevoir l'autre monde.

« Dis-moi ce qui t'amène ici.

— Je m'inquiète de la décoration de votre palais. Les eunuques plantent des lauriers-roses et j'ai dû les semoncer : "Comment pouvez-vous choisir des plantes aussi vulgaires pour ma dame ?" J'ai exigé des pivoines et des orchidées[2]. »

Tongzhi s'adonnait pour sa part à des gamineries. Une nuit, je le vis chevaucher les dragons ornant les murailles de la Cité interdite. Il tirait sur leur barbe et frappait les eunuques de leurs écailles. Essayez de m'attraper ! leur criait-il.

---

1. En Extrême-Orient, le rouge est la couleur de la vie et aussi celle de l'immortalité.
2. Les représentations de fleurs sont toujours symboliques : pivoine, richesse et honneur ; orchidée, perfection et pureté spirituelles ; prunier, renouvellement ; lotus, pureté ; chrysanthème, perfection.

J'organisai au palais d'Été une présentation de mode où j'invitai les concubines sans tenir compte de leur rang. J'exhibai les robes et les tenues d'apparat dont je m'étais parée depuis l'âge de dix-huit ans. Des fleurs de prunier agrémentaient la plupart de mes habits d'hiver tandis que ceux de printemps s'ornaient de pivoines, ceux d'été de lotus et ceux d'automne de chrysanthèmes. Quand je fis savoir aux concubines que chacune pouvait choisir une parure en souvenir de moi, elles se jetèrent dessus comme des pilleurs de tombes.

Je laissai mes fourrures à Li Lianying. « Ce sera ta pension », lui dis-je. Contrairement à An-te-hai, il vivait modestement et consacrait la plupart de ses économies à des œuvres charitables : ainsi il donnait de l'argent aux familles dont les enfants avaient été castrés mais s'étaient vus refuser l'entrée dans la Cité interdite. Il avait la réputation de ne pas se laisser soudoyer et, si cela lui était arrivé parfois, c'était pour ne pas se faire d'ennemis. Grâce aux sommes reçues, il faisait des cadeaux : c'était sa manière à lui de n'être débiteur de personne.

Li me confia qu'il se ferait moine après ma mort. J'ignorais qu'il avait pris des contacts avec le supérieur d'un monastère situé près de mon tombeau d'éternité : je savais seulement qu'il lui adressait des dons.

Ma santé déclinait et, depuis des mois, mes médecins ne parvenaient pas à enrayer mes diarrhées persistantes. Je perdais du poids, la tête me tournait en permanence et je voyais double quelquefois. Je m'essoufflais au moindre geste et dus cesser de me promener après chaque repas ainsi que je l'avais toujours fait. Le spectacle du coucher de soleil sur la Cité interdite me manquait. Li Lianying devait réduire en purée mes aliments, malgré cela je ne pouvais les digérer. Je fus bientôt aussi décharnée qu'un squelette.

Voir mon corps se consumer ainsi me terrifiait, mais je n'y pouvais rien. Je suivais les conseils des médecins et absorbais les potions les plus amères mais, chaque matin, je me sentais plus mal que la veille.

Mon heure allait bientôt sonner et le temps m'était compté. Je faisais de mon mieux pour dissimuler mon état à la cour. Le maquillage m'y aidait ainsi que le coton qui rembourrait mes habits. Seul Li Lianying savait que je n'étais plus qu'un sac d'os et que mes selles manquaient de consistance. Je toussais et crachais du sang.

Je voulais préparer mon fils à mon trépas prochain mais me refusai au dernier moment de lui avouer ma condition. « Ta survie dépend de ta dominance, lui dis-je.

— Mère, je me sens si peu sûr de moi. » Il me regarda d'un air triste et je songeai que l'essence de la dynastie était épuisée.

Mon astrologue me suggéra d'inviter une troupe d'opéra qui me gratifierait de chants joyeux. « Cela contribuera à éloigner les esprits mauvais », m'expliqua-t-il.

Robert Hart m'adressa une lettre d'adieu. Il rentrait définitivement en Angleterre et son départ était fixé au 7 novembre 1908.

La pensée de perdre un autre ami m'était insupportable et je le fis appeler, même si ma santé ne me permettait plus de recevoir des invités.

Vêtu d'une robe de mandarin, il s'inclina avec respect.

« Regardez-nous, fis-je. Nous avons tous deux les cheveux blancs. » Je n'avais pas la force de le prier de s'asseoir et me contentai de tendre la main vers un siège. Il hocha la tête et y prit place.

« Pardonnez-moi de ne pouvoir assister à votre cérémonie d'adieu. Ma santé me quitte et la mort m'attend.

— Je connais cela, répondit-il en souriant, mais seuls comptent les bons souvenirs.

— Je ne puis que vous approuver, Sir Robert.

— Je viens vous remercier de m'avoir tant apporté au long de ces années.

— Et moi je ne peux que m'attribuer le mérite des efforts que j'ai déployés pour vous voir aujourd'hui. La cour, une fois de plus, s'y opposait.

— Je sais à quel point il est difficile de déroger à l'étiquette. Les étrangers ne jouissent pas d'une bonne réputation dans ce pays, à juste titre.

— Vous avez soixante-douze ans, n'est-ce pas, Sir Robert ?

— Oui, Votre Majesté.

— Et vous vivez en Chine depuis...

— Quarante-sept ans.

— Que puis-je dire ? Vous devez en éprouver de la fierté.

— C'est exact, Votre Majesté.

— Je suis certaine que vous avez pris des dispositions pour que quelqu'un assure le relais.

— Ne vous inquiétez de rien, Votre Majesté, les douanes sont un mécanisme bien huilé qui continuera à tourner de soi-même. »

Il ne fit pas état des honneurs que lui avait accordés la reine d'Angleterre ni ne parla de l'épouse anglaise dont il était séparé depuis plus de trente ans. Il évoqua la concubine chinoise avec qui il avait vécu dix ans, des trois enfants qu'elle lui avait donnés, de sa mort, de ses regrets à lui et de ses souffrances à elle. « C'était une femme si sensible... » Il aurait aimé la protéger mieux.

Je lui confiai les soucis que m'avaient causés mes deux fils. C'était un aveu que je n'avais jamais fait à personne avant lui. L'amour porté à nos enfants n'avait pas suffi à les aider à survivre.

Je demandai à Sir Robert Hart de me raconter ses plus belles années en Chine. Il me répondit que c'était à l'époque où il avait travaillé sous les ordres du prince Kung et de Li Hung-chang. « C'étaient des hommes brillants et courageux et leur obstination faisait leur force. »

Enfin nous évoquâmes Yung Lu. À sa façon de me regarder, je sus qu'il avait tout compris.

« Vous devez être au courant des rumeurs, lui dis-je.

— Comment faire autrement ? Les rumeurs, les inventions des journalistes occidentaux, une part de la vérité aussi.

— Qu'en avez-vous pensé ?

— En toute sincérité, je ne sais pas. Vous formiez un vrai couple. Dans l'action, évidemment.

— Je l'aimais. » Étonnée de ma propre confession, je le regardai dans les yeux mais il ne manifesta aucune surprise.

« Alors je suis heureux pour l'âme de mon ami. Je sentais depuis longtemps qu'il avait pour vous de tendres sentiments.

— Nous avons fait de notre mieux pour nous cacher, mais cela nous a été très dur.

— J'admirais beaucoup Yung Lu. Nous étions amis mais je ne l'ai vraiment connu qu'après l'incident des légations. Il nous a sauvés en faisant tirer au-dessus des toits. Ensuite, il m'apporta cinq melons d'eau. J'étais certain qu'il venait de votre part. »

Je souris. « Par simple curiosité, ajouta-t-il, comment se fait-il que la cour ait accepté ?

— Yung Lu et moi n'avons jamais parlé de ces melons.

— Je vois. Il savait lire dans vos pensées.

— C'est vrai.

— Il doit beaucoup vous manquer.

— "Le ver à soie s'active jusqu'à ce que la mort tranche le fil fragile", dis-je en citant le début d'un poème millénaire.

— "Et les larmes de la bougie s'assèchent quand elle se consume", poursuivit-il.

— Vous êtes un étranger extraordinaire, Sir Robert.

— Je suis déçu que Votre Majesté ne me considère pas comme un Chinois car c'est pourtant ainsi que je me vois. »

Il n'aurait pu me faire plus plaisir. « Je ne veux pas que vous partiez, dis-je quand il fut l'heure de nous séparer, mais je comprends que la feuille doive tomber au pied de l'arbre. Rappelez-vous que vous avez une famille et un foyer en Chine. Vous me manquerez et j'attendrai toujours votre retour. »

Nos yeux s'embuaient. Il se mit à genoux et resta longtemps prosterné, front à terre. J'aurais voulu lui dire « à bientôt », mais je savais qu'il n'y aurait pas de prochaine fois.

« Partez maintenant, Sir Robert. Je suis trop faible pour me lever de mon siège. Quand vous arriverez en Angleterre, la nouvelle de ma mort vous parviendra certainement.

— Votre Majesté...

— Je veux que vous vous réjouissiez de la liberté que connaîtra enfin mon esprit. »

Quarante-sept

Ma mort était inscrite sur leur visage quand les médecins me supplièrent de les châtier pour n'avoir pas réussi à me guérir. Je les renvoyai chez eux pour avoir le temps de faire mes derniers préparatifs.

Le plus déprimant dans la mort, c'est l'atmosphère maussade qu'elle engendre. Autour de vous on n'ose plus rire ou plaisanter, chacun parle à voix basse et marche sur la pointe des pieds. Tout le monde attendait la fin, mais les jours succèdent aux jours.

Li Lianying était le seul à refuser de baisser les bras. Il avait fait de ma guérison sa religion et me protégeait de tout ce qu'il croyait susceptible de me perturber. Il ne me mettait pas au courant de l'état de santé de Guangxu et j'ignorais que la condition de mon fils avait encore empiré. Je décidai de me rendre au Ying-t'ai dès que je quitterais le lit.

Le 14 novembre 1908, des pleurs et des lamentations m'arrachèrent au sommeil. Je crus ma dernière heure venue : mes paupières étaient de plomb, la partie droite de mon corps me brûlait alors que la gauche était de glace. Je voyais flou mais distinguais tout de même les eunuques agenouillés dans ma chambre.

« Le Dragon est monté au Ciel ! » C'était la voix de Li Lianying.

« Je ne suis pas encore morte, murmurai-je.

« — C'est votre fils, ma dame. L'empereur Guangxu vient de trépasser ! »

On me conduisit vers lui. La vue de mon fils raviva le souvenir de la mort de Tongzhi. Je relevai les yeux. « Ô dieux, Guangxu n'a que trente-huit ans ! » Son corps était encore tiède et son visage aussi gris que de son vivant.

Ce devait être cela, la noyade. L'eau était chaude, mes poumons étaient scellés et mon esprit accueillait les ténèbres éternelles.

« Revenez, Votre Majesté, gémissait Li Lianying. Revenez, ma dame ! »

Je me rappelai alors mon devoir : l'héritier du trône n'était pas nommé. Je me forçai à convoquer les membres du Grand Conseil. J'ignore combien de temps ils durent attendre, debout devant moi. Je rouvris les yeux pour découvrir Yuan Shikai à ma gauche et le jeune prince Chun à ma droite. La pièce était emplie de monde.

« L'héritier, Votre Majesté ? me demandait chacun.

— Puyi », me contentai-je de dire.

J'avais choisi, pour le trône du Dragon le fils du jeune prince Chun, Puyi, alors âgé de trois ans. Il était le petit-fils de Yung Lu et aussi mon petit-neveu. La lignée impériale s'amenuisait.

Je ne parvenais plus à bouger les bras ni les jambes et je ne percevais que ma respiration laborieuse. Mon corps était saturé de médicaments. Je n'éprouvais aucune douleur, mes pensées avaient ralenti mais elles ne cessaient pas pour autant.

Mes eunuques m'aidèrent à monter sur le trône pour y donner mon ultime audience. Je ne pouvais plus me tenir droite et les menuisiers avaient dû allonger les accoudoirs du fauteuil à l'aide de longues planchettes de bois. Li Lianying y posa mes bras et recouvrit d'une étoffe dorée.

Je repensai au dernier jour de l'empereur Xianfeng, installé dans la même position. Montrer le mourant plus grand que nature, c'était suggérer la toute-puissance et j'avais personnellement été le témoin de l'effet escompté, pourtant cela me semblait ridicule, et mon époux avait dû éprouver le même sentiment. Je comprenais cependant que c'était une nécessité pour que ma volonté devienne loi.

Je le faisais aussi pour ceux qui avaient foi en moi, tous ces petits gouverneurs et ces fonctionnaires qui avaient fait démarrer leur calendrier à « la première année de l'empereur Tongzhi » puis à « la première année de l'empereur Guangxu ». Je me devais de leur faire une ultime impression.

Le Grand Secrétaire se rapprocha pour mieux m'entendre.

Li Lianying ne pouvait quitter du regard les ornements de ma coiffure. Inquiet de leur poids, il les avait fait tenir à l'aide de plusieurs fils, mais il se pouvait encore que je m'effondre.

Invisibles, des eunuques se dressaient derrière mon siège : Li Lianying leur avait expliqué comment tenir les cordes servant à immobiliser le trône du Dragon et moi-même.

Ma clarté d'esprit me surprenait mais il fallait avant tout que je parvienne à prononcer mon discours.

« Il est de mon désir de mourir, dis-je, et j'espère que vous comprendrez qu'aucune mère ne veut survivre à ses enfants. De toute ma vie, je n'ai rien fait hormis préserver l'unité de la Chine. Quand je repense à ces cinquante dernières années, je vois se succéder sans cesse les désastres intérieurs et les agressions extérieures. » J'eus du mal à reprendre mon souffle. « Le nouvel empereur est un petit enfant pour qui l'instruction sera de la plus haute importance... »

J'avais honte de poursuivre car j'avais déjà prononcé ces mots quand Tongzhi était devenu empereur et une nouvelle fois quand Guangxu avait accédé au trône. « Je regrette de ne plus être là pour guider Puyi, mais peut-être cela ne lui sera-t-il pas néfaste… J'espère que vous tous réussirez mieux que moi à forger le caractère du nouveau souverain. »

Les souvenirs de Tongzhi et de Guangxu affluaient. J'entendais Nuharoo me crier de cesser de punir mon fils, puis c'étaient les yeux vifs de Guangxu qui me parlait passionnément de réforme : « Ito est mon ami, mère ! »

« Je souhaite ardemment que l'empereur Puyi s'adonne de tout son cœur aux études et ajoute un nouveau lustre aux hauts faits de ses ancêtres ! »

Ce que je dis ensuite choqua la cour et le pays tout entier. Je déclarai que les impératrices et les concubines devaient se voir interdire à jamais de détenir le pouvoir suprême. C'était la seule façon de protéger le jeune Puyi d'intrigantes comme Nuharoo, Alute et Perle. Je n'aurais pas pris cette décision si ma nièce Lan ne s'était pas plainte de ne pas assurer la régence.

Mes forces me quittaient. Ma nuque ployait sous le poids de ma coiffure et je ne parvenais plus à articuler un mot.

« Que voyez-vous, ma dame ? » me demanda Li Lianying.

Je voyais les dragons sculptés du plafond. J'en avais tant rêvé avant d'entrer dans la Cité interdite. Ils étaient au nombre de treize mille huit cent quarante-quatre. Désormais, je les avais tous vus.

« Quel… » Mon astrologue m'avait prévenue que certaines dates étaient néfastes pour mourir.

« Quel jour sommes-nous, c'est cela ? » devina Li Lianying.

J'aurais aimé hocher la tête mais je n'y parvins pas.

« Le 15 novembre 1908, ma dame. C'est un jour faste. »

D'étranges pensées m'envahirent : *J'ai eu tort de m'attarder. Connaissais-je les étapes ? On n'arrête pas une inondation par des mots.*

« Ma dame ? » Je perçus la voix de Li Lianying, et puis je n'entendis plus rien...

« C'est la fin de mon univers mais pas de celui d'autrui. » Mon père me parlait sur son lit de mort.

Je clignai les yeux et adressai un dernier regard de sympathie à mon eunuque. J'étais triste de l'abandonner.

Un épais brouillard blanc m'enveloppait. Au milieu, un soleil rouge se mit à osciller dans la brise comme une lanterne de fête. J'entendais un air ancien dont je reconnus les notes : c'étaient les pigeons blancs d'Ante-hai. Il leur accrochait aux pattes des sifflets et de petites flûtes de roseau. Je les distinguais parfaitement. Des centaines de milliers de pigeons blancs volaient en cercle au-dessus de mon palanquin et ils jouaient une mélodie de mon enfance, *Wuhu est un lieu de délices...*

Épilogue

Orchidée – dame Yehonala, l'impératrice Tseu-hi – mourut à l'âge de soixante-treize ans.

Ses funérailles sonnèrent le début du démembrement de la Chine. Le pays entra dans une période sombre marquée par les seigneurs de la guerre et l'absence de toute loi. Alors que les puissances occidentales morcelaient en concessions le littoral du pays, le Japon pénétrait dans le nord de l'empire pour établir ce que l'on appellerait le royaume de Mandchourie.

En 1911, Sun Yat-sen débarqua à Shanghai. Il réussit à obtenir de l'armée qu'elle se soulève et se proclama premier président de la nouvelle république de Chine.

Le 12 février 1912, l'empereur Puyi abdiqua, cédant le pouvoir à Yuan Shikai qui se déclara président de la république comme successeur de Sun Yat-sen et s'empressa de fonder sa propre dynastie. Il succomba bientôt à une attaque et fut surnommé avec mépris « l'empereur des quatre-vingt-trois jours ».

En 1919, un seigneur de la guerre du nom de Tchang Kaï-shek se proclama disciple de Sun Yat-sen. Après la mort de ce dernier, en 1925, il devint le nouveau président de la république. Fort du soutien militaire et financier des États-Unis, il promit de bâtir une Chine démocratique.

En 1921, soutenu par la Russie communiste, Mao Tsé-toung, un étudiant rebelle et guérillero de la province du Hunan, fonda avec douze camarades le Parti communiste chinois.

En 1934, le Japon fit de Puyi l'empereur fantoche du Mandchoukouo et l'incita à « restaurer la Chine impériale ».

La Chine fut envahie par le Japon en 1937. Le réformateur Kang Yu-wei vivait toujours dans ce pays. Il rompit toute relation avec son disciple Liang Qichao, qui rejoignit d'abord Sun Yat-sen, puis Yuan Shikai, avant de redevenir simple citoyen.

Li Lianying quitta la Cité interdite après les funérailles de l'impératrice douairière. Jusqu'à sa mort, il vécut dans un monastère situé non loin du tombeau de sa bien-aimée maîtresse.

8656

Composition Nord Compo
Achevé d'imprimer en France (Manchecourt)
par Maury-Eurolivres le 14 mars 2008.
Dépôt légal mars 2008. EAN : 9782290010082

Éditions J'ai lu
87, quai Panhard-et-Levassor, 75013 Paris
Diffusion France et étranger : Flammarion